Deborah Martin

Die widerspenstige Lady

Roman

Aus dem Amerikanischen von
Andrea Schwinn

MIRA®

MIRA® TASCHENBUCH
Band 25187
1. Auflage: Juli 2006

MIRA® TASCHENBÜCHER
erscheinen in der Cora Verlag GmbH & Co. KG,
Axel-Springer-Platz 1, 20350 Hamburg
Deutsche Taschenbucherstausgabe

Titel der nordamerikanischen Originalausgabe:
A Dangerous Love

erschienen bei: Avon Books, New York
Published by arrangement with
HarperCollins, Publishers, Inc.

Konzeption/Reihengestaltung: fredeboldpartner.network, Köln
Umschlaggestaltung: pecher und soiron, Köln
Redaktion: Claudia Wuttke
Titelabbildung: „Pino Daeni" by
Thomas Schlueck GmbH, Garbsen
Satz: Buch-Werkstatt GmbH, Bad Aibling
Druck und Bindearbeiten: Ebner & Spiegel, Ulm
Printed in Germany
ISBN 3-89941-245-1

www.mira-taschenbuch.de

MIRA®

Der Preis dieses Bandes versteht sich einschließlich
der gesetzlichen Mehrwertsteuer.

Umwelthinweis:
Dieses Buch wurde auf chlor- und säurefreiem Papier gedruckt.

1. KAPITEL

London, August 1807

„Ich werde zwei Wochen fort sein, vielleicht auch länger." Vom Kopfende des langen Tisches aus verfolgte Marsden Griffith Knighton, wie sich unter seinen Angestellten Unruhe ausbreitete. Damit hatte er gerechnet. Als Griffith die Knighton Handelsgesellschaft das letzte Mal so lange sich selbst überlassen hatte, hatte er eine Zweigstelle in Kalkutta eröffnet, wodurch sich die Firmengewinne verdreifacht hatten – und zwei seiner Konkurrenten in den Ruin gestürzt worden waren.

Selbst Daniel Brennan, sein im Allgemeinen durch nichts zu erschütternder Vermögensberater, richtete sich auf seinem Stuhl auf. Daniel nahm mittlerweile kaum noch an solchen Besprechungen teil, da er sich ausschließlich um Griffith' umfangreiche private Angelegenheiten kümmerte, aber an diesem Tag hatte Griffith einen zwingenden Grund, auf seiner Anwesenheit zu bestehen.

„Werden Sie wie üblich Mr. Brennan die Leitung übertragen, Sir?" erkundigte sich ein junger Händler.

„Nein. Er wird mich begleiten." Als Daniel ihn fassungslos anstarrte, konnte er nur mit Mühe ein Schmunzeln unterdrücken. Daniel gehörte der Firma schon seit jenen Tagen an, als sie erste Gewinne mit geschmuggelten Waren erzielt hatten, daher war es schwer, ihn aus der Fassung zu bringen. „Mr. Harrison wird mich vertreten."

Der ältere Händler strahlte über diesen Vertrauensbeweis.

„Wohin soll es denn dieses Mal gehen, Mr. Knighton? Nach Frankreich? Oder Indien?“ Seine Augen funkelten erwartungsvoll. „Vielleicht sogar nach China?“

Griffith lachte leise. „Nach Warwickshire. Das ist keine Geschäftsreise. Ich habe Familie dort.“

„Familie?“ stammelte Harrison.

Griffith konnte die Gedanken seines Gegenübers förmlich lesen. *Aber er ist ein Bastard! Außer seiner bedauernswerten Mutter kann er doch gar keine Familie haben, die mit ihm etwas zu tun haben will!*

„Jawohl, Familie“, wiederholte Griffith befriedigt. „Es handelt sich um eine wichtige Privatangelegenheit.“ Er hielt kurz inne und sprach dann mit dieser energischen Stimme weiter, die keinen weiteren Einwand mehr zuließ. „Nur noch eins – verlieren Sie kein Wort über diese Sache, nicht einmal meiner Mutter gegenüber. Für sie *bin* ich in Frankreich oder China, haben Sie mich verstanden?“ Gemurmelte Zustimmung erfolgte. „Gut. Sie können jetzt alle gehen. Daniel, auf ein Wort, ja?“

Die Angestellten verließen sofort den Raum, da sie wussten, dass er keine Zeit mit überflüssigem Geplauder vergeudete. Außerdem, so vermutete Griffith spöttisch, können sie es wohl kaum erwarten, sich in Spekulationen über die verblüffende Neuigkeit zu ergehen, dass ich „Familie“ habe. Vor einigen Jahren hätte er sich noch darüber geärgert, aber er trug das Stigma, ein Bastard zu sein, nun schon so lange, dass es ihm nicht mehr wehtat. Schmerzhaft war die Situation einzig für seinen Geldbeutel, und das gedachte er nun zu ändern.

Sobald sich der Raum geleert hatte, zog Daniel eine

blonde Augenbraue hoch und ließ sich in den teuren Sessel vor Griffith' Schreibtisch fallen. „Eine Privatangelegenheit?"

„Dieses Mal ist es wirklich etwas Privates, ob du es glaubst oder nicht." Vorbei waren die Zeiten, als sie sich aller möglichen Methoden – legal oder illegal – bedient hatten, um die Knighton Handelsgesellschaft zum Erfolg zu führen. Anständigkeit lautete die Losung für die Zukunft der Firma, und ironischerweise hatte eine gewisse Anständigkeit auch in Griffith' Vergangenheit geherrscht. Griffith ließ sich in seinem eigenen Sessel hinter dem Schreibtisch nieder. „Ich bin eingeladen worden, meinen entfernten Cousin, den Earl of Swanlea, zu besuchen. Er liegt im Sterben, und ich soll seinen Besitz, Swan Park, erben."

Daniel schaute ihn verwirrt an. „Aber wie kannst du erben, wo du doch …"

„Obwohl ich ein Bastard bin? Nun, ich bin keiner. Jedenfalls nicht dem Gesetz nach."

Daniel konnte seine Enttäuschung nicht verbergen. Unehelicher Abstammung zu sein war das Einzige, was sie beide miteinander gemeinsam hatten, da sie sonst vom Aussehen, von der Art und von der Erziehung her völlig unterschiedlich waren. Der blonde, kräftige Daniel war erst im Armenhaus und danach in einer Schmugglerbande groß geworden. Den dunkelhaarigen, schlanken Griffith hingegen hatte man zu einem Gentleman erzogen.

Griffith zwang sich zu einem Lächeln. „Obwohl meine legitime Abstammung noch nicht rechtskräftig festgestellt ist."

„Entweder man ist ein Bastard, oder man ist es nicht", grollte Daniel.

„Ich bin keiner, allerdings kann ich es nicht beweisen. Deshalb habe ich Swanleas Einladung auch angenommen.“

Daniel kniff die Augen zusammen. „Ist Swanlea nicht der Kerl, über den ich Nachforschungen anstellen sollte? Dieser Witwer, dessen drei Töchter man die Swanlea-Jungfern nennt?“

„Genau der.“ Griffith reichte ihm einen Brief. „Den hier habe ich letzte Woche erhalten, und er war auch der Anlass für die Nachforschungen. Vielleicht interessiert es dich.“

Während Daniel das unbeholfen abgefasste Schreiben studierte, guckte Griffith sich in seinem Büro um. Die Sommersonne schien hell durch die hohen Fenster. Ihre Strahlen tanzten über die marmornen Fensterbänke und den Aubusson-Teppich, ehe sie sich unter Mahagonistühlen verloren. Das hier war sein drittes Büro in den letzten zehn Jahren; Lage und Ausstattung waren jeweils immer luxuriöser geworden. Dieses Büro nun befand sich im Herzen der Innenstadt, ganz in der Nähe der Bank of England, und es kündete unübersehbar von Griffith' Erfolg.

Und doch – das war Griffith noch nicht genug. Er wollte, dass die Knighton Handelsgesellschaft eines Tages sogar der East India Company den Rang ablief. Dank des gerade zur rechten Zeit erfolgten Angebots seines entfernten Cousins konnte es durchaus schon bald so weit sein.

Daniel hatte den Brief zu Ende gelesen und schaute Griffith überrascht an. „Wenn du also die Bedingungen deines Cousins erfüllst, wirst du der nächste Earl of Swanlea sein?“

„Ja. Er verschafft mir den Beweis meiner legitimen Abstammung, den ich benötige, um seinen Titel und seine Ländereien zu erben. Ich vermute, es handelt sich dabei um die verschollene Heiratsurkunde meiner Eltern. Als Gegenleistung soll ich eine seiner Töchter heiraten, damit sie in Swan Park bleiben können."

Daniel runzelte die Stirn. „Findest du es nicht etwas verdächtig, dass der Earl nach so vielen Jahren plötzlich, ganz ‚zufällig' auf diesen Beweis in seinen Familiendokumenten gestoßen sein soll?"

Griffith schnaubte. „Natürlich kommt mir das verdächtig vor. Doch es ist mir gleich, wie er zu dem Beweis gekommen ist – Hauptsache, es gibt ihn. Sobald ich den Nachweis für meine legale Abstammung erbringen kann, ist es mir möglich, mir einen Platz in dieser Handelsdelegation nach China zu verschaffen."

„Du hast also wirklich vor, eine dieser so genannten Jungfern zu heiraten?"

„Und auf seine Erpressung einzugehen? Niemals! Deswegen sollst du mich ja begleiten. Ich werde mir den Beweis dort selbst holen, und während ich Swan Park danach durchsuche, lenkst du die Töchter ab. Unterhalte sie, mache ihnen den Hof, tue alles, was erforderlich ist. Nur halte sie von mir fern."

„Hast du den Verstand verloren?" brauste Daniel auf. „Ich soll die drei Töchter des Earl unterhalten? Mit jemandem wie mir würden sie ja noch nicht einmal sprechen! Wie soll es mir dann gelingen, sie abzulenken?"

Griffith schmunzelte. „Indem du so tust, als wärst du ich, natürlich."

„Ich? Ich soll mich für dich ausgeben? Unmöglich. Deine Angestellten würden in schallendes Gelächter …" Er verstummte, als Griffith eine Augenbraue hochzog. „Großer Gott, du meinst es tatsächlich ernst!“

„Vollkommen ernst. Wenn ich selbst als Ehekandidat dorthin fahre, muss ich jederzeit zur Verfügung stehen. Als Mr. Knightons Berater jedoch kann ich nach Belieben das ganze Haus durchstreifen. Kommt man mir auf die Schliche, brauche ich nur den Betrug aufzudecken, und eine Verhaftung bleibt mir erspart. Sie würden niemals ihren Cousin des Diebstahls bezichtigen und dadurch einen Skandal riskieren. Ertappen sie jedoch *dich* bei der Suche, dann lässt dich der Earl aufhängen, nur um es mir heimzuzahlen.“

Daniels Augen wurden schmal. „Hältst du ihn wirklich für solch einen Schurken?“

Griffith überlegte kurz, ob er ihm die ganze Wahrheit erzählen sollte, doch dann entschied er sich dagegen. Womöglich würde sich Daniel weigern, ihm zu helfen, wenn er erkannte, wie weit Griffith zu gehen gedachte bei der Klärung seiner legitimen Abstammung. „Ja. Und deshalb werde ich derjenige sein, der Swan Park auf den Kopf stellt. Aber mach dir keine Sorgen – der Rollentausch ist ein Kinderspiel. Ich bin weder dem Earl noch seinen Töchtern jemals persönlich begegnet. Dank des Zerwürfnisses zwischen unseren Familien haben sie keine Ahnung, wie ich aussehe ...“

„Unfug! Ich kenne ein Porträt deines Vaters, auf dem er dir sehr ähnelt! Das schwarze Haar, die blauen Augen ...“

„Wodurch ich wirke wie ein Ire – irischer als du jedenfalls!“ Griffith schmunzelte. Daniel schlug seiner englischen Mutter nach und war in England aufgewachsen, daher sprach er auch ohne irischen Akzent. „Man sagte mir, der Earl würde niemals das Bett verlassen, also wird er mich wahrscheinlich gar nicht zu Gesicht bekommen. Warum sollte er nicht glauben, dass du Mr. Knighton bist?“

Der Jüngere bedachte ihn mit einem unsicheren Blick. „Weil du das Auftreten eines Gentleman hast, während ich mich benehme wie der Sohn eines irischen Straßenräubers.“

„Aus dem Grund würden sie dich auch beim ersten Verdacht auf Betrug sofort nach Newgate schicken.“ Als Daniel aufstand und im Zimmer auf und ab zu gehen begann, schlug Griffith einen milderen Tonfall an. „Als Mr. Knighton wirst du in deinem Element sein. Im Gegensatz zu mir bist du ein echter Charmeur im Umgang mit Frauen.“

„Mit Mädchen vom Jahrmarkt vielleicht, aber ich habe nicht die geringste Ahnung, wie man eine Dame becirct.“ Er trat an den Schreibtisch und stützte sich mit den Händen darauf. „Du bist verrückt. Es wird nicht funktionieren.“

„O doch, es wird. Knighton ist, in der ‚Handelsbranche‘, daher werden sie einen eher ungehobelten Menschen erwarten. Sie werden über nicht ganz einwandfreie Ausdrucksweise oder Manieren hinwegsehen, weil er reich ist. Die meiste Zeit brauchst du einfach nur du selbst zu sein.“ Daniel schien über diese Worte nachzudenken. Griffith nutzte die Gelegenheit und fuhr fort: „Du möchtest doch eines Tages deine eigene Wertpapierfirma leiten, nicht wahr? Das wird eine ausgezeichnete Gelegenheit sein, an deinem gesellschaftlichen Schliff zu arbeiten – und eventuelle letzte Schmugglerallüren endgültig abzulegen!“ Griffith lachte. „Außerdem werde ich dich für deine Bemühungen gut bezahlen. Hundert Pfund zusätzlich zu deinem üblichen Gehalt.“

Daniel horchte auf. „Hundert Pfund?"

„Ja, für deinen Fonds." Er machte eine Pause. „Ohne dich kann ich es nicht schaffen. Abgesehen davon gefällt es dir ja vielleicht, etwas Zeit mit drei jungen Frauen zu verbringen."

„Wahrscheinlich eher mit drei hässlichen Blaustrümpfen, sonst würde man sie wohl kaum als alte Jungfern bezeichnen. Zehn Jahre harte Arbeit und Loyalität dir gegenüber – und so entlohnst du mich!"

„Was ist, wenn ich dir einhundertzwanzig biete?"

Daniel warf ihm einen durchtriebenen Blick zu. „Einhundertfünfzig."

„Einverstanden." Griffith streckte die Hand aus.

Nach kurzem Zögern schlug Daniel ein.

Griffith grinste. „Ich wäre sogar bis zweihundert gegangen."

„Und ich hätte mich auch mit fünfzig zufrieden gegeben."

Als Griffith erkannte, dass Daniels Widerstand nur Kalkül gewesen war, fing er schallend zu lachen an. „Du Gauner! Bei Gott, du bist wirklich durch und durch der Sohn des wilden Danny Brennan!"

Daniel richtete sich auf. „Und legitime Abstammung hin oder her – du bist ein Bastard!"

„In dem Punkt würde ich dir niemals widersprechen, mein Freund." Doch noch bevor dieser Monat zu Ende war, würde Griffith beweisen, dass er nicht der skrupellose Emporkömmling war, für den man ihn hielt. Und dann stand der Zukunft der Knighton Handelsgesellschaft nichts mehr im Weg.

Lady Rosalind Laverick, die zweitälteste Tochter des Earl of Swanlea, brütete über den Ausgaben von Swan Park und versuchte vergeblich, noch weitere Einsparungen einzuplanen, als einer der Diener den Salon betrat.

„Mr. Knightons Bote ist soeben eingetroffen, Mylady“, verkündete er. „Der Mann wird in einer Stunde hier sein.“

„Wie bitte? Aber Papa wird doch wohl nicht ...“ Der Diener sah sie verwundert an, und sie verstummte. „Vielen Dank, John.“

Sie wartete, bis er sich entfernt hatte, und stürmte dann ins Schlafzimmer ihres Vaters. Beim Eintreten registrierte sie mit einer gewissen grimmigen Zufriedenheit, dass ihre Schwestern ebenfalls anwesend waren. Die jüngste, Juliet, umhegte Papa wie gewohnt, während Helena, die älteste, ein kleines Porträt von ihr anfertigte. Es war eine traute, anheimelnde Szene, bei der Rosalind warm ums Herz wurde. Doch um diese Idylle zu bewahren, musste sie ihren Vater unbedingt von seinem unsinnigen Vorhaben abbringen.

Er saß halb aufrecht im Bett, seine gebrechliche Gestalt zeichnete sich unter den Decken ab. Obwohl er nie ein schöner Mann gewesen war, hatte er stets sehr beeindruckend gewirkt, und seine Größe und seine polternde Stimme hatten so manch anderen Mann eingeschüchtert. Noch immer hatte er ein markantes Kinn und diesen durchdringenden Blick, vor dem Rosalind als Kind oft gezittert hatte. Doch mittlerweile bestand ihr Vater fast nur noch aus Haut und Knochen, und jedes Mal, wenn sie ihn so ausgemergelt vor sich sah, tat es ihr in der Seele weh.

In diesem Moment durfte sie sich jedoch nicht von ihren Gefühlen leiten lassen, dazu war die Angelegenheit zu wichtig. „Papa, man hat mir mitgeteilt, dass Mr. Knightons

Ankunft unmittelbar bevorsteht." Sie ging geradewegs auf das Bett zu. „Wie konntest du nur? Ich dachte, wir hätten beschlossen …"

„*Du* hast beschlossen, Rosalind. Ich habe dir gesagt, dass ich eine Verbindung arrangieren würde, sollte eine von euch meinem Vorschlag zugänglich sein. Auf Juliet trifft das zu, also habe ich dem Mann geschrieben und ihn zu uns eingeladen."

Helena stöhnte auf, aber Juliet senkte nur errötend den Kopf.

„Oh Juliet, du Dummerchen!" rief Rosalind aus.

„Du verstehst nicht – ich habe nichts dagegen, ihn zu heiraten!" protestierte Juliet. „Papa hält es für das Beste, und ich kenne meine Pflichten als seine Tochter."

„Ohne Liebe zu heiraten?" fuhr Rosalind Juliet an, ohne auf den selbstzufriedenen Gesichtsausdruck ihres Vaters zu achten. „Natürlich kannst du es, wie der Barde dichtete, für deine Schuldigkeit halten, *einen Knicks zu machen und zu sagen: ‚Wie es euch gefällt, mein Vater.' Aber mit alledem muss es ein hübscher, junger Mensch sein, sonst mach einen zweiten Knicks und sage: ‚Wie es mir gefällt, mein Vater.'*"

„Zitiere nicht wieder die falschen Stellen von Shakespeare, Mädchen", wandte ihr Vater ein. „Shakespeare spricht öfter gegen als für dich. Denke nur an Desdemona. Hätte sie ihrem Vater gehorcht und auf Othello verzichtet, wäre sie nicht gestorben."

„Wie üblich hast du den tieferen Sinn des Stückes überhaupt nicht begriffen", gab Rosalind hitzig zurück.

„Oh Gott." Helena erhob sich steif. „Sobald ihr beiden mit Shakespeare anfangt, ist ein Ende des Streits nicht abzusehen."

Sie nahm ihren Malkasten in die eine Hand, ihren Stock in die andere und ging langsam zur Tür.

„Wo willst du hin?“ fragte Rosalind. Sie hatte fest auf Helenas Unterstützung gehofft.

„Ich möchte meine Malsachen wegräumen, bevor unser Gast eintrifft.“

„Ist es dir denn völlig gleichgültig, dass Papa beabsichtigt …“

„Natürlich nicht. Im Gegensatz zu dir jedoch weiß ich, dass es sinnlos ist, sich mit Papa anzulegen. Wenn dir selbst nicht an einer Heirat gelegen ist, halte dich zurück. Ich jedenfalls habe nicht die geringste Absicht, Mr. Knighton zu heiraten, selbst wenn er an einer Frau mit meinem … Manko Interesse hätte. Juliet hingegen scheint mehr als bereit zu sein, ihn zu ehelichen, und dagegen lässt sich kaum etwas unternehmen. Schon gar nicht, solange Juliet nicht selbst für sich eintritt.“

Resigniert verfolgte Rosalind, wie ihre elegante ältere Schwester hinkend den Raum verließ. Wenn Juliet doch nur etwas von Helenas Willensstärke oder ihrem gesunden Misstrauen Männern gegenüber besitzen würde … Seufzend wandte sie sich ihrem Vater und ihrer jüngeren Schwester zu. Aber Juliet war ebenso brav wie die mädchenhaften, rosa und weiß gemusterten Kleider, die sie so gern trug. Und genauso, wie sie sich weigerte, grelle Farben zu tragen, lehnte sie es ab, ihrem Vater den Gehorsam zu verweigern.

Rosalind gab nicht so schnell auf. „Papa, du tust, als sei dieser Mann unsere einzige Hoffnung. Aber eine von uns könnte immer noch heiraten, und das sogar aus Liebe!“

„Du bist dreiundzwanzig, Mädchen, und Helena ist sechsundzwanzig. Ihr werdet keine Ehemänner finden, nicht ohne eine halbwegs anständige Mitgift. Helena mag eine Schönheit sein, aber ihr Hinken ist ein Hindernis. Und du bist nicht der Typ, der Männer anzieht …"

„Du meinst, ich bin nicht schön." Seine nüchterne Feststellung verletzte sie. Immer wenn sie glaubte, sie sei inzwischen immun gegen Papas gedankenlose Beleidigungen, wurde sie doch wieder eines Besseren belehrt. „Mein Haar ist widerspenstig wie rostiger Draht, und ich bin zu mollig."

„Ich habe nicht von deinem Aussehen gesprochen", entgegnete er. „Eher von deinem Auftreten. Wenn du dich vielleicht bemühen würdest, etwas weniger …"

„Geradeheraus zu sein? Belesen? Klug?" unterbrach sie ihn bissig.

„Etwas weniger anmaßend und stürmisch zu sein, wollte ich sagen."

„Ich bin nicht anmaßend!" Als er eine Augenbraue hochzog, warf sie den Kopf in den Nacken. „Nun ja, ein bisschen vielleicht schon. Aber ich könnte wohl kaum diesen Besitz verwalten, wenn ich anders wäre!" Wie waren sie nur auf dieses schreckliche Thema gekommen? „Außerdem, was ist mit Juliet? Sie könnte mit der Zeit immer noch eine Liebesheirat eingehen!"

„Nimm es endlich hin, Mädchen – uns bleibt nicht mehr viel Zeit." Sein rasselnder Husten untermauerte seine Aussage.

Sie verdrängte den quälenden Gedanken an seine Krankheit. „Weißt du, wir brauchen im Grunde gar nicht zu heiraten. Wir könnten uns unseren Lebensunterhalt selbst verdienen."

„Sei nicht albern. Sollte euch Mr. Knighton zum Verlassen unseres Besitzes zwingen …"

„Ich kann zum Theater gehen – wie Mama!“ Als ihr Vater verächtlich schnaubte, fuhr sie leidenschaftlich fort. „Ich sehe vielleicht nicht so gut aus, aber ich bin groß und habe eine gute Stimme. Helena könnte ihre kleinen Porträts verkaufen, und Juliet würde sicher auch irgendetwas einfallen. Diese Schauspielerin, mit der Mama befreundet war, Mrs. Inchbald, würde uns bestimmt bei der Suche nach einer Unterkunft in London gern behilflich sein. Wenn wir drei unser Vermögen zusammenlegen …“

„Nein!“ warf Juliet ein. „Wir können doch Swan Park nicht verlassen und es so einfach aufgeben!“

„Liebe Güte, warum denn nicht?“ brauste Rosalind auf und schaute sich in dem Schlafzimmer mit dem bröckelnden Stuck und den verschlissenen Seidenvorhängen um. „Ich sehe hier nichts, das es wert wäre, dafür meine geliebte Schwester zu opfern! Was hat uns dieser alte Steinhaufen je gebracht, außer den Ruf, die Swanlea-Jungfern zu sein? Wenn ich schon eine alte Jungfer sein muss, dann will ich das lieber in der Stadt sein als hier auf dem Land!“

„Du würdest in der Stadt gar nicht überleben“, murmelte ihr Vater. „Denke nur daran, was Helena zugestoßen ist. Außerdem war eure Mutter als Ehefrau viel glücklicher als als Schauspielerin. Nein, das wäre kein Leben für dich, und für Juliet auch nicht. Sie hat etwas Besseres verdient.“

„Ja, aber eine aufgezwungene Heirat ist nicht unbedingt etwas ‚Besseres‘, Papa! Schon gar nicht, wenn der Mann, wie Mrs. Inchbald schreibt, ein Gauner ist. Du weißt, dass er Verbindungen zu Schmugglern pflegte und sogar selbst geschmuggelte Waren verkaufte!“

„Nur aus reiner Notwendigkeit heraus und das vor langer, langer Zeit. Heute ist er vollkommen ehrbar und anständig."

„Mrs. Inchbald hat auch gesagt …"

„Einen Augenblick, Mädchen", unterbrach ihr Vater sie, winkte Juliet zu sich und flüsterte ihr etwas zu. Sie nickte. Dann wandte er sich wieder an Rosalind. „Gib Juliet bitte den Schlüsselbund. Sie soll mir mein Stärkungsmittel aus der Speisekammer holen."

Es war eine ziemlich fadenscheinige Ausrede, um Juliet loszuwerden, aber Rosalind hatte nicht einmal etwas dagegen. Sie gab ihrer Schwester den Bund und klopfte ungeduldig mit dem Fuß auf den Boden, während Juliet aus dem Zimmer flüchtete. Kaum war sie fort, drehte Rosalind sich wieder zu ihrem Vater um. „Was noch dazu kommt – Mrs. Inchbald meint, dass Mr. Knightons Abstammung … nun, etwas zweifelhaft ist. Beunruhigt dich das nicht?"

Ihr Vater erlitt einen Besorgnis erregenden Hustenanfall. Sie eilte zu ihm und klopfte ihm auf den Rücken, wie Juliet das auch immer tat. Nur ging Juliet dabei offenbar etwas sanfter vor, denn er schob sie ungehalten fort. „Hör auf, Mädchen! Ich bin doch kein alter Teppich, den du entstauben sollst!"

Leise schimpfend wich Rosalind zurück. Undankbarer alter Mann! Doch als sie seinen rasselnden Atem vernahm, verflog ihr Ärger. Armer Papa. Es musste ihn verrückt machen, niemals das Bett verlassen zu können, um die Dinge selbst in die Hand zu nehmen. Ihr ginge es sicher nicht anders. Sie nahm ein Kissen, schüttelte es auf und schob es ihm in den Rücken.

Dankbar lehnte er sich zurück. „Mrs. Inchbald ist falsch unterrichtet." Er zog die Decke höher. „Wie könnte Knighton der Erbe meines Titels und meines Besitzes sein, wenn er illegitimer Abstammung wäre?"

„Ach so." Sie runzelte die Stirn. „Das hatte ich gar nicht bedacht."

„Siehst du? Das ist ja das Problem mit euch Frauen. Ihr denkt eine Sache niemals zu Ende. Darum sind Frauen auch so launenhaft. Sie lassen sich nur von ihren Gefühlen leiten. Im einen Moment lieben sie einen Mann, und schon im nächsten …"

Beide horchten auf, als sich in der Eingangshalle eine gewisse Unruhe ausbreitete. Diener riefen, man hörte Schritte auf der Treppe. Rosalind eilte ans Fenster, von wo aus man allerdings keinen guten Blick auf die Zufahrt hatte. Trotzdem verrieten Hufklappern und das Knirschen von Rädern auf dem Kies, dass eine Kutsche vorgefahren war.

Ihr Cousin.

„Ich würde ja gern noch bleiben und mir weiter deine Weisheiten über meine Geschlechtsgenossinnen anhören, aber ich kann leider nicht", verkündete Rosalind süffisant. „Dein werter Mr. Knighton ist da."

Sie ging zur Tür, doch als sie die Klinke herunterdrückte, ließ sich die Tür nicht öffnen. Rosalind versuchte es noch einmal erfolglos, und dann keimte ein böser Verdacht in ihr auf. „Papa …", begann sie.

„Sie ist abgeschlossen. Ich habe Juliet beauftragt, uns einzuschließen."

Juliet hatte sie eingeschlossen? Zorn stieg in Rosalind auf. Zur Hölle mit Juliets Gehorsam! Sie fuhr aufgebracht zu ihrem Vater herum. „Was versprichst du dir davon, Papa?"

„Ich kenne dich doch, Mädchen. Du würdest Mr. Knighton

in die Flucht schlagen, noch ehe Juliet überhaupt dazu käme, ihn kennen zu lernen!“ Seine Augen funkelten listig. „Also habe ich sie gebeten, dich erst wieder herauszulassen, wenn sich unser Gast für die Nacht zurückgezogen hat.“

„Wenn du glaubst, dass das auch nur eine Spur an meinem Verhalten dem Mann gegenüber ändern wird ...“

„Das spielt keine Rolle. Wenn du ihn dazu bringst, abzureisen, arrangiere ich die Verbindung eben brieflich. Nachdem er heute Abend Juliets Schönheit gesehen und ihr sanftes Gemüt erlebt hat, wird er der Verbindung zustimmen, sei unbesorgt.“

Oh nein! Wenn Mr. Knighton Swan Park in der Überzeugung verließ, Juliet sei die passende Frau für ihn, wie würde Rosalind die Hochzeit dann noch verhindern können? Es blieb ihr nichts anderes übrig, als sich mit seiner Anwesenheit abzufinden. Aber irgendwie würde es ihr schon gelingen, Juliet klar zu machen, dass dieser Mann nichts für sie war.

Das triumphierende Schmunzeln ihres Vaters erstarb, als ihn ein neuerlicher Hustenanfall packte. Rosalind betrachtete ihn empört und weigerte sich, zu ihm zu gehen. Wie war es nur möglich, Mitleid mit jemandem zu haben und gleichzeitig den Wunsch zu verspüren, ihn zu erdrosseln? Sie liebte Papa aufrichtig, aber seine Blindheit machte sie wahnsinnig.

Der Husten klang ab. „Noch etwas, Mädchen. Du musst etwas für mich tun, nachdem Juliet dich herausgelassen hat.“

„Ach ja? Und das wäre?“ gab sie mürrisch zurück.

„Im Schreibtisch in meinem Arbeitszimmer befindet sich eine verschlossene Schatulle. Ich möchte, dass du sie holst.“

„Soll ich sie dir bringen?“

„Nein!“ Er wich ihrem Blick aus. „Nein, verstecke sie lieber irgendwo, wo du sie im Auge behalten kannst. In deinem Ankleidezimmer vielleicht. Oder in deinem Schreibtisch. Nur so lange, bis dein Cousin wieder abgereist ist."

Misstrauen stieg in ihr auf. „Warum? Was ist denn in der Schatulle?"

„Nur ein paar Papiere, die er nicht sehen soll." Wieder schaute er zur Seite.

„Was sind das für Papiere?"

„Tu einfach, was ich dir sage. Erwähne sie keinem Menschen gegenüber, und versuche auch nicht, die Schatulle zu öffnen, sonst kannst du etwas erleben."

„Aber Papa ..."

„Versprich mir, dass du sie sicher aufbewahren wirst! Andernfalls bleibst du hier so lange eingesperrt, bis du endlich einwilligst!"

Als ob ihm das gelingen würde. Und doch ... „Nun gut, ich verspreche es", gab sie verschnupft nach. Als ihr Vater sich matt in die Kissen zurücklehnte, fügte sie hinzu: „Ich finde aber, wenn Mr. Knighton so wenig vertrauenswürdig ist, dass du deine Papiere vor ihm verstecken musst ..."

„Es ist eine reine Vorsichtsmaßnahme. Nichts, worüber du dir Gedanken machen musst. Nun lass mich ein wenig schlafen."

Rosalind zog eine Augenbraue hoch. Warum war Papa bloß so dickköpfig und verschwiegen? Er war nicht bereit, ihr die Wahrheit zu sagen, doch je mehr sie über Mr. Knighton erfuhr, desto beunruhigter wurde sie. Etwas war faul im Staate Dänemark, und es hatte unmittelbar mit ihrem Cousin zu tun. Nun, sie würde das auch ohne Papas Hilfe herausfinden. Das wäre doch gelacht.

2. KAPITEL

Das also ist Swan Park, dachte Griffith, und ein unerklärlicher Stolz erfüllte ihn, als seine Kutsche die herrschaftliche, von Eichen umsäumte Auffahrt entlangfuhr, vorbei an einem glitzernden Teich mit majestätischen Schwänen. Eine Aura von früherer Pracht und Größe ging von den steinernen Mauern des Herrenhauses aus der Zeit Jakobs I. aus, gegen das Griffith' eigenes, durchaus imposantes Palais fast bescheiden wirkte. Vielleicht würde er sich hier niederlassen, sobald Swan Park ihm gehörte. Ja, das würde selbst das hartgesottenste Parlamentsmitglied beeindrucken.

„Kein Wunder, dass du so erpicht auf dieses Dokument bist", murmelte Daniel, der ihm gegenübersaß.

Griffith lachte leise. „Keine schlechte Ergänzung zu meinen anderen Besitztümern, nicht wahr?"

Als sie sich dem Haus näherten, strömten zahlreiche Bedienstete ins Freie und stellten sich in einer langen Reihe auf der Terrasse auf, rechts und links von zwei Frauen.

„Sag nicht, dass diese beiden Engel deine altjüngferlichen Cousinen sind", brummte Daniel.

Griffith musterte sie durch die verstaubte Fensterscheibe. „Doch, sie müssen es sein, obwohl es eigentlich drei sein sollten. Aber vielleicht ist die dritte ja krank oder kümmert sich um ihren Vater."

Daniel machte ein finsteres Gesicht, als die Kutsche mit einem Ruck zum Stehen kam. „Verdammt, Griffith, diese beiden Schönheiten tun wahrscheinlich den ganzen Tag über nichts anderes, als sich lästige Verehrer vom Hals zu halten!

Sie werden mich sicher auf den allerersten Blick als Betrüger entlarven!"

„Unsinn, es sind doch nur ganz einfache Mädchen vom Land. Du wirst das schon machen." Griffith stutzte, als die größere der beiden Frauen auf die Kutsche zuhinkte und sich dabei schwer auf einen Stock stützte. „Gütiger Gott, die Dunkelhaarige ist lahm! Sie wird froh sein, dass ihr überhaupt ein Mann seine Aufmerksamkeit schenkt!"

„Du bist nicht nur dumm, sondern auch blind", zischte Daniel. „Lahm hin oder her – sie hat die Haltung einer Herzogin! Sie wird mich für einen Trottel weit unter ihrem Niveau halten."

Die beiden Frauen hatten die Kutsche jetzt fast erreicht. Griffith öffnete die Tür und senkte die Stimme. „Denk nur an die einhundertfünfzig Pfund!"

Daniel warf ihm einen bösen Blick über die Schulter hinweg zu und stieg aus. Griffith folgte ihm und wünschte, er hätte Daniel noch genauer darin unterwiesen, wie man den reichen und einflussreichen Mann spielt. Normalerweise hatte sein Freund ein beträchtliches Selbstvertrauen, aber diese Frauen schienen ihn irgendwie einzuschüchtern. Griffith trat ihm absichtlich in die Hacken, woraufhin Daniel die Schultern straffte und die Kiefer fest aufeinander presste. Ja, so war es schon besser.

Daniel trat vor und verneigte sich höflich vor der größeren der beiden Frauen. „Mr. Knighton, zu Ihren Diensten, Madam."

„Willkommen in Swan Park." Ihre Stimme hörte sich kühl und kultiviert an. „Ich bin Ihre Cousine Helena." Sie stützte sich auf den Stock und reichte Daniel die Hand.

Daniel hielt sie viel zu lange fest, bis Helena ihm die Hand mit verlegener Miene wieder entzog. Griffith konnte nur mit Mühe ein Stöhnen unterdrücken.

Lady Helenas Stimme klang merklich reservierter, als sie auf das Mädchen neben sich wies. „Und das ist Juliet, meine jüngste Schwester."

Das zierliche Persönchen guckte Daniel mit großen Augen an. „Wie geht es Ihnen?"

„Gut, vielen Dank", erwiderte Daniel etwas heiser.

Eine Weile herrschte betretenes Schweigen, dann schaute Lady Helena zu Griffith hinüber. „Und Ihr Freund ist ...?"

Daniel zuckte zusammen. „Ich bitte vielmals um Verzeihung. Das ist Mr. ... Daniel Brennan."

Griffith verneigte sich. „Es ist mir ein Vergnügen, Sie kennen zu lernen."

Als Helena dem echten Daniel einen um eine Erklärung bittenden Blick zuwarf, knirschte Griffith insgeheim mit den Zähnen. Es war verdammt schwer, den Untergebenen zu spielen, vor allem, wenn Daniel dastand wie ein ahnungsloser Tor. Mit seinem Spazierstock stieß er ihn unauffällig an.

„Mr. Brennan ist mein Berater", sprudelte es aus Daniel hervor. „Ich hoffe, es bereitet Ihnen keine Umstände, dass ich ihn mitgebracht habe, aber nachdem wir so viele geschäftliche Dinge zu besprechen haben ..."

„Es bereitet uns überhaupt keine Umstände", unterbrach Lady Helena ihn ruhig.

Als sie sie zum Haus führte, fragte Daniel: „Haben Sie nicht noch eine Schwester?"

Unerklärlicherweise wurde die Jüngere rot. „Ja. Ich ... ich

weiß nicht, wo Rosalind steckt, aber beim Abendessen ist sie sicher dabei.“

Helena betrachtete ihre Schwester verwundert, und Juliet senkte den Kopf. Sehr merkwürdig, dachte Griffith. Warum versteckte sich die dritte Schwester? Kannte sie den Plan ihres Vaters, ihn zu einer Heirat zu erpressen? Wussten sie etwa alle Bescheid?

Wenigstens waren sie keine schrulligen alten Jungfern, darüber sollte Daniel eigentlich erleichtert sein. Lady Helena war sehr förmlich und etwas unterkühlt, und Lady Juliet wirkte etwas farblos, aber zum Glück schien keine von beiden geneigt, irgendwelche Schwierigkeiten zu machen.

An der Tür hielt Lady Helena inne, um Daniel zu zeigen, bis wohin sich die Ländereien erstreckten. Griffith behagte es gar nicht, Daniels Lakaien zu spielen. Schon in Eton, wo er nur aufgrund eines Stipendiums hatte studieren dürfen, hatte er es nicht gemocht, herablassend behandelt zu werden. Jetzt hasste er es geradezu.

Als sie das Haus betraten, verschlug der schreckliche Anblick, der sich ihm bot, Griffith die Sprache. Vater hatte immer von alter Pracht gesprochen, von Marmorbögen und alten Gobelins an eleganten Wänden. Doch das hier war ein einziger Albtraum.

Feuerrot schien die bevorzugte Farbe zu sein. Die rot tapezierten Wände wurden unterbrochen von dunklen Stuckaturen und Vorhängen aus goldfarbener, mit roten Mustern bedruckter Gaze. Auf dem schwarzen Lacktisch neben der Treppe stand eine Miniaturpagode. Überhaupt war die ganze Halle mit Chinoiserien dekoriert. Der Gipfel war ein riesiger, leuchtend blau und rot gemusterter Orientteppich, der den Boden aus – laut Aussage von Griffith' Vater – kostbarstem italienischen Marmor vollkommen verdeckte.

Lady Helena schien seinen fassungslosen Blick bemerkt zu haben. „Rosalind hat vor kurzem die Halle renovieren lassen. Das ist dieser neue chinesische Stil", erklärte sie.

„Mich erinnert das eher an den alten Freudenhausstil", entfuhr es Griffith unbedacht. Erst in dem darauf einsetzenden unheilvollen Schweigen wurde ihm bewusst, was er da gesagt hatte, zu *wem* er es gesagt hatte und, was am schlimmsten war, dass er es mit einer Unverfrorenheit geäußert hatte, die für einen Untergebenen eigentlich undenkbar war.

Auf Daniels Gesicht schien sich beinahe so etwas wie Schadenfreude widerzuspiegeln. „Bitte verzeihen Sie meinem Berater. Er hat die schlechte Angewohnheit, nie ein Blatt vor den Mund zu nehmen."

Griffith wand sich innerlich.

„Ro... Rosalind sagt, der chinesische Stil sei in London überaus beliebt", stammelte Juliet. „Stimmt das denn nicht?"

Daniel warf Griffith einen verstohlenen Blick zu, und sein Freund nickte kaum merklich. „Dieser Stil ist bei vielen immer noch der letzte Schrei", versicherte Daniel den beiden Damen. „Mr. Brennan hat einfach nur einen langweiligeren Geschmack als Ihre Schwester, das ist alles."

„Teilen Sie Ihrem Berater mit, dass meine Schwester Rosalind das gesamte Anwesen fast ganz allein und unter schwierigsten Umständen verwaltet." Lady Helenas Stimme klang frostig. „Da mögen ihr wohl ein paar Exzentrizitäten vergönnt sein."

„Da haben Sie völlig Recht, Mylady", warf Griffith ein, fest entschlossen, die Frau wieder versöhnlicher zu stimmen – und schnellstmöglich das Thema zu wechseln. „Da wir gerade von Exzentrizität sprechen – mir ist aufgefallen, dass Sie und Ihre Schwestern nach Heldinnen von Shakespeare benannt sind. Rosalind, Helena, Juliet … ist das Zufall?"

„Sind Sie ein Liebhaber von Shakespeare?"

In diesem Fall konnte die Wahrheit wohl keinen Schaden anrichten. „Ja, ein sehr großer sogar. Vor allem liebe ich seine Komödien."

„Da Stratford-upon-Avon ganz hier in der Nähe liegt, ist Papa ebenfalls ganz begeistert von ihm. Deshalb also auch unsere Namen." Sie wandte sich an Daniel. „Und Sie? Mögen Sie Shakespeare auch?"

„Nein, überhaupt nicht. Griffith ist der Einzige, der von dieser Krankheit infiziert ist."

„Griffith?" Lady Helena stutzte.

Verdammt. Daniels erster Versprecher. Griffith reagierte schnell. „Zufällig ist das mein zweiter Vorname", behauptete er hastig. „Mr. Knighton und die Angestellten der Handelsgesellschaft machen sich gern einen Spaß daraus, mich damit anzureden."

„Aber Ihr eigentlicher Taufname ist doch Daniel, oder?" erkundigte sich Juliet.

„Natürlich. Mr. Knighton findet es nur lustig, mich Griffith zu nennen, weil ihn der Name irgendwie an den Greif erinnert. Sie wissen schon, an dieses mythische Geschöpf mit dem Kopf eines Adlers und dem Körper eines Löwen, der über Gold und Reichtümer wacht", ergänzte er, um Daniel zu helfen.

„Das stimmt", bestätigte dieser eifrig. „Das liegt daran, dass er so knauserig ist. Erst letzte Woche, zum Beispiel, wollte ich einem Mann für einen Dienst zweihundert Pfund bezahlen, aber Daniel meinte, hundertundfünfzig seien genug. War es nicht so, mein Lieber?"

Griffith zog eine Augenbraue hoch. „Ja. Und ich habe meine Meinung nicht geändert. Der Mann muss erst noch beweisen, dass er fähig ist."

„Ich denke, er wird dich überraschen." Auf Griffith' warnenden Blick hin wandte Daniel sich wieder den Damen zu. „Wann werde ich Ihren Vater sehen? Beim Abendessen? Ich kann es kaum erwarten, mich mit ihm zu unterhalten."

Je eher, desto besser, dachte Griffith ironisch. Wenn Daniel diesen Test bestand, waren sie schon einen großen Schritt weiter.

„Oh nein, nicht heute Abend!" rief Juliet. „Ich … ich meine, Papa ist so krank, wir sollten lieber warten, bis es ihm etwas besser geht. Vielleicht morgen früh."

„Aber, Juliet, du …", begann ihre Schwester.

„Morgen früh", beharrte Juliet. „Dürfen wir den Gentlemen Tee anbieten?"

In Griffith' Augen trat ein argwöhnischer Ausdruck, als Juliet sie nun zum Salon dirigierte und dabei pausenlos schwatzte. Alles schien ganz anders, als es zu Anfang den Anschein gehabt hatte. Diese beiden hatten eindeutig etwas zu verbergen, und ihre Schwester, die den Besitz offenbar verwaltete, hatte wahrscheinlich ebenfalls etwas damit zu tun. Nun, wie dem auch sein mochte. Ihre lächerlichen kleinen Geheimnisse würden ihn ganz bestimmt nicht von seinem Vorhaben abbringen.

Rosalind kam es so vor, als habe sie bereits eine halbe Ewigkeit in Sorge und Unruhe verbracht, als sie endlich den Schlüssel im Schloss hörte. Zu ihrem Erstaunen tauchte Helena vor ihr auf.

„Du bist ja tatsächlich hier", verkündete Helena nun erschrocken beim Anblick von Rosalind, die ungeduldig im Zimmer wartete.

Rosalind schob sie nach draußen. „Leise. Papa schläft, ich möchte ihn nicht wecken. Hat Juliet dich geschickt?" fragte sie, als sie im Flur standen.

„Ja, sie hatte wohl Angst vor deiner Standpauke. Wenn ich geahnt hätte, dass du hier bist, wäre ich schon früher gekommen und hätte dich befreit. Es ist bereits nach elf." Helena schloss die Tür leise hinter sich. „Ich kann nicht fassen, dass sie das getan hat. Bei Papa überrascht mich so etwas nicht, aber Juliet …"

„Ich weiß. Warte nur, bis ich das dumme Gör zu fassen bekomme! Wo steckt sie überhaupt?"

Helena warf ihr einen warnenden Blick zu. „Sie ist schon zu Bett gegangen, und du solltest lieber abwarten, bis sich dein Zorn etwas gelegt hat!"

Widerstrebend musste Rosalind sich eingestehen, dass ihre Schwester Recht hatte. Im Moment hätte sie das Mädchen am liebsten erwürgt. „Ich nehme an, Mr. Knighton hat es sich in einem der Gästezimmer bequem gemacht?"

Helena hinkte zu der großen Treppe, die hinauf in den ersten Stock und somit zu ihren Schlafzimmern führte. „Er hat sich bereits zurückgezogen. Wir beide sind die Einzigen, die noch auf sind."

Mit finsterer Miene folgte Rosalind ihrer Schwester. „Ich

schwöre dir, wenn ich nicht eingesperrt gewesen wäre, hätte ich ihn wahrscheinlich längst aus dem Haus gejagt."

„Genau deswegen hat Papa Juliet wohl auch aufgetragen, dich einzusperren. Du hast verloren. Finde dich damit ab."

„Dieser Mann ist in keiner Weise ehrenhaft."

„Du kennst ihn ja noch nicht einmal. Dabei ist er gar nicht so schlimm. Er könnte dir sogar ganz gut gefallen."

„Das bezweifle ich." Auf der Treppe passte sie sich Helenas langsameren, schwerfälligen Schritten an. „Erzähl mir mehr von ihm. Spricht er wie ein Gentleman, oder ist er so ungehobelt, wie ich befürchtet habe? Sieht er Papa ähnlich?"

„Ganz und gar nicht. Er ist ziemlich kräftig gebaut und hat keinerlei Ähnlichkeit mit dem Porträt, das Papa uns einmal von seinem Vater gezeigt hat. Sein Haar ist blond, mit braunen Strähnen durchzogen, und er trägt es lang – wie eine Löwenmähne. Seine Gesichtszüge sind ansprechend, aber …" Sie errötete und schwieg. „Nun, du wirst ihn morgen früh ja selbst kennen lernen."

Rosalind betrachtete ihre Schwester nachdenklich. Sie würdigte Männer sonst nie eines Blickes. „Nun, sollte ich zum Frühstück nicht erscheinen, befreie mich bitte aus der Speisekammer oder aus welchem Raum auch immer, in den Papa mich von Juliet einsperren lässt!"

Helena lächelte matt. „Versprochen. Ich glaube, ich gehe jetzt auch zu Bett. Ich bin sehr müde." Sie tätschelte Rosalinds Hand. „Versuche, dir nicht allzu viele Sorgen zu machen."

„In Ordnung." Als Helena in ihrem Zimmer verschwunden war, betrat Rosalind ihr eigenes auf der gegenüberliegenden Seite des Flurs. Wie immer genoss sie die vertraute, gemütliche

Unordnung darin. Doch noch lange, nachdem die verschlafene Zofe ihr beim Auskleiden geholfen und sich zurückgezogen hatte, lag Rosalind hellwach in ihrem Bett.

Wie sollte sie unbesorgt sein? Sie hatten einen Schurken in ihr Haus eingeladen, einen, dem nicht einmal Papa zu trauen schien, denn sonst hätte er sie ja nicht gebeten …

Die Schatulle! Oh nein, Papa hatte sie gebeten, die Schatulle noch am selben Abend in ihr Zimmer zu holen! Rosalind sprang aus dem Bett und warf sich ihren Morgenrock über. Da ihr Gast sich schon auf sein Zimmer begeben hatte, würde sie unbemerkt nach unten gehen und die Schatulle holen können. Sie nahm die Kerze, die neben ihrem Bett stand, und eilte den Flur entlang zur Treppe.

Sie war schon fast unten, als sie den Lichtschein bemerkte, der unter der geschlossenen Tür von Papas Arbeitszimmer hervordrang. Abrupt blieb sie stehen, und das Herz schlug ihr bis zum Hals. Niemand sollte um die Zeit noch im Haus unterwegs sein, nicht einmal die Bediensteten.

Es musste also ihr Gast sein. Hatte er sich verlaufen? Oder suchte er etwas? Sie presste die Lippen fest aufeinander. Die Schatulle. Papa hatte Recht gehabt, sich darum Sorgen zu machen. Wie konnte Mr. Knighton es wagen, in Papas privaten Papieren herumzuschnüffeln! Nun, sie würde diesem Gauner die Meinung sagen, aber gründlich.

Lautlos öffnete sie die Tür und spähte ins Zimmer. Im Schein der Kerze auf Papas Schreibtisch nahm sie einen Mann wahr, der sich über etwas beugte. Er war eindeutig nicht ihr blonder Gast, denn sein Haar war so schwarz wie das eines Zigeuners.

Ein Zigeuner! Erschrocken wich sie zurück. Zigeuner

waren in letzter Zeit eine Plage in Warwickshire gewesen, aber bis nach Swan Park waren sie nie gekommen. Wut stieg in ihr auf, als sie hörte, wie eine Schublade aufgezogen und ihr Inhalt durchstöbert wurde. Das ging zu weit!

Sie unterdrückte das Bedürfnis, ins Zimmer zu stürzen. So unbesonnen war nicht einmal sie. Wenn sie doch nur eine Waffe gehabt hätte, irgendetwas, womit sie ihn in Schach halten konnte, während sie um Hilfe rief. Andernfalls würde er mit seinem Diebesgut fliehen – vielleicht sogar mit Papas kostbarer Schatulle.

Sie hob ihre eigene Kerze höher und schaute sich prüfend in der Halle um. Ein paar Gemälde, ein, zwei zerbrechlich wirkende Stühle und eine viel zu kleine Bronzestatue … Halt! Der Schild und das Schwert an der gegenüberliegenden Wand! Hastig stellte sie die Kerze ab und nahm beides herunter. Das Schwert war schwerer, als sie gedacht hatte, doch der massive Holzschild mit dem Lederbezug gab ihr ein gewisses Gefühl der Sicherheit.

Ohne noch lange weiter zu überlegen, stürmte sie zurück und trat die Tür zum Arbeitszimmer so heftig auf, dass sie gegen die Wand schlug. Mit vorgehaltenem Schild und gezücktem Schwert stürzte sie ins Zimmer und rief mutig: „Ergib dich, du Dieb!"

Als sich der dunkelhaarige Fremde hinter dem Schreibtisch aufrichtete, wurde ihr plötzlich klar, dass sie die Situation wohl vollkommen falsch eingeschätzt hatte. Das war kein Zigeuner. Zigeuner hatten keine helle Haut oder geradezu unwirklich blaue Augen. Sie trugen auch keine teuren Gehröcke aus Satin und maßgeschneiderte Breeches aus Seide.

Tödlich verlegen bemerkte sie, wie sich der Anflug eines Lächelns auf den markanten Zügen abzeichnete. „Guten Abend, Madam." Er verneigte sich. „Sie müssen Lady Rosalind sein."

3. KAPITEL

Griffith starrte die schwertschwingende Amazone unverhohlen an. Großer Gott, *das* war die dritte Schwester? Dieses erstaunliche Geschöpf? Sie musste es sein – denn ihr grell orangefarbener Morgenrock aus chinesischer Seide konnte nur derselben Frau gehören, die Swan Parks Eingangshalle so verunstaltet hatte.

Und die nun fest entschlossen schien, ihn zu verunstalten. Er hob beschwichtigend die Hand, als er um den Schreibtisch herumkam. Ein Schwert war immer gefährlich, vor allem, wenn es sich in der Hand einer Verrückten befand. „Sie sind wirklich Lady Rosalind, nicht wahr?"

„Sie sind mir gegenüber im Vorteil, Sir." Hochmütig warf sie den Kopf mit der fast bis zur Taille reichenden rostroten Haarmähne in den Nacken. Gleichzeitig hob sie das Schwert noch etwas höher. „Sie kennen meinen Namen, aber ich nicht den Ihren."

„Ich bitte um Verzeihung. Ich bin Knightons Berater, Daniel Brennan. Viele nennen mich auch Griffith", fügte er hinzu, um weiteren Versprechern Daniels zuvorzukommen. „Zu Ihren Diensten, Madam." Er betrachtete sie neugierig. „Haben Ihnen Ihre Schwestern denn nicht gesagt, dass ich Ihren Cousin bei diesem Besuch begleite?" Sie wirkte verwirrt, und er musste lächeln. „Nein, wohl nicht."

Sie gewann schnell ihre Fassung wieder. „Sie berichteten nichts von einem Berater."

„Aha." Er nickte in Richtung des imposanten Schwerts. „Das erklärt Ihren … Auftritt. Ich habe mich schon gefragt, ob Sie alle Gäste Swan Parks auf so dramatische Weise begrüßen."

Wenn er glaubte, sie dadurch in Verlegenheit zu bringen, so irrte er sich. Sie hielt das Schwert unverändert auf ihn gerichtet. „Nur, wenn ich unsere Gäste dabei ertappe, wie sie Papas Schreibtisch durchwühlen."

„Ach so, das." Ein Glück, dass er mit Daniel die Rollen getauscht hatte. Dieser wäre wohl kaum mit dieser Amazone fertig geworden. „Ich wollte mir ein paar Notizen machen, musste aber feststellen, dass ich mein Schreibzeug vergessen habe. Das hier schien mir der geeignete Ort, etwas Entsprechendes zu finden."

Sie neigte den Kopf zur Seite, und ihre haselnussbraunen Augen funkelten misstrauisch. „Arbeiten Sie immer so spät?"

„Ich bin an die Arbeitsstunden in der Stadt gewöhnt. Für mich ist es noch relativ früh." Er schaute auf die Uhr. „Es ist noch nicht einmal Mitternacht."

„Ich wusste nicht, dass sich Berater nach den Arbeitsstunden in der Stadt richten. Ich dachte, sie fingen immer ganz früh morgens zu arbeiten an."

Kluge Frau. Und wachsam. Vor ihr würde er sich in Acht nehmen müssen. „Mein Arbeitgeber sieht das nicht so eng. Sehr oft begleite ich ihn noch spät abends zu gesellschaftlichen Anlässen, daher erlaubt er mir, mir meine Zeit selbst einzuteilen. Aber das wüssten Sie längst, wenn Sie sich beim Abendessen zu uns gesellt hätten."

Sie verzog das Gesicht. „Ich hatte auch vor, daran teilzunehmen, doch Papa hatte andere Pläne mit mir."

Bei der Erwähnung ihres schurkischen Vaters straffte

er sich. „Zwingt er Sie oft an seine Seite, wenn Gäste eintreffen?"

Sie runzelte die Stirn. „Ich stelle hier die Fragen, Mr. Brennan. Schließlich sind Sie derjenige, der sich etwas zu Schulden hat kommen lassen." Als wolle sie ihre Worte noch unterstreichen, stieß sie das Schwert ein Stück nach vorn, mit einer Leichtigkeit, als hielte sie bloß einen Sonnenschirm in der Hand.

Wie stark diese Frau war – die meisten anderen Frauen hätten das Ding nicht einmal hochheben können. Er lehnte sich mit der Hüfte an den Schreibtisch. „Fragen Sie mich, was immer Sie wollen. Obwohl … jetzt, da wir uns einander vorgestellt haben, können Sie die Waffe eigentlich weglegen. Es sei denn, Sie haben Angst vor einem einfachen Berater."

„Ich habe vor niemandem Angst." Sie sagte das ohne jede Prahlerei, als stellte sie nur eine Tatsache fest. Sie senkte das Schwert und stützte sich darauf wie auf einen Stock. Gleichzeitig musterte sie ihn aufmerksam von Kopf bis Fuß. „Ich habe Sie für einen Zigeuner gehalten, der hier einbricht."

„Ich bin kein Zigeuner, sondern Ire", erwiderte Griffith und besann sich auf seine Rolle. „Obwohl sicher manche behaupten, das wäre genauso schlimm."

„Ich habe nichts gegen Iren, Mr. Brennan. Außer, wenn sie in den privaten Bereichen meines Zuhauses herumschnüffeln."

Sie bückte sich, um den Schild abzulegen. Nun konnte der Lichtschein der Kerze hinter ihr in der Halle ungehindert durch ihre dünne Bekleidung schimmern, so dass sich die Umrisse ihres Körpers erstaunlich detailliert erahnen ließen. Sie schien volle, wohlgerundete Brüste, weiblich geschwungene

Hüften und eine schlanke Taille zu haben, und Griffith war plötzlich verwirrt. Sein Körper reagierte sofort, und Griffith verlagerte unbehaglich das Gewicht von einem Bein auf das andere. Er war offenbar schon zu lange nicht mehr mit einer Frau zusammen gewesen, anders konnte er sich nicht erklären, weshalb sie ihn so anzog. Er bevorzugte sonst ruhige, elegante Frauen mit Stil und gewählter Ausdrucksweise, keine stürmischen Amazonen mit einer Vorliebe für flammend bunte Seidenstoffe.

Dennoch kostete es ihn einige Anstrengung, den Blick von ihrem Körper abzuwenden und ihn auf ihr Gesicht zu richten. Das machte die Sache jedoch nicht einfacher, ihr Gesicht faszinierte ihn mindestens genauso sehr. Für sich genommen wirkte jeder einzelne Zug darin beinahe übertrieben – ihr Kinn war eine Spur zu energisch, ihre Wangen waren etwas zu rund und ihre Brauen einen Deut dunkler und dichter, als es dem gängigen Schönheitsideal entsprach. Alles zusammen allerdings verlieh ihr den unwiderstehlichen Reiz einer Tizian'schen Schönheit. Er besaß tatsächlich ein Frauenbildnis von Tizian, das ihr verblüffend ähnelte.

Vor allem die Lippen glichen denen auf dem Bild. Sie allein waren ein zum Leben erwecktes Kunstwerk. Plötzlich verspürte er das vollkommen aberwitzige Bedürfnis, diesen sinnlichen Mund zu küssen. Er unterdrückte diese Anwandlung sofort, indem er sich auf den eigentlichen Grund seiner Anwesenheit hier besann. Eine Affäre mit der Tochter seines Feindes wäre wohl wenig zweckdienlich gewesen.

Griffith bemühte sich angestrengt, seine Gedanken wieder auf unverfängliche Dinge zu richten. „Gestatten Sie mir eine

Frage – was hätten Sie gemacht, wenn ich wirklich ein Einbrecher gewesen wäre?“

Sie zuckte mit den Schultern. „Ich hätte Sie hier in Schach gehalten und um Hilfe gerufen.“

Er unterdrückte ein Lachen. „Sie hätten mich in Schach gehalten?“ Beim Anblick ihrer hochgezogenen Augenbrauen zog er es jedoch vor, seine Zweifel nicht laut zu äußern. Ihm bot sich hier eine erste Gelegenheit, ihr ein paar Informationen zu entlocken, doch das würde ihm nicht gelingen, wenn er Rosalind verärgerte. „Ich verstehe. In diesem Schreibtisch scheinen sich ja wahre Schätze zu verbergen, dass Sie ihn so gut bewachen.“

Flüchtiges Erschrecken breitete sich auf ihren Zügen aus. „Nein! Ich meine, darum geht es gar nicht. Ich will nur nicht, dass Papa irgendetwas gestohlen wird, selbst wenn es sich nur um ein paar Anweisungen für seinen Butler handelt!“

Wie interessant. Befand sich das Dokument etwa tatsächlich in diesem Schreibtisch? Er hatte es nicht gefunden, aber auch nicht lange danach gesucht, weil diese Kriegsgöttin ins Zimmer gestürmt war. „Nichtsdestotrotz haben Sie große Anstrengungen auf sich genommen, den Inhalt zu beschützen, folglich muss er für jemanden von einigem Wert sein.“

„Sie scheinen ungebührlich interessiert am Schreibtisch meines Vaters. Darf ich vorschlagen, dass Sie den Tod meines Vaters abwarten, ehe Sie sich an eine Bestandsaufnahme des Erbes Ihres Arbeitgebers machen?“

Zu dumm, er war zu nachlässig gewesen und hatte ihr einen falschen Eindruck vermittelt. „Das hat nichts mit dem Erbe meines Arbeitgebers zu tun. Ich frage mich nur, ob Ihr Vater weiß, dass seine Tochter ihr Leben riskiert – für was auch immer sich in diesem Schreibtisch befindet!“

Sie setzte eine trotzige Miene auf. „Ich habe nicht mein Leben riskiert. Ich war bewaffnet.“

Dieses Mal konnte er sein Lachen nicht unterdrücken. „Lady Rosalind, wenn Sie glauben, einen diebischen Zigeuner mit dieser Antiquität von einem Schwert auch nur fünf Minuten lang in Schach halten zu können, dann sind Sie eine Närrin! Nicht einmal mich hätten Sie aufhalten können, wenn ich das nicht gewollt hätte.“

„Wenn *Sie* das nicht gewollt hätten?“ Sie hob das Schwert auf und richtete es erneut auf ihn. „Sind Sie sich da so sicher?“

Wie konnte er einer solchen Herausforderung widerstehen? Dieser Frau mangelte es an gesundem Menschenverstand, sie benötigte dringend eine Lektion über die Gefahren im Leben.

Blitzschnell duckte er sich unter dem Schwert hindurch, trat mit einem Schritt hinter sie und schlang den Arm fest um ihre Taille, während er ihr mit der anderen Hand das Schwert entwand. Dann drückte er die Klinge an ihre Kehle und murmelte: „Ganz sicher. Fordern Sie niemals einen Einbrecher heraus, Mylady, wenn Sie ihn nicht wirklich überwältigen können.“

Der Rosenduft ihres Haares betörte seine Sinne, ganz zu schweigen von dem Gefühl ihres weichen Bauchs unter seinem Arm. Wie sehnte er sich plötzlich danach, die Hand tiefer sinken zu lassen, um das Geheimnis zwischen ihren Schenkeln zu erkunden, bis sie vor Lust erbebte und nicht mehr vor Furcht. Aber nein. Nicht jetzt, nicht mit einer der Swanlea-Töchter.

„Sie müssen sich um noch Wichtigeres sorgen als nur um

den Inhalt des Schreibtisches Ihres Vaters, wenn Sie einem Mann ganz allein gegenüberstehen", fuhr er fort, um seine Warnung noch zu untermauern – und um sich von den Reizen ihres Körpers abzulenken. „Vor allem, wenn Sie so spärlich bekleidet sind wie jetzt. ‚Schönheit lockt Diebe schneller noch als Gold', wissen Sie."

Sie atmete tief durch und flüsterte: „*Wie es euch gefällt.*"

„Dann stimmen Sie mir also zu?"

„Nein, Sie Ignorant", zischte sie. „*Wie es euch gefällt*, das Stück von Shakespeare! Daraus haben Sie eben zitiert."

Er war so überrascht, dass er das Schwert senkte. Und in diesem Moment stieß sie ihm den Ellenbogen mit aller Kraft in die Rippen. Ihm entfuhr ein Schmerzenslaut, und Griffith krümmte sich. Dabei ließ er das Schwert fallen. Er stieß eine Reihe von Flüchen aus, die er sonst niemals vor einer Frau geäußert hätte, schon gar nicht vor einer Dame. Aber diese Hexe wusste wirklich, wie sie ihre Kraft einsetzen musste – und Kraft hatte sie in der Tat.

Sie bückte sich schnell nach dem Schwert und wich dann damit zum Schreibtisch zurück. „Da Sie mit Shakespeare vage vertraut zu sein scheinen, stimmen Sie mir sicher zu, wenn ich sage, dass es keinem ‚listigen Dieb oder vollendeten Hofmann' je gelingen wird, mich des Schatzes meiner Tugend zu berauben!"

Er richtete sich steif auf. „*Der Sturm?*" Er war ziemlich sicher, die Worte schon einmal gelesen zu haben.

„*Cymbeline.*" Sie zog eine Braue hoch. „Aber eine nahe liegende Vermutung, zugegeben."

„So wie Ihre in Bezug auf *Wie es euch gefällt.*"

„Das war keine Vermutung. Ich kenne *Wie es euch gefällt* in- und auswendig."

„Tatsächlich?" Da er nicht über Daniels gewandten Umgangston Frauen gegenüber verfügte, verließ er sich im Allgemeinen auf ein paar Standardkomplimente aus dem Zitatenschatz des Dichters. Schon bei vielen Frauen hatte er dieses Zitat von vorhin angebracht, aber noch keine hatte bislang gewusst, woher es stammte.

Sie jedoch kannte es. Wie ungewöhnlich. Aber natürlich war jede Frau ungewöhnlich, die ihre „Tugend" mit dem Schwert verteidigte.

Er nickte zum Schwert hinüber. „Ihnen ist klar, dass ich damit nur einen Beweis erbringen und Ihnen nicht etwa ‚den Schatz Ihrer Tugend' rauben wollte."

Sie ließ die Waffe nach wie vor nicht sinken.

„Glauben Sie mir nicht?"

Zu seiner Überraschung musterte sie ihn so kritisch von oben bis unten, wie es sonst nur Männer taten, die die körperlichen Vorzüge eines leichten Mädchens in Augenschein nahmen. Das irritierte ihn ungemein, auch wenn sein Körper auf eine ganz eigene Art darauf reagierte. Was für eine Hexe! Sie verhielt sich ganz anders als alle adligen Töchter, denen er bisher begegnet war.

Schließlich seufzte sie resigniert. „Ich glaube Ihnen. Ein Mann wie Sie hat es nicht nötig, einer Frau die Tugend zu *rauben.* Wahrscheinlich können Sie jede dazu überreden, sie Ihnen freiwillig zu schenken."

„Was soll das heißen – ein Mann wie ich?"

„Ein gut aussehender Tunichtgut." Sie ließ das Schwert

fallen. „Ein Ire, der Shakespeare zitiert, um ans Ziel zu gelangen. Ich wette, Sie wissen genau, wie man sich Zugang in das Schlafzimmer einer Frau verschafft."

„Aber nicht in Ihres", konnte er nicht umhin zu bemerken. Was sie wohl sagen würde, wenn er ihr verriet, dass ihm für gewöhnlich Geschenke und Geld den Weg in Schlafzimmer ebneten, und nicht Shakespeare-Zitate.

Sie wandte den Blick ab, und zum ersten Mal, seit sie das Zimmer betreten hatte, wirkte sie verletzlich. „Nein, ich falle nicht so leicht auf Schmeicheleien herein. All dies Gerede: ‚Schönheit lockt Diebe.' Andere Frauen können Sie vielleicht mit Ihren dürftigen Shakespeare-Kenntnissen beeindrucken, aber mich nicht. Ich erkenne einen Hochstapler sofort. Den Typ Mann, der sich solche Zitate aus der gehobenen Literatur nur merkt, weil er sich von ihnen Erfolg bei Frauen erhofft."

Das war hart, wenn auch zum Teil die Wahrheit. Ihre Schwestern hatten ihm und Daniel kein so großes Misstrauen entgegengebracht. Das reizte ihn. Er war noch nie einer Frau begegnet, die ihn spontan nicht zu mögen schien – schon gar nicht, seitdem er vermögend war. „Sie haben keine gute Meinung von mir. Das ist nicht ganz gerecht, wo wir uns doch erst so kurze Zeit kennen."

„Ich halte es für mehr als gerecht, wenn man bedenkt, dass ich Sie immerhin beim Durchsuchen von Papas Schreibtisch erwischt habe."

Verdammt, konnte er sie denn nicht von diesem Thema abbringen? „Ich habe nur nach Schreibzeug und Papier Ausschau gehalten."

„Ja, sicher. Haben Sie welches gefunden?" Als sie sich

schwungvoll dem Schreibtisch zuwandte, erhaschte er einen flüchtigen Blick auf ein wohlgeformtes Bein, und sein Verlangen erwachte erneut.

„Nein. Aber ich hatte auch gerade erst zu suchen angefangen, als Sie mit Schwert und Schild ins Zimmer stürmten!"

Sie achtete nicht auf seinen sarkastischen Tonfall und beugte sich vor, um eine Schublade aufzuziehen. Unbewusst gewährte sie ihm dabei einen tiefen Einblick in ihr Dekollete, und er presste die Kiefer aufeinander. Kannte diese Frau denn gar kein Schamgefühl? Wie sollte er es auch nur einen Tag in diesem Haus aushalten, wenn sie ihre Reize so ungeniert zur Schau stellte?

Sie richtete sich auf und reichte ihm einen Bogen Briefpapier. „Hier. In der Schublade des Sekretärs in Ihrem Zimmer befinden sich Schreibfeder und Tinte. Alle unsere Gästezimmer sind mit Schreibzeug ausgestattet. Ich kann nur vermuten, dass unser letzter Gast das Papier in Ihrem Zimmer aufgebraucht hat."

Ihr herausfordernder Blick weckte seine widerwillige Bewunderung. Sollte er mit dieser Masche fortfahren? Nein, dazu war sie viel zu klug. Er nahm ihr den Bogen ab und legte ihn auf den Tisch. „Ich sehe, Sie haben mich durchschaut."

Der Anflug eines Lächelns umspielte ihre Lippen. „Nur ein Narr hätte geglaubt, dass ein Berater sein ‚Handwerkszeug' vergisst. Und ich bin kein Narr, Mr. Brennan."

„Wie Sie bereits klar bewiesen haben."

Als er nicht weitersprach, erstarb ihr Lächeln. Sie stützte sich mit den Händen auf die Tischplatte und gestattete ihm unbewusst erneut einen Einblick in den Ausschnitt ihres Morgenrocks. „Wollen Sie sich nun erklären oder nicht?"

„Nein." Er war viel zu verwirrt, um sich eine plausible Erklärung einfallen lassen zu können. Er musste sich von dieser Frau fern halten, sonst würde er nie erreichen, was er sich vorgenommen hatte.

Eine Standuhr in der Nähe schlug zwölf, und sie zuckten beide zusammen. Schließlich richtete Rosalind sich auf, und er hätte beinahe einen Seufzer der Erleichterung ausgestoßen. Oder des Bedauerns. Er wusste es nicht genau.

„‚Die Mitternacht rief zwölf mit ehr'ner Zunge', und ich würde mich jetzt gern zurückziehen. Könnten Sie also bitte mit Ihrem neckischen Gehabe aufhören und mir verraten, was Sie in Papas Schreibtisch gesucht haben?"

Neckisch? Er? Er hatte ein ganzes Imperium aufgebaut, weil er im Ruf stand, ein gefährlicher Gegner zu sein! Wie seine Konkurrenten wohl lachen würden, wenn sie bei Brandy und Zigarren von dieser Sache … Zigarren. „Ich suchte nach einer Zigarre."

„Einer Zigarre?"

„Ja, ich rauche gern eine, bevor ich schlafen gehe. Leider sind mir die Zigarren ausgegangen. Und da Mr. Knighton nicht raucht, wollte ich nachsehen, ob Ihr Vater wohl welche in seinem Arbeitszimmer aufbewahrt." Etwas spöttischer fuhr er fort: „Ich bin von Haus aus kein Zigarrendieb, aber nach einem ganzen langen Tag, ohne zu rauchen, ist die Sehnsucht danach ziemlich groß. Auch war mir nicht klar, dass Sie nachts bewaffnet durch die Flure patrouillieren. Sagen Sie, benutzen Sie immer das Schwert, oder greifen Sie manchmal auch auf Pistolen zurück? Ich würde mich gern im Voraus darauf einstellen!"

„Sehr amüsant. Wenn Sie nur wegen der Zigarren hier sind, warum haben Sie mir das dann nicht gleich verraten?“

„Sie haben doch sicher nicht erwartet, dass ich Sie gleich bei unserer ersten Begegnung mit all meinen Lastern konfrontiere!“

„Abgesehen von denen, mit denen Sie mich bereits konfrontiert haben, meinen Sie?“

„Genau.“ Es hatte keinen Sinn, weiter mit ihr zu streiten. Außerdem wollte er sie jetzt gern loswerden, damit er seine Suche fortsetzen konnte.

Sie schien jedoch nicht in Eile zu sein. Wahllos öffnete sie ein paar Schubladen, bis sie schließlich eine hölzerne Kiste fand und sie ihm zuwarf. „Hier, Mr. Brennan. Wir können doch nicht zulassen, dass Sie schlaflos durch das Haus geistern, wenn das Heilmittel gegen Ihre Schlaflosigkeit so leicht zu beschaffen ist. Papa raucht schon seit geraumer Zeit nicht mehr, er wird also nichts dagegen haben, wenn Sie seine Zigarren genießen.“

Sie glaubte ihm offensichtlich tatsächlich! Er öffnete die Kiste und täuschte Interesse an ihrem Inhalt vor. Die Zigarren schienen von erlesener Qualität zu sein. Zu schade, dass er niemals rauchte. Er verschloss die Kiste wieder und klemmte sie sich unter den Arm. „Vielen Dank, das ist sehr großzügig.“

„Möchten Sie denn jetzt keine rauchen?“

„Hier?“

„Natürlich!“

War das ein Trick, oder hatte sie wirklich keine Ahnung, was sie da vorschlug? „Ich mag nur ein einfacher Berater sein, aber ich kenne die Gesetze der Höflichkeit. Ich würde niemals so unverschämt sein, in Gegenwart einer Dame zu rauchen.“

„Sie haben eine merkwürdige Vorstellung von Anstand, Sir.

Sie halten es für anständig, den Privatbesitz Ihres Gastgebers zu durchstöbern und seiner Tochter eine Schwertklinge an die Kehle zu drücken, gleichzeitig haben Sie aber Hemmungen, in ihrer Gegenwart zu rauchen."

Er musste unwillkürlich schmunzeln. „Ich bin nicht der Einzige mit einer merkwürdigen Vorstellung von Anstand. Sie hatten ebenfalls keine Scheu, sich ganz allein bei Nacht einem Mann in spärlicher Bekleidung zu präsentieren. Was Ihr Vater wohl dazu sagen würde?"

Zum ersten Mal an diesem Abend wurde sie rot. „Nun, ja ... es ist wohl das Beste, wenn wir ihm gegenüber diesen kleinen ... Zwischenfall nicht erwähnen. Auch keinem anderen gegenüber, natürlich."

Gott sei Dank, dass es diese eisernen Anstandsregeln gab! Dennoch konnte er nicht umhin, sie noch etwas zu necken. „Warum sollte ich schweigen? Ich habe nichts Schlimmes angestellt! Ich habe nur nach Zigarren gesucht."

Sie erschrak. „Sie wissen, dass uns diese Geschichte beiden nicht zur Ehre gereichen würde."

„Ich verstehe wirklich nicht, warum ..."

„Mr. Brennan! Wenn Sie ihm *davon* erzählen ..."

„Nun, ich denke, ich kann Sie beruhigen." Er sollte sie nicht so quälen, schließlich war ihm auch daran gelegen, dass ihr Vater nichts von alledem erfuhr. „Und da ich ein Gentleman bin, werde ich unserer unschicklichen Begegnung nun ein Ende setzen. Gute Nacht, Mylady."

„Gute Nacht, Mr. Brennan. Wir sehen uns morgen beim Frühstück." Mit entschlossener Miene blieb sie stehen. Ohne Zweifel wartete sie darauf, dass er ging. Sie wollte kein Risiko mehr eingehen. Sobald er fort war, würde sie sicher sofort nachschauen, ob etwas aus dem Schreibtisch fehlte, und dann beim Verlassen des Raumes die Tür hinter sich abschließen. In dieser Nacht würde er also nicht mehr fündig werden.

Aber er würde zurückkommen, denn es war klar, dass sie etwas vor ihm zu verbergen versuchte. Er hatte vor, herauszufinden, was das war. „Nun gut, bis zum Frühstück." In der Tür blieb er noch einmal stehen. Plötzlich wollte er unbedingt das letzte Wort haben. „Übrigens – Ihr Zitat eben stammte aus dem *Sommernachtstraum.*" Auf ihren verblüfften Blick hin fuhr er fort: „Wie Sie sehen, merke ich mir also nicht nur solche Zitate aus der gehobenen Literatur, von denen ich mir Erfolg bei Frauen erhoffe! Ich kenne sogar die Fortsetzung der Passage." Mit sanfter Stimme zitierte er: „‚Die Mitternacht rief zwölf mit ehr'ner Zunge. Zu Bett, Verliebte! Bald ist's Geisterzeit. Wir werden, fürcht' ich, in den Morgen schlafen, so weit wir in die Nacht hineingewacht.'"

Beim Wort „Verliebte" errötete sie noch stärker, und er nahm es befriedigt zur Kenntnis. Die Amazone konnte also doch gezähmt werden, und er hatte den richtigen Weg gefunden.

„Wenngleich unsere ‚Geisterzeit' auch ausgesprochen interessant verlief, so haben wir doch weit ‚in die Nacht hineingewacht', Lady Rosalind. Sie werden also nicht ‚in den Morgen schlafen' und zu spät zum Frühstück erscheinen wollen, vermute ich mal." Er bedachte sie mit einem spöttischen Lächeln. „Denn wenn ich vor Ihnen da bin, könnte ich mich versucht fühlen zu erklären, warum Sie sich so verspäten! Und ich habe den Verdacht, dass Ihre Familie, vor allem Ihr Vater, das nicht begeistert aufnehmen würde!"

4. KAPITEL

Nachdem ihr die Zofe beim Ankleiden geholfen hatte, ging Rosalind rastlos in ihrem Zimmer auf und ab. Seit Mr. Brennan am vergangenen Abend das Arbeitszimmer verlassen hatte, befand sie sich in einem Zustand anhaltender Aufgewühltheit.

Er hatte ihr gedroht! Er, ein einfacher Berater! Glaubte er wirklich, sie hätte panische Angst, er könnte ihrem Vater von dem Vorfall erzählen? Nun, dann irrte er.

Sie legte sich ihren besten Spitzenschal um die Schultern und ging zur Tür. Sollte dieser Schuft Papa doch mitteilen, was er wollte. Ihr war das gleichgültig. Sie würde jetzt frühstücken und für den Rest des Tages ihrer Arbeit nachgehen. Ein leichtsinnig aussehender, gut gebauter Ire konnte ihr keine Angst einjagen. Nein, auf gar keinen Fall.

Und wenn er doch mit Papa sprach? Dann würde sie verraten, dass der Mann in dem Schreibtisch gestöbert hatte, und ihr Vater würde sie für ihre Wachsamkeit loben.

Außer … Mr. Brennan erwähnte, wie spärlich bekleidet sie gewesen war. Stirnrunzelnd machte sie an der Tür wieder kehrt. Papa wäre mit Sicherheit entsetzt. Der verfluchte Mr. Brennan hatte in diesem Punkt Recht.

Wieder glaubte sie, seinen warmen Atem an ihrem Ohr zu spüren – *Fordern Sie nie einen Einbrecher heraus, Mylady …*

Verdammt! Mr. Brennan hatte klar erkannt, dass Papa das alles nicht gefallen würde, schon gar nicht, wenn ihr Vater die ganze Geschichte zu hören bekam. Wie dieser dreiste Mensch sie fest an sich gepresst hatte und wie ihr beinahe schwindelig geworden war bei dieser Berührung … Wie sie die Wärme seiner Hand durch den Morgenrock hindurch auf ihrer Haut gespürt hatte …

Glut schoss ihr in die Wangen. Dieser Erpresser brachte sie sogar dazu, rot zu werden! Diese seltsame Reaktion auf ihn – das war einfach unerträglich. Vor allem, weil sie so gar keinen Sinn ergab. Von Beratern erwartete man nicht, dass sie solche Empfindungen in einer Frau auslösten!

Berater sollten eine Brille tragen und häufig hüsteln. Sie sollten nach Staub, Tinte und muffigem Papier riechen. Sie sollten spindeldürr sein und leicht hervorstehende Augen haben wie Papas Verwalter.

Ganz sicher sollten sie nicht athletisch gebaut sein. Sie sollten nicht nach Kaminrauch und Leder duften und so unverschämt blaue Augen haben, dass nicht einmal Brillengläser ihre Wirkung schmälern könnten.

Sie sank auf das Bett und strich abwesend über den jadegrünen Damastüberwurf, der nur einen Ton dunkler war als die Streifen des Kleides, das sie heute trug – ihr Lieblingskleid. Mr. Brennans verwegene Ausstrahlung und die geschickte Art, wie er ihr das Schwert entwunden hatte, machten sie nachdenklich. Ob er wohl einer der Schmugglerkumpane von Mr. Knighton war, der sich hier einen Überblick über das Familienvermögen verschaffen sollte, noch ehe Papa überhaupt unter der Erde war? Ja, so musste es sein.

Und doch … Wie eigenartig, dass er Shakespeare kannte. Es kam ihr unwahrscheinlich vor, dass Schmuggler den *Sommernachtstraum* lasen, sie lasen sicher nie Bücher. Andererseits hatte Shakespeare geschrieben: „Der Teufel kann sich auf die

Schrift berufen.“ Konnte der Teufel dann vielleicht auch Shakespeare zitieren?

Dann war da auch seine Heimlichtuerei. Die Geschichte mit den Zigarren nahm sie ihm nicht ganz ab. Wenn er nun tatsächlich nach Papas privaten Papieren gesucht hatte?

Sie rutschte ans Fußende des Betts und öffnete den Deckel der dahinter stehenden Truhe, um nach der Schatulle zu sehen. Ein Glück, dass Mr. Brennan sie in der vergangenen Nacht nicht gefunden hatte! Das schwere Vorhängeschloss beflügelte ihre Fantasie. Der Inhalt der Schatulle schien sowohl für ihren Vater als auch für Mr. Brennans Arbeitgeber von größter Wichtigkeit zu sein, denn sonst hätte der seinen Verwalter nicht beauftragt, den Schreibtisch zu durchsuchen. Nun, wenn es Mr. Brennans Aufgabe war, die Schatulle zu finden, dann würde sie ihn eben daran hindern. Sie würde ihn nicht aus den Augen lassen, ganz gleich, was das auch für Folgen haben mochte. Und selbst wenn er *nicht* danach suchte, so konnte es dennoch nicht schaden, den Feind zu beobachten. Vielleicht lieferte Mr. Brennan ja unbewusst den Beweis für den schäbigen Charakter seines Arbeitgebers, und dann konnte sie Juliet überreden, sich gegen Papa aufzulehnen. Papa würde Juliet doch bestimmt nie zu einer Ehe zwingen, wenn das Mädchen absolut dagegen war.

Sie ließ den Truhendeckel zuklappen. Ja, ihr Plan stand fest – sie würde die Geheimnisse dieser beiden Männer aufdecken und so die Schlacht gewinnen.

Mit neu gewonnener Zuversicht stand sie auf und ging zur Tür. Sollte Mr. Brennan beim Frühstück sagen, was er wollte. Sie würde auf jeden Vorwurf von ihm mit einem eigenen reagieren. Sie hatte nicht vor, sich von ihm unterkriegen zu lassen.

Als sie aus ihrem Zimmer eilte, stieß sie im Flur beinahe mit Juliet zusammen. Diese erbleichte. „Rosalind …?"

„Guten Morgen, Liebes. Bist du auch auf dem Weg zum Frühstück?"

„Ja." Juliet betrachtete sie ängstlich. „Du … du bist nicht böse auf mich?"

„Warum?" Rosalind stutzte. „Ach so, weil du mich in Papas Zimmer eingeschlossen hast." Durch ihre Begegnung mit Mr. Brennan hatte sie das völlig vergessen.

„Es tut mir so Leid, Rosalind", flüsterte Juliet und spielte nervös mit dem Rock ihres gelben Satinkleides. „Bist du sehr wütend auf mich?"

Wie konnte sie wütend sein, wenn das arme Mädchen so schuldbewusst aussah? „Nein, nicht mehr. Du hast schließlich geglaubt, das Richtige zu tun."

„Das stimmt. Wirklich! Ich weiß ja, dass du dich für Mr. Knightons Vergangenheit interessierst, aber immerhin ist er ja nicht selbst Schmuggler gewesen. Und Papa meint, das sei schon sehr lange her. Er hätte weitaus Schlimmeres sein können – ein Trunkenbold, ein Schürzenjäger oder gar ein Freund dieses schrecklichen Lord Byron!"

Rosalind verdrehte die Augen, aber in einem Punkt hatte Juliet Recht. In Mrs. Inchbalds Briefen hatte es keinen Hinweis darauf gegeben, dass der Mann einen schlechten Ehemann abgeben könnte. Trotzdem …

„Du wirst Mr. Knighton doch nicht auf die Schmugglerei ansprechen, nicht wahr?" fuhr Juliet fort.

„Juliet, ich würde niemals unhöflich zu einem Gast sein." Zumindest nicht so unhöflich, dass sich der Gast darüber bei

Papa beschweren könnte. Sie hatte keine Lust, schon wieder einen Abend lang eingesperrt zu werden.

Juliet begann zu strahlen. „Ich bin so erleichtert, dass du das sagst. Ich mag es gar nicht, wenn wir streiten. Das bedrückt mich sehr."

„Ja, mich auch", bestätigte Rosalind, und sie meinte es so. Nachdem Mama bei Juliets Geburt gestorben war, hatten Rosalind und Helen alles getan, um Juliet die Mutter zu ersetzen. Sie waren damals sechs und neun Jahre alt gewesen und hatten ihre kleine Schwester liebevoll verhätschelt. Im Grunde taten sie das heute noch.

Juliet war jedermanns Liebling – und das zu Recht. Mit ihren siebzehn Jahren hatte sie eine hinreißende Figur und wunderschönes goldblondes Haar. Alle drei Schwestern hatten die haselnussbraunen Augen der Lavericks geerbt, aber Juliets schimmerten manchmal sogar smaragdgrün. Nein, Juliet war viel zu hübsch für einen so zweifelhaften Charakter wie Mr. Knighton.

Sie näherten sich jetzt der Treppe. „Also, was hältst du nun von unserem Cousin?" wollte Rosalind wissen. „Was habe ich zu erwarten?"

Juliet eilte mit gesenktem Kopf die Stufen hinab. „Er ist nett. Ein richtiger Gentleman."

Mit prüfendem Blick folgte Rosalind ihrer Schwester. „Wie findest du ihn?"

Juliet zuckte mit den Schultern und lief schneller, um weiteren Fragen zu entgehen.

„Du magst ihn also nicht." Nun, vielleicht wurde es ja doch nicht nötig, Mr. Knightons Geheimnisse aufzudecken.

„Nein. Ich meine, doch, ja! Ach, ich weiß nicht. Ich schätze, er ist in Ordnung."

Rosalind hatte sie eingeholt und hielt sie am Arm fest. „Aber irgendetwas an ihm stört dich." Als Juliet widersprechen wollte, legte Rosalind ihr den Finger auf die Lippen. „Mir kannst du nichts vormachen, Liebes. In deinem Gesicht kann ich lesen wie in dem eines Kindes."

Das war die falsche Bemerkung gewesen. „Ich bin kein Kind!" gab Juliet verletzt zurück. „Und mich stört gar nichts. Ich komme mit dieser Sache zurecht. Wirklich!"

Sie klang, als wolle sie sich selbst überzeugen. Rosalind seufzte. Seit wann war Juliet so wild entschlossen, Swan Park zu retten? Für ein Mädchen, das für gewöhnlich wie in einem Traum durch das Leben schwebte, schien sie plötzlich sehr erpicht darauf, sich für Papa zu opfern.

Du warst nicht viel älter als sie, als du es auf dich genommen hast, dich um einen bettlägerigen Vater, eine auf tragische Weise behinderte Schwester und ein dem Untergang geweihtes Anwesen zu kümmern, dachte sie. Nun ja, aber das war etwas anderes, überlegte sie, ich hatte keine andere Wahl.

Wahrscheinlich empfand Juliet ähnlich. Rosalind beschloss, im Moment nichts mehr dazu zu sagen. Vielleicht kam alles von allein ins Lot. Vielleicht wurden Juliets Ängste doch noch so groß, dass sie von ihrem verhängnisvollen Entschluss Abstand nahm.

Als sie im Erdgeschoss angekommen waren, verfielen sie in ein gemäßigteres Tempo und schritten über den verschlissenen Teppich auf das Esszimmer zu. Ein ungewöhnlich großer und breit gebauter Mann erschien am anderen Ende der Halle.

Als er sie erblickte, blieb er an der Esszimmertür stehen und wartete.

„Mein Gott, ist er über Nacht etwa noch größer geworden?" murmelte Juliet halblaut.

„Ist das unser Cousin?" flüsterte Rosalind.

„Ja. Das ist Mr. Knighton."

Rosalind musterte den Mann, den sie eigentlich für den Schurken in diesem Stück gehalten hatte. Doch er sah nicht wie ein Schurke aus. Eher wie ein Feldarbeiter in der Kleidung eines Gentlemans, etwas unbeholfen und verlegen in dieser Umgebung. Papas Diener, der Mr. Knighton für die Dauer seines Besuchs zugewiesen worden war, schien ihm die Krawatte zu fest gebunden zu haben, da der Mann unentwegt daran herumfingerte. Sein sichtbares Unbehagen weckte bei Rosalind seltsamerweise eine gewisse Sympathie.

Auf Juliet schien er jedoch nicht dieselbe Wirkung zu haben. Ängstlich versteckte sie sich hinter Rosalind. Dabei lächelte der Mann jetzt, und dieses Lächeln ließ seine sonst eher grob geschnittenen Züge beinahe attraktiv wirken. Warum war Juliet dann nur so eingeschüchtert?

Sie kamen näher, und Rosalind fiel auf, *wie* groß er tatsächlich war. Ein Verdacht stieg in ihr auf. Er schien wirklich ein Riese zu sein, und Juliet war so klein und zart …

„Du musst dich nicht mit ihm abgeben", wisperte Rosalind. „Wenn er dir Angst einflößt …"

„Jemand muss ihn heiraten", fiel Juliet ihr ins Wort. Rosalind entging nicht, dass Juliet ihre Angst gar nicht bestritt. „Du und Helena, ihr weigert euch, also fällt die Aufgabe mir zu."

„Liebes …"

„Genug", zischte Juliet, obwohl in ihren Augen Tränen schimmerten. „Ich will mein Dasein nicht als alte Jungfer fristen. Aber wenn ich Mr. Knighton nicht heirate und wir von Swan Park vertrieben werden, dann erwartet mich genau dieses Schicksal!"

Rosalind seufzte. Junge Mädchen konnten solche Tragödinnen sein! „Du hast immer noch Zeit, einen anderen Ehemann zu finden."

„Das denkst du! Helena hat ihre Chancen vertan wegen ihrer … Krankheit – und du wegen deiner Verantwortung für das alles hier, und weil Papa uns nicht nach London gehen lassen will. Nun, ich werde meine Chance nicht vertun. Ich werde sie mir nicht entgehen lassen, nur weil Mr. Knightons Größe mich ein wenig verunsichert. Ich werde mich daran gewöhnen. Ja, das werde ich."

Es hatte keinen Sinn, Juliet war einfach zu stur. Trotzdem wollte Rosalind dafür sorgen, dass alles ein gutes Ende nahm. Sie war es Juliet schuldig, dass sie die Ehe mit einem Mann *ihrer* Wahl einging.

Mr. Knighton verneigte sich jetzt vor ihnen, wodurch seine Größe noch deutlicher wurde, denn selbst in dieser Haltung überragte er Juliet noch immer fast um Hauptеslänge. Stammelnd übernahm es Juliet, ihn und Rosalind miteinander bekannt zu machen.

Er sah höflich über ihre Nervosität hinweg. „Es ist mir ein Vergnügen, Sie kennen zu lernen", wandte er sich an Rosalind. „Ihre Schwestern haben mir schon viel von Ihnen erzählt."

„Sie dürfen ihnen kein Wort glauben." Sie reichte ihm die Hand und verfiel automatisch in die vertraute Rolle der Hausherrin. „Niemand kann die Fehler eines Menschen übertriebener darstellen als eine Schwester."

Er drückte ihre Hand nur kurz. „Dann werden Sie mir hoffentlich die Gunst erweisen, Ihre Tugenden kennen zu lernen, damit ich den Übertreibungen Ihrer Schwestern widersprechen kann."

Diese Worte, gepaart mit einem gewinnenden Lächeln, hätten sie beinahe entwaffnet. Beinahe. „Nun, ich bin beeindruckt. Sie scheinen weitaus mehr Talent für Schmeicheleien zu haben als Ihr Berater."

Ein kurzes Erschrecken flackerte in seinen grauen Augen auf. „Sie sind Griffith ... ich meine, Daniel bereits begegnet?"

Griffith? Stimmt, der Schurke hatte tatsächlich gesagt, dass ihn manche Leute so nannten. „Ja, gestern Abend." Ohne weiter darauf einzugehen, spähte sie in das leere Esszimmer. „Und wo steckt Mr. Brennan heute Morgen? Er schläft wohl noch, oder?"

„Hm ... ja, er hält sich eher an den Tagesrhythmus, den er in der Stadt pflegt."

Genau das hatte Mr. Brennan ihr auch erzählt. Ob Mr. Knighton bereits mit ihm gesprochen und von ihrer Attacke letzte Nacht gehört hatte?

Wenn ja, so ließ er sich davon jedoch nichts anmerken. „Er wird sicher bald kommen. Wollen wir zum Frühstücken gehen?" Sein Lächeln galt auch Juliet, die ihn beharrlich anschaute, als könne sie so ihre Angst vor ihm bezwingen.

„Aber natürlich, sehr gern." Rosalind trat zwischen ihn und ihre Schwester, um seinen Arm zu nehmen, und Juliet wirkte erleichtert.

Dennoch kreisten Rosalinds Gedanken nicht um Mr. Knighton, als sie das sonnendurchflutete Esszimmer betraten. Mr. Brennan hatte also verschlafen … Und das nach seinen kaum verhüllten Drohungen, etwas von ihrer peinlichen Begegnung zu erwähnen! Welch Triumph für Rosalind!

Dank seiner Abwesenheit war es ihr jetzt auch möglich, Mr. Knighton auszuhorchen, ohne dass ihr Mr. Brennan dabei in die Quere kam. Oder gar Papa.

Sie wartete, bis Mr. Knighton neben ihr und Juliet gegenüber von ihr Platz genommen hatten. Während die Bediensteten Platten mit Weißbrot, Würstchen und Rühreiern auf den Tisch stellten, griff sie nach der Teekanne und fing mit der Befragung an. „Ich nehme an, Ihre Firma ist ziemlich groß, nicht wahr?“

„Oh ja, sehr groß sogar.“ Er lehnte sich zurück, damit sie ihm Tee einschenken konnte. „Allein im Londoner Büro der Knighton Handelsgesellschaft sind dreißig Leute beschäftigt.“

„Dreißig! Das ist wirklich enorm. Sie müssen uns erzählen, wie es Ihnen gelungen ist, ein solch beeindruckendes Unternehmen aufzubauen!“ Gespannt nippte sie an ihrem Tee. Ob er wohl antworten konnte, ohne die unrühmlichen Anfänge seiner Gesellschaft zur Sprache zu bringen?

„Das ist eine viel zu langweilige Geschichte für so reizende junge Damen.“ Er guckte zur Tür. „Wo ist übrigens Ihre Schwester heute Morgen?“

Rosalind war nicht bereit, das Thema zu wechseln. „Helena ist gerade bei Papa. Nun, was also die Gründung Ihrer Firma betrifft, Mr. Knighton …“

„Bereitet sie ihn auf meinen Besuch vor?“ unterbrach er hartnäckig. „Heißt das, dass ich Ihren Vater nach dem Frühstück treffen kann?“

Rosalind stutzte. „Sie haben Papa noch gar nicht gesehen?“ Sie wandte sich an ihre Schwester. „Juliet, warum war Mr. Knighton noch nicht bei Papa?“

Juliet wurde rot. „Weil Papa sich gestern Abend nicht wohl fühlte, weißt du nicht mehr?“

„Es ging ihm eigentlich wie immer, als ich …“ Juliet trat ihr unter dem Tisch heimlich gegen das Schienbein. „Ach so, ja … Stimmt, Papa fühlte sich nicht wohl.“ Schon wieder hatte sie vergessen, dass sie eingesperrt gewesen war – und das nur wegen dieses schrecklichen Beraters. Der Mann hatte eine Wirkung auf sie, die überaus ärgerlich war.

Juliet nahm schnell den Deckel von einer der Platten ab. „Mr. Knighton, Sie müssen unbedingt die Rühreier probieren. Sie sind eine Spezialität unserer Köchin.“

Es entspann sich ein Gespräch über die Köchin und ihre Künste, des Weiteren über die Küche im Allgemeinen bis hin zu der Frage, woher sie ihre Kohlen zum Heizen bezogen. Rosalind verfolgte die Unterhaltung voller Ungeduld, weil sie es kaum erwarten konnte, wieder auf die Firma zu sprechen zu kommen. In der Zwischenzeit nutzte sie die Gelegenheit, Mr. Knighton genauer zu beobachten.

Er war ganz anders, als sie sich vorgestellt hatte. Ihm fehlte Mr. Brennans Arroganz und aufreizende Selbstsicherheit. Mr. Knighton wirkte genauso nervös wie Juliet und schien fest entschlossen, freundlich zu sein. Er war höflich und charmant. Seine Tischmanieren musste man jedoch als ein wenig ungeschliffen bezeichnen – er aß Unmengen und hantierte etwas ungeschickt mit dem Besteck –, aber ansonsten war er durchaus liebenswürdig. Trotzdem wollte sie sich von seiner offensichtlichen Gutmütigkeit nicht einlullen lassen. Sie wartete auf den richtigen Moment, dann kam sie auf ihr ursprüngliches Thema zurück, dieses Mal jedoch um einiges direkter.

„Mr. Knighton, stimmt es, dass Sie einst Waren verkauft haben, die von Schmugglern nach England gebracht worden sind?"

„Rosalind!" stieß Juliet empört hervor.

„Aber wir plaudern doch nur!" Rosalind sah ihren Cousin herausfordernd an. „Es macht Ihnen doch nichts aus, darüber zu sprechen, oder? Man redet ja allenthalben davon, dass Sie deswegen so erfolgreich geworden sind, weil Sie französischen Brandy und Seide verkauft haben, die während des Krieges illegal ins Land gebracht wurden. Ich erwähne damit also nichts Neues, nicht wahr?"

Mr. Knighton schien um Worte verlegen, und Juliet stammelte gerade eine Entschuldigung, als von der Tür her eine Stimme ertönte.

„Greifen Sie mal wieder wie gewöhnlich Ihre Gäste an, Lady Rosalind?"

Innerlich aufstöhnend drehte sie sich um. Sie hätte eigentlich ahnen müssen, dass Auftritte im denkbar unpassenden Moment zu seinen zahlreichen anderen schlechten Angewohnheiten zählten. „Guten Morgen, Mr. Brennan. Wir haben uns eben über die Anfänge der Knighton Handelsgesellschaft unterhalten."

„Das habe ich gehört.“ Aufreizend gelassen schlenderte er ins Zimmer. „Ich bin erleichtert, dass Sie nicht nur mir allein kriminelle Aktivitäten unterstellen, sondern auch meinem Arbeitgeber. Ist Ihr Leben denn so ereignislos, dass Sie eigens Dramen inszenieren müssen?“

Juliet lachte erleichtert auf. „Sie haben sie vollkommen durchschaut, Mr. Brennan! Woher wissen Sie, dass Rosalind dazu neigt, Dinge zu dramatisieren?“

„Ich fürchte, das ist ein Geheimnis.“ Er schmunzelte durchtrieben, als er Rosalind gegenüber Platz nahm. Er wies die Bediensteten an, ihm das Frühstück zu servieren, als sei er es gewohnt, zu befehlen, und fuhr fort: „Ihre Schwester hat mich gebeten, nicht über unsere erste Begegnung zu sprechen, und als Gentleman muss ich mich natürlich ihren Wünschen beugen.“

„Ein Gentleman würde das nicht einmal erwähnen“, maßregelte ihn Rosalind. „Außerdem habe ich Sie nicht darum gebeten. Mir ist gleich, was Sie erzählen, Hauptsache, es entspricht der Wahrheit.“ Dennoch hatte sie es eilig, ihm mit ihrer Version zuvorzukommen. „Haben Sie die Zigarren genossen, nachdem es Sie solche Mühen gekostet hat, sie zu finden? Ich gehe davon aus, dass es am Rauchen und nicht an weiteren Ausflügen in unsere Privatgemächer lag, dass Sie heute Morgen verschlafen haben!“

Mr. Knighton hatte offensichtlich seine Stimme wiedergefunden. „Griff… ich meine, Daniel rau…“

„*Ruht* nicht immer so lange“, vollendete Mr. Brennan seinen Satz. „Das ist wahr. Aber Sie haben Recht, Lady Rosalind. Nachdem Sie so freundlich waren, mir die Zigarren zu geben, als wir uns bei meinem Rundgang durch das Haus getroffen haben …“ Er warf seinem Arbeitgeber einen bedeutungsvollen Blick zu. „… bin ich tatsächlich sehr spät schlafen gegangen.“

Mr. Knighton schien etwas sagen zu wollen, schwieg dann aber. Seltsam, dass er sich von seinem Berater offenbar einschüchtern ließ.

Mr. Brennan nahm sich von den Würstchen und den Rühreiern. „Ich hoffe jedenfalls, dass Ihnen meine Verspätung keine Unannehmlichkeiten bereitet hat.“ Er bedachte sie mit einem spöttischen Lächeln. „Vor allem Ihnen nicht, Lady Rosalind. Mir ist nur zu gut bekannt, wozu Sie alles fähig sind, wenn man Sie reizt.“

Sie hatte keine Skrupel, den hingeworfenen Fehdehandschuh aufzugreifen. „Sie haben mir Grund genug geliefert, gereizt zu reagieren, finden Sie nicht?“

„Mag sein, aber mussten Sie gleich mit einem Schwert auf mich losgehen?“

Mr. Knighton verschluckte sich beinahe. „Mit einem Schwert?“

„Oh ja, unsere Gastgeberin ist eine wahre Amazone! Sie hatte das Schwert auf mich gerichtet und drohte, mir damit die Kehle …“

„Ich habe nichts dergleichen getan! Wer neigt denn hier nun zur Dramatik?“ Sie stocherte aufgebracht in ihrem Rührei. „Außerdem war es ein echtes Missverständnis. Ich hielt Sie für einen Einbrecher. Immerhin ertappte ich Sie dabei, wie Sie Papas Schreibtisch durchsuchten …“

„Nach Zigarren, ja. Das hätten Sie sich sogar eigentlich

denken können, wenn Sie nicht eine so lebhafte Fantasie hätten, Mylady!“

„Ja, das hat sie tatsächlich“, warf Juliet ein. „Rosalind möchte gern Schauspielerin werden, wissen Sie.“

„Darauf wäre ich nie gekommen“, bemerkte er trocken.

Rosalind schäumte vor Wut. „Mr. Brennan, wollen Sie etwa behaupten, ich sei eine Närrin?“

„Eine Närrin?“ Er führte nachdenklich seine Teetasse an die Lippen. „Nein. Obwohl selbst Sie zugeben müssen, dass Ihr Angriff auf mich letzte Nacht töricht war, vor allem vor dem Hintergrund dessen, was danach geschehen ist. Wäre ich tatsächlich ein Einbrecher gewesen anstatt eines …“

„Schurken? Erpressers?“

„Rosalind, bitte sei nicht so unhöflich!“ flehte Juliet mit flammenden Wangen, doch keiner schien sie zu beachten.

Rosalind wandte sich an Mr. Knighton. „Wussten Sie, dass Ihr Berater über keinerlei Gefühl für Anstand verfügt?“

„Was Sie nicht sagen!“ Mr. Knighton lehnte sich zurück, und seine Augen blitzten. Ihre Bemerkung schien ihn irgendwie zu amüsieren.

Nicht jedoch Mr. Brennan. „Anstand?“ Er setzte die Tasse so heftig ab, dass sich ihr Inhalt über die Tischdecke ergoss. „Sie besitzen die Kühnheit, von Anstand zu sprechen, Mylady? Sie können mir kaum vorwerfen, dass ich nicht recht weiß, wie ich mich verhalten soll, wenn sich eine wie ein leichtfertiges Mädchen gekleidete Frau mit einem Schwert auf mich stürzt! Ich bezweifle, dass ein Mann sich unter solchen Umständen wie ein Gentleman verhalten kann!“

Ein leichtfertiges Mädchen! Jetzt hatte er es also doch

getan. Sie beugte sich nach vorn, um ihm eine gepfefferte Lektion zu erteilen.

„Genug der Unverschämtheit, Daniel“, kam Mr. Knighton ihr zuvor.

Rosalind war ein wenig besänftigt, obwohl sie sich doch fragte, warum sich der Mann so lange Zeit gelassen hatte, seinen impertinenten Angestellten in die Schranken zu weisen. Und warum dieser Angestellte seinen Arbeitgeber nun so verärgert ansah.

„Ich weiß nicht, was letzte Nacht vorgefallen ist“, fuhr Mr. Knighton nervös fort. „Aber ein unhöfliches Verhalten meinen Cousinen gegenüber dulde ich nicht.“

„Wie bitte? *Du* duldest …“ Mr. Brennan verstummte, als ob ihm plötzlich das ganze Ausmaß seines ungebührlichen Verhaltens bewusst geworden wäre. Sichtlich bemüht, sich zu beherrschen, stellte er umständlich seine Tasse wieder gerade, und erst nach einer ganzen Weile sprach er weiter. „Ja, natürlich. Ich weiß nicht, was in mich gefahren ist.“

„Und jetzt entschuldige dich bei Lady Rosalind.“

Er schaute Mr. Knighton vernichtend an, und seine Kiefermuskeln zuckten. „Ich bitte Sie um Verzeihung, Lady Rosalind. Ich wollte Sie nicht beleidigen.“

Sein Tonfall strafte seine Worte Lügen. Rosalind warf Mr. Knighton, der plötzlich ein Lachen zu unterdrücken schien, einen Blick zu. Was mochte er an dieser Situation bloß so erheiternd finden? Sein Berater guckte sie beide geradezu mordlustig an. Mr. Knighton sollte lieber aufpassen, wem er seine Geschäfte anvertraute!

Sie riss sich zusammen. „Ihre Entschuldigung ist angenommen, Mr. Brennan. Nach gestern Abend habe ich mich bereits an Ihre Ausdrucksweise gewöhnt, und Sie müssen zugeben, dass auch ich bisweilen … zur Direktheit neige."

Es schien ihm schwer zu fallen, eine sarkastische Antwort zu unterdrücken, doch plötzlich stahl sich der Anflug eines Lächelns um seine Mundwinkel, und Rosalind wurde unruhig. Sie mochte es lieber, wenn er zornig war. Denn dann spürte sie nicht diese eigenartige Verbundenheit mit ihm, dieses verwirrende Gefühl, als verstehe er sie besser als sonst irgendjemand auf der Welt.

„Nun, dann ist ja alles wieder in Ordnung", stellte Juliet, die ewige Schlichterin, hastig fest. Sie legte ihre Serviette mit weiblicher Anmut nieder. „Wenn alle fertig gefrühstückt haben, sollten wir jetzt vielleicht zu Papa gehen. Er erwartet uns."

„Da ich zu spät zum Frühstück gekommen und noch nicht ganz fertig bin, schlage ich vor, dass Sie ohne mich aufbrechen", meinte er eine Spur zu beiläufig und blickte seinen Arbeitgeber fragend an. „Du brauchst mich doch nicht, oder?"

„Nein, natürlich nicht."

„Ich frühstücke in Ruhe zu Ende und mache dann einen Spaziergang über das Anwesen. Falls dir das recht ist."

Trotz seiner vollkommen höflichen, fast unterwürfigen Worte wurde Rosalind das Gefühl nicht los, dass er seinem Arbeitgeber einen Befehl erteilte – und sich dabei offenbar sehr wohl fühlte. Ihr Verhältnis war in der Tat sehr sonderbar. Nun ja, wenn sie einen so … unberechenbaren Berater wie Mr. Brennan gehabt hätte, wäre sie wahrscheinlich auch eher geneigt gewesen, sich etwas zurückzunehmen, aus Angst, er würde sie andernfalls im Schlaf ermorden.

„Das ist eine gute Idee“, erwiderte Mr. Knighton. „Wir wollen doch seiner Lordschaft nicht zu viel zumuten, indem wir alle zusammen bei ihm erscheinen. Die Damen und ich werden ihn allein aufsuchen.“

Auf gar keinen Fall, dachte Rosalind. Sie würde nicht zulassen, dass dieser Schmuggler noch mehr Gelegenheit bekam, in Papas Papieren herumzuschnüffeln. „Ehrlich gesagt gibt es auch für mich keinen Grund, warum ich dabei sein sollte. Papa hat es tatsächlich lieber, wenn die Besuchergruppen so klein wie möglich sind.“ Sie schenkte Mr. Brennan ein strahlendes Lächeln. „Ich werde Sie begleiten, Sir. Sie werden Beistand nötig haben, wenn Sie sich auf dem Besitz zurechtfinden wollen.“

Ein missbilligender Zug trat um seinen Mund. „Ich bitte um Verzeihung, Lady Rosalind, aber ich hatte kein Kindermädchen, als ich ein kleiner Junge war – also brauche ich jetzt erst recht keines. Ich bin sehr gut im Stande, meinen Weg allein zu finden.“

„Dessen bin ich mir sicher; diese Fähigkeit haben Sie ja letzte Nacht sehr überzeugend unter Beweis gestellt – noch dazu in einem fremden Haus. Sie werden allerdings bald das Interesse an unserem Besitz verlieren, wenn Sie nicht jemand von uns auf gewisse Dinge aufmerksam macht. Nein, es ist unbedingt erforderlich, dass ich mitkomme.“

Mr. Knighton warf ihr einen besorgten Blick zu. „Ich hatte eigentlich gehofft, dass Sie *mir* beistehen, Cousine. Wäre es Ihrem Vater nicht lieber, wenn alle seine Töchter bei unserer ersten Begegnung anwesend wären?“

„Unsinn“, widersprach sie fröhlich. „Ohne mich wird es viel gemütlicher. Er wird nicht einmal bemerken, dass ich gar nicht da bin. Und Mr. Brennan sollte wirklich Gesellschaft haben."

Mr. Brennan trommelte ungehalten mit den Fingern auf der Tischplatte. „Da Sie ja eine so große Bewunderin des berühmten Barden sind, Lady Rosalind, kann ich die Situation vielleicht in Worte fassen, die auch Sie verstehen. ‚Ich danke Euch für geleistete Gesellschaft, aber meiner Treu, ich wäre ebenso gern allein gewesen.'"

Wieder *Wie es euch gefällt.* „‚Ich auch'", erwiderte sie korrekt. „Da Swan Park jedoch immer noch Papas Besitz ist und ich diejenige bin, die ihn leitet, muss ich darauf bestehen, Sie herumzuführen. Ich könnte es mir nie verzeihen, wenn Ihnen etwas zustieße, was ich hätte verhindern können."

„Was ist mit Ihrem Ruf, Mylady? Sie sollten nicht allein mit einem Mann spazieren gehen."

Sie lachte. „Mit dreiundzwanzig brauche ich wohl kaum noch eine Anstandsdame, Sir. Außerdem sind wir hier auf dem Land. Hier herrschen keine so strengen Anstandsregeln, das versichere ich Ihnen." Die letzten Jahre hatte sie sowieso meist getan, was sie wollte, wer sollte sie also jetzt daran hindern? Papa ganz gewiss nicht.

Einen Moment lang sah Mr. Brennan so aus, als wolle er weitere Einwände erheben, doch dann schien er zu resignieren. „Nun gut, ganz wie Sie wünschen. Ich mache Sie allerdings darauf aufmerksam, dass ich einen sehr forschen Schritt habe und stundenlang wandern kann, ohne eine einzige Ruhepause einzulegen."

„Ausgezeichnet, das trifft auch auf mich zu. Dann wäre das ja geregelt." Sie wandte sich ihrer Schwester zu. „Juliet, warum gehst du mit Mr. Knighton nicht schon zu Papa? Ich warte hier, bis Mr. Brennan fertig ist, und dann können wir unseren Rundgang über den Besitz beginnen."

Mr. Knighton ergriff das Wort. „Um ehrlich zu sein – ich hätte gern mit meinem Berater noch kurz unter vier Augen gesprochen. Wenn es Ihnen also nichts ausmacht, in der Halle auf uns zu warten ..."

„Aber natürlich nicht!" Juliet erhob sich hastig. „Rosalind?"

Auch Rosalind stand auf und folgte ihr wortlos. Nun, da sie gewonnen hatte, konnte sie so großzügig sein und die Männer einen Augenblick lang ihre Komplotte schmieden lassen. Denn diese würden ohnehin scheitern. Mr. Brennan sollte Papas Papiere nicht in die Hände bekommen, dafür würde sie schon sorgen.

Sobald sie in der Halle waren, drehte Juliet sich zu ihr um und guckte sie mit einer Mischung aus Sorge und Bewunderung an. „Du bist doch nicht wirklich mit dem Schwert auf Mr. Brennan losgegangen, oder?"

„Aber sicher doch! Und du hättest das auch getan, wenn du gesehen hättest, womit er gerade beschäftigt war."

Juliet spähte nervös ins Esszimmer. „Nein, ich nicht. Er flößt mir sogar noch mehr Angst ein als unser Cousin. Ich weiß nicht, woher du den Mut nimmst, *so* mit ihm zu sprechen."

„Niemand kommt mutig auf die Welt, Juliet. Mut ist etwas, was du dir angewöhnst, nachdem dich Feigheit nicht weitergebracht hat." Sie drückte sanft Juliets Schulter. „Du lernst das auch noch, wenn du älter wirst, vertrau mir."

Juliet schüttelte den Kopf. „Ich werde nie so mutig sein wie du oder Helena."

Plötzlich begriff Rosalind, dass ihr Vorsatz, Mr. Brennan nicht aus den Augen zu lassen, eine weitere unerwünschte Nebenwirkung haben würde. „Es macht dir doch nichts aus, dass ich dich mit Mr. Knighton allein lasse, oder? Wirst du damit fertig?“

„Aber ja. Wir gehen ja ohnehin geradewegs in Papas Zimmer.“ Juliet schaute sie kurz an. „Du … du scheinst sehr erpicht darauf zu sein, Mr. Brennan zu begleiten.“

„Nein, erpicht bin ich nicht darauf.“ Sie warf einen Blick ins Esszimmer und wunderte sich, worüber Mr. Brennan gerade so lebhaft mit Mr. Knighton diskutierte. „Ich muss ihn nur im Auge behalten, denn ich glaube, er führt nichts Gutes im Schilde.“ Als Juliet erleichtert seufzte, fügte sie hinzu: „Sag Papa jedoch noch nichts davon, solange ich nicht sicher weiß, was er vorhat. Ich komme damit schon allein zurecht.“

Oh ja, diesem hinterhältigen Berater würde sie es schon zeigen! Selbst wenn sie für diesen Zweck für die Dauer des Aufenthalts der beiden Männer in Swan Park wie eine Klette an ihm kleben musste.

5. KAPITEL

„Großer Gott, warum hast du dieser schrecklichen Frau nicht ausgeredet, mich zu begleiten?" zischte Griffith über den Tisch hinweg.

Daniel zuckte mit den Schultern. „Ich habe es ja versucht, aber sie hat darauf bestanden. Du hast es selbst gehört."

„Das ist mir gleich. Es ist deine Aufgabe, sie von mir fern zu halten! Ich habe hier nichts zu sagen, hast du das etwa vergessen?" Er machte ein finsteres Gesicht. „Nein, wohl doch nicht, denn immerhin nutzt du deine neu gewonnene Position, mich vor anderen zurechtzuweisen!"

„Guck mich nicht so an! Schließlich war das alles deine Idee, nicht meine. Und wenn du schon nicht mit diesem Weib fertig wirst, wie soll ich es dann schaffen?"

„Verrate mir mal, wie ich das Haus durchsuchen soll, wenn sie mir ständig auf den Fersen ist?"

„Ich habe keine Ahnung." Daniel beugte sich mitfühlend vor. „Dann hast du den Beweis letzte Nacht also nicht gefunden."

„Nein. Sie hat mich erwischt, ehe ich noch mit dem Durchschauen des Schreibtischs fertig war. Irgendetwas befindet sich dort drin, das ihr wichtig ist, es muss allerdings nicht das sein, wonach ich suche. Dieses verdammte Dokument könnte überall sein." Daniel warf ihm einen Blick zu, der ihm offensichtlich zu verstehen geben sollte: „Ich habe es dir ja gleich gesagt." Deshalb fuhr Griffith grollend fort: „Ich finde es schon irgendwann, keine Sorge!"

„Und was wirst du in der Zwischenzeit mit ihr anfangen?"

„Ich weiß es nicht!“ Griffith spähte durch die offene Tür in die Halle und bemerkte, dass Lady Rosalind und ihre Schwester ihn und Daniel mit unverhohlener Neugier beobachteten. Er täuschte Interesse an den kalt gewordenen Würstchen auf seinem Teller vor. „Da ich gestern Nacht ihr Misstrauen geweckt habe, sollte ich heute wohl lieber ihren Launen nachgeben.“

„Glaubst du, sie ahnt, was du vorhast?“

„Das bezweifle ich.“ Er konnte sich nicht vorstellen, dass der Earl seinen Töchtern reinen Wein über sein wahres Verhältnis zu den Knightons einschenken würde. So, wie Griffith die Schwestern bisher einschätzte, vermutete er, dass sie vollkommen entsetzt darüber wären. „Ich denke, sie ist einfach von Haus aus misstrauisch. Und sie fühlt sich für den Besitz verantwortlich.“

„Vielleicht solltest du es auf die charmante Tour versuchen. Schmeicheleien stimmen Frauen milder.“

„Du schaffst so etwas, aber du weißt, wie schlecht ich in solchen Dingen bin. Vor allem, wenn eine Frau so klug ist wie sie.“ Er schenkte sich noch etwas Tee ein und stellte anerkennend fest, welch exquisites Porzellan der Earl of Swanlea besaß. Wenigstens hatte der Mann einen besseren Geschmack als seine Tochter. „Außerdem habe ich das letzte Nacht schon versucht. Sie war beleidigt, nannte mich einen Tunichtgut und bedrängte mich dann mit Fragen, warum ich im Arbeitszimmer ihres Vaters sei.“

„Zugegeben, sie ist kein sanftes, willenloses Dummchen. Einer Frau wie ihr bin ich noch nie zuvor begegnet – so geradeheraus und scharfzüngig.“

Das war noch höflich untertrieben. „Vielleicht sollte ich mich so unausstehlich verhalten, dass sie nur allzu bereitwillig von mir ablässt."

„Darin liegt deine Stärke, das stimmt."

Griffith sah ihn wütend an. „Ich dachte eigentlich an ihren Rang, du Dummkopf! Immerhin ist sie eine Lady – einen einfachen Berater zu begleiten kann wirklich nicht ihr Lieblingszeitvertreib sein."

„Da wäre ich mir nicht so sicher. Eine Frau, die mit einem Schwert auf einen Mann losgeht … Hat sie das wirklich getan?"

„Allerdings." Er schnitt ein Stück von dem Würstchen ab, biss hinein und kaute nachdenklich. „Und die ganze Zeit hatte sie nur ihr Nachthemd und diesen dünnen Morgenrock an. Ich schwöre dir, die billige Seide war so dünn, dass sie fast durchsichtig war. Diesem Händler Hung Choi hätte ich keinen roten Heller dafür gegeben."

„Hm, jedes Mal, wenn du die Geschichte erzählst, wird sie interessanter! Als du sagtest, sie sei gekleidet gewesen wie ein leichtfertiges Mädchen, da habe ich angenommen, du meinst in schrillen Farben."

„Das versteht sich von selbst." Er nickte in Lady Rosalinds Richtung. „Guck dir doch nur diese Beleidigung für die Augen an, die sie heute trägt!" Das leuchtend gelb und grün gestreifte Kleid machte sogar der Farbenpracht in der Halle noch Konkurrenz. Besaß diese Frau denn nicht ein einziges Kleidungsstück, das farblich nicht ganz so auffallend war? Und wie schaffte sie es nur, darin auch noch so verdammt verführerisch auszusehen?

Daniel warf ihr einen verstohlenen Blick zu. „Ich weiß nicht, was du daran auszusetzen hast."

„Natürlich nicht."

Daniel wurde ungehalten. „Hör mal, du hast keinen Grund, mich zu beleidigen! Ich tue nur das, worum du mich gebeten hast."

„Nicht ganz. Ich habe immer noch diese Amazone am Hals. Du solltest eigentlich *deine* Stärken ausspielen und sie so becircen, dass sie mir nicht im Weg ist!"

„Ist es meine Schuld, wenn sich diese Frau nicht becircen lässt?"

„Nun, vielleicht kann man ja das Gegenteil tun und sie abschrecken. Wenn ich nur eine Ahnung hätte, wie!" Er grübelte eine Weile nach. „So wirklich mutig war sie letzte Nacht nicht. Sie wurde ganz still, als ich ihr das Schwert an die Kehle hielt." Er legte schwungvoll die Gabel hin. „Ich hab's! Hast du mitbekommen, wie sie klein beigegeben hat, als ich heute Morgen die Beherrschung verlor? Sie traut sich offensichtlich, einen Gentleman zurückzuweisen, aber ich bin ja gar kein Gentleman, nicht wahr? Ich bin *du,* der Sohn eines Straßenräubers und ein ehemaliger Schmuggler. Ihrem Vater einen Gefallen zu tun ist eine Sache; einem gefährlichen Schurken wie mir Gesellschaft zu leisten eine andere! Selbst für eine Amazone wie sie."

Daniel erstarrte. „Erzähle ihr ja nicht, dass ich ein Verbrecher bin, hörst du? Wenn dieser alte Halunke uns nicht doch alle überlebt, werde ich mich um die Frauen kümmern müssen, sobald du geerbt hast. Während du dann in London die Firma leitest, muss ich dafür sorgen, dass sie in irgendeine Hütte umziehen. Warum sollte man die Situation noch schwieriger machen, indem man ihnen einredet, sie müssten Angst vor mir haben? Sie werden mich auch so zur Genüge hassen, selbst wenn sie mich nicht für einen Kriminellen halten!"

Griffith war überrascht, wie empfindlich Daniel plötzlich in Bezug auf seine Vergangenheit war. Zwar hatte er nie offen darüber gesprochen, aber verheimlicht hatte er auch nichts. Manchmal hatte er sogar kokette Anspielungen darauf gemacht, so als verspreche er sich davon einen Vorteil bei seinen Geschäftsverhandlungen. Die Rolle des reichen Gentlemans schien seine Eitelkeit geweckt zu haben. „Sie werden dich nicht für einen Kriminellen halten. Außerdem, sobald die ganze Maskerade auffliegt, werden sie mir ohnehin kein Wort mehr von dem glauben, was ich einmal über dich gesagt habe."

„Trotzdem finde ich, du solltest ihnen nichts davon erzählen."

„Und ich finde, du solltest mich nicht vor allen Augen maßregeln – aber das gehört wohl ebenfalls zu der Maskerade, nicht wahr? Auch wenn du tatsächlich ein wenig zu weit gegangen bist." Griffith trank den Rest seines lauwarmen Tees und sehnte sich nach einem stärkeren Getränk. „Nach der Vorstellung vorhin müsste ich eigentlich mein Geld zurückverlangen – du hast eindeutig zu viel Spaß an der Sache, um dafür auch noch bezahlt zu werden!"

Daniel schmunzelte widerwillig. „Das könnte es mir sogar wert sein. Du hättest dein Gesicht sehen sollen, als ich dich darauf hinwies, nicht so unverschämt zu …"

„Warte nur, bis das alles hier vorbei ist", unterbrach Griffith ihn grollend. „Dann werde ich dir schon zeigen, was Unverschämtheit bedeutet!"

„Aber sicher!“ Daniel lachte. „Wenn diese Amazone dich bis dahin am Leben gelassen hat!“

„Ich werde schon mit ihr fertig.“ Vor allem jetzt, wo er einen Plan hatte … Er stand vom Tisch auf. „Warum das Ganze also noch länger hinauszögern. Sie sieht nicht so aus, als würde sie die nächste Zeit irgendwann einmal von meiner Seite weichen.“

„Das tut mir wirklich Leid“, beteuerte Daniel aufrichtig und wurde ernst. „Ich habe es eindeutig besser getroffen; die beiden anderen Damen sind hübscher, ruhiger und eher der Typ Frau, den du bevorzugst.“

„Ja.“ Allerdings konnte sich der Geschmack auch durchaus ändern, nicht wahr? Er verdrängte diesen Gedanken rasch. Diese lächerliche Faszination rührte nur daher, weil er sie in der vergangenen Nacht im Morgenrock erblickt hatte. Ein paar Stunden in ihrer Gesellschaft würden diese Faszination bestimmt im Keim ersticken. Vielleicht war es nur gut, dass sie sich gerade heute an seine Fersen heftete, denn wenn er weiterhin solch lüsternen Fantasien nachhing, bereute er womöglich noch, was er mit Swan Park und ihrem Vater vorhatte.

„Drück mir die Daumen, wenn ich deinen Cousin, den Earl, kennen lerne“, murmelte Daniel.

Griffith dachte voller Grimm an den alten Ränkeschmied. „Ich bin froh, dass du dich mit ihm triffst und nicht mir dieses Los zufällt.“ Obwohl er jahrelang seinen Zorn auf den Earl verdrängt hatte, glückte ihm das hier offensichtlich nicht so gut. Swan Park schien alte Ressentiments wieder zum Leben zu erwecken. Er fragte sich, ob er sich überhaupt zu einem Mindestmaß an Höflichkeit aufraffen konnte, sollte er gezwungen sein, mit dem Gauner zu sprechen.

Daniel warf ihm einen Seitenblick zu, als sie sich der Tür näherten. „Was ist, wenn sich der Earl nach der vereinbarten Heirat erkundigt?"

„Halte ihn hin. Sag ihm, dass du immer noch dabei bist, eine Entscheidung zu fällen."

„Hoffentlich kann ich ihn überzeugen, dass ich du bin."

„Keine Sorge – rede mit ihm im gleichen Ton, den du mir gegenüber beim Frühstück angeschlagen hast, und du wirst mehr als glaubwürdig wirken!"

Daniel lachte leise. „Ich werde daran denken. Und du machst Lady Rosalind bitte nicht wütend auf Daniel Brennan, sonst verlange ich noch mehr Geld von dir."

Griffith antwortete nicht. Natürlich würde er Daniels Geheimnis wahren, so gut er konnte, aber wenn er sich zufällig verplapperte ... Ein ehemaliger Schmuggler und Sohn eines Straßenräubers würde sie bestimmt in die Flucht jagen.

Er trat in die Halle und unterdrückte ein Schmunzeln, als Lady Rosalind sich abwandte und so tat, als hätte sie nicht versucht, das Gespräch der Männer zu belauschen. Er war noch nie einer Frau begegnet, die sich so wenig verstellen konnte.

Er reichte ihr den Arm. „Wollen wir gehen?"

Erwartungsgemäß ignorierte sie die Geste und schritt durchaus würdevoll voraus. „Hier entlang, Mr. Brennan. Es gibt viel zu sehen, lassen Sie uns keine Zeit vergeuden."

Er warf Daniel einen viel sagenden Blick zu und folgte ihr. Wenigstens ist es angenehm, sie anzuschauen, dachte er, als er ihre wohlgerundeten Hüften betrachtete. Das auffällige Kleid brachte sie geradezu verführerisch zur Geltung. War dieser

Frau eigentlich nicht klar, dass man ihren Gang keinesfalls als keusch bezeichnen konnte?

Nun, wahrscheinlich doch. Es sah ihr absolut ähnlich, ein paar weibliche Tricks an ihm auszuprobieren. Aber das würde nicht funktionieren. Er konnte der Anziehungskraft jeder Frau widerstehen, wenn er wollte, erst recht der Tochter seines Feindes. Er musste sich nur beherrschen und seine unberechenbare Fantasie im Zaum halten.

Percival, Earl of Swanlea, fragte sich bisweilen, wie lange er dieses qualvolle Leben wohl noch ertragen konnte. Es war ihm nicht möglich, etwas tiefer einzuatmen, ohne sofort einen Hustenanfall zu bekommen. Seine Muskeln schmerzten, und er konnte spüren, wie sich die Krankheit von seinen Lungen aus ausbreitete und allmählich seinen ganzen Körper zersetzte.

Am meisten vermisste er Solange. Wenn die Mädchen nicht gewesen wären, hätte er seinen Kampf längst aufgegeben und wäre seiner geliebten Frau ins erlösende Jenseits gefolgt. Aber er musste seine Töchter erst sicher versorgt wissen, ehe er starb, ganz gleich, welche körperlichen Schmerzen ihn bis dahin noch erwarteten. Und das bedeutete, dass er für eine von ihnen einen vermögenden Ehemann finden musste. Darum war er auch dieses Risiko mit Knighton eingegangen. Ausgerechnet Knighton.

Es war wirklich ein großes Risiko, ihn herzuholen. Nur im Angesicht des Todes, der von Tag zu Tag näher kam, hatte er den Mut dazu gefunden.

Er schaute zu Helena hinüber, die mit ihrem Malkasten an seinem Sekretär saß und ein paar kleine Rechtecke aus

Elfenbein anpinselte. Er hatte keine Ahnung, woher sie das Elfenbein hatte, aber schließlich erzählte ihm niemand mehr etwas, seit er bettlägrig war.

Trotzdem konnte er sich manche Dinge immer noch selbst zusammenreimen. Zum einen wusste er, dass sich Rosalind in Bezug auf Juliet irrte. Seine Jüngste war durchaus daran interessiert, Knighton zu heiraten. Das merkte er an der Art, wie sie jedes Mal verlegen den Blick senkte, wenn er auf die Heirat zu sprechen kam. Genauso vermutete er, dass Rosalind gereizt war, weil Juliet als Erste heiraten würde – auch wenn seine zweitälteste Tochter es noch so heftig bestritt. Doch ganz gleich, aus welchem Grund sie Einwände geltend machte, er würde sie ignorieren. Denn wenn er mit dem Sohn seines alten Feindes nicht Frieden schloss, würden seine Töchter ihr Zuhause und jede Chance auf eine gesicherte Zukunft verlieren.

Helena seufzte leise über ihrer Arbeit, und ihre ewige Geduld ärgerte ihn plötzlich. „Kommt er denn nun bald?" herrschte er sie an.

„Ja, Papa. Juliet bringt ihn gleich nach dem Frühstück zu dir ins Zimmer."

„Gut. Ich kann es kaum erwarten, ihn zu sehen."

Nur wenige Augenblicke später tat sich die Tür auf, und hinter Juliet erschien ein wahrer Hüne von einem Mann.

Leonards Sohn. Nach all den Jahren stand er vor ihm, der Mann, dem er als Baby Unrecht getan hatte. Alte Empfindungen durchfluteten Percival – Abneigung, Zorn, vor allem aber Schuldgefühle. Wenigstens hatte Leonard einen Sohn gezeugt, im Gegensatz zu ihm. Aber das linderte seine Schuldgefühle nicht sehr.

„Guten Morgen, Mr. Knighton“, sagte Helena und riss Percival aus seinen unangenehmen Erinnerungen. Sie stützte sich mit einer Hand auf dem Sekretär ab und erhob sich.

Sie war bemerkenswert. So anmutig und charmant, trotz ihrer Behinderung. Das hatte sie Solange zu verdanken. Auch er selbst stand in Solanges Schuld. Wenigstens wusste er, dass Solange jetzt stolz sein würde, wenn sie ihn hier mit Leonards Sohn sehen könnte, wie er versuchte, alles wieder gutzumachen. Dieser Gedanke festigte seinen Entschluss. „Kommen Sie herein, und lassen Sie sich anschauen.“

Juliet wirkte wie immer bezaubernd jung und frisch, als sie ins Zimmer trat. Knighton folgte ihr. Er schien ihr nicht viel Beachtung zu schenken, und das beunruhigte Percival etwas.

Er setzte sich auf. „Schließen Sie die Tür!“ befahl er. „Wir wollen doch nicht, dass die Bediensteten unsere Angelegenheiten mitverfolgen, nicht wahr?“

Der große Mann nickte und tat wie ihm geheißen. Dann kam er auf das Bett zu.

„Wo wir gerade von Angestellten sprechen“, fuhr Percival fort. „Helena hat mir erzählt, dass Sie Ihren Berater mitgebracht haben.“

„So ist es.“

„Gut, gut.“ Hoffentlich hatte Knighton das getan, um den Heiratsvertrag möglichst schnell unter Dach und Fach zu bringen! „Er heißt Brinley oder so ähnlich, nicht wahr?“

„Brennan“, verbesserte Knighton so knapp, als sei er persönlich gekränkt. „Er heißt Brennan.“

„Ein Ire, wie? Nun ja, die haben wohl auch irgendeinen

Nutzen." Er zeigte auf die Tür. „Und? Wo ist er? Warum ist er nicht auch hier?"

„Wir wollten nicht mit zu vielen Leuten hier auftauchen, Papa", warf Juliet ein. „Rosalind zeigt Mr. Brennan den Besitz."

Das konnte eine viel versprechende Entwicklung sein. Wenn Rosalind mit dem Berater beschäftigt war, konnte sie Knighton nicht mit ihrer kühnen Art und ihrer spitzen Zunge in die Flucht schlagen. „Kommen Sie näher", verlangte Percival. „Mein Augenlicht ist nicht mehr so gut wie früher."

Der Mann trat auf ihn zu wie ein Soldat, der sich auf die Begegnung mit dem Feind vorbereitete. Er war so groß, dass er mit dem Kopf die Fransen des Baldachins über dem Bett berührte.

Percival blickte zu ihm empor. „Sie ähneln Ihrem Vater nicht im Geringsten."

„Ich komme eher nach meiner Mutter."

„Sie sehen Georgina aber auch nicht sehr ähnlich."

Knighton schien verwirrt. „Sie kannten sie?"

„Natürlich. Wussten Sie das nicht? Ich meine, wenn man bedenkt ..." Percival guckte Helena kurz aus den Augenwinkeln heraus an und schwieg dann. Nein, das war nicht für die Ohren der Mädchen bestimmt. Außerdem sollte er lieber erst herausfinden, wie viel Knighton wusste. Immerhin war es möglich, dass Leonard und Georgina ihm nur wenig erzählt hatten. Die ganze Sache hatte sich schließlich zugetragen, als der Junge noch ein Baby gewesen war. „Wie dem auch sei, ich kannte sie sehr gut. Damals."

„Ich ... ich glaube ... nun, sie hat Sie nie erwähnt", gab Knighton unsicher zurück, als erwartete er, jeden Moment auf Widerspruch zu stoßen.

Seine Bemerkung tat Percival weh, obwohl er wusste, dass er es nicht besser verdient hatte. „Zweifelsohne denkt sie schlecht von mir.“ Er atmete mühsam und schwer durch, was prompt einen neuerlichen Hustenanfall zur Folge hatte. Juliet eilte mit der Medizin zu ihm, während Helena das Geschehen eher hilflos verfolgte.

Percival nahm einen Löffel von dem Trank und räusperte sich. „Da sehen Sie, wie meine Tochter mich verwöhnt, Knighton. Ich wünsche niemandem eine Lungenkrankheit, aber manchmal hat so etwas auch sein Gutes.“ Liebevoll ergriff er Juliets Hand. „Mein liebes Mädchen passt stets gut auf mich auf. Sie ist mein Stolz und mein Glück, ein gutes Mädchen mit einem guten Herzen.“

Aus einem für Percival unerfindlichen Grund warf Knighton Helena einen Blick zu. Auch er schaute zu ihr hinüber, aber abgesehen davon, dass sie noch etwas steifer wirkte als sonst, kam sie ihm genau wie immer vor – zurückhaltend, gelassen, die vollkommene Dame.

Er verdrängte das merkwürdige Gefühl und wandte seine Aufmerksamkeit wieder Knighton zu. „Wie finden Sie denn nun Swan Park? Bestimmt hat Ihnen Ihr Vater schon viel davon erzählt, als Sie noch ein Junge waren. Wird es seiner Beschreibung gerecht?“

„Nichts könnte Swan Park gerecht werden, Mylord.“

Seltsam, dass Knightons Ausdrucksweise manchmal beinahe etwas – ungeschliffen wirkte, aber vielleicht war das normal bei einem Mann, der im Handel tätig war. Und wenn Percival sich vergegenwärtigte, was er in den vergangenen Jahren so alles über Knightons Kindheit erfahren hatte …

Nein, darüber wollte er nicht nachdenken. Es belastete sein Gewissen viel zu sehr. Besser, er kam gleich auf den wesentlichen Teil dieser Unterhaltung zu sprechen. „Du und Juliet, ihr dürft euch jetzt zurückziehen", sagte er zu Helena. „Ich würde gern unter vier Augen mit Mr. Knighton reden."

Juliet verließ das Zimmer beinahe fluchtartig, während Helena ruhig ihre Malsachen zusammenpackte. Das erregte Knightons Aufmerksamkeit. „Sie malen, Lady Helena?"

„Ja", erwiderte sie still. „Vorwiegend Miniaturen."

„Fertigen Sie gerade ein Porträt Ihres Vaters an?"

„Nein, ich bessere nur ein Porträt meiner Mutter aus."

„Sie ist mächtig geschickt im Malen dieser winzigen Dinger", bemerkte Percival, wie immer voller Stolz auf das Talent seiner ältesten Tochter. „Juliet muss Ihnen unbedingt einmal ein paar von Helenas Arbeiten zeigen."

Knighton betrachtete Helena nachdenklich und nickte dann. „Ich würde sie mir gern angucken."

„Papa ist zu liebenswürdig", entgegnete Helena trocken, als sie an Knighton vorbei zur Tür ging. „Ich bin keine Künstlerin. Ich mache das nur, um mir die Zeit zu vertreiben."

„Unsinn!" warf Percival ein und lächelte Knighton strahlend an. „Die Bilder sind ganz zauberhaft. Sie steckt ihr ganzes Herzblut in diese Arbeiten, da sie ja nicht reiten, tanzen oder ähnliche Dinge tun kann."

Irgendetwas fiel geräuschvoll zu Boden, und Knighton drehte sich um.

„Verzeihung, ich wollte Sie nicht erschrecken", meinte Helena mit erstickter Stimme. Sie war sehr blass geworden und schaute auf etwas, das aus ihrem Malkasten gefallen war.

Sie wandte sich zum Gehen – wahrscheinlich, weil es ihr wegen ihres Beins zu schwer fiel, sich nach dem Gegenstand zu bücken –, aber Knighton hob ihn rasch für sie auf und gab ihn ihr.

„Sie brauchen sich doch nicht zu entschuldigen. Hier, bitte."

Fassungslos vor Staunen beobachtete Percival, wie Helena plötzlich errötete. Seit Jahren hatte er seine ruhige, gelassene Tochter nicht mehr rot werden sehen. Warum dann ausgerechnet jetzt?

Sie nahm dem Mann den Gegenstand ab – offenbar eines ihrer Elfenbeintäfelchen – und blickte ihm dabei nicht in die Augen. „Danke", stammelte sie ungewohnt befangen und verließ den Raum, ohne sich von ihrem Vater zu verabschieden.

Als Knighton sich wieder Percival zuwandte, machte er ein finsteres Gesicht. „Es war nicht nötig, sie eigens darauf hinzuweisen. Ich bin sicher, sie wird ohnehin ständig daran erinnert."

Percival war völlig ahnungslos. „Sie worauf hinzuweisen?"

„Dass sie ‚nicht mehr tanzen, reiten oder ähnliche Dinge tun' kann!"

„Ach was, zerbrechen Sie sich deswegen nicht den Kopf. Helena ist kein kleines Kind mehr, sie stört sich nicht an solchen Bemerkungen."

„Sie verstehen nicht sonderlich viel von Frauen, nicht wahr?" stellte Knighton fest.

„Ich denke, von meiner eigenen Tochter verstehe ich schon etwas." Aber das war nicht das, worüber er mit dem Mann sprechen wollte, der das künftige Geschick von Swan Park in den Händen hielt. „Wo wir gerade von Töchtern reden, wie gefällt Ihnen Juliet?“

Ein eigenartiger Ausdruck schien über Knightons Züge zu huschen, Widerwillen, vielleicht sogar Zorn. Dann wirkte er wieder so gefasst wie vorher. „Sie gefällt mir sehr gut. Bislang.“

„Bislang?“ wiederholte Percival.

„Ich habe sie ja gerade erst kennen gelernt. Ich hatte noch nicht viel Gelegenheit, mir ein abschließendes Urteil zu bilden.“

Verdammt, der Mann versuchte Zeit zu gewinnen. Percival musterte ihn streng. „Aber Sie verstehen schon, was auf dem Spiel steht, oder? Ihnen ist doch klar, was Sie tun müssen, um das Erbe antreten zu können?“

„Allerdings. Sie erwähnten jedoch nicht, dass ich mich sofort entscheiden müsse“, erwiderte Knighton spitz.

Percival lief ein eisiger Schauer über den Rücken. „Was gibt es da noch zu entscheiden? Sie bekommen das Beweisstück nur, wenn Sie Juliet heiraten.“ Das stimmte nicht ganz – er hatte nicht vor, alle seine Sünden ungebeichtet mit ins Grab zu nehmen. Aber zuerst musste er es auf diese Art versuchen, denn er wollte seine Töchter auch nicht völlig mittellos zurücklassen.

„Es war auch nie die Rede davon, dass es unbedingt Juliet sein muss“, erinnerte Knighton ihn ruhig. „In Ihrem Brief stand, ich könne mich für irgendeine Ihrer drei Töchter entscheiden.“

Percival hätte kaum fassungsloser sein können, wenn Knighton ihn um die Hand der Haushälterin gebeten hätte. „Das stimmt, aber ich dachte … Würden Sie denn lieber Rosalind heiraten? Oder Helena?“

Knightons Miene war unergründlich. „Ich weiß es nicht. Das kann ich doch erst sagen, wenn ich sie alle besser kenne, nicht wahr?“

Die Vorstellung, noch länger in diesem Zustand der Ungewissheit verharren zu müssen, jagte Percival einen erneuten Schauer über den Rücken, dennoch war er nicht gerade in der Position, dagegen Einspruch erheben zu können. Andererseits durfte er nicht zulassen, dass sich der Mann zu viel Zeit ließ. Percival *hatte* nicht mehr viel Zeit. „Nun gut. Bleiben Sie eine Weile, und lernen Sie meine Töchter besser kennen. In etwa einer Woche werden wir uns wieder darüber unterhalten.“

Knightons gelassenes Lächeln fiel Percival auf die Nerven. „Danke, Mylord. Ich verspreche, Sie werden es bestimmt nicht bereuen!“

6. KAPITEL

Der Mann war nicht dumm, das musste Rosalind ihm lassen. Sie hatte fast den ganzen Vormittag dazu gebraucht, aber jetzt glaubte sie zu wissen, was Mr. Brennan im Schilde führte.

„Sagen Sie nichts; ich versuche zu raten", meinte er jetzt hinter ihr in seinem gewohnt abfälligen Tonfall. „Wir kommen jetzt in den Forest of Arden."

„Nein", gab sie trocken zurück. „Das hier ist unser Wildpark. Er gilt als der beste in ganz Warwickshire." Sie sog tief die würzige, nach Waldmeister duftende Luft ein und wartete gespannt auf seine Antwort. Wenn ihre Theorie stimmte, dann würde er sich jetzt über die Schwächen des Wildparks auslassen, so wie er es auch bei allen anderen Teilen des Besitzes getan hatte, die sie ihm an diesem Vormittag gezeigt hatte. Nun, wenn er das tat, würde sie ihm ins Gesicht sagen, dass er log. Niemand konnte ernsthaft etwas an diesem Wildpark auszusetzen haben. Papa selbst hatte sich jahrelang intensiv darum gekümmert.

Mit der kritischen Miene eines Mannes, der Land zu kaufen gedenkt, schaute er sich eine ganze Weile um. „Der Park trägt diese Auszeichnung zu Recht."

Rosalind glaubte, ihren Ohren nicht trauen zu können. Der Mann gab tatsächlich zu, dass ein Teil von Swan Park seinen hohen Ansprüchen gerecht wurde! „Er bedarf also nicht ‚gewisser Verbesserungen'?" Denn genau das hatte er von jedem einzelnen Zimmer im Herrenhaus behauptet.

Er zog eine Braue hoch. „Nein, dessen bedarf er nicht."

„Nun, Sie können ihn zumindest nicht als ‚Herberge für totes Gestrüpp' bezeichnen, wie Sie unser Treibhaus zu nennen pflegten", beharrte sie.

„Sehr richtig."

„Aber warten Sie, der Wildpark ist etwas schmutzig. Ich vergaß ganz, wie viel Wert Sie auf Sauberkeit legen, denn sonst hätten Sie wohl kaum unsere Molkerei als dreckig bezeichnet. Dieses Urteil war übrigens ein ziemlicher Schock für meine Milchbäuerin, die bei uns seit langem den Spitznamen ‚die Blütenweiße' trägt."

Dank dieser lächerlichen Unterstellung war Rosalind ihm auf die Spur gekommen. Dieser Mann legte es offenbar darauf an, sie bewusst zu vergraulen, damit er allein und ungestört den Besitz in Augenschein nehmen konnte.

Seine Mundwinkel zuckten leicht. „Nun ja, aber bei einem Wildpark setzt man ja wohl ein gewisses Maß an Schmutz voraus, nicht wahr?"

„So ist es." Sie wich nach links aus, um einen über den Pfad gestürzten Baumstamm zu umgehen. Ob Mr. Brennan jetzt sagen würde, dass der Stamm eine mögliche Gefahr für Wild und Jäger darstellte? Neugierig blieb sie stehen, drehte sich zu ihm um und breitete die Arme aus. „Heißt das, Sie haben tatsächlich nichts an unserem Wildpark auszusetzen? Keinen Makel? Keine Gefahren? Keine Enttäuschung?"

„Es ist wirklich ein sehr schöner Park, da gebe ich Ihnen Recht." Seine Augen funkelten jetzt. „Ich halte es jedoch nicht für klug, den Wald in so unmittelbarer Nähe zum Haus so dicht wachsen zu lassen!"

Sie konnte nicht anders und brach in helles Gelächter aus.

Sicher, die Ulmen hatten sich bis zum Rasen ausgebreitet, und die Eichen nahmen immer mehr überhand, so dass der Pfad zuzuwachsen drohte, aber das hatte immer einen großen Teil des Reizes dieses Parks ausgemacht. Und dieser Schuft wusste das auch, selbst wenn er jetzt so dastand und sie vollkommen unschuldig anguckte. „Es tut mir Leid, wenn Sie das stört, aber ich glaube, dem Wild gefällt es. Die Tiere fühlen sich offensichtlich inmitten von Bäumen wohl, was sicherlich mit ihrem Bedürfnis zu tun hat, vor Jägern und Hunden in Deckung zu gehen." Es reizte sie, ihn zu necken: „Aber vielleicht irre ich mich auch. Sollen wir ein paar Tiere aufspüren und sie fragen?"

Er lächelte jetzt. „Ich wollte damit nur sagen, dass so dichtes Gehölz Wilderer dazu einlädt, ihr Unwesen zu treiben, weil man sich hier so gut verstecken kann. Sie könnten ein Reh oder ein Waldhuhn erlegen und mit ihrer Beute verschwinden, ohne dass es jemand bemerkt."

„Wilderer ... Daran habe ich nicht gedacht. Sie vergessen jedoch, dass das hier nicht London ist." Sie wurde ernst und fügte gezielt hinzu: „Und es ist auch keine Ihrer Küstenstädte mit ihren Unterschlupfmöglichkeiten für Schmuggler. Wir haben hier kaum Wilderer, und sollte tatsächlich einmal einer auftauchen, werden wir ihm ein Reh oder ein Waldhuhn gönnen."

„Wirklich?" Sein Lächeln erstarb. „Letzte Nacht waren Sie Dieben gegenüber nicht so gastfreundlich, Lady Rosalind."

Dieser Mann parierte mit Worten tatsächlich genauso rasch wie gestern Nacht mit dem Schwert. Aber das konnte sie schließlich auch. Warum sollte sie jetzt nicht den Spieß umdrehen und auf die Geheimnisse seines Arbeitgebers zu sprechen kommen? Ihre letzten Versuche in der Hinsicht hatte er abgewehrt, aber da war sie auch noch zu feinfühlig vorgegangen. Feinfühligkeit war noch nie ihre Stärke gewesen.

Sie neigte den Kopf ein wenig zur Seite. „Ich persönlich finde, dass sich ein Wilderer, der ein Reh erlegt, um seine Familie zu ernähren, immens von einem gewöhnlichen Dieb unterscheidet. Ersterer ist eine arme Seele, die ums Überleben kämpft, Letzerer jedoch wird von reiner Habgier getrieben und verdient daher durchaus die Bezeichnung Verbrecher."

„Sie sind großzügiger als die Gesetzgebung unseres Landes. Vor dem Gesetz gilt jeder als Dieb oder Verbrecher, der sich etwas aneignet, was ihm nicht gehört, ganz gleich, welches Motiv er dafür hat."

Sie warf ihm einen kühnen Blick zu. „In solchen Dingen kennen Sie sich aus, nicht wahr?"

„Was soll das heißen? Spielen Sie etwa auf Ihre lächerlichen Vermutungen von gestern Abend an? Ich dachte, wir hätten das geklärt!"

„Ehrlich gesagt, ich spiele eher auf den Mann an, für den Sie arbeiten."

Seine leuchtend blauen Augen funkelten. „Knighton – ein Dieb? Warum? Weil er Swan Park erben wird?"

„Natürlich nicht! Wegen seiner ziemlich guten Verbindung zu Schmugglern."

„Ach so", erwiderte er knapp. „Sie müssen ein sehr eintöniges Leben führen, Lady Rosalind, da Ihr Lieblingsthema das kriminelle Leben anderer Leute zu sein scheint!"

Sie beobachtete ihn, wie er zu dem umgestürzten Baumstamm schlenderte und sich darauf niederließ. War ihr Verdacht in Bezug auf ihn zutreffend? Störte es ihn deswegen, wenn sie das „kriminelle Leben anderer Leute" erwähnte? Und doch, wenn er sie so anschaute wie jetzt, wirkte er ganz und gar nicht ungehalten. Eher … belustigt, gelassen. Unverschämt attraktiv, ja. Schon letzte Nacht, im dämmerig erleuchteten Arbeitszimmer, war es ihr schwer genug gefallen, bei seinem Aussehen nicht ins Schwärmen zu geraten. Nun, bei hellem Tageslicht, war es ihr völlig unmöglich.

Der Baumstamm gab unter seinem Gewicht nach, so dass er die Beine spreizen und sich etwas zurücklehnen musste, um nicht das Gleichgewicht zu verlieren. Unwillkürlich fiel ihr Blick auf die in der Hose und den glänzenden Lederstiefeln gut zur Geltung kommenden langen Beine.

Reitstiefel. Ob er wohl zu Pferd eine gute Figur machte? Sie würden reiten müssen, um zu den Weizenfeldern und den Gehöften der Pächter zu gelangen. Im Geist sah sie ihn schon vor sich, auf dem besten Jagdpferd ihres Vaters, die muskulösen Schenkel fest in die Seiten des mächtigen Tieres gestemmt …

Großer Gott, sie musste sich zusammenreißen! Aber wer wollte ihr solch schwärmerische Gedanken verübeln, nachdem schon seit Jahren kein so gut aussehender Mann mehr in Swan Park gewesen war? Trotzdem, es durfte nicht sein. Vielleicht war der Mann ja sogar verheiratet. Diese Vorstellung verstimmte sie eigenartigerweise, und sie zwang sich, in die Wirklichkeit zurückzukehren. „Nun? Mr. Knighton unterhält doch Verbindungen zu Schmugglern, oder nicht?"

„Nicht, dass ich wüsste. Und selbst wenn es einmal so gewesen ist – Schmuggler sind keine Diebe, Mylady. Sie kaufen ihre Waren."

Sie guckte ihn empört an. „Ja, aber sie stehlen die Steuern, die der Regierung zustehen, sobald sie die Waren ins Land bringen! Und Männer, die solche Waren dann weiterverkaufen, machen sich desselben Vergehens schuldig! Ganz abgesehen davon, dass sie in erster Linie gar keine französischen Waren hätten erwerben dürfen, da wir uns mit Frankreich im Krieg befanden. Sie müssen doch zugeben, dass solche Leute höchst zweifelhafte Charaktere sind!"

„Ich versichere Ihnen, mein Arbeitgeber pflegt keinen Umgang mit ‚zweifelhaften Charakteren'. Seine Geschäfte sind vollkommen legal."

„Heute vielleicht. Aber ich habe gehört, dass das nicht immer so war." Eine Wolke schob sich vor die Sonne. „Sie werden meinen Fragen nicht so leicht ausweichen können wie heute Morgen, also sagen Sie am besten gleich die Wahrheit. War die Knighton Handelsgesellschaft ursprünglich eine Verkaufsstelle für geschmuggelte Waren? Und wechseln Sie ja nicht das Thema!"

Dieses Mal war er eindeutig amüsiert. „Das würde mir im Traum nicht einfallen!" Dennoch legte er nur den Kopf ein wenig in den Nacken und schaute nach oben. Sie folgte seinem Blick und entdeckte einen emsigen Grünspecht, der gerade einen Kastanienbaum bearbeitete. „Glauben Sie, dass der Baum wegen des Vogels eingehen wird?" fuhr er fort.

„Sie wollten doch das Thema nicht wechseln!"

„Das tue ich auch nicht. Bitte beantworten Sie mir einfach meine Frage."

„Nun gut." Eine Weile beobachtete sie den Specht. „Nein, er wird deswegen wohl nicht eingehen. Spechte sind für ihn lästig, aber sie bringen ihn nicht um. Außerdem brauchen sie die Larven unter der Rinde zum Überleben."

„Genau. Dasselbe könnte man auch von Schmugglern sagen. Was sie tun, ist für die Gesellschaft zwar lästig, aber nicht tödlich, und in den meisten Fällen tun sie es, um zu überleben."

„Hat Mr. Knighton es auch getan, um zu überleben?" wollte sie wissen.

Er musterte sie und guckte sie eine ganze Weile ernst an. „Ja. Die Knighton Handelsgesellschaft entstand, als Ihr Cousin französischen Kognak von einem Schmuggler erwarb und ihn mit Gewinn an einen seiner Bekannten aus Eton weiterverkaufte."

„Ich ahnte es doch!"

Seine Kiefermuskeln zuckten. „Er und seine Mutter schwebten lange in Gefahr, ins Gefängnis gesteckt zu werden, da sein Vater sie tief verschuldet zurückgelassen hatte. Knighton nahm jede Arbeit an, die ein Junge ausüben kann, um Geld zu verdienen. Aber dieser eine Verkauf von geschmuggeltem Kognak brachte ihm mehr ein, als er in einem ganzen Jahr mit allen möglichen Jobs verdient hatte." Er schaute zur Seite und fügte hinzu: „Zumindest hat er es mir so erzählt."

„Nun, das klingt verdächtig. Wenn er und seine Mutter so wenig Geld hatten, wie konnten sie dann Eton bezahlen?"

„Sein Vater hatte ihn dort eingeschrieben. Als der Mann starb, gelang es der Mutter, Knighton weiter diese Schule besuchen zu lassen. Man kam überein, dass er seine Schulgebühren abarbeiten sollte. Doch irgendwann ging das auch nicht mehr, da die anderen Schulden zu hoch wurden."

„Also fing er an, Waren von einem Schmuggler zu kaufen und sie mit Gewinn wieder zu verkaufen. Das hat er mehr als einmal getan, nicht wahr? Man kann einen Handelskonzern wohl kaum auf einem einzigen Verkauf aufbauen."

Er rieb sich müde den Nasenrücken. „Lady Rosalind, hat Ihnen schon mal jemand gesagt, dass Sie wirklich unerträglich neugierig sind?"

„Das höre ich fast täglich." Sie stemmte die Hände in die Hüften. „Und? Habe ich Recht in Bezug auf Mr. Knighton?"

„Ihr Cousin verfügte nicht über die Mittel oder die Beziehungen, es auf andere Weise zu etwas zu bringen", erwiderte er schneidend. „Also hat er Schmuggelware verkauft, ja." Er sah sie durchdringend an. „Verraten Sie mir eins. Als er Gelegenheit bekam, Kognak an die Eltern wohlhabender Mitschüler zu verkaufen, wodurch es ihm möglich wurde, seine Mutter zu versorgen und die Schulden seines Vaters abzubezahlen – hätte er da ablehnen sollen? Hätte er seine Mutter als Schuldnerin ins Gefängnis gehen lassen und sich selbst ins Ausland absetzen sollen, um dort sein Glück zu versuchen? Was hätten Sie denn an seiner Stelle getan, Lady Selbstgerecht?"

Sie wusste nur zu gut, wie schwer das Leben sein konnte, wenn nicht mehr genug Geld da war, und ihrer Familie hatte noch nicht einmal das Gefängnis gedroht. Darüber hinaus entsprachen seine Worte genau dem, was ihr Vater gesagt hatte – dass Mr. Knighton aus reiner Notwendigkeit mit Schmugglern zu tun gehabt hatte. Dennoch war es seltsam, wie intensiv sich Mr. Brennan in die Situation seines Arbeitgebers einfühlen konnte. Das schien auf eine sehr enge Beziehung zwischen den beiden hinzuweisen.

„Wahrscheinlich wäre ich auch vorübergehend der Versuchung erlegen", entgegnete sie etwas verschnupft. „Aber sobald ich erfolgreich gewesen wäre, hätte ich die Verbindung zu diesen Verbrechern sofort abgebrochen, das versichere ich Ihnen."

„Was sind Sie doch für ein edler Mensch", stellte er sarkastisch fest. „Ihr Cousin war nicht so edel. Er erlag der Versuchung mehrere Jahre lang. Er entdeckte, dass es ihm Spaß machte, seine Schulden abbezahlen und Geld in seinen neuen Handelskonzern stecken zu können. Aber schließlich war er auch viel anfälliger für solche Versuchungen als Sie, Mylady, da er nicht von so privilegierter Abstammung war."

Seine Andeutungen machten sie zornig. „Vielleicht war er nicht von privilegierter Abstammung, Mr. Brennan, aber immerhin ist er als Mann auf die Welt gekommen. Wenn Sie einmal auch nur für fünf Minuten eine Frau sein könnten, würden Sie sehr schnell feststellen, dass selbst ein Mann niedrigster Herkunft noch mehr Privilegien hat als eine Frau! Ich habe das Privileg, gesagt zu bekommen, ich sei nicht in der Lage, mit meinem eigenen Geld umzugehen, mein Leben selbst in die Hand zu nehmen oder meine eigene Zukunft zu gestalten. Ich habe das Privileg, ganz allein einen Besitz zu verwalten, mich um meinen Vater und meine beiden Schwestern zu kümmern und zu wissen, dass ich den Besitz, den ich verwalte, noch nicht einmal erben kann. Auf solche ‚Privilegien' kann ich gut und gern verzichten, glauben Sie mir!" Er sah aus, als wolle er etwas dazu bemerken, aber sie ließ ihn nicht zu Wort kommen. „Außerdem ist es nicht eine Frage des Privilegs, sondern dessen, was richtig oder falsch ist. Sie scheinen große Sympathien für

Freihändler zu haben. Ich nehme an, Sie haben Erfahrungen aus erster Hand mit ihnen?“

Seine Augen funkelten. „Sie meinen, neben der Arbeit für meinen ruchlosen Arbeitgeber?“

„Genau. Für einen Verwalter können Sie erstaunlich gut mit dem Schwert umgehen.“

„Das Kompliment kann ich zurückgeben. Für die Tochter eines Earls sind sie erstaunlich geschickt mit dem Schwert. Trotzdem habe ich Ihnen *nicht* den Vorwurf gemacht, ‚Erfahrungen aus erster Hand‘ mit Schmugglern zu haben!“

„Natürlich nicht. Der Gedanke ist ja auch absurd!“

„Warum? Weil Sie eine Frau sind? Und ich muss ein Schmuggler sein, weil ich Ire bin und mit einem Schwert umgehen kann? Auch Frauen können Verbrechen begehen, wissen Sie. Während Iren, die sich auf den Schwertkampf verstehen, durchaus bisweilen Ehrenmänner sind.“

Sie errötete. Offensichtlich war sie doch etwas zu deutlich geworden. „Ich habe nicht behauptet, dass Sie ein Schmuggler sind.“

„Das brauchten Sie auch nicht. Ich kann inzwischen ganz gut erraten, was Sie sich in Ihrer überschäumenden Fantasie so zusammenreimen.“ Er erhob sich von dem Baumstamm, und in seine Augen trat ein durchtriebener Ausdruck. „Aber zufällig haben Sie in diesem Fall Recht – ich *war* früher Schmuggler.“

Sie stürzte sich triumphierend auf dieses Geständnis. „Deshalb also hat mein Cousin Sie eingestellt!“

„Nein. Ihr Cousin stellte mich ein, weil ich ihm das Leben gerettet habe, als meine Kumpane ihn umbringen wollten.“ Eine nachtschwarze Haarsträhne fiel ihm in die Stirn. „Er war … beeindruckt von meinen besonderen Fähigkeiten, und all die Jahre hindurch haben sie ihm gute Dienste geleistet. Sich über sie zu beschweren, hat ohnehin bislang noch keiner überlebt."

Sie bekam eine Gänsehaut, doch dann fiel ihr das Funkeln in seinen Augen auf. „Jetzt machen Sie sich über mich lustig!"

„Tue ich das?" Er ließ die Worte in der Luft hängen und ging weiter den Pfad entlang, mit der ganzen Arroganz eines Mannes, der sich seiner Macht wohl bewusst war.

Sie folgte ihm und grübelte über diese neue Strategie nach. Versuchte er absichtlich, ihr Angst einzujagen? Oder war das nur ein weiterer Trick, sie loszuwerden? Sie neigte eher zu letzterer Annahme, wenn da nur nicht die nervenaufreibende Erinnerung gewesen wäre, wie mühelos er ihr das Schwert entwunden und an die Kehle gedrückt hatte.

Sie lief schneller, um ihn einzuholen, und versuchte, ihm noch mehr Informationen zu entlocken. „Wie kam es, dass Sie Schmuggler wurden?"

War da wirklich ein Lächeln über seine Züge gehuscht, ehe er das Gesicht abwandte? „‚Welcher Dieb ist so einfältig, mit seinen eigenen Streichen zu prahlen?'"

„*Die Komödie der Irrungen.* Sehr gut, Sie kennen Ihren Shakespeare! Ich habe jedoch nichts dagegen, wenn Sie prahlen. Wie Sie schon so treffend bemerkten, ist meine Neugier grenzenlos. Wenn sie nicht befriedigt wird, werde ich Sie so lange mit Fragen bedrängen, bis ich alles erfahren habe."

„Das tun Sie doch jetzt schon", grollte er. „Aber wenn Sie darauf bestehen, all die hässlichen Einzelheiten zu …"

„Allerdings."

„Nun, das Schmuggeln bot eine willkommene Abwechslung zu dem Armenhaus, in dem ich von meinem sechsten Lebensjahr an leben musste, bis ich im Alter von neun Jahren die Gelegenheit bekam, mich einer Schmugglerbande anzuschließen."

„Im Armenhaus!"

„Ich wusste, dass Sie über meine unrühmliche Vergangenheit entsetzt sein würden."

„Aber nein! Ich finde das ausgesprochen faszinierend! Sie wirken so … Ich meine, ich wäre nie darauf gekommen, dass Sie …"

„Dass ich kein Gentleman bin?"

„Doch, das ist mir längst klar geworden", gab sie schnippisch zurück. „Ich dachte nur, Sie seien vielleicht zu einem Gentleman erzogen worden und hätten Ihre Vergangenheit bloß verdrängt."

„Wie überaus schmeichelhaft." Er beschleunigte seine Schritte, bis sie fast rennen musste, um nicht zurückzubleiben. „Wenn meine ungehobelte Art Sie allerdings stört, brauchen Sie meine Gesellschaft nicht länger zu ertragen. Ich finde mich inzwischen gut selbst zurecht. Ich bin sicher, Sie haben Besseres zu tun, als einen verabscheuungswürdigen Menschen über Ihren Besitz zu führen."

Er musste wirklich über eine ungeheure Arroganz verfügen, wenn er annahm, sie sei so dumm und würde auf seinen Trick hereinfallen. Wahrscheinlich war er nie ein Schmuggler gewesen. Oder hatte im Armenhaus gelebt. „Ach, das macht mir nichts aus", versicherte sie munter. „Ich genieße einen schönen Spaziergang, sogar mit einem gefährlichen Verbrecher wie Ihnen."

Eine Weile liefen sie schweigend weiter, nur ihre Schritte

und das Keckern der Eichhörnchen waren zu hören. Plötzlich kam ihr ein Gedanke. Warum nutzte sie seine Offenheit nicht einfach für sich aus? Das hieß, falls sie ihm überhaupt ein Wort glauben konnte.

„Sagen Sie, wie kam es, dass Sie im Armenhaus gelebt haben?“ fragte sie schließlich.

Er zuckte mit den Schultern. „Meine Eltern waren plötzlich gestorben, und ich war auf mich selbst angewiesen. Also stahl ich eines Tages von einem Obstverkäufer eine Apfelsine und landete dort, wo alle jungen Halbstarken irgendwann enden. Ich brauche wohl nicht zu erwähnen, dass der Richter sofort eine mögliche Gefahr für die Gesellschaft in mir sah.“

Sie ließ sich davon nicht abschrecken; im Gegenteil, seine Geschichte faszinierte sie immer mehr. „Und warum haben Sie Mutter und Vater gleichzeitig verloren? Starben sie an den Pocken? Oder war es ein Unfall?“

Er schnaubte grimmig. „Kümmern Sie sich eigentlich nie um Ihre eigenen Angelegenheiten, Lady Rosalind?“

„Nicht, wenn es irgendwie um meine Familie geht.“ Er warf ihr einen finsteren Blick zu, und sie fuhr verschmitzt fort: „Sie halten sich unter unserem Dach auf und bewegen sich überall ziemlich frei herum, also ist es wohl nur fair, wenn Sie mir dabei helfen, Klarheit über Ihre kriminelle Energie zu gewinnen. Ich kann nicht zulassen, dass etwas oder jemand eine echte Bedrohung für uns darstellt.“

„Dann machen Sie sich auf das Schlimmste gefasst. Ich bin von noch niedrigerer Abstammung, als Sie sich vorstellen können. Ich bin der uneheliche Sohn vom ‚wilden Danny Brennan‘ und der englischen Gastwirtstochter, die seine

Komplizin war.“ Er hielt inne, als wolle er ihre Reaktion abwarten, dann fügte er höhnisch hinzu: „Sie starben beide am Galgen.“

Sie starrte ihn ungläubig an. Der Sohn eines Straßenräubers? Dieser elende Lügner! Er konnte unmöglich mit dem „wilden Danny Brennan“ verwandt sein – er war nicht primitiv und grausam genug, um der Sohn dieses irischen Schurken zu sein, der alle Reisenden in Essex terrorisiert hatte, bis er schließlich in einer Kneipe gefasst wurde, wo er lautstark mit seinen Taten geprahlt hatte. Zusammen mit der Frau, mit der er in wilder Ehe lebte.

Sie erschauerte. Danny Brennan war in der Tat zusammen mit einer Frau gehängt worden, was überaus ungewöhnlich gewesen war. Und Mr. Brennan hatte sich tatsächlich als *Daniel* Brennan vorgestellt. Das musste mehr als nur ein Zufall sein …

„Lassen Sie sich deshalb lieber mit Ihrem zweiten Vornamen Griffith anreden?“ erkundigte sie sich. „Weil Sie nicht wollen, dass die Leute eine Verbindung zwischen Ihnen und Ihrem Vater herstellen?“

„Nun ja, zumindest macht das manches einfacher.“

„Ich verstehe. Wie seltsam, dass Mr. Knighton einem Schmuggler und Sohn eines Straßenräubers die Verwaltung seines immensen Vermögens anvertraut. Aber wahrscheinlich ist es ganz hilfreich für ihn, jemanden zu haben, der im Notfall seine Feinde aus dem Weg räumt.“

„Feinde aus dem Weg zu räumen gehört schon seit einiger Zeit nicht mehr zu meinen Pflichten“, widersprach er trocken. „Mir scheint jedoch, ich habe Ihr empfindsames Gemüt verletzt. Mit meiner verabscheuungswürdigen Vergangenheit bin ich Ihrer Gesellschaft eindeutig nicht würdig."

Er wirkte verdächtig entschlossen, in ihrer Achtung sinken zu wollen. Vielleicht hatte er diese Geschichte vom Waisenkind nur erfunden, weil so eine Familie immer noch besser war als gar keine.

Oder es war alles wahr.

Wie dem auch sein mochte, ihr Vorsatz, ihn im Auge zu behalten, wurde dadurch nur noch gefestigt. Und obwohl sie sich entsetzlich dafür schämte, musste sie zugeben, dass sie die Geschichten von seiner schlimmen Vergangenheit außerordentlich fesselten. Es war aber auch ziemlich dramatisch, nicht wahr? Der mittellose Sohn von Verbrechern, der sich zum Guten gewandelt hatte. *Falls* es denn wirklich so gewesen war.

„Mein Gemüt ist in keiner Weise verletzt worden", versicherte sie. „Abgesehen davon, würde wohl niemand mein Gemüt als empfindsam bezeichnen. Schließlich können Sie nichts dafür, was Ihre Eltern getan haben. Als sich Ihnen die Gelegenheit bot, haben Sie einen besseren Weg eingeschlagen. Sie sind nicht zum Dieb geworden."

„Wenn man das kurze Zwischenspiel mit der Schmugglerei außer Acht lässt", erinnerte er sie.

Sie unterdrückte ein Lächeln. „Wenn man das außer Acht lässt, ja. Doch jetzt sind Sie ein anständiger Mensch."

„Anständig. Aber kein Gentleman."

„Wer weiß, wozu das gut ist. Sie haben ohnehin schon merkwürdigere Ansichten als jeder Gentleman, den ich kenne. Mich schaudert bei dem Gedanken, was Sie wohl über Swan Park denken würden, wenn Sie es vom Standpunkt eines Gentlemans aus betrachteten. Auch so halten Sie den Besitz ja für in jeder Hinsicht unzulänglich."

„Nicht in jeder Hinsicht." Ein widerstrebendes Lächeln ließ seine strengen Züge weicher wirken. „Der Wildpark ist sehr schön."

„Bis auf die Tatsache, dass die Bäume zu dicht stehen."

„Genau." Er verlangsamte seine Schritte ein wenig. „Sie haben mir meine Kritik also nicht übel genommen?"

Er klang so hoffnungsvoll, dass sie beinahe gelacht hätte. „Nein, gar nicht. Was mich betrifft, so können Sie und Ihr Arbeitgeber Swan Park ganz nach Ihren Wünschen umgestalten, sobald meine Schwestern und ich fort sind." Erst als er sie streng musterte, erkannte sie, was sie ihm soeben enthüllt hatte. Wenn sie doch nur vorher nachgedacht hätte, bevor sie den Mund aufgemacht hatte! Papa würde außer sich sein, wenn er erfuhr, dass sie Mr. Brennan gesagt hatte, sie glaube nicht an ein Zustandekommen der Heirat.

Andererseits hatte Papa auch keinerlei Rücksicht auf *ihre* Gefühle genommen, also sollte sie sie vielleicht jemandem anvertrauen, der mehr Interesse daran zeigte. Bei der Gelegenheit konnte sie dann ja eventuell noch ein paar weitere negative Bemerkungen fallen lassen, die Mr. Brennans Arbeitgeber von seinem Vorhaben abbringen würden, sich auf einen tief verschuldeten Besitz und drei ältliche Jungfern ohne große Mitgift einzulassen. Ja, vielleicht sollte Mr. Knighton erfahren, dass seine perfekte Vereinbarung mit Papa eben doch nicht ganz so perfekt war.

Und die beste Möglichkeit, Mr. Knighton zu unterrichten, war es, sich seinem Verwalter anzuvertrauen.

7. KAPITEL

Griffith hatte keine Ahnung, wie er Rosalinds Bemerkung auffassen sollte. Nach diesem Vormittag war ihm überhaupt schleierhaft, wie er diese *Frau* zu verstehen hatte. Sie hatte seine Kritik mit überraschendem Gleichmut ertragen. Manchmal hatte sie sogar gelacht, als hätte sie seine Taktik durchschaut.

Nun, wahrscheinlich war das auch der Fall. Er war längst zu dem Schluss gelangt, dass die Frau sogar noch klüger war, als er vermutet hatte. Sie verwaltete Swan Park vorbildlich, trotz ihrer leicht exzentrischen Methoden. Zugegeben, er hätte die Außenwände der Molkerei sicher nicht in diesem leuchtenden Blaugrün gestrichen, zum Ausgleich für das „langweilige" Weiß innen. Der Betrieb selbst jedoch war peinlich sauber, und es wurden dort offensichtlich erstklassige Waren erzeugt, gemessen an dem Käse, den sie ihm eben zum Probieren gegeben hatte.

Und er hätte gewiss auch nicht drei Wanderschauspieler aus Stratford-upon-Avon als Stallburschen angestellt, die anfangs bestimmt zu nichts anderem fähig gewesen waren, als zu Myladys Unterhaltung *Wie es euch gefällt* vorzutragen. Aber sie hatten sich gemausert und die Ställe recht gut in Schuss gehalten, wenn man bedachte, dass die Pferde nur dazu da waren, sie und ihre Schwestern über die Ländereien und nach Stratford zu tragen.

Da er sich also über ihre Fähigkeiten absolut im Klaren war, konnte er ihre seltsame Bemerkung nicht einfach so im Raum stehen lassen. „Was meinen Sie damit, ‚wenn meine Schwestern und ich fort sind'? Wenn eine von Ihnen meinen Arbeitgeber heiratet, so wie Ihr Vater es vorgesehen hat, werden Sie doch sicher alle hier wohnen bleiben?"

Sie lief vor ihm her und schaute ihn nicht an. „Auch wenn Papa uns wie Vieh zur Versteigerung angeboten hat, bedeutet das noch lange nicht, dass wir uns demütig zur Schlachtbank begeben."

Er folgte ihr verwirrt. „Soll das heißen, dass Sie und Ihre Schwestern gar nicht vorhaben, meinen Arbeitgeber zu heiraten?"

„Genau das wollte ich damit sagen."

Verdammt. Nicht nur, dass sie keine Ahnung von den erpresserischen Plänen ihres Vaters hatten – sie waren noch nicht einmal erpicht darauf, ihn zu heiraten! „Ihnen ist doch klar, dass Sie Swan Park verlieren werden, wenn nicht eine von Ihnen Knighton ehelicht?"

„Na und? Es ist über alle Maßen belastend, einen Besitz zu verwalten, das versichere ich Ihnen. Vor allem einen so hoch verschuldeten Besitz wie Swan Park."

„Es macht sicher sehr viel Arbeit."

„Die Arbeit stört mich nicht." Sie guckte ihn aufgebracht an, als hätte er sie beleidigt. „Ich bin, weiß Gott, wirklich nicht arbeitsscheu!"

„Aber dann ..." Er verstummte, weil sie vor seinem geistigen Auge plötzlich wieder mit dem Schwert in der Hand auftauchte. „Ach so. Es ist diese *Art* von Arbeit, die Sie stört. Zu eintönig, könnte ich mir vorstellen."

Ihr Seufzen allein war schon Antwort genug. „Nun, nicht jede meiner Aufgaben. Ich überwache sehr gern Renovierungs-

oder Bauarbeiten. Ich beaufsichtige gern das Personal. Es macht mir Spaß, Abendgesellschaften zu planen."

„Überwachen, beaufsichtigen, planen ..." Er lächelte spöttisch. „Es gefällt Ihnen, Verantwortung zu tragen, nicht wahr?"

Sie zuckte mit den Schultern. „Ja, wahrscheinlich. Aber die anderen Pflichten sind so langweilig! Ich hasse es, die Bücher durchzugehen, Streitereien zwischen den Pächtern zu schlichten und mich um tausend unwichtige Kleinigkeiten kümmern zu müssen. Ich tue das nur, weil niemand anders es mir abnimmt – und nicht, weil es mir Spaß macht."

„Also gut, es macht Ihnen keinen Spaß, den Besitz zu verwalten. Aber deswegen müssen Sie ihn doch nicht gleich ganz aufgeben. Wenn Knighton eine Ihrer Schwestern heiratet, wird er diese Aufgabe übernehmen oder jemanden dafür einstellen. Sie können dann doch einfach hier weiter wohnen und Ihr Leben genießen."

„Ich will gar nicht hier wohnen, ganz gleich, was geschieht", lautete ihre überraschende Antwort. „Was kann man in Stratford schon erleben? Ich möchte nach London gehen!"

Das hätte er sich denken können. „Dann sollten Sie Knighton selbst heiraten und mit ihm dorthin ziehen." Großer Gott, was sagte er da eigentlich? „Knighton" würde keine von ihnen heiraten, nicht einmal sie! Wenn sich die Dinge so entwickelten, wie er geplant hatte, würde die ganze Familie innerhalb weniger Monate Swan Park verlassen haben. Bei diesem Gedanken regte sich plötzlich sein schlechtes Gewissen.

Rosalind machte ein finsteres Gesicht. „Knighton heiraten? Nein, wirklich nicht! Nicht für alles Geld der Welt!"

Sein schlechtes Gewissen beruhigte sich schlagartig wieder. „Das geht doch wohl etwas zu weit, meinen Sie nicht?“ Die Frau sollte doch froh sein, wenn sie überhaupt einen Ehemann fand, in Anbetracht ihres Alters und ihrer … nun, etwas eigenwilligen Art! „Finden Sie es denn so furchtbar, Knighton zu heiraten?“

Bei seinem schneidenden Tonfall zuckte sie leicht zusammen. „Nein … Ja … Ich wollte sagen, ich habe ja nicht direkt etwas gegen *ihn.* Es wäre bei jedem Mann so, den Papa ohne Rücksicht auf meine Empfindungen für mich aussuchen würde. Schließlich leben wir nicht mehr im Mittelalter. Frauen sollten ihren Ehemann selbst wählen dürfen, oder etwa nicht?“

Obwohl er sich noch immer in seinem Stolz verletzt fühlte, musste er ihr im Prinzip zustimmen. „Und Sie wollen bestimmt einen Mann, der sein Unternehmen nicht auf Schmuggelgeschäften aufgebaut hat.“

Er rechnete fest damit, dass sie das bestreiten würde, aber sie hielt seinem Blick ruhig stand. „Jetzt, wo Sie es erwähnen … ja. Wie könnte ich einen Mann achten, dem Reichtum über alles geht, so dass er sich weder um Moral noch um das Gesetz schert?“

Er wandte sich ab und ging vor ihr her, um sich nichts von seiner Verärgerung anmerken zu lassen. Was verstand sie schon davon? Sie hatte ihren Wildpark, ihre Diener und wahrscheinlich auch eine Mitgift. Vielleicht keine große, aber *groß* war schließlich relativ. Vor langer Zeit wären zwanzig Pfund für ihn schon eine große Summe gewesen. So ein Leben hatte sie nie kennen gelernt, darauf wollte er wetten.

Trotzdem, je mehr er darüber nachdachte, desto mehr erstaunte ihn ihre Antwort. Er war Frauen gewohnt, denen durchaus „Reichtum über alles ging“. Die gewillt waren, über seine fragwürdige Vergangenheit hinwegzusehen, wenn sie dafür die Ehefrau oder gar nur die Mätresse des sehr vermögenden Mr. Knighton werden konnten. Und hier war nun eine Frau, die sein Geld eher als Makel, als Beweis seines schlechten Charakters betrachtete. Er wusste nicht, ob er sie für ihren Idealismus bewundern oder für ihren Snobismus bedauern sollte.

Sie schien zu spüren, dass sie ihn gekränkt hatte, und holte ihn ein. „Verstehen Sie doch, es ist nicht nur die Schmugglerei“, murmelte sie. „Ich finde einfach, dass eine Frau – jeder Mensch – aus Liebe heiraten sollte.“

Er drehte sich zu ihr um. Ihr Blick war in die Ferne gerichtet, als schaue sie in eine Zukunft, in der sich irgendein Mann in sie verlieben würde. Es fiel ihm schwer zu glauben, dass diese Amazone romantische Vorstellungen von einer Ehe hatte. Das war erstaunlich.

„Ist das nicht eine ungewöhnliche Einstellung für jemanden Ihres Standes?“ fragte er. „Sind Sie und ihresgleichen nicht der Meinung, es sei leichter, sich in einen reichen Mann zu verlieben?“

„Ich weiß nicht, was Leute wie ‚meinesgleichen‘ glauben; ich persönlich finde, dass es generell nicht einfach ist, sich zu verlieben, ganz gleich, ob in einen Reichen oder einen Armen.“ Sie guckte ihn kurz an. „Und was ist Ihre Ansicht? Dass ein Mann möglichst eine reiche Frau heiraten sollte? Nun, vielleicht haben Sie ja bereits eine reiche Ehefrau in London.“

„Nein“, widersprach er energisch. „Weder eine zukünftige noch tatsächliche Ehefrau. Mich beschäftigen im Moment …

andere Dinge als eine Heirat." Dinge, die es den Swan Park-Jungfern womöglich noch schwerer machen würden, einen Ehemann zu finden. Er unterdrückte sein sich erneut meldendes schlechtes Gewissen.

„Also haben Sie gar nicht vor zu heiraten, weder aus Liebe noch aus finanziellen Interessen?"

„Nicht für Geld und schon gar nicht aus Liebe. Ich glaube nicht, dass es ein so zweifelhaftes Gefühl überhaupt gibt – ich habe jedenfalls nie Liebe empfunden. Die Menschen verwechseln nur Verlangen mit Liebe; ein verhängnisvoller Irrtum, der Männer dazu bringt, sich wie Narren aufzuführen, und Frauen, sich die falschen Ehemänner auszusuchen, nur weil ihre ... Triebe eine Katastrophe heraufbeschwören."

„Wie zynisch Sie sind. Soweit ich weiß, besteht zwischen Liebe und Verlangen ein großer Unterschied."

„Wie können Sie sich da so sicher sein? Waren Sie etwa schon einmal verliebt?"

Sie sah ihn zuerst verwirrt, dann zunehmend misstrauisch an. Er hielt ihrem Blick stand, und eine seltsame Spannung befiel ihn, als er merkte, dass sie leicht errötete.

Dann wandte sie sich abrupt ab und schaute wieder nach vorn auf den Weg. „Nein, ich glaube nicht."

Er unterließ es, ihr die nächste logische Frage zu stellen, ob sie denn schon einmal Verlangen verspürt habe, weil er befürchtete, ihre Antwort könnte seine eigenen „Triebe" wecken. „Meinen Sie nicht, Sie würden sich daran erinnern, wenn Sie schon einmal verliebt gewesen wären?"

Das brachte sie dazu, zu lächeln. „Ja, wahrscheinlich."

Plötzlich hatte er den fast verzweifelten Wunsch, diesem

Lächeln Dauer zu verleihen. „Dann hat also Ihre Abneigung, Knighton zu heiraten, nichts damit zu tun, dass Sie noch irgendwo einen geheimen, womöglich überhaupt nicht standesgemäßen Verehrer versteckt halten?“

Jetzt lachte sie zu seiner Freude hell auf. „Nein, ganz gewiss nicht!“

„Was ist mit Ihren Schwestern?“ Er zwang sich dazu, wieder an seine übergeordneten Ziele zu denken, die er sicher eher erreichte, indem er Informationen sammelte, anstatt mit Lady Rosalind zu flirten. „Gibt es da irgendwelche geheimen Verehrer?“

„Nicht, dass ich wüsste.“ Sie lief jetzt wesentlich entspannter neben ihm her, als fühle sie sich in seiner Gegenwart wohler, nachdem sie ihm ihre Gedanken über Heirat und Ehe anvertraut hatte. „Allerdings kontrolliere ich den Wildpark nicht oft genug. Und da sind dann ja auch noch die Stallungen. Wenn ich mich recht erinnere, hielten Sie die Stallburschen für ziemlich unfähig. Sie könnten getarnte Verehrer sein!“

Sie besaß wirklich Fantasie. „Ja, in der Tat. Vielleicht schmiedet einer von ihnen schon längst romantische Entführungspläne.“ Das Laub raschelte unter seinen Füßen. „Also wollen Ihre Schwestern Mr. Knighton wohl ebenfalls nicht heiraten?“

Sie zögerte. „Juliet ist schwer zu durchschauen. Im Gegensatz zu mir möchte sie unbedingt in Swan Park bleiben. Und Papa setzt sie in dieser Angelegenheit ständig unter Druck. Trotzdem glaube ich, dass sie letztlich vor einer Heirat zurückschrecken würde.“

Lieber Himmel, diese Schwestern waren wirklich heikel in

der Wahl ihrer Ehemänner. Er fing an zu begreifen, warum sie alle noch nicht verheiratet waren. „Ich nehme an, sie teilt Ihre Abneigung gegen Freihändler?"

„Nein. Um ehrlich zu sein, ich denke, das wäre nicht wichtig für sie. Es ist nur ... nun ja ... Mr. Knighton scheint ihr Angst einzuflößen."

„Angst? Aber warum? Da... Mr. Knighton würde einer Frau niemals etwas zu Leide tun!"

„Ich fürchte, mit Logik kommt man bei Juliet nicht weit. Sie ist schließlich erst siebzehn."

Er überlegte kurz. „Sie wirkt schüchtern."

„Genau! Sie ist sehr schüchtern und obendrein sehr klein und zierlich. Ich vermute, seine Größe erschreckt sie."

Das konnte er durchaus nachvollziehen. Daniels Größe erschreckte die meisten Frauen, die Griffith kannte, obwohl sich das meist sehr schnell gab, wenn Daniel seinen irischen Charme spielen ließ. „Was ist mit Lady Helena? Sie würde meinen Arbeitgeber doch bestimmt heiraten, wenn sie dadurch die Gewissheit hätte, dass Sie alle in Swan Park bleiben könnten, oder?"

Sie schüttelte traurig den Kopf. „Ich fürchte, Helena hat sehr schlechte Erfahrungen mit möglichen Ehekandidaten gemacht. Vor allem einer – ein gewisser Lord Farnsworth – wollte sie trotz ihrer Gehbehinderung wegen ihres Geldes heiraten. Sie waren verlobt, aber als er erfuhr, dass Papa das mit der armseligen Mitgift durchaus ernst gemeint hatte, ließ er sie sitzen."

„Das ist verabscheuungswürdig!"

Sie belohnte ihn mit einem anerkennenden Blick. „Ja, nicht

wahr? Ich habe versucht, ihr zu erklären, dass dieser Schuft nur eine Ausnahme war, aber ich konnte sie nicht überzeugen. Sie glaubt, die meisten Männer würden sie wegen ihrer Behinderung verschmähen. Deshalb würde sie Mr. Knighton bestimmt nicht heiraten. Obwohl sie sich vielleicht wünscht, hier in Swan Park zu bleiben, würde sie niemals eine Ehe eingehen, um das zu erreichen."

„Und warum Sie nicht heiraten wollen, um den Besitz zu halten, haben wir ja bereits geklärt. Außerdem möchten Sie Schauspielerin werden, nicht wahr?"

„So ist es." Stolz warf sie den Kopf in den Nacken.

„Sie würden all das hier aufgeben, um zur Bühne zu gehen." Er konnte es kaum fassen.

„Warum nicht, wenn das mein Traum ist?"

„Weil Sie gar nicht wissen, was Sie sich da wünschen!" brauste er auf. „Es ist ein sehr erniedrigender Beruf. Schauspielerinnen arbeiten bis spät in die Nacht – für wenig Geld und noch weniger Respekt. Sie werden regelmäßig von Männern angesprochen, in deren Augen sie kaum etwas Besseres sind als leichte Mädchen. Abgesehen davon, haben sie nicht einmal den Luxus eines gesicherten Einkommens, da es geschehen kann, dass sie schon nach ihrem ersten Auftritt so ausgebuht werden, dass sie die Bühne verlassen müssen."

„Ach, Sie waren auch Schauspielerin?" gab sie spöttisch zurück. „Dieses Leben scheint Ihnen so vertraut zu sein, dass ich nur annehmen kann, Sie haben eigene Erfahrungen damit gemacht!"

Hexe. „Das ist nicht nötig, ich weiß auch so, wie es ist. Schließlich besuche ich das Theater."

„Ich ebenfalls, aber mein Eindruck vom Leben einer Schauspielerin ist ein ganz anderer als Ihrer."

„Sie besuchen das Theater in einer Provinzstadt, das ist nicht das Gleiche wie in London. Ich vermute mal, dass Sie in London zur Bühne gehen wollen."

„Natürlich." Sie reckte das Kinn vor. „Genau wie meine Mutter."

Er hatte ganz vergessen, dass die verstorbene Countess früher einmal Schauspielerin gewesen war. Das erklärte, warum Lady Rosalind solche Flausen im Kopf hatte.

„Übrigens hat Mama diesen Beruf niemals als erniedrigend bezeichnet. Sie fand stets sehr liebevolle Worte für ihre Arbeit."

„Leicht gesagt, wenn man nichts mehr damit zu tun hat", grollte er.

„Ach? Finden Sie auch liebevolle Worte, wenn Sie sich an Ihre Kindheit im Armenhaus erinnern?" Sie schenkte ihm ein katzenhaftes Lächeln.

Er musterte sie kühl. „Gerade *weil* ich wegen meiner Vergangenheit und meines Berufs immer wieder wie ein Ausgestoßener behandelt worden bin, weiß ich, dass es Ihnen beim Theater nicht gefallen würde. Sie sind für etwas Besseres erzogen worden, ob Sie das nun wahrhaben wollen oder nicht." Wenn jemand sich vorstellen konnte, wie es war, zu etwas Höherem erzogen worden zu sein, das man ihm aber schließlich verweigert hatte, dann er. Er hatte sich die Knighton Handelsgesellschaft hart erarbeitet, und sobald ihm klar geworden war, dass der Erfolg ihn tragen würde, hatte er die Verbindungen zu den anrüchigen Schmugglerkreisen sofort abgebrochen.

„Sie glauben also, ich wäre besser beraten, Ihren Arbeitgeber zu heiraten?“ fragte sie spöttisch.

„Selbstverständlich! Soll ein unschuldiges Geschöpf wie Sie etwa Swan Park aufgeben für ein zweifelhaftes Theaterleben? Das ist doch absurd, vor allem wenn Sie Ihr angenehmes Leben hier fortsetzen könnten. Sie brauchen nur zu heiraten und …“ Er verstummte erschrocken. Diese Hexe hatte ihn so durcheinander gebracht, dass er nicht mehr Herr seiner Sinne war! Warum, um alles in der Welt, versuchte er bloß, sie zu überreden? Er *wollte* sie doch gar nicht heiraten!

„Es steht Ihnen natürlich zu, eine eigene Meinung zu haben“, teilte sie ihm knapp mit, „aber das ändert nichts an meiner Einstellung und der meiner Schwestern. Keine von uns möchte Ihren Arbeitgeber ehelichen. Es war sehr großzügig von Mr. Knighton, auf Papas Vorschlag einzugehen, aber wir bleiben bei unserem Entschluss. Wir werden es ihm auch nicht übel nehmen, wenn er sich etwa anderswo nach einer Frau umsieht.“

Er starrte sie fassungslos an. Die Frau lehnte tatsächlich einen Heiratsantrag ab, den er ihr noch nicht einmal gemacht hatte! Sicher, genau genommen hatte sie nicht ihm selbst einen Korb gegeben, sondern Daniel. Doch auch diese Tatsache richtete seinen verletzten Stolz nur in geringem Maße auf.

Sie traten plötzlich aus dem Wald heraus und standen auf einem Hügel, der sanft zu den Obstgärten des Besitzes abfiel. Die Sonne brach durch die Wolken, und die Luft wurde noch schwüler. Sie blieben eine Weile stehen und betrachteten Swan Park von oben, doch Griffith hatte das Gefühl, als hätte man ihm den Boden unter den Füßen weggezogen. Alles war völlig anders gekommen, als er vor seinem Besuch hier erwartet hatte. Die drei Damen wollten nicht in den heiligen Stand der Ehe treten. Es waren auch keine hässlichen alten Jungfern, sondern liebenswerte, hübsche junge Frauen. Und sie waren nur allzu bereit, ihm sein Erbe ohne weitere Bedingungen zu überlassen.

Nur eins blieb unverändert – er hatte noch immer nicht die Heiratsurkunde seiner Eltern in den Händen. Er konnte daher noch nicht abreisen, so gern er den Damen den Gefallen auch getan hätte.

Er erwog, mit Lady Rosalind einen Handel einzugehen. Wenn es ihr gelang, ihrem Vater die Urkunde irgendwie abzuschmeicheln, dann würde er abreisen wie von ihr gewünscht. Er fürchtete jedoch, dass sie zu intelligent war, um sich darauf einzulassen. Sie würde ihn fragen, warum er die Urkunde brauchte, wie ihr Vater in ihren Besitz gekommen war und was alles dahinter steckte. Und sobald sie erst von all seinen Plänen erfuhr …

Nein, dieses Risiko konnte er nicht eingehen. Bis er also nicht gefunden hatte, was er suchte, musste er – oder vielmehr Daniel – so tun, als sei er an einer Verbindung interessiert, ganz gleich, was Lady Rosalind davon hielt und was er sich selbst wünschte.

„Ich verstehe vollkommen, was Sie meinen.“ Griffith verschränkte die Hände hinter dem Rücken und ließ seinen Blick über das Land schweifen. *Sein* Land. „Ich befürchte nur, dass Sie meinen Arbeitgeber nicht davon überzeugen können.“ Er schaute sie kurz an. „Er wird sich von Ihrem Vorsatz wohl kaum beeindrucken lassen.“

„Wie bitte?“ Sie fuhr zu ihm herum. „Sie meinen, er will

wahrhaftig eine von uns zur Frau nehmen? Aber weshalb? Er erbt Swan Park doch in jedem Fall, welchen Vorteil verspricht er sich also von einer Heirat mit einer von uns?“

Er zuckte mit den Schultern. „Prestige, vermutlich. Er hat Geld – jetzt möchte er noch etwas mehr. Vielleicht einen besseren gesellschaftlichen Rang. Oder er ist einfach von Ihnen allen ganz verzaubert. Wie dem auch sei, er kann kaum nach nur einem Tag Bekanntschaft eine Entscheidung über den Vorschlag Ihres Vaters fällen. Er wird daher wahrscheinlich noch mindestens eine Woche hier bleiben wollen.“

Sie stieß einen verächtlichen Laut aus und fing an, langsam den Hügel hinabzugehen. „Nun, das ist ja wundervoll. Ihr Arbeitgeber sucht nach einer Gattin, mein törichter Vater gibt seinen Segen dazu, und was meine Schwestern und ich davon halten, spielt überhaupt keine Rolle.“

„Das habe ich nicht gesagt.“ Er folgte ihr und konnte kaum den Blick von ihrer verführerischen Kehrseite wenden.

„Männer!“ fuhr sie ungehalten fort. „Sie lernen doch nie dazu. Schon Shakespeare klagte aus eigener Erfahrung, was für eine Hölle die erzwungene Ehe sei, doch bis heute hört kein Mensch auf ihn.“

Konnte diese Frau denn niemand anderen zitieren als Shakespeare? Er selbst war ein großer Bewunderer des Barden, aber er hielt nicht jede Äußerung von ihm für der Weisheit letzten Schluss. Ganz abgesehen davon ärgerte es ihn, dass sie immer alles so auslegte, wie es ihr gerade passte. „Keiner weiß, ob Shakespeares Ehe unglücklich war oder nicht.“

„Um Himmels willen, er ließ seine Frau hier fast dreißig Jahre lang allein in Stratford-upon-Avon sitzen, während er sich seinen eigenen Interessen in London widmete! Ich weiß ja nicht, wie Sie darüber denken, aber für mich hört sich das nicht gerade nach ehelicher Glückseligkeit an." Aufgebracht guckte sie ihn an. „Und welcher Mann möchte schon eine Frau gegen ihren Willen heiraten?"

„Ich nehme an, wir sprechen jetzt nicht mehr von Shakespeare", stellte er trocken fest.

Kopfschüttelnd setzte sie ihren Weg fort. „Warum will mein Cousin denn ausgerechnet *uns*? Weiß er nicht, wie man uns nennt – die Swanlea-Jungfern? Wir heiraten nicht aus Vernunftgründen. Warum also schaut er sich nicht woanders nach einer Frau um? Er ist reich genug, und außerdem wird er demnächst ein Earl sein!"

„In der Tat." Er konnte ein Schmunzeln nicht unterdrücken, denn sie stellte Knighton – ihn – als einen Dummkopf dar. Und sie ahnte eindeutig nichts davon, dass er angeblich unehelicher Abstammung war.

Sie deutete den Grund für seine Belustigung nicht richtig und sah ihn empört an. „Wenn Mr. Knighton glaubt, eine von uns zur Heirat zwingen zu ..."

„Großer Gott, nun beruhigen Sie sich doch! Ich habe nicht behauptet, dass er irgendjemanden zur Heirat zwingen würde! Ich habe nur gesagt, dass allein Ihre Abneigung ihm gegenüber ihn nicht zur Abreise bewegen würde."

Der Weg war auf diesem Stück nicht mehr mit Gras bewachsen, so dass Rosalind nicht mehr so schnell vorwärts kam, denn bei jedem Schritt sank sie mit den Absätzen in die weiche Erde ein. Das schien sie nur noch aufgebrachter zu machen. „Also haben wir jetzt Sie und unseren Cousin noch wochenlang am Hals, während er überlegt, wen von uns er heiraten soll!“

„Wenn Sie uns weiterhin mit solch überschäumender Gastfreundlichkeit überschütten, wird seine Entscheidung wohl nicht Wochen auf sich warten lassen. Ich für meinen Teil hoffe, dass wir möglichst bald abfahren.“

„Nun hören Sie mir mal zu, Mr. Brennan. Ich habe Sie nicht gebeten, zu uns zu kommen und mir das Leben mit Ihren Schnüffeleien schwer zu machen …“

„Schnüffeleien?“ Er erstarrte innerlich. Also hatte sie noch immer den Verdacht, dass er etwas im Schilde führte. Das durfte er nicht zulassen, denn sonst würde sie ihm die ganze Zeit auf Schritt und Tritt folgen. „Was um Himmels willen wollen Sie damit andeuten?“ fuhr er scheinbar gelassen fort. „Warum sollte ich herumschnüffeln? Wonach sollte ich denn suchen?“

Sie straffte die Schultern. „Ich … ich weiß es nicht. Aber Sie versuchen eindeutig, mich aus irgendeinem Grund loszuwerden.“

Er überlegte kurz. „Reines Zweckdenken, glauben Sie mir. Mein Arbeitgeber bezahlt mich dafür, dass ich feststelle, welche Verbesserungen hier vorgenommen werden müssen, sobald er sein Erbe angetreten hat. Diese Aufgabe erfülle ich mit Sicherheit schneller, wenn mir nicht dauernd eine Frau vor den Füßen herumläuft und mir sagt, wohin ich gehen und was ich mir anschauen soll.“

Wie erhofft reagierte sie beleidigt. „Männer sind immer so schrecklich eingebildet.“ Ihre Augen funkelten vor Zorn. „Ich begreife nicht, warum meine Anwesenheit Ihnen nicht hilfreich sein sollte.“

Sie war so zornig, dass sie den Stein übersah, der aus dem Erdreich ragte. Sie trat mit dem Absatz ihres Stiefels darauf und knickte um. Ohne zu überlegen, packte Griffith ihren Ellenbogen und riss sie an sich, um zu verhindern, dass sie stürzte. Halt suchend klammerte sie sich an seine Schultern.

Beide erstarrten. Sie guckte ihn an. Zu nah, viel zu nah. Auch in der vergangenen Nacht war er ihr so nah gewesen, aber da hatte sie ihm nicht das Gesicht zugewandt. Er hatte nicht ihre zart gebräunten Wangen sehen können, nicht die seidigen braunen Wimpern und auch nicht die sinnlich geschwungenen Lippen, die sich jetzt beim Atmen leicht öffneten wie unter einem Kuss.

Verdammt, er durfte sich jetzt nicht dazu hinreißen lassen, sie zu küssen. Denn wenn er sie küsste, würde er mit Sicherheit die nächste Dummheit begehen. Er würde nicht aufhören können, sie zu küssen.

Eine innere Stimme mahnte ihn, sie loszulassen, aber seine Hände gehorchten ihm nicht. Schon strich er sanft über ihre Rippen, höher und höher, in dem Verlangen, noch weiterzugehen. Und auch seine Lippen schienen plötzlich einen eigenen Willen zu besitzen. Sie wollten ihre Augenlider liebkosen, ihr trotziges Kinn und am meisten ihren verführerischen Mund.

Es war allein ihre Schuld. Warum schaute sie ihn auch so an, als begehre sie ihn ebenfalls? Dazu dieser leicht geöffnete Mund … Damit provozierte sie ihn doch geradezu, sie zu küssen. Und er war Provokationen noch nie aus dem Weg gegangen.

Er senkte den Kopf, doch dabei stieß er leicht an die Krempe ihrer Haube, und das brachte sie wieder zur Besinnung. Sie gab einen schwachen Laut des Erschreckens von sich, nahm ihre Hände von seinen Schultern und entwand sich seiner Umarmung.

„Ist alles in Ordnung?" hörte er sich sagen, als sie vor ihm zurückwich. War denn mit *ihm* alles in Ordnung? Würde je wieder alles in Ordnung mit ihm sein? Sein Körper war anderer Ansicht.

Unsicher wandte sie sich ab und eilte deutlich rascher als zuvor weiter den Hügel hinunter.

„Langsam!" warnte er und folgte ihr. „Sie brechen sich noch den Hals!"

„Das käme Ihnen doch sicher sehr gelegen, nicht wahr?"

„Was soll denn das heißen?"

„Dann wären Sie mich endgültig los!" Sie lief noch schneller, und er fing an, sich ernsthaft Sorgen zu machen. „Ich enttäusche Sie nur ungern, Mr. Brennan, aber ich liefere Ihnen keinen Grund, mich loszuwerden. Also finden Sie sich ruhig damit ab – ich werde nicht von Ihrer Seite weichen, ganz gleich, was Sie auch tun."

„Im Moment weichen Sie mir jedenfalls von der Seite", gab er grollend zurück. Er wollte nach ihrem Arm greifen, um sie zu bremsen, doch sie riss sich sofort wieder los. Sie raffte ihre Röcke noch höher und rannte weiter. Es war ein Wunder, dass sie nicht stürzte.

Was war nur über sie gekommen? Warum lief sie wie eine Besessene vor ihm weg?

Doch dann fing er an zu begreifen. Sie lief vor demselben Gefühl weg, das ihn selbst noch Sekunden zuvor durchzuckt hatte. Leidenschaft. Daran bestand kein Zweifel. Die magische Anziehungskraft zwischen ihnen trieb sie von ihm fort.

Das war es! Er hatte sich in der vergangenen Nacht geirrt – nicht die Schwertklinge an ihrer Kehle hatte sie aus der Fassung gebracht, sondern seine Hände auf ihrem Körper, seine Nähe. Sie mochte so tun, als sei sie immun gegen solche Empfindungen, aber er hatte vorhin das aufflackernde Verlangen in ihren Augen gesehen. Sie war ganz und gar nicht dagegen gefeit, und das machte ihr Angst.

Er schmunzelte zufrieden, während er seine Schritte verlangsamte. Endlich hatte er ihre geheimste Angst entdeckt. Sie fürchtete sich also vor Leidenschaft, besonders wenn ein Mann, dessen Charakter sie für verwerflich hielt, diese Empfindung in ihr auslöste? Nun gut, dann würde sie genau diese Leidenschaft zu spüren bekommen. Dadurch würde er sie endgültig in die Flucht schlagen.

Doch etwas in ihm zweifelte an seiner Absicht, sie loswerden zu wollen, und unterstellte, dass er das alles nur tat, weil er es nicht abwarten konnte, Rosalind wieder im Arm zu halten. Er verdrängte diesen Gedanken. Außerdem hatte er sich ein wenig Vergnügen verdient, nachdem diese Frau ihn den ganzen Vormittag über gequält hatte.

Beschwingt von dieser Aussicht erreichte er den Fuß des Hügels. Sie wartete auf ihn am Anfang einer schmalen Allee mit nicht sehr hohen, knorrigen Bäumen. Hier wirkte ihr Kleid nicht länger grell, sondern eher wie ein Sonnenstrahl zwischen dem satten Grün der Blätter. Hier hatte sie eine Ausstrahlung, die ihm fast den Atem raubte. Ja, er hatte es sich verdient, ein wenig von ihr zu kosten – nicht viel, nur gerade genug, um sie zu vertreiben und sein absurdes Verlangen nach ihr zu stillen.

„Das ist unser Pflaumengarten“, verkündete sie, als er näher kam. „Ich dachte, Sie würden ihn gern sehen, wenn wir schon einmal hier sind. Wir haben auch Apfel- und Kirschbäume, aber unsere Pflaumen sind etwas ganz Besonderes, finden Sie nicht?“

Im Moment war ihm nichts gleichgültiger als Pflaumen, Kirschen oder Äpfel, aber er musste mitspielen, um sie etwas mehr in Sicherheit zu wiegen. Sie wirkte noch immer so, als würde sie sofort flüchten, wenn er ihr auch nur einen Schritt zu nahe kam. Also schaute er hinauf zu den Zweigen, die sich unter der Last der reifen Früchte bogen. „Ich mag keine Pflaumen“, erklärte er wahrheitsgemäß.

Sie lachte frustriert auf. „Eigentlich hätte ich mir das fast denken können.“

Er richtete den Blick wieder auf sie, und ihm kam eine Idee. „Pflaumen sind sauer, und ich hasse saure Früchte. Wenn ich etwas in den Mund nehme, dann muss es schon weich und süß sein.“ Bewusst betrachtete er die Stellen ihres Körpers, auf die diese Bezeichnung am besten zutraf, und freute sich insgeheim, als er bemerkte, dass ihr der Atem stockte. Sie errötete sogar, ehe sie sich hastig umdrehte und auf einen der Bäume zuging.

Es funktioniert. Sie ist so schreckhaft wie das Wild, das in den dichten Wäldern von Swan Park Zuflucht sucht.

„Diese Pflaumen sind nicht sauer.“ Sorgfältig wich sie seinem Blick aus. „Sie meinen Zwetschgen, die man zum Backen von Kuchen verwendet.“ Sie zog ihren einen Handschuh aus, steckte ihn in die Tasche und pflückte eine Pflaume von einem tief hängenden Ast. Zu seiner Überraschung drehte sie sich zu ihm um und hielt ihm die Frucht entgegen. „Hier, kosten Sie nur“, forderte sie ihn auf.

Die nackte Eva im Paradies hätte nicht verführerischer aussehen können als Rosalind in diesem Moment. Was hatte sie nur vor? Er verspürte plötzlich das brennende Bedürfnis, es herauszufinden. Näher herantretend zog er ebenfalls die Handschuhe aus und streckte die eine Hand nach der Frucht aus. Anstatt sie jedoch zu nehmen, schloss er die Finger fest um Rosalinds Handgelenk und führte ihre Hand an seinen Mund. Ihre Lippen öffneten sich leicht vor Überraschung, und in ihre Augen trat ein seltsamer Ausdruck, als sie beobachtete, wie er ein Stück Pflaume abbiss. Sie wich jedoch nicht zurück und ergriff auch nicht die Flucht.

Nein, sie hielt den Blick fest auf seinen Mund gerichtet. Als könnte sie die Pflaume selbst schmecken, befeuchtete sie ihre Unterlippe mit der Zungenspitze, und als er schluckte, schluckte sie ebenfalls. Jähes Verlangen durchzuckte ihn.

So war es nicht gedacht gewesen! Eigentlich hätte sie ihn jetzt ohrfeigen sollen, sie hätte wütend sein und davonlaufen müssen. Stattdessen stand sie wie erstarrt da, mit halb geöffneten Lippen und übergroß wirkenden Augen.

Er musste die ganze Sache nur noch etwas weiter treiben, das war alles. Mit berechnender Kühnheit begann er, den klebrigen Pflaumensaft an ihrer Hand zu kosten. „Sie haben Recht, sie sind gar nicht sauer", murmelte er. Er leckte den Saft von ihrem Handgelenk, und ein Triumphgefühl durchströmte ihn, als er spürte, dass ihr Puls raste. „Köstlich, ganz köstlich …"

Er rechnete fest damit, dass sie nun zurückschrecken würde, aber sie blieb reglos stehen und wehrte sich nicht. Doch dann räusperte sie sich, und er ahnte, dass sie ihm Einhalt gebieten wollte. Ehe sie noch etwas sagen konnte, führte er ihre Hand zu ihrem eigenen Mund. „Hier, probieren Sie auch etwas davon. Ich weiß, Sie sind genauso hungrig wie ich."

Sie schien seine Anspielung verstanden zu haben, denn sie senkte den Blick mit ungewohnter Befangenheit. Trotzdem gehorchte sie ihm seltsamerweise und biss mit ihren weißen, ebenmäßigen Zähnen von der Pflaume ab. Ein einzelner Safttropfen rann ihr über das Kinn, und Griffith neigte sich zu ihr, um ihn mit der Zunge aufzufangen.

Schon das allein konnte man als unerhört bezeichnen, aber es war nichts gegen das, was er nun vorhatte. Er hob den Kopf nur ein kleines Stück, bis er ihre Lippen fand, und dann küsste er sie.

Er küsste sie ganz leicht und zart. Obwohl er sich eigentlich nach einem leidenschaftlichen, heißen Kuss sehnte, hielt er sich zurück. Schließlich wollte er ihr nur ein wenig Angst machen und sich nicht den Vorwurf einhandeln, er sei über sie hergefallen.

Als er ihre Lippen jedoch freigab, wich sie keineswegs zurück und schien auch nicht zornig zu sein. Sie sah ihn nur aus großen Augen benommen an, während ihr die Pflaume aus der Hand fiel. „Sie verstehen sich sehr gut auf … so etwas, nicht wahr?"

Damit hatte er nicht gerechnet. Er musste wohl noch etwas deutlicher werden. Er ließ seine Handschuhe fallen, legte den Arm um ihre Taille und zog sie an sich. „Was haben Sie erwartet? Sie sagten ja bereits, ich sei kein Gentleman."

Dieses Mal hielt er sich nicht zurück und ergab sich ganz dem fieberhaften Verlangen, das sie schon in der vergangenen Nacht in ihm geweckt hatte.

Ungläubig stellte er fest, dass sie seinen Kuss erwiderte – und zwar mit einer Glut, die er bei einer Frau ihres Standes und von ihrer Unerfahrenheit niemals erwartet hätte. Wie konnte er solch einer Verlockung widerstehen? Er presste sie fester an sich und zeichnete mit der Zungenspitze die Konturen ihres Mundes nach, bis sie schließlich die Lippen öffnete und seiner Zunge Zugang gewährte. Im ersten Moment erstarrte sie leicht, doch dann wurde sie zu seiner Freude ganz schwach und willenlos in seiner Umarmung.

Er merkte entzückt, wie sie sich enger an ihn schmiegte und die Arme um seinen Nacken schlang. Seine Erregung nahm zu, nur noch mühsam konnte er seine Beherrschung wahren.

Das ist Wahnsinn, dachte er. Doch noch schlimmer wäre es gewesen, sie nicht zu berühren, sie nicht zu küssen. Ohne diesen einen Kuss hätte er sicher über kurz oder lang den Verstand verloren, sie gepackt und auf sein Bett geworfen.

Diese Versuchung bestand ohnehin. Er sehnte sich danach, ihre vollen Brüste unter seinen Händen zu spüren, ihr das Kleid abzustreifen und alle ihre Geheimnisse zu erkunden, bis ihre Lustschreie durch den Obstgarten hallten. Nur ihre Unschuld hielt ihn davon ab, sie gleich hier ins Gras zu legen, ihr die Röcke hochzuschieben und sich zwischen ihre glatten, weißen Schenkel zu betten.

Wenn sie allerdings nicht aufhörte, diese sinnlichen kleinen Seufzer auszustoßen, würde die Stimme seines Gewissens wohl bald verstummen.

„Mr. Brennan", hauchte sie an seinen Lippen.

„Griffith", stieß er hervor. „Nenn mich Griffith, süße Rosalind." Was tat er da nur? Hatte er tatsächlich schon den

Verstand verloren? Er hatte sie doch eigentlich in die Flucht schlagen wollen, damit er ungestört nach der Urkunde suchen konnte.

Und doch lehnte er sich gegen den Gedanken auf, vor allem jetzt, als sie sein Kinn und seinen Hals mit zögernden Küssen bedeckte. Sie war in jeder Hinsicht so leidenschaftlich, wie er es sich vorgestellt hatte. Er sog den Duft ihres Haares ein und machte keine Anstalten, der süßen Qual ein Ende zu bereiten.

Alles, was er wollte, war nur noch ein letzter Kuss. Auch wenn er fürchtete, dass er sich danach noch nach einem weiteren sehnen würde, nach immer mehr und mehr, bis er rettungslos verloren war.

Er musste dem ein Ende bereiten. Bald.

Nur noch ein paar Augenblicke, dann würde er sie freigeben und sich wieder dem eigentlichen Zweck seines Aufenthaltes hier zuwenden.

Nur noch ein paar Augenblicke länger im Paradies …

8. KAPITEL

Rosalind gab sich ganz Griffith' wundervollen Küssen hin. Sein Mund war fest und geheimnisvoll, der Mund eines Mannes, der wahrscheinlich große Erfahrung hatte. Ein Mund, dem man nicht widerstehen konnte.

Nicht, dass sie vorgehabt hätte, ihm zu widerstehen. Jetzt, da er sie so weit gebracht hatte, gab es für sie kein Zurück mehr. Das hatte sie nun von ihrer Schwäche für alles, was sinnlich war – für Apfelkuchen mit Zimt, der auf der Zunge zerging, für Seide, die die Haut streichelte, für ein heißes Bad, das den Körper verwöhnte ... Und jetzt auch noch für einen gut aussehenden Mann, der sie mit seinen Küssen fast um den Verstand brachte. Wie hätte sie sich ein solch atemberaubendes, vergängliches Vergnügen versagen sollen?

Es kam ihr mittlerweile ganz natürlich vor, seine Zunge in ihrem Mund zu spüren, und sie fand auch nichts Unpassendes daran, dass er die Bänder ihrer Haube löste und sie ihr vom Kopf schob, um sie noch leidenschaftlicher küssen zu können.

Sie hatte gewusst, dass er irgendwann eine Gegenleistung von ihr verlangen würde, weil sie ihn über seine Vergangenheit befragt hatte. Sie hatte nur nicht geahnt, dass es so erregend und lustvoll werden würde ...

Und gefährlich. Sie sollten das nicht tun.

„Griffith, ich ..."

„Nicht, meine schöne Rosalind ..." Ein neuerlicher Kuss, der ihre Sinne betörte, und dieses Mal presste Griffith sie ganz fest gegen seine Hüften.

Er spürte, wie sie erstarrte. „Was ist?" murmelte er. Sie

senkte errötend den Blick, und plötzlich verstand er. Sie hatte seine körperliche Erregung bemerkt und konnte sich in ihrer Unerfahrenheit keinen Reim darauf machen. Er lächelte. „Das ist ganz natürlich, wenn ein Mann sich nach einer Frau verzehrt. Und nach dir verzehre ich mich über alle Maßen, meine Schöne."

Sie war jetzt flammend rot und barg das Gesicht an seiner Brust. „Du musst mich für entsetzlich dumm halten."

„Ganz bestimmt nicht, glaub mir." Leise auflachend liebkoste er zart mit der Zungenspitze ihr Ohr. „Für unschuldig, vielleicht. Für sehr verführerisch ganz sicher. Aber niemals für dumm."

Sie erschauerte. Sie hätte nie gedacht, dass man die Zunge zu solch betörenden Liebkosungen benutzen konnte. Und dass Ohren so stark darauf ansprechen konnten.

Er legte die Arme fester um sie, und ihr wurde wieder bewusst, wie stark er war. In der vergangenen Nacht hatte seine Kraft sie noch überrascht, aber mittlerweile wusste sie, wie er sie erworben hatte – zuerst im Armenhaus und dann auf den Segelschiffen, die den stürmischen Ärmelkanal überquerten.

Dieses Wissen hätte sie eigentlich veranlassen müssen, ihn zu meiden und einzusehen, dass er nicht der richtige Mann für sie war. Stattdessen machte ihn seine faszinierende Vergangenheit nur noch reizvoller für sie. Sie brachte einfach nicht die Willensstärke auf, ihn auf Abstand zu halten.

Ihm schien das leichter zu fallen, denn er wich jetzt zurück und murmelte: „Wir sollten das nicht tun, Rosalind."

Das stimmte, aber es störte sie, dass er sie so mühelos gehen lassen konnte, während sie es schier nicht ertrug, sich von ihm zu trennen. Sie streckte sich und küsste ihn auf den Mund. Er erstarrte, doch dann stöhnte er zu ihrer großen Befriedigung auf und küsste sie wieder mit derselben Leidenschaft wie zuvor.

Dieses Mal war sie diejenige, die den Kuss beendete. „Was sagtest du eben?“ zog sie ihn auf.

Sein Blick fiel auf ihre Lippen. „Ich sagte ... Ich ...“ Er schüttelte den Kopf, als wolle er seine Gedanken dadurch ordnen. „Ich sagte, dass wir das nicht tun sollten.“

Leider hatte er Recht. „Wirklich nicht? Nein, antworte nicht. Ich weiß es ja selbst.“ Widerstrebend löste sie sich aus der Umarmung und ließ die Hände sinken. Unvermittelt wurde ihr die ganze Ungeheuerlichkeit ihres Tuns bewusst. „Ich habe keine Ahnung, was über mich gekommen ist.“

„Das Gleiche, was auch über mich gekommen ist.“ Er bückte sich nach ihrer Haube und reichte sie ihr. Während sie sie aufsetzte und zuband, fuhr er fort: „Das ist auch der Grund, weshalb ... wir nicht mehr miteinander allein sein sollten. Du bist eine viel zu große Versuchung für mich.“

Eine dunkle Vorahnung stieg in ihr auf. „Wie soll ich das verstehen?“

„Genau das, was ich gesagt habe.“ Seine Miene wurde verschlossen. „Wir sollten uns nicht mehr allein treffen. Es ist das Beste, wenn wir uns von nun an voneinander fern halten.“

Also doch, sie hatte richtig vermutet. Übelkeit und Selbstverachtung stiegen in ihr auf. Was war sie nur für eine Närrin gewesen. Sie hatte angenommen, er fühle sich aufrichtig zu ihr hingezogen und spüre dasselbe unerklärliche Verlangen wie sie.

Aber dem war natürlich nicht so. Es war nur ein weiterer

Versuch von ihm gewesen, sie abzuschrecken und in die Flucht zu schlagen. Enttäuschung und Scham machten es ihr schwer, zu atmen. Großer Gott, er hatte nichts von alldem ernst gemeint!

Sie drehte sich abrupt um. Wie hatte sie nur auf den ältesten Trick der Männer hereinfallen können – auf Verführung? Sie war nicht nur darauf hereingefallen, sie hatte es sogar genossen! Sie hatte sich benommen wie … ein loses Frauenzimmer!

Welch Schande! Inzwischen hätte sie eigentlich wissen müssen, dass es nie zu etwas Gutem führte, wenn sie ihren Gelüsten zu übertrieben frönte. Doch dieses Mal würde sie dafür nicht einfach nur mit einer Übelkeit nach dem Genuss von zu vielen Süßigkeiten bezahlen, sondern mit dem schmerzhaften Gefühl, ihre Würde und ihre Selbstachtung verloren zu haben.

Sie atmete kurz durch. Nein, nicht ihre Würde. Obwohl sie ihn am liebsten wegen seiner Unverschämtheit angeschrien hätte, musste sie ruhig bleiben, denn sonst verriet sie ihm, wie schnell es ihm gelungen war, sie zu verführen. Dieser Schuft würde sich sicher daran weiden, der dummen Tochter eines Earls eingeredet zu haben, ein Mann mit seinem Aussehen und seiner Erfahrung könnte es tatsächlich genießen, eine ältliche Jungfer zu küssen!

Plötzlich standen ihr die Tränen in den Augen, und sie senkte hastig den Kopf, um sich nichts anmerken zu lassen. Zur Hölle mit ihm! Sie würde nicht weinen! Nur liebeskranke Mädchen heulten, und diesen Eindruck wollte sie bei ihm nicht erwecken. Eins stand jedoch fest – sie würde ihn dazu bringen, ihr seine wahren Beweggründe zu verraten. Ja, wenigstens diese Genugtuung wollte sie haben.

Sie sammelte sich einen Augenblick und setzte dann eine gelassene Miene auf, ehe sie sich zu ihm umdrehte. Das Ganze war schließlich auch nichts anderes als eine Rolle, die jede Schauspielerin beherrschen sollte. Wenn sie nur innerlich nicht so aufgewühlt gewesen wäre …

„Lieber Gott, wie dumm ich bin", sagte sie in einem heiteren Tonfall, der sich in ihren Ohren vollkommen gekünstelt anhörte. „Ich dachte, wir … nun, wir hätten uns aufrichtig miteinander amüsiert." Noch verletzendere Worte fielen ihr ein, aber sie schluckte sie herunter. Es gab bessere Methoden, einen Mann zu demütigen. „Ich hätte mir denken können, dass Sie nur wieder einen Ihrer Tricks ausprobieren wollten, Mr. Brennan. Sie sollten wirklich etwas unauffälliger vorgehen, wenn Sie Ihre Fallen aufstellen."

Er wurde ganz still. „Wovon, um alles in der Welt, sprichst du denn?"

„Nun, von Ihren Küssen natürlich. Sie waren genauso perfekt, wie ich sie mir vorgestellt habe." In der Tat, sie hatten ihre kühnsten Erwartungen sogar noch übertroffen. „Ich vermute, Sie wollten mir mit Ihren … Fähigkeiten Angst machen. Die Unschuld vom Lande erschrecken oder so etwas in der Art."

„Das ist doch lächerlich." Doch in seinen Augen spiegelte sich deutlich sein schlechtes Gewissen wider.

„Zu schade, dass ich mich nicht so verhalten habe, wie Sie es erwarteten." Sie merkte selbst, dass in ihrer Stimme Schmerz mitschwang, und sie riss sich zusammen. „Ich habe mich nicht wie eine echte Dame verhalten und Sie nicht geohrfeigt oder aus meiner Gegenwart verbannt. Genau das haben Sie doch gewollt, nicht wahr?"

Sie wünschte, sie hätte ihn in der Tat gleich nach dem ersten Kuss geschlagen. Jetzt war es zu spät, sie konnte ihr schamloses, wollüstiges Verhalten nicht mehr rückgängig machen. Es war zu spät zu behaupten, sie habe sich nicht von der Leidenschaft mitreißen lassen. Es war jedoch noch nicht zu spät, so zu tun, als ließe sie sein Verrat vollkommen kalt.

Er beobachtete sie schweigend, seine Kiefermuskeln zuckten. Sie verfluchte ihn dafür, dass er attraktiver denn je aussah, mit seinem unergründlichen Blick und dem rabenschwarzen, ihm in die Stirn fallenden Haar.

„Ich denke, meine Leidenschaft hat Sie überrascht.“ Sie lehnte sich lässig an den Baumstamm. „Wenn Sie mir vorher gesagt hätten, welches Verhalten meinerseits Ihnen eigentlich vorschwebt, dann hätte ich Ihnen eine bühnenreife Vorstellung geliefert. Ich kann nämlich auch ganz Dame sein, wenn mir danach ist.“ Sie seufzte übertrieben auf. „Aber leider habe ich das nicht getan und Sie somit gezwungen, Ihren Plan zu ändern.“

Er machte einen Schritt auf sie zu. „Ich habe keine Ahnung, wovon du sprichst.“

Er klang tatsächlich beinahe reumütig, aber das konnte nicht sein. Mr. Brennan würde nie Reue zeigen, nicht er, der wahrscheinlich seine ganze Lebensgeschichte nur erfunden hatte, um sie in die Flucht zu schlagen.

„Sie wissen ganz genau, wovon ich rede“, versetzte sie knapp. „Als ich mich so aufführte, wie ich es getan habe, dachten Sie, nun, tun wir dem Mädchen vom Lande doch einfach den Gefallen, stimmt's? Soll sie ruhig etwas Spaß haben, ehe ich ihr mitteile, dass sie zu verlockend ist für so einen armen Mann wie mich! Wahrscheinlich haben Sie geglaubt, dass eine alte Jungfer, der sonst nicht solche Aufmerksamkeit zuteil wird, nach so einem Kuss alles für Sie tun würde!“ Sie verstummte, um nicht zu viel von sich preiszugeben. Sie atmete einmal kurz durch, ehe sie weitersprach. „Aber ich bin nicht so dumm, wie Sie meinen, mich kann man nicht so leicht hinters Licht führen.“

Seine Augen wirkten jetzt eisblau. „Also vermutest du jetzt, du hättest mich durchschaut.“

„Ich *weiß*, dass es so ist.“ Das Herz wurde ihr schwer. Was hatte sie denn erwartet? Dass er es abstreiten würde? Eins hatte sie über Griffith bereits gelernt – wenn er bei etwas ertappt wurde, gab er es sofort zu. Trotzdem hatte sie insgeheim gehofft, sich zu irren.

„Nun gut, vielleicht war es ganz zu Beginn ein Trick, aber sobald wir uns küssten …“ Er schaute zur Seite und fuhr dann mit harter Stimme fort: „Ich bin nicht ganz der begabte Betrüger, für den du mich hältst. Als ich dir sagte, du seist eine Verlockung, war das nicht gelogen.“

„Natürlich war es das …“

„Nein.“ Er streckte die Hand nach ihr aus, aber Rosalind schob sie beiseite. „Nein, ich schwöre es dir.“

Verzweifelt suchte sie in seinem Gesicht nach einem Beweis, ob er die Wahrheit sprach. Aber das würde sie wohl nie erfahren. Er hatte diese schreckliche Gabe, alles, was er äußerte, so glaubwürdig klingen zu lassen. „Ich glaube Ihnen nicht“, stieß sie erstickt hervor.

Zorn flackerte in seinem Blick auf. „Nicht einmal ich kann körperliche Erregung vortäuschen, Rosalind. Ein so begnadeter Schauspieler bin ich nicht.“

Sie setzte ein munteres Lächeln auf. „O, da irren Sie sich. Sie haben Ihre Rolle ausgezeichnet gespielt!"

Er betrachtete sie misstrauisch. „Was für eine Rolle?"

„Das wissen Sie doch. Oder ich sollte wohl besser sagen, Ihre Rollen. All die Rollen, die Sie ausprobiert haben bei dem Versuch, mich endgültig loszuwerden. Dieser Einfall, sich als unehrenhaft darzustellen, indem Sie behaupteten, ein Schmuggler und der Sohn eines Straßenräubers zu sein …"

„Ich bin wirklich ein Schmuggler und der Sohn eines …" Er brach mitten im Satz ab. „Von mir aus unterstelle mir, alle möglichen Rollen gespielt zu haben. Aber nicht die des Liebhabers."

Das Wort *Liebhaber* traf sie wie ein Schlag. Während sie sich küssten, hatte es tatsächlich einen flüchtigen Moment gegeben, in dem sie sich gefühlt hatte, als sei er ihr Geliebter. Wie töricht und naiv von ihr. „Ich gebe zu, diese Rolle haben Sie weitaus überzeugender gespielt als alle anderen, aber nicht überzeugend genug, um mich täuschen zu können", erwiderte sie mit bebender Stimme.

Sie stieß sich vom Stamm ab und wollte an Griffith vorbeigehen, doch er packte sie bei den Schultern und zwang sie, stehen zu bleiben. „Du erweist uns beiden einen schlechten Dienst, wenn du glaubst, das sei nur eine Rolle gewesen. Ich habe jedes Wort ernst gemeint, und diese Küsse waren nicht gespielt." Sein Blick fiel auf ihre Lippen. „Du führst mich wirklich in Versuchung …"

Wut stieg in ihr auf wegen seiner meisterhaften Begabung, ihr die Dinge zu sagen, die sie hören wollte und die ihr Herz zum Rasen brachten, und sie riss sich von ihm los. Noch einmal würde sie nicht auf ihn hereinfallen. Sie hatte genug von hinterhältigen Männern und ihren Küssen. Zumindest von den Küssen dieses hinterhältigen Mannes.

Sie musste ihre ganze Kraft aufbringen, um ihre Stimme unbefangen und belustigt klingen zu lassen. Eigentlich war ihr viel eher danach, zu weinen. „Nun, wenn ich Sie also in Versuchung führe, dann sollten Sie sich wohl besser daran gewöhnen. Denn ganz gleich, was Sie sich noch einfallen lassen – für die gesamte Dauer Ihres Aufenthalts hier werde ich Ihnen nicht von der Seite weichen. Sie werden einfach lernen müssen, mit Ihren Begierden zu leben – falls Sie überhaupt je welche hatten."

„Und was ist mit dir und deinen ‚Begierden'? Ich war nicht der Einzige, dem diese Küsse gefallen haben, Rosalind!"

„*Lady* Rosalind", gab sie hochmütig zurück, ausnahmsweise einmal erleichtert, sich hinter den Regeln der Schicklichkeit verbergen zu können. „Selbstverständlich haben sie mir gefallen. Sie sind sehr talentiert auf diesem Gebiet, Mr. Brennan ..."

„Griffith!" verbesserte er aufgebracht.

„*Mr. Brennan.* Allerdings haben sie mir nicht so gut gefallen, dass ich eine Wiederholung wünsche."

„Lügnerin. Ich führe dich auch in Versuchung. Gib es zu!"

„Nicht im Geringsten." Sie hob ihren zu Boden gefallenen Schal auf und schwang ihn sich mit so großartiger Geste um die Schultern. „Sie müssen sich also etwas anderes ausdenken, wenn Sie mich in die Flucht schlagen wollen. Ihre Küsse haben keinerlei Wirkung mehr auf mich."

Sie konnte nur hoffen, dass er ihr Glauben schenkte. Denn sie befürchtete stark, dass sie trotz seiner ganzen Versuche, sie zu täuschen und zu hintergehen, keinesfalls gegen ihn gefeit war.

9. KAPITEL

Während Lady Juliet munter plauderte, Daniel sich charmant gab und Lady Helena zurückhaltend schwieg, saß Griffith da und beobachtete, wie Rosalind sich mit herzhaftem Appetit dem Schinken und dem Cheddarkäse auf ihrem Teller widmete. Ihren Worten entsprechend zeigte sie keinerlei Anzeichen, dass seine Küsse irgendeine Wirkung auf sie gehabt hätten. Das war schon so gewesen, als sie den Obstgarten verlassen hatten. Auf dem Rückweg zum Haus hatte sie sich freundlich und sachlich mit ihm unterhalten, und obwohl sie den Vorfall nicht mehr erwähnte, hatte es nicht den Anschein gehabt, als wiche sie dem Thema krampfhaft aus.

Was ihn selbst betraf, so war er zu zornig – und auch noch zu erregt – gewesen, um mehr zum Gespräch beitragen zu können als kurze schroffe Antworten auf ihre Bemerkungen. Sie waren zum Haus zurückgekehrt und hatten die anderen auf der Terrasse wartend vorgefunden, wo das Mittagessen aufgetragen worden war.

Jetzt saß Rosalind im warmen Sonnenschein da, aß und zeigte eine ähnlich gelassene Miene wie ihre älteste Schwester. Ganz im Gegensatz zu ihm. Sie mochte vielleicht immun gegen Verlockungen sein, er war es jedenfalls nicht. Ihm war es noch immer nicht gelungen, sein körperliches Verlangen nach ihr in den Griff zu bekommen.

Wie konnte sie nur so ruhig dasitzen, plaudern und scherzen, als wäre nichts zwischen ihnen vorgefallen? Es gelang ihm nicht, auch nur das geringste Interesse für die harmlose Unterhaltung seiner Gefährten aufzubringen, und erst recht hatte er weder Hunger noch Durst.

Ihn dürstete allenfalls nach dem betörenden Trank, den er zufällig im Obstgarten zum ersten Mal gekostet hatte. Es war ein in der Tat seltener, kostbarer Trank gewesen – Champagner, wo er eher Essig erwartet hatte –, und er verzehrte sich nach mehr davon. Aber das durfte nicht sein. Hatte er den Verstand verloren? Hatte er denn ganz vergessen, wer sie war?

Ja. Denn allein der Gedanke, für immer auf diesen einzigartigen Trank verzichten zu müssen, war die Hölle für ihn.

Für sie allerdings nicht, so hatte es jedenfalls den Anschein. Verflogen waren ihr unschuldiges Staunen und der verträumte Glanz in ihren Augen. Sie hatte nicht gelogen, als sie gesagt hatte, sie könne sich auch wie eine Dame benehmen, wenn sie wolle. War ihr selbstbewusstes Auftreten jetzt genau das? Spielte sie eine Rolle? Oder bedeuteten ihr die Küsse wirklich nicht mehr als die letzten Akkorde einer verklingenden Melodie?

Wenn es eine Rolle war, dann beherrschte sie sie gut. Sie gab sich so sittsam und züchtig, als könne sie kein Wässerchen trüben. Doch das würde er ändern. Er würde sie aus der Fassung bringen, und wenn er den ganzen Tag dazu brauchte. Was fiel ihr ein, diese Küsse so leichthin abzutun, während sie ihn so aufgewühlt hatten, dass darüber sein eigentlicher Plan bei ihm völlig in Vergessenheit geraten war?

„Sie essen ja gar nichts, Mr. Brennan“, stellte Juliet fest. „Schmeckt es Ihnen nicht?“

Er sah auf seinen vollen Teller. „Das ist nicht das Problem.“ Er schaute zu Rosalind hin, aber sie starrte nur in ihr Weinglas.

„Während unseres Spaziergangs wurden Ihre Schwester und ich plötzlich so hungrig, dass wir im Obstgarten eine Pflaume gegessen haben.“

„Sie meinen sicher *Pflaumen*“, wandte Juliet kichernd ein. „Sie haben doch bestimmt nicht nur eine Pflaume miteinander geteilt!“

Er zögerte gerade so lang, dass Rosalind erschrocken den Blick hob. Aber sie verstand ihn falsch, er wollte sie nicht vor den anderen bloßstellen. „Nein, natürlich nicht“, schwindelte er. „Trotzdem war es töricht, denn dadurch haben wir keinen Appetit auf irgendetwas anderes mehr.“

Er wusste, dass Rosalind diese Anspielung verstanden hatte, obwohl sie sich nichts anmerken ließ. Stattdessen schnitt sie sich ein Stück von dem Fleisch auf ihrem Teller ab. „Sie sprechen nur für sich“, behauptete sie. „Ich habe durchaus Appetit, vor allem auf so köstliches, gesundes Essen wie dieses.“

„Wollen Sie damit sagen, dass Pflaumen ungesund sind?“ Er spürte, dass alle ihn anguckten, doch das war ihm gleich. Mochten die anderen doch denken, was sie wollten. Rosalind sollte nur zugeben, dass er nicht der Einzige gewesen war, der die Küsse genossen hatte.

„Nun, sie sind nicht schlecht, aber man hat sie schnell über. Wie Sie schon bemerkt haben – eine Pflaume zu viel, und schon ist einem übel.“

„Sie missverstehen mich. Mir ist von der Pflaume nicht schlecht geworden.“ Er senkte bewusst die Stimme. „Ich habe höchstens nur noch mehr Appetit auf Pflaumen bekommen.“

Er hatte gehofft, sie zum Erröten zu bringen, stattdessen sah sie ihn nur mit unbewegter Miene an. „Heute Morgen sagten Sie noch, Sie mögen keine Pflaumen. Sie sind ein sehr wankelmütiger Mensch, Mr. Brennan.“

„Ganz und gar nicht. Nachdem Sie mich gezwungen hatten, eine zu probieren, musste ich erkennen, dass man durch eine besonders erlesene Frucht durchaus seine Meinung ändern kann.“

Juliet schaltete sich ein, ehe Rosalind antworten konnte. „Nun, Mr. Brennan, Sie und Rosalind müssen ja einen schrecklich langweiligen Vormittag verbracht haben, wenn Sie sich über nichts anderes als Obst unterhalten haben.“

„Ich würde ihn alles andere als langweilig nennen.“ Griffith hielt den Blick unverwandt auf Rosalind gerichtet. Er würde sie aus der Fassung bringen, koste es, was es wolle. „Wir haben auch über Shakespeare geredet. Außerdem hatten wir eine angeregte Diskussion zum Thema Versuchung, nicht wahr, Lady Rosalind?“

Sie zeigte keine Reaktion, obwohl klar war, dass mittlerweile zumindest zwei ihrer Zuhörer sehr interessiert am Fortgang des Gespräches schienen. Daniel beobachtete sie aus schmalen Augen, und Lady Helena ließ die Miniatur sinken, an der sie nun nach dem Essen weiterarbeitete.

Trotzdem blieb Rosalind ungerührt. „Ich erinnere mich daran. Sprachen wir nicht über die *Komödie der Irrungen?* Es ging doch um Diebe, oder? Als wir uns über Ihre Kindheit im Armenhaus und Ihre faszinierenden Familienbande unterhielten!“

Verdammt. Sie wählte ihre Waffen wirklich geschickt. Daniel hatte sich in seinem Sessel aufgerichtet und schaute Griffith aufgebracht an.

Als ob sie genau gewusst hätte, was sie da anrichtete, lächelte sie und beugte sich zu ihrer jüngeren Schwester, ohne Griffith aus den Augen zu lassen. „Der Mann hat eine äußerst aufregende Vergangenheit, Juliet. Stell dir vor, sein Vater war ein Straßenräuber – der berüchtigte Danny Brennan! Hättest du das gedacht?"

Griffith stöhnte innerlich auf. Daniel würde ihn umbringen.

„Nein!" rief Juliet aus und betrachtete Griffith, als hätte er sich plötzlich in eine Schlange verwandelt. Dann bemerkte sie den berechnenden Blick ihrer Schwester und fing nervös zu kichern an. „Ach, Rosalind, du machst dich nur wieder über mich lustig, nicht wahr? Manchmal bist du einfach schrecklich."

„Nein, ich meine es vollkommen ernst. Mr. Brennan hat mir davon in allen Einzelheiten erzählt. Habe ich Recht, Mr. Brennan?"

Griffith nahm sein Weinglas und trank einen großen Schluck, um Daniel nicht in die Augen gucken zu müssen.

Rosalind ließ nicht locker. „Mr. Brennan sagte, er sei früher auch einmal Schmuggler gewesen – ein sehr unehrenhafter Mensch. Du musst vor ihm auf der Hut sein, Juliet. Er hat mich den ganzen Morgen über vor seinem rabenschwarzen Charakter gewarnt."

Griffith hätte sie am liebsten erwürgt.

Daniel entfuhr ein Laut, der sich halb wie ein Grollen, halb wie ein Fluch anhörte. „Eure Besichtigung scheint ja sehr interessant gewesen zu sein!"

„Oh ja, in der Tat! Mr. Brennan hat mir alle seine dunklen Seiten enthüllt." Sie betrachtete Daniel. „Es sei denn, er hat das alles nur erfunden. Hat er das?"

Griffith erstarrte, als Daniel aufsprang und auf der Terrasse hin und her zu laufen begann. Verdammt, er sollte diese Geschichte lieber bestätigen. Wenn Daniel ihn jetzt als Lügner bezeichnete, konnte er etwas erleben.

Daniel blieb stehen und warf Griffith einen eisigen Blick zu. „Nun, sehen Sie, Mylady …“

„Knighton“, unterbrach Griffith ihn. „Erinnern Sie sich noch an den Mann, der Ihrer Meinung nach zweihundert Pfund Bezahlung erhalten soll? Mir wird allmählich klar, dass das ein fairer Betrag wäre. Wenn nicht sogar zweihundertfünfzig. Was meinen Sie?“

„Wechseln Sie bitte nicht das Thema!“ fuhr Rosalind ihn an und wandte sich dann wieder beinahe flehentlich an Daniel. „Mr. Knighton, *hat* Mr. Brennan hinsichtlich seiner Abstammung gelogen?“

Daniel schaute zwischen ihr und Griffith hin und her. Schließlich seufzte er zu Griffith' grenzenloser Erleichterung auf und ließ sich wieder in seinen Sessel fallen. „Spielt das denn eine Rolle? Wenn ich sage, er lügt, glauben Sie mir nicht. Sie werden denken, ich decke nur die Schandtaten meines Beraters. Vor allem, wenn seine Worte ein schlechtes Licht auf mich werfen.“

Daniels Bemerkung schien sie zu überraschen. „Ich wüsste nicht, warum das alles ein schlechtes Licht auf *Sie* werfen sollte. Sie sind schließlich nicht verantwortlich für die Sünden von Mr. Brennans Eltern – falls sie denn wirklich welche begangen haben sollten. Sie kannten ihn noch gar nicht, als er im Armenhaus lebte. Und wenn ich bedenke, wie Sie sich kennen gelernt haben, dann ist es Ihnen doch wohl zu verzeihen, dass

Sie einen Mann eingestellt haben, der Ihnen das Leben gerettet hat, auch wenn er – angeblich – ein Schmuggler war."

Daniel musterte Griffith und schien etwas besänftigt zu sein. „Das hast du ihr auch erzählt? Wie wir uns kennen gelernt haben?"

Griffith nickte.

Rosalind wirkte jetzt einigermaßen verwirrt. „Heißt das, es stimmt alles, was er gesagt hat?"

Müde lehnte Daniel sich im Sessel zurück. „Ja, es ist alles wahr. Aber glauben Sie mir, das Ganze hat sich vor langer Zeit ereignet, und Mr. Brennan würde nie …"

„Verstehen Sie mich nicht falsch, Mr. Knighton", unterbrach sie ihn und machte ein seltsam schuldbewusstes Gesicht. „Ich wollte nicht andeuten, Sie hätten einen Fehler begangen, als Sie ihn einstellten oder mit zu uns brachten …"

„Was hast du denn dann bezweckt, Rosalind?" schaltete sich Lady Helena ein, nachdem sie die ganze Zeit über geschwiegen hatte. Eine Unmutsfalte zeichnete sich auf ihrer Stirn ab. „Mir scheint, du wolltest jemanden in Verlegenheit bringen, wenn nicht Mr. Knighton, dann Mr. Brennan. Du wärst gut beraten, dich daran zu erinnern, dass beide unsere Gäste sind, ganz gleich, was du davon hältst. Dieses Mal hast du die Regeln der Gastfreundschaft deutlich verletzt, und das weißt du."

Griffith freute sich insgeheim über Rosalinds Unbehagen, das sie offensichtlich wegen dieser Zurechtweisung verspürte. Er hatte schon vermutet, dieses Geschöpf ließe sich durch gar nichts beeindrucken.

„Das ist ein Missverständnis, Helena", antwortete Rosalind. „Ich habe angenommen, Mr. Brennan habe gelogen, sonst hätte ich das Thema nie zur Sprache gebracht. Er hatte mir schon vorher Unwahrheiten erzählt, um mich … um sich über mich lustig zu machen. Ich dachte, das sei ebenfalls eine. Ich bin in der Tat überrascht, dass ich mich geirrt habe."

Sie sprach mit solcher Würde, dass er sich wie ein Schuft vorkam, weil er sich eben noch über ihre Verlegenheit gefreut hatte. Ironischerweise hatte er ja wirklich gelogen – zumindest, was seine eigene Person betraf. Sie war so scharfsinnig, dass sie das irgendwie gespürt zu haben schien.

Daniel, der andere Lügner, stand ihr zur Seite. „Es ist nicht Lady Rosalinds Schuld", sagte er zu Lady Helena. „So wie ich Griffith kenne, hat er bestimmt etwas getan, das den Zorn Ihrer Schwester erregt hat. In letzter Zeit hat er die ungute Angewohnheit, jungen Damen mit Geschichten aus seiner Schmugglerzeit Angst einzujagen. Offensichtlich lässt sich Ihre Schwester nicht so leicht erschrecken." Er warf Griffith einen warnenden Blick zu. „Siehst du, was du alles angerichtet hast – und das für nichts und wieder nichts? Wie sehr du meine reizenden Cousinen beunruhigt hast? Jetzt werden sie sicher nichts mehr mit mir zu tun haben wollen, nachdem sich mein Berater als unehrenhaft erwiesen hat."

„Das stimmt nicht!" protestierte Juliet matt und lächelte unsicher.

Griffith erhob sich abrupt und setzte seinen Hut auf. Er hatte genug von alldem. Wenn er nur noch einen Moment länger blieb, bestand die Gefahr, dass er die ganze Maskerade auffliegen ließ. „Ich bin sicher, du kannst die entrüsteten Gemüter wieder beschwichtigen, Knighton. Das ist ja deine Stärke, nicht wahr? Ich habe inzwischen zu arbeiten, daher verabschiede ich mich und erspare Ihnen meine unangenehme Gesellschaft für die nächsten paar Stunden."

Rosalind sprang auf; sie beabsichtigte offenbar, ihre Drohung, ihm nicht von der Seite zu weichen, wahr zu machen. „Aber ich muss Ihnen doch noch mehr von unserem Besitz zeigen!"

Er war nicht in der Stimmung für einen weiteren Besichtigungsspaziergang. „Zeigen Sie Ihrem Cousin die Schönheiten von Swan Park, wenn Sie wollen, Lady Rosalind, aber mich verschonen Sie bitte."

Als er auf das Haus zuging, vernahm er ihre eiligen Schritte hinter sich auf dem Kies. „Wenn Sie vorhaben, in der Bibliothek zu arbeiten, werde ich Ihnen Gesellschaft leisten!" rief sie ihm schnell nach.

„Nein!" Er blieb stehen und drehte sich um. Das hätte ihm gerade noch gefehlt – eine misstrauische Rosalind, die ihm bei allem und jedem über die Schulter schaute und ihn unbewusst herausforderte, auszuprobieren, ob sie seinen Avancen wirklich widerstehen konnte. Plötzlich hatte er eine ausgezeichnete Idee. Er senkte die Stimme so, dass nur sie seine Worte hören konnte. „Zufällig werde ich mich nicht in der Bibliothek meinen Aufgaben widmen, sondern in meinem Schlafzimmer." Bewusst unverschämt ließ er den Blick über ihren Körper schweifen. „Wenn Sie mir dort Gesellschaft leisten wollen – nur zu gern!" Ganz langsam hob er den Kopf und sah ihr in die Augen. „In meinem Bett ist genug Platz für zwei. Ein Wort von Ihnen genügt, und wir gehen gemeinsam nach oben."

Zu seiner großen Befriedigung wurde sie flammend rot.

„Sie wissen ganz genau, dass ich so etwas nie tun würde", zischte sie halblaut.

„Wie schade. Im Moment kann ich mir nichts Reizvolleres vorstellen, als Sie zum Schweigen zu bringen, und bislang habe ich dafür nur eine einzige wirksame Methode entdeckt. Ich denke, sie bereitet sehr viel Vergnügen … uns beiden, das wissen Sie genau!"

Sie bebte am ganzen Leib, aber ihre Augen funkelten vor Zorn. „Eher sterbe ich, als dass ich mich von Ihnen noch einmal küssen lasse, Sie … Schuft!"

Wie schön, endlich hatte er dieser Frau eine Reaktion entlockt. Ganz offensichtlich war sie doch durchaus empfänglich für seine Küsse. „Ist das nicht etwas übertrieben?" spottete er schmunzelnd. „Wenn Sie mir weiterhin so hartnäckig folgen, werde ich Ihnen wohl beweisen müssen, dass Ihnen meine Küsse durchaus gefallen. Allerdings lasse ich es dann nicht mit dem Küssen bewenden."

Unbeeindruckt von ihrem Zorn lief er zum Haus, ohne sich noch einmal umzudrehen. Sollte sie doch eine Weile schmoren. Er kannte jetzt die Wahrheit – sie war nicht immun gegen ihn, und Küsse konnten sie tatsächlich abschrecken. Wenn sie also nicht aufhörte, ihn zu verfolgen, würde er sie weiter küssen … überall.

Er guckte zu den Zimmern des Earl im Ostflügel hinauf. Rosalind mochte ihm das Leben schwer genug machen, aber zweifelsohne noch mehr ihrem Vater, indem sie sich so nachhaltig weigerte, Swan Park durch eine Heirat zu retten. Ein bitteres Lächeln trat auf seine Züge. Was für eine Ironie des Schicksals, dass sein Feind auf seine Töchter angewiesen war, wenn er seinen Besitz behalten wollte. Er hoffte, dass das dem alten Mann schwer zu schaffen machte.

Er ging durch die Halle zum Westflügel, stieg die Treppe hinauf und hatte beinahe sein Zimmer im zweiten Stock erreicht, als er erneut Schritte hinter sich vernahm. Rosalind würde es doch wohl nicht wagen, ihm trotz seiner Drohungen weiterhin zu folgen? Grimmig drehte er sich um, doch nicht Rosalind kam auf ihn zu, sondern Daniel. Und der Hüne wirkte nicht gerade gut gelaunt.

Seufzend wartete Griffith auf ihn. Als sein Freund etwas sagen wollte, hob Griffith den Zeigefinger an die Lippen und wies auf die Tür zu seinem Zimmer. Sobald sie eingetreten waren, schloss er die Tür. „Daniel, ich …“

„Entschuldigungen sind zwecklos“, fuhr Daniel ihn an. „Ich hatte meine guten Gründe, als ich dich bat, den Mund zu halten, doch das war dir gleichgültig. Du hast dich benommen wie immer und nur an dich und deine verdammte Firma gedacht. Meistens habe ich das ja einfach so hingenommen, aber heute …“ Er schüttelte den Kopf. „Du hättest es ihr nicht verraten dürfen, und das weißt du auch. Dieses Mal bist du zu weit gegangen, Griffith. Sei wenigstens einmal so anständig und gib es zu!“

„Ich finde nicht, dass ich zu weit gegangen bin“, erwiderte Griffith.

„Das liegt daran, weil ja nicht du mit meinem Ruf leben musst, sondern ich! *Ich* bin derjenige, der mit ihnen zu tun hat, der versucht, sie davon zu überzeugen, dass wir ihnen nichts Böses antun wollen. Selbst wenn ich mich für dich ausgebe, kann man mich nicht leiden. Der Jüngsten jage ich meist eine Höllenangst ein, und die Älteste mag ja eine

Schönheit sein, aber …" Er schnaubte. „Sie ist eine wirkliche Dame, und als solche hat sie mich schon verachtet, ehe du ihrer Schwester diesen ganzen Schund über mich erzählt hast. Dieses hochmütige Geschöpf … ich würde sie am liebsten übers Knie legen. Wenn du mich nicht von hier fortbringst, tue ich es vielleicht eines Tages sogar! Ihre Kehrseite bringt einen Mann wirklich dazu …" Er verstummte, als Griffith auflachte, und schloss dann steif: „Sie treibt einen Mann einfach in den Wahnsinn. Sie ist fast so schlimm wie Lady Rosalind. Und was zum Teufel soll ich mit *ihr* nun anfangen?"

„Mit Lady Rosalind werde ich schon fertig", beruhigte Griffith ihn.

„Das habe ich gesehen. Um wie viel wollen wir wetten, dass diese Hexe gerade vor deiner Tür steht und auf dich wartet?"

„Das würde sie nicht wagen!" stieß Griffith hervor.

„Ach nein?" Daniel ging zur Tür und legte die Hand auf den Knauf. „Fünf Pfund darauf, dass sie da ist."

„Abgemacht, fünf Pfund."

Daniel zog schwungvoll die Tür auf, und Griffith trat auf den Flur hinaus. Er stöhnte innerlich auf. Im Flur standen Rosalind und ein Lakai.

Umgehend eilte sie auf ihn zu. „Ich wollte gerade zu Ihnen und Ihnen mitteilen, dass ich John gebeten habe, Ihnen beizustehen. Er wird Sie auf dem Anwesen herumführen und Ihnen mit Papas Büchern behilflich sein." Ihr Tonfall wurde bissig. „Da Sie keinen Zweifel daran gelassen haben, dass meine Gesellschaft Sie zu einem unschicklichen Verhalten veranlassen würde, fand ich es sinnvoll, Ihnen die Unterstützung einer anderen Person anzubieten."

Was zum … Gab diese Frau denn niemals auf? „Lady Rosalind“, zischte er. „Ich brauche von *niemandem* Unterstützung!“

Sie setzte eine betont unschuldige Miene auf. „Aber Sie sagten doch, Sie müssten sich für Ihren Arbeitgeber ein Bild von unserem Besitz machen. Man könnte meinen, dass Sie jede erdenkliche Hilfe gern in Anspruch nehmen, wenn man bedenkt, wie wenig Zeit Ihnen möglicherweise dafür bleibt!“

Er konnte Daniels kaum unterdrücktes Lachen hinter der Tür hören. Verdammt! Und er hatte sich für so schlau gehalten, als er ihr angedroht hatte, sie zu küssen! Sie hingegen betrachtete das anscheinend nur als Herausforderung, ihm noch mehr Scherereien zu bereiten. Er konnte sich nicht vorstellen, dass ihr Vater ihr je die Wahrheit erzählen würde, sonst hätte ihm fast der Verdacht kommen können, dass sie wusste, wonach er suchte.

Jetzt hatte sie ihn in die Falle gelockt! Wenn er darauf bestand, die Hilfe des Lakaien nicht in Anspruch zu nehmen, dann würde sie erkennen, dass er gelogen hatte, was die Gründe für sein „Herumschnüffeln“ betraf, wie sie es formulierte. Dann würde sie sich wieder an seine Fersen heften, und das beschwor weitaus gefährlichere Probleme herauf. Ein Lakai hingegen war vielleicht weniger misstrauisch; möglicherweise konnte er ihm sogar unbewusst tatsächlich helfen. Und – ein Lakai brachte sein Blut nicht in Wallung. „Sehr schön“, versetzte er knapp. „Wenn ich mit meiner Arbeit hier fertig bin, werde ich Ihren Lakaien aufsuchen.“

„Er wird hier auf Sie warten“, teilte sie ihm mit und reckte herausfordernd das Kinn in die Höhe.

Mit solch einer Reaktion schien sie gerechnet zu haben. „Solange er auf mich wartet und nicht Sie … Denn wenn Sie mich weiterhin verfolgen, werde ich meine Drohung wahr machen, das verspreche ich Ihnen!"

Ihr Erröten bewies ihm, dass sie ihn verstanden hatte. Mit einer gewissen Befriedigung kehrte er in sein Zimmer zurück.

„So leicht habe ich noch nie fünf Pfund verdient", bemerkte Daniel schadenfroh.

„Sei still, es sei denn, du hast einen Vorschlag, wie ich diese Furie loswerden kann!" Diese überaus attraktive Furie, deren Kampfeslust und Schönheit der Kriegsgöttin Athene zur Ehre gereicht hätten. Und nach deren Küssen er sich bereits wieder verzehrte.

Daniel schnaubte. „Diese Frau hätte bereits damals für dich arbeiten sollen. Der Himmel weiß, was du mit ihr als Partnerin alles erreicht hättest."

Nicht viel, dachte Griffith gereizt. Er wäre viel zu sehr damit beschäftigt gewesen, sie zu verführen. Wahrscheinlich hätte er ihr schon nach nur einer Woche die ganze Firma angeboten, nur damit sie endlich mit ihm ins Bett ging.

„Wenn dir der Lakai Kopfzerbrechen bereitet", unterbrach Daniel seine Gedanken, „warum benutzt du nicht einfach die Hintertreppe?"

„Was meinst du damit?"

„Dort drüben." Daniel nickte zu der einen Wand hinüber. „Siehst du dort hinter dem Schreibtisch die mit Ornamenten verzierte Holzplatte in der Wand? Das ist die Tür zum Treppenaufgang für die Bediensteten."

Griffith ging bereits darauf zu. „Bist du sicher?"

Daniel folgte ihm. „Ich habe mich heute Morgen beinahe zu Tode erschrocken, als ich hinter der Wand in meinem Zimmer plötzlich ein Klopfen hörte. Es war der Diener. Er sagte, alle Bediensteten benutzen diese Treppen. Auch die im Ostflügel."

Griffith hatte schon von solchen Treppen gehört, aber noch nie eine zu Gesicht bekommen. Allerdings war er auch nicht sehr oft in so alten, vornehmen Häusern zu Gast.

Sobald er den Schreibtisch zur Seite geschoben hatte, entdeckte er rasch den als Schnitzerei getarnten Türknauf. Doch als er ihn betätigte, geschah nichts. Mit den Fingerspitzen betastete er die Ränder der Holzplatte. „Man hat sie überstrichen, die Fugen sind mit Farbe verklebt."

„Unsere Gastgeber scheinen nicht viel Besuch zu haben. Dein Zimmer ist in dieser Etage das einzige, das zurzeit belegt ist. Wahrscheinlich kommen die Bediensteten gar nicht hier herauf."

Griffith zog sein Taschenmesser aus der Hosentasche und fuhr mit der Klinge durch die verklebten Fugen. Jetzt gab die Tür nach, und er sah in einen feuchten Treppenschacht. Spinnweben hingen von der Decke. Weiter unten entdeckte er diverse Möbelstücke auf den Stufen. Offenbar wurde der Treppenaufgang mittlerweile als Abstellraum genutzt. Deshalb hatten die Bediensteten wohl sein Zimmer stets durch die normale Tür betreten.

Es war offensichtlich jedoch möglich, um die Möbel herumzugehen. Wenn er vorsichtig war, konnte er auf diese Weise unauffällig sein Zimmer verlassen, wann immer es ihm beliebte. Er musste nur behaupten, täglich für ein paar Stunden in seinem Zimmer arbeiten zu wollen. Verbrachte er dann die restliche

Zeit mit Rosalinds Lakaien, würde sie nie darauf kommen, was er tat, wenn er allein war. Außerdem konnte er sich so auch nachts auf die Suche begeben.

Er musste schmunzeln. „Ausgezeichnet – Rosalind wird nichts bemerken."

„Rosalind nennst du sie bereits?" Daniel schüttelte den Kopf. „Warum gehst du nicht endlich mit ihr ins Bett, und der Fall ist erledigt?"

Griffith erstarrte. „Wie bitte?"

„Nun komm schon, genau das willst du doch."

Konnte man ihm das wirklich schon so deutlich anmerken? „Das ist doch absurd." Er wandte seinem allzu scharfsinnigen Freund den Rücken zu und zog seinen Gehrock aus, um ihn bei seinem Ausflug in den Treppenschacht nicht zu verschmutzen. „Wie du bereits festgestellt hast, ist sie nicht der Typ Frau, den ich bevorzuge."

„Dann solltest du vielleicht die Hände von ihr lassen, wenn du mit ihr allein bist."

Griffith hielt inne. „Wovon redest du?"

„Meinst du, mir ist nicht aufgefallen, wie sie aussah, als ihr beide von der so genannten Besichtigungstour zurückkamt? Sie schien völlig verwirrt zu sein, ihre Lippen schimmerten rosig, und ihre Haube war verrutscht."

„Also gut, ich habe sie geküsst", stieß Griffith hervor und nestelte am Knoten seiner Krawatte. „Sie ging mir auf die Nerven, und ich brachte sie zum Schweigen. Das war alles."

„Hast du sie deshalb auch während des gesamten Essens nicht aus den Augen gelassen? Dir stand ins Gesicht geschrieben, dass du sie am liebsten gleich dort genommen hättest!"

„Sprich nicht auf diese Art von ihr!" Griffith fuhr wütend zu ihm herum. „Sie ist nicht eins von deinen Hafenflittchen!" Viel zu spät erkannte er, wie mühelos er in Daniels Falle getappt war.

Daniel zog viel sagend die Brauen hoch. „Nein, das ist sie nicht", stimmte er sanft zu. „Sie ist der Typ Frau, den man heiratet. Den *du* heiraten solltest."

Griffith verdrängte den verlockenden Gedanken, ehe er sich in seinem Kopf festsetzen konnte. „Eine Heirat mit Lady Rosalind kommt nicht infrage."

„Ich verstehe wirklich nicht, warum. Du begehrst sie doch, nicht wahr?"

Er erwog kurz, zu lügen, aber Daniel kannte ihn zu gut. „Ja. So verrückt das auch klingt, ich begehre diese Frau, aber nur im rein körperlichen Sinn. Doch noch mehr verzehre ich mich nach dem Dokument, das meine Abstammung legitimiert."

„Warum solltest du nicht beides haben können? Eine Ehefrau, die du begehrst – noch dazu die Tochter eines Earls –, und diese Papiere, die dich eindeutig als Erben des Besitzes und des Titels ausweisen."

„So einfach ist das nicht."

„Und warum nicht?" Daniel senkte die Stimme. „Weil sich dein Stolz dagegen sträubt, ihren Vater gewinnen zu lassen? Wenn ich einzig und allein meinen Stolz herunterzuschlucken brauchte, um eine so prachtvolle Frau zu bekommen – dann täte ich das, ohne auch nur einmal mit der Wimper zu zucken! Aber mir bietet sich diese Chance nicht. Frauen wie Lady Rosalind sind für mich unerreichbar und werden es immer sein. Du hast ja keine Ahnung, was für ein verdammtes Glück du hast!"

Daniels Heftigkeit überraschte ihn. Es war ihm nie in den Sinn gekommen, Daniel könnte Träume, Hoffnungen oder Enttäuschungen kennen. Der Ire hatte immer einen Scherz oder eine Anekdote parat; er ließ nie durchblicken, er könnte sich womöglich mehr wünschen, als er hatte. Griffith hatte sich stets so sehr auf seine eigenen Pläne konzentriert, dass er gar nicht bedacht hatte, was Daniel eventuell anstreben mochte – außer natürlich, so viel Geld zu verdienen, dass er eine eigene Firma gründen konnte.

Er versuchte es auf andere Weise. „Du scheinst den falschen Eindruck zu haben, dass Rosalind mich heiraten würde, wenn ich ihr einen Antrag machte. Sie hat jedoch keinen Zweifel daran gelassen, dass sie das niemals tun würde, nicht einmal um Swan Park zu retten. Wie es scheint, ist keine der Töchter mit dem Plan ihres Vaters einverstanden, am allerwenigsten Rosalind. Sie hält meinen Charakter für fragwürdig."

„Du meinst, *meinen* Charakter, da sie ja glaubt, du bist ich."

„Ich meine uns beide. Sie verachtet Mr. Brennan wegen seiner Vergangenheit als Schmuggler – sie setzt Schmugglerei mit Diebstahl gleich. Und sie verachtet Mr. Knighton, weil er ihrer Meinung nach skrupellose Mittel angewandt hat, um sein Vermögen aufzubauen. Weder der eine noch der andere hätte also Erfolg bei ihr."

„Unsinn. Wenn du ihr den Hof machst, heiratet sie dich auch. Ich habe doch gemerkt, wie sie dich ansieht. Sie will dich. Es wäre für dich ein Leichtes, sie zu verführen, und danach würde sie dich bereitwillig ehelichen. Keine Frau möchte in Schande leben."

Erotische Fantasien stiegen in Griffith auf. Es würde ihm

in der Tat nicht schwer fallen, sie zu verführen. Er sehnte sich so sehr nach ihr, dass er kaum noch an etwas anderes denken konnte.

„Also heirate sie einfach", fuhr Daniel fort. „Hol dir die Papiere, und dann können wir endlich nach Hause fahren. Ich bin diese ganze Farce leid. Ich mag nicht mehr."

Es schien ihm nichts anderes übrig zu bleiben, als Daniel reinen Wein einzuschenken. Innerlich fluchend drehte Griffith sich um und trat ans Fenster. Er ließ den Blick über den Besitz schweifen, der ihm gehören würde, und zwar eher, als Daniel ahnte. „Wenn ich Lady Rosalind heirate, wird mir Swanleas ‚Beweisstück' nur wenig nützen", begann er ruhig.

„Warum?"

„Weil es nicht beweist, dass ich der *Erbe* des Earl of Swanlea bin." Er schaute Daniel grimmig an. „Es beweist vielmehr, dass ich der *rechtmäßige* Earl of Swanlea bin."

Daniel verschlug es fast die Sprache. „Wovon, zum Teufel, redest du? Du kannst doch gar nicht der Earl sein, es sei denn, dein Vater ..." Er verstummte entsetzt.

„War der Earl. Oder der mutmaßliche Erbe." Griffith lachte verbittert auf. „Was glaubst du? Warum hat mein Vater wohl so viele Schulden gemacht, als ich klein war? Weil er nicht mit Geld umgehen konnte? Nein. Er sollte den Titel und Swan Park vom vierten Earl of Swanlea erben. Mit diesem Erbe wollte Vater seine Schulden begleichen. Aber Vater starb schon vor dem vierten Earl, deshalb gingen nach dessen Tod wiederum Titel und Besitz an den Nächsten in der Erbfolge. Und schon lange vorher hatte man dafür gesorgt, dass *ich* jedenfalls nicht der Nächste sein würde."

„Weil man annahm, du seiest unehelicher Abstammung?"

„Nicht, weil man es annahm, sondern weil man mich gerichtlich dafür erklärte. Kurz nach meiner Geburt ging Rosalinds Vater vor Gericht, um zu beweisen, dass meine Eltern nicht verheiratet waren. Er tat das einzig und allein aus dem Grund, um sicherzugehen, dass ich nicht erben konnte. Ohne Heiratsurkunde konnte er den vierten Earl – und später, als mein Vater dagegen Einspruch erhob, auch das Gericht – mühelos davon überzeugen, dass meine Eltern mich in Sünde gezeugt hätten."

Daniel ließ sich fassungslos in den Sessel neben dem Schreibtisch fallen. „Gütiger Gott." Er sah Griffith an. „Und du glaubst, dass der Alte in den Besitz ihrer Heiratsurkunde gekommen ist? Dass er sie gestohlen hat, um seine Ziele durchzusetzen?"

Mit finsterer Miene lehnte sich Griffith gegen die Fensterbank. „Ich weiß es nicht mit Sicherheit. Swanlea besuchte meine Eltern, kurz nachdem das Haus in Gretna Green, wo meine Eltern geheiratet hatten und wo auch eine zweite Urkunde aufbewahrt wurde, abgebrannt war. Ein paar Monate nach seinem Besuch wollte mein Vater die Heiratsurkunde aus seinem Schreibtisch holen und musste dabei feststellen, dass sie verschwunden war. Es ist durchaus möglich, dass sie schon seit dem Tag von Swanleas Besuch nicht mehr da war. Ich vermute, er hielt die Gelegenheit für günstig und ergriff sie. Er hoffte, mich auf diese Weise endgültig von der Erbfolge ausschließen zu können."

„Dieser Schurke! Wie konnte er deinen Eltern nur so übel mitspielen? Dein Vater war sein Cousin, um Himmels willen!

Und nach dem zu urteilen, was er gesagt hat, waren sie alle einmal sehr gut befreundet gewesen!"

„Vielleicht war er einmal ein Freund meines Vaters", erwiderte Griffith gepresst. „Aber ganz gewiss nicht meiner Mutter. Ich bezweifle, dass er sich je mit der unstandesgemäßen Tochter eines Theaterdirektors aus Stratford abgegeben hätte. Der frühere Earl hatte bereits Vaters unpassende Beziehung zu ihr missbilligt – das war schließlich der Grund dafür, dass sie überhaupt heimlich heirateten und dass der Earl später Swanleas Behauptungen über meine uneheliche Abstammung Glauben schenkte."

Daniel beugte sich stirnrunzelnd nach vorn. „Aber das ist sehr eigenartig. Swanlea erzählte mir heute Morgen, er habe deine Mutter gut gekannt. Er nannte sie sogar beim Vornamen."

„Wie bitte?" Das war Griffith neu.

„Außerdem hat Swanlea selbst eine Schauspielerin geheiratet", fuhr Daniel fort. „Also kann er doch das Theatervolk nicht so verabscheut haben, wie du denkst."

Griffith ignorierte das plötzlich aufsteigende flaue Gefühl im Magen. Es spielte keine Rolle, ob Swanlea seine Muter gekannt hatte. Und es änderte auch nichts an Griffith' Vorhaben. „Wie dem auch sei", stellte Griffith fest, „ganz gleich, was ihn einmal mit meinen Eltern verbunden hat – zum Schluss war er ihr Feind. Deshalb will er, dass ich eine seiner Töchter heirate, ehe er mir das Beweisstück aushändigt: Er befürchtet, wenn ich es ohne irgendwelche Verpflichtungen in die Hände bekäme, dann würde mich nichts davon abhalten, ihm den Titel zu nehmen und seine Familie von dem Besitz zu vertreiben, den er sich widerrechtlich angeeignet hat."

Daniels Augen wurden schmal. „Ich verstehe. Und ebendas hast du vor?“

Griffith wich seinem Blick nicht aus. „In einem Punkt, ja. Wenn ich die Urkunde finde, werde ich dafür sorgen, dass Swanlea der Titel aberkannt wird, der eigentlich mir zusteht. Und das so schnell wie möglich.“

Jetzt machte sich deutliche Missbilligung auf Daniels Zügen breit. „Hast du keine Angst davor, dass die Gesellschaft dein Verhalten missbilligen könnte? Welchen Wert hat so ein Titel für dich, wenn die, bei denen du einen guten Eindruck machen willst, dich für die Art verurteilen, wie du ihn erworben hast?“

„Die Gesellschaft wird mich nicht verurteilen, das versichere ich dir. Wenn sie die Wahl hat zwischen einem unrechtmäßigen und einem betrogenen Erben, dann werden sich die Leute immer auf die Seite des betrogenen schlagen. Sie schätzen es nicht, wenn man gegen ihre Regeln verstößt.“

„Und was ist mit Swanleas Töchtern?“

Swanleas Töchter. Rosalind. Griffith’ Kehle war plötzlich wie zugeschnürt. „Was soll mit ihnen sein?“

„Du weißt, was ich meine. Wenn du Swanlea den Titel und den Besitz nimmst, werden sie seine Schande mit tragen müssen. Und seine Armut.“

Seine Worte versetzten Griffith einen Stich. „Das hatte und habe ich nicht vor. Ich hege keinen Groll gegen seine Töchter.“ Erst recht nicht, seit er sie kennen gelernt hatte. „Ich werde dafür sorgen, dass sie gut versorgt sind, und ihnen eine Mitgift ausstellen, damit sie einen Ehemann finden können.“

„Selbst dann wird ihr Leben ruiniert sein. Der Skandal wird

schwer auf ihnen lasten. Nicht einmal Geld kann ihnen dann noch einen Ehemann verschaffen."

„Sie wollen ohnehin nicht heiraten!" brauste Griffith auf. „Laut Rosalind ziehen sie es vor, alte Jungfern zu werden."

„Das glaubst du doch nicht im Ernst."

Ich finde einfach, dass eine Frau – jeder Mensch – aus Liebe heiraten sollte. Griffith verdrängte Rosalinds wehmütige Worte. „Sie hatten ohnehin nie große Hoffnung auf eine Heirat; wenigstens verbessern sich ihre Aussichten durch mein Geld."

„Aber warum wartest du nicht einfach ab, bis der alte Mann gestorben ist, wenn du die Urkunde gefunden hast? Es wird ihn doch bald sowieso hinwegraffen. Danach kannst du die rechtlichen Formalitäten diskret abwickeln, dein Erbe antreten, und alle werden denken, dass du letztlich doch nicht unehelicher Abstammung warst. Nicht einmal mehr wegen der Mädchen brauchst du dir dann Sorgen zu machen. Ich bin sicher, ihr Vater hinterlässt ihnen etwas."

„Ich kann nicht warten, bis er stirbt – das könnte noch Jahre dauern. Ich habe schon viele Menschen gesehen, die angeblich auf dem Sterbebett lagen und ihre Kinder schließlich sogar noch überlebt haben."

Daniels Stimme schwoll an. „Dann dauert es also noch Jahre – na und? Seit wann sind ein Titel und Besitz für dich von solcher Wichtigkeit? Du hast mehr Geld als genug, und die Handelsgesellschaft läuft gut!"

Griffith wand sich innerlich. Zwar hatte er mit einer solchen Reaktion gerechnet, aber nun war er doch überrascht, dass sie ihn dermaßen traf. „Du verstehst nicht", stieß er hervor. „Sobald ich der Earl of Swanlea bin, habe ich Anspruch auf einen Sitz im Oberhaus und damit die Berechtigung, mich der Delegation nach China anschließen zu können. Das wiederum muss noch bis Ende dieses Jahres passieren, sonst ist die Gelegenheit vertan."

Daniel starrte Griffith an, als sähe er ihn zum ersten Mal. „Ach, darum geht es also in Wirklichkeit – um deine kostbare Delegation und um die Knighton Handelsgesellschaft!"

Zur Hölle mit Daniels Selbstgerechtigkeit! „Jawohl, um die Knighton Handelsgesellschaft. Um die Firma, der du vieles verdankst, hast du das etwa vergessen? Ohne mein Unternehmen besäßest du gar nichts – ebenso wie meine anderen hundert oder mehr Angestellten. Du hättest kein kleines Vermögen beiseite legen können, und damit würde dein Traum, eines Tages eine eigene Firma gründen zu können, platzen. Du magst meine Methoden verurteilen – aber wo wärst du ohne sie?"

Daniel hob stolz den Kopf. „Ich habe deine Methoden nie zuvor kritisiert. Es war auch noch nie nötig. Aber schließlich hast du vorher der Firma zuliebe auch noch nie vier Menschen in den Ruin getrieben."

Fluchend stieß sich Griffith von der Fensterbank ab. „Dieser Schuft hat seinem Besitz zuliebe *meine* gesamte Familie ruiniert! Ich zumindest habe vor, mich seiner Familie anzunehmen, das ist mehr, als er je für mich getan hat!" Zornig ging er vor dem Schreibtisch auf und ab. „Weißt du, wie sie meine Mutter in Eton nannten, wenn sie glaubten, ich würde es nicht hören? Knightons Hure! Und ich war ‚Knightons Bastard'. Meine Eltern haben nach dem Skandal noch einmal geheiratet, aber trotzdem änderte sich die Meinung der Öffentlichkeit über meine Mutter nicht. Oder über mich. Schließlich war ich vor Gericht, vor Gott und der Welt offiziell zum Bastard erklärt worden." Er stützte die Hände auf den Schreibtisch und schaute Daniel aufgebracht an. „Glaubst du, Swanlea wäre nach Vaters Tod gekommen und hätte seine Hilfe angeboten? Nein, das hat er nicht getan." Er räusperte sich. „Jetzt soll ich seine Tochter heiraten, als Gegenleistung für eine Urkunde, die mir von Rechts wegen ohnehin zusteht! Was würdest *du* denn tun? Sie heiraten? Es ihm leicht machen? Ist es das, was ich deiner Ansicht nach tun sollte?"

„Ich sehe nicht ein, warum es für ihn leichter wird, wenn du seine Tochter heiratest. Es würde dich doch nicht davon abhalten, ihm trotzdem seinen Titel zu nehmen. Ich weiß, du suchst Rache, aber …"

„Hier geht es nicht um Rache!"

Daniel betrachtete ihn mit stummem Vorwurf in den Augen. „Ach nein?"

„Nein!" Er begann wieder, auf und ab zu laufen. „Es geht darum, an dieser Delegation teilzunehmen. Angenommen, ich heirate Rosalind – glaubst du, sie guckt tatenlos zu, wenn ich ihren Vater in der Öffentlichkeit bloßstelle? Wenn ich es für ihre Schwestern noch schwieriger mache, einen Mann zu finden? Nein, nicht Rosalind. Sie würde mich mit allen Mitteln bekämpfen. Wie ich schon sagte, wenn ich sie heirate, ist die Heiratsurkunde meiner Eltern buchstäblich wertlos für mich. Ich könnte sie nicht einsetzen, ohne mir meine Frau zum Feind zu machen." Er blickte Daniel ernst an. „Nein, ich werde diese Urkunde ohne die Tochter bekommen, genau wie ich es ursprünglich geplant habe." Er konnte nicht umhin, leicht sarkastisch hinzuzufügen: „Und du wirst deine zweihundertfünfzig Pfund erhalten, Daniel."

Daniel sprang empört auf. „Du kannst dein Geld behalten! Es war etwas anderes, als ich noch dachte, du wollest nur deine eheliche Abstammung beweisen. Das habe ich dir nie zum Vorwurf gemacht, auch nicht, dass du dafür nicht heiraten wolltest. Ein Mann hat das Recht, Anspruch auf sein Eigentum zu erheben, ohne dafür heiraten zu müssen. Aber das hier …“ Er verstummte verächtlich schnaubend.

„Weigerst du dich etwa, weiter mitzuspielen?“ Griffith ballte die Hände zur Faust.

„Ich habe dir mein Versprechen gegeben, mitzumachen, und daran halte ich mich, aber nur noch für eine Woche, keinen Tag länger. Das sollte dir genug Zeit lassen, deine verdammte Urkunde zu finden.“ Er ging zur Tür, hielt dann aber noch einmal inne, um Griffith mit einem seltsam beunruhigten Gesichtsausdruck anzuschauen. „Das wird dann allerdings die letzte Woche sein, in der ich noch für dich tätig bin, hast du verstanden? Swanlea mag ein Schurke sein, und seit ich ihn kennen gelernt habe, fallen mir sogar noch schlimmere Bezeichnungen für ihn ein, aber er ist alt, liegt im Sterben und scheint nur eins im Sinn zu haben – er möchte die Zukunft seiner Töchter absichern. Ich kann nicht behaupten, dass ich ihm das verübele.“ Daniels Augen wurden ganz dunkel, als er die Hand auf den Türknauf legte. „Du hingegen willst sie ruinieren, nur um deinen Ehrgeiz zu befriedigen. Nun, es gibt Dinge, die kann nicht einmal der Bastard eines Straßenräubers akzeptieren.“

Diese Worte hallten noch lange in Griffith’ Ohren nach, obwohl Daniel schon vor Stunden gegangen war.

10. KAPITEL

Griffith führte etwas im Schilde. Rosalind wusste es, sie kam nur nicht dahinter, was. Abgesehen von einem spürbar gespannten Verhältnis zwischen ihm und seinem Arbeitgeber deutete nichts auf irgendwelche Absichten hin.

Die Berichte ihres Lakaien waren nicht gerade aufschlussreich gewesen, und es wurde für sie selbst immer schwerer, sich in Griffith' Nähe aufzuhalten. Jedes Mal, wenn sie es versuchte, sogar in Gegenwart der anderen, flüsterte er ihr unverschämte Dinge zu. Anspielungen auf Pflaumen nahmen überhand – der Mann schien keinerlei Fantasie zu haben. Was noch schlimmer war – Juliet hatte Griffith' Worte an jenem Tag auf der Terrasse gründlich missverstanden und sorgte nun dafür, dass zu jeder Mahlzeit Pflaumen aufgetischt wurden. Pflaumen, die er nur aß, um sie zu provozieren.

An diesem Morgen hatte sie darauf bestanden, mit ihm und Mr. Knighton auszureiten, da der Lakai anderweitig benötigt wurde. Griffith hatte sie reichlich dafür büßen lassen, vor allem, als er festgestellt hatte, dass sie nicht im Damensattel ritt. Seine Bemerkungen waren von Mal zu Mal anzüglicher geworden. Darüber hinaus hatte er ihr gezeigt, wie meisterhaft er es verstand, ein Pferd zu beherrschen. Beim Reiten hatte er ihr Bein mit seinem mehrere Male gestreift, ohne dass sich die Pferde dabei berührt oder gar gescheut hätten.

Am schlimmsten war es jedoch gewesen, als er ihr beim Absteigen geholfen hatte. Er hatte ihre Taille viel länger als schicklich umfangen gehalten und dabei geraunt, dass ihr Anblick – rittlings zu Pferd – ihn überaus erregte. Voller Scham war ihr aufgefallen, dass nicht nur ihre Wangen zu glühen begonnen hatten.

Jetzt saß sie in der Nähe des Billardtisches am östlichen Ende der langen Galerie im ersten Stock, die die beiden Flügel des Hauses miteinander verband. Griffith spielte gegen Juliet, während Mr. Knighton von einem Sessel aus Juliet anfeuerte. Fast hätte Rosalind sie alle sich selbst überlassen, weil sie keine Lust hatte, weiterhin das Opfer von Griffith' Anzüglichkeiten zu sein, doch dann war ihr klar geworden, dass er damit nur sein Ziel erreicht hätte, sie in die Flucht zu schlagen. Ihr Stolz verbot ihr, ihm diese Genugtuung zu verschaffen.

Der Tisch war schon sehr alt. Papa hatte ihn bereits geraume Zeit vor ihrer Geburt gekauft. Er und Mama hatten oft Billard gespielt, das wusste sie noch – es war eine süße, verschwommene Erinnerung aus ihrer Kindheit. Papa hatte gelacht und Mama aufgezogen, während Helena gebettelt hatte, auch mitspielen zu dürfen, mit ihren neun Jahren sei sie schließlich alt genug dafür.

Nach Mamas Tod hatte Papa den Tisch nicht mehr benutzt. Rosalind vermutete, dass zu schmerzhafte Erinnerungen in ihm aufgestiegen wären, wenn er es getan hätte. Aber die drei Mädchen hatten alle Billard gespielt. Welch besseren Zeitvertreib hätte man sich auch vorstellen können, in den langen Wintermonaten, wenn sogar das Lesen allmählich langweilig wurde und kaum Besucher ins Haus kamen? Leider hatte Helena nach ihrer Erkrankung behauptet, nicht mehr spielen zu können, doch Juliet und Rosalind ließen sich nicht davon beirren. Sie spielten weiterhin Billard, obwohl Juliet es nie wirklich beherrscht hatte, wohingegen Rosalind sich recht geschickt anstellte. Allerdings hatte sich ihr an diesem Nachmittag noch nicht die Gelegenheit geboten, ihr Können unter Beweis zu stellen.

Und Griffith beim Spiel zu beobachten erwies sich zunehmend als Qual. Seine geschickte Art, mit dem Queue umzugehen, seine angespannten Muskeln, wenn er sich über den Tisch beugte, sein leises, triumphierendes Lachen, wenn er gewann: All das regte ihre Fantasie auf höchst unangenehme Weise an. Plötzlich hielt er nicht den Queue, sondern ihre Taille umfasst, er beugte sich auch nicht über den Tisch, um die Kugel anzustoßen, sondern über ihren Körper, um ihn zu liebkosen und zu küssen. Und aus seinem leisen, triumphierenden Lachen wurde ein Aufstöhnen des Verlangens, während er sich über sie …

Großer Gott, dachte sie und errötete heftig. Warum kam sie nur nicht gegen diese skandalösen Fantasien an? Sie wusste, warum. Alle seine Widersprüchlichkeiten – sein familiärer Hintergrund, seine Sprache und sein Benehmen – faszinierten sie. Im einen Moment wirkte er wie ein Gentleman, im nächsten wie ein Schurke. Es verstörte sie mehr und mehr, dass sie ihn nicht einzuordnen vermochte.

Nun, zumindest schlich er nicht mehr heimlich durchs Haus. Vielleicht hatte sie sich das Ganze ja auch nur eingebildet. Hatte er in der ersten Nacht, als sie sich begegnet waren, tatsächlich nur nach Zigarren gesucht? Und war er dann in seinem Stolz verletzt worden, als sie darauf bestanden hatte, ihn nicht mehr aus den Augen zu lassen? War das der Grund, dass er sich solche Mühe gab, sie loszuwerden?

Möglich war es, aber es kam ihr eher unwahrscheinlich vor. Andererseits … warum hatte er sich nicht entschiedener gegen die von ihr befohlenen Einschränkungen gewehrt? Zwar zog er sich jeden Nachmittag zum Arbeiten in sein Zimmer zurück, aber John blieb die ganze Zeit auf seinem Posten, genau vor der Tür. Ein anderer Lakai übernahm dann die Nachtwache. Natürlich hätte es sein können, dass die Männer bei der Wache ab und zu einschliefen, aber Rosalind hatte sie ein paarmal kontrolliert, sogar spätnachts, und sie waren stets hellwach gewesen.

Wahrscheinlich war genau das Griffith' Plan. Er wollte sie so lange in Sicherheit wiegen, bis sie in ihrer Wachsamkeit nachließ und er sein heimliches Herumschnüffeln wieder aufnehmen konnte. Nun, sie hatte allerdings fest vor, weiterhin auf der Hut zu sein, bis zum Tag seiner Abreise.

Doch der Nachmittag zog sich hin, und Rosalind wurde zunehmend müder. Sie hatte in der letzten Nacht Mühe gehabt einzuschlafen, weil sie sich immer eingebildet hatte, hinter der Wand Geräusche zu hören. Sie überlegte gerade, ob sie sich für ein kurzes Nickerchen in ihr Zimmer zurückziehen sollte, als eine Billardkugel geräuschvoll in die Tasche fiel und Juliet einen für sie untypischen Jubelschrei ausstieß.

„Gewonnen! Ich habe gewonnen!" rief sie und schwang den Queue. „Endlich habe ich Sie geschlagen, Mr. Brennan, geben Sie es zu! Und das nach nur drei Spielen!"

„Das haben Sie in der Tat." Griffith' Stimme klang nachsichtig und freundlich. Plötzlich fiel Rosalind auf, dass er in diesem Spiel deutlich schlechter gewesen war als in den vorangegangenen. Und als er sich abwandte und einen Blick mit Mr. Knighton wechselte, wurde ihr klar, dass er Juliet absichtlich hatte gewinnen lassen.

Bei dieser Erkenntnis wurde ihr verräterisch warm ums Herz. Mr. Brennan hatte es geschafft, Juliet dazu zu bewegen, ihre Scheu abzulegen. Ein Verdienst, dessen sich Mr. Knighton nicht rühmen konnte. Rosalind war Griffith widerstrebend dankbar dafür. In den letzten drei Tagen hatte Juliet ununterbrochen verängstigt gewirkt und entweder vollständig geschwiegen oder nur geantwortet, wenn man sie etwas gefragt hatte. Sie fühlte sich in Gesellschaft von Griffith wesentlich wohler als in der von Mr. Knighton, aber der Grund dafür lag auf der Hand: Juliet brauchte sich nicht den Kopf darüber zu zerbrechen, *ihn* heiraten zu müssen.

Rosalind seufzte. Unvermittelt baute sich Griffith vor ihr auf, versperrte ihr die Sicht und hielt ihr den Queue hin. „Jetzt, da Ihre Schwester mich geschlagen hat, könnte ich mir denken, dass Sie es ihr gleichtun möchten!"

Sein Blick forderte sie geradezu heraus. Nun gut, es wurde höchste Zeit, ihn daran zu erinnern, dass sie ihn in der Tat übertreffen konnte.

Sie erhob sich mit einem Lächeln und nahm ihm den Queue ab. „Es gibt nichts, was mir größeres Vergnügen bereiten würde, als Sie zu schlagen, Mr. Brennan."

„Das ist ‚mein liebes Fräulein Hochmut'!" Seine Augen funkelten, als er aus *Viel Lärm um nichts* zitierte. „‚Sie spricht lauter Dolche, und jedes Wort durchbohrt'."

„Ich tue mein Bestes." Sie ging an ihm vorbei und trat an die Schmalseite des Tischs, wo sie sich die Handschuhe auszog. „Aber meine Dolche müssen wohl geschärft werden, da Sie sonst ja keine Ruhe geben und ich Sie bisher noch nicht habe bluten sehen!"

Er platzierte den Queueball und die rote Kugel auf dem Tisch. „Ich bin froh, dass Sie sich auf Worte beschränken und sich nicht aufs Fechten verstehen. Wenn ich bedenke, wie geschickt Sie mit einem Schwert umgehen, wird mir ganz bange." Er bedeutete ihr mit einer Geste, anzufangen.

Sie schmunzelte. „Eine in der Tat verlockende Aussicht, aber ich gebe mich damit zufrieden, Sie beim Billard zu besiegen. Auf wie viele Points wollen wir uns einigen?"

„Fünfzig scheint mir eine schöne, runde Zahl zu sein."

„Also gut, fünfzig." Lächelnd vollzog sie eine Serie von Stößen und stellte sich dabei sehr geschickt an.

Mr. Knighton stieß einen anerkennenden Pfiff aus. „Mylady, wo haben Sie nur so gut Billard spielen gelernt?"

Sie trat einen Schritt zurück. „Einer unserer Lakaien hat es mir beigebracht." Sie wandte sich an Griffith, der mit vor der Brust verschränkten Armen und nicht genau zu deutendem Blick an der Wand lehnte. „Das waren vier Points, denke ich. Sie sind an der Reihe, Sir."

Er schlenderte zum Tisch, platzierte seinen Queueball und versenkte die rote Kugel mit einem Piquéstoß. „Ihre Lakaien haben eine Vielzahl von Aufgaben." Er nahm die rote Kugel aus der Tasche, platzierte sie erneut auf dem Tisch und versetzte dem Queueball einen beeindruckenden Stoß über die Vorbande. „Sie bringen einem Billard bei und dienen Besuchern als persönliche Gehilfen. Ich frage mich, wie sie da noch Zeit haben, Lakaien zu sein."

Sie verzog das Gesicht, als er den roten Ball sauber versenkte. „Wie Sie bald herausfinden werden, sind alle unsere Bediensteten sehr flexibel. Wenn also die Lakaien solche Aufgaben nicht übernehmen würden, dann wäre es jemand anders – der Butler, der Kutscher …“

„Oder die Dame des Hauses selbst?“ fragte er vor seinem nächsten Stoß.

Sie zog eine Braue hoch. „Wenn es erforderlich ist, ja.“ Die rote Kugel rollte in die Tasche direkt neben ihr, daher holte Rosalind sie für Griffith heraus. Als sie sich über den Tisch beugte, um ihm die Kugel zu reichen, fiel sein Blick jedoch nicht auf ihre Hand, sondern etwas tiefer. Erst jetzt fiel ihr auf, dass sich ihr Schultertuch gelöst hatte und viel zu viel von ihrem Busen zu sehen war. Insgeheim fluchend wollte sie zurückweichen, aber Griffith legte blitzschnell seine Hand über ihre, und eine Sekunde lang glaubte sie, sich nicht bewegen zu können.

Sie schaute flehend zu ihrem Cousin hinüber, doch er und Juliet waren weitergeschlendert, um die Ahnengalerie der Swanleas in Augenschein zu nehmen. Sie waren intensiv ins Gespräch vertieft und kehrten dem Billardtisch den Rücken zu. Keiner von ihnen bemerkte, dass Griffith ihre Hand festhielt.

Seine starke, warme Hand war so groß, dass ihre fast völlig darin verschwand, aber sie wirkte nicht grob oder brutal. Er strich mit den Fingern über ihren Handrücken, und sie musste unwillkürlich daran denken, wie er sie mit ebendiesen Händen liebkost hatte, als sie und er auf dem sonnenüberfluteten Hügel gestanden hatten.

Verlangen stieg in ihr auf, aber sie kämpfte erbittert dagegen an. Sie durfte das nicht zulassen, er tat das schließlich nur, um sie zu reizen!

Und doch hielt er sie noch einen Augenblick länger fest, als sie versuchte, ihm ihre Hand zu entziehen. „Sosehr es mir gefällt, die Dame des Hauses als persönliche Gesellschafterin zur Verfügung zu haben, so möchte ich sie doch nicht von ihren anderen, sicher weitaus wichtigeren Verpflichtungen abhalten“, flüsterte er.

„Dann sollten Sie und Ihr Arbeitgeber am besten nach London zurückkehren, wo Sie hingehören“, gab sie nun steif zurück.

„Warum? Bereiten wir Ihnen Ärger?“ Sein aufreizender Blick fiel erneut auf ihre nur dürftig verhüllten Brüste. „Oder befürchten Sie, dass wir Ihre … Geheimnisse enthüllen?“

Trotz ihrer guten Vorsätze wurde sie flammend rot. Er schmunzelte, ließ ihre Hand los und nahm ihr die Kugel ab. Rosalind wich hastig zurück und korrigierte den Sitz ihres Schultertuchs. Billard begünstigte eindeutig zu viele unschickliche Haltungen des weiblichen Körpers. Da blieb ihr nur übrig, wenigstens die Stellen züchtig zu bedecken, die immer wieder seine Blicke auf sich zogen.

Als sie damit fertig war, guckte sie kurz zu ihm hin und stellte fest, dass er spöttisch lächelte. Auch gut. Das war immer noch besser als seine zweideutigen Blicke. Oder seine durchtriebenen Bemerkungen, die sie beunruhigenderweise ziemlich erregend fand.

In rascher Folge versenkte er dreimal hintereinander die Kugel, und ihr Interesse am Spiel kehrte zurück. Sie musste zugeben, dass Griffith’ Können sie beeindruckte. Sie hatte sich vorhin nicht getäuscht – er hatte Juliet absichtlich gewinnen lassen. Doch sobald sich Rosalind wieder die Gelegenheit bieten sollte, würde sie ihm schon beweisen, dass nicht alle drei Schwestern so unbeholfen mit dem Queue umgingen wie Juliet.

Dazu bot sich ihr einige Stöße später Gelegenheit, als sie gerade ein schläfriges Gähnen unterdrücken musste. Griffith kam um den Tisch herum, stellte sich neben sie und überdachte seinen nächsten Stoß. Ihr wurde klar, dass er über die Bande spielen wollte, doch der Tisch war nicht mehr der beste, und Griffith verfehlte sein Ziel um Haaresbreite. Zu diesem Zeitpunkt befand er sich mit sieben Points im Vorsprung.

Er trat zurück, während sie sich angestrengt auf ihren Stoß konzentrierte, denn Griffith hatte den Queueball in eine wahrhaft ungünstige Position gebracht. Sie bückte sich, peilte die Tasche an und dann wieder den Ball. Plötzlich murmelte Griffith hinter ihr: „Wenn Sie das absichtlich tun, um mich in Versuchung zu führen, dann haben Sie durchaus Erfolg damit."

Sie guckte sich fragend nach ihm um und merkte, dass er aufmerksam ihre Kehrseite betrachtete. Sie wurde wütend. „Wenn Sie nicht in Versuchung geführt werden wollen, dann sollten Sie Ihre Blicke lieber wieder auf das Spiel richten, wie es sich gehört!" Sie wandte sich wieder dem Tisch zu und versuchte nicht daran zu denken, wo Griffith gerade hinschaute.

Er lachte leise auf. „Wer sagt, dass ich nicht gern in Versuchung geführt werde?"

Zähneknirschend führte sie ihren Stoß aus. Der natürlich danebenging. Das hatte sie nun davon, dass sie sich von diesem schrecklichen Menschen ablenken ließ.

Als sie sich verärgert aufrichtete, stellte sie fest, dass er noch dichter hinter ihr stand, als sie befürchtet hatte. Seine Beine streiften ihren Rock. „Ich bitte Sie, Mr. Brennan", stieß sie hervor, aber er rührte sich nicht von der Stelle.

Er warf einen raschen Blick zu Juliet und Mr. Knighton, die sich noch immer am anderen Ende der Galerie aufhielten. Juliet erzählte die Lebensgeschichte jedes einzelnen Earls, und Mr. Knighton hörte mit großer Geduld zu. Offensichtlich achtete er überhaupt nicht mehr auf seinen Berater.

Dieser neigte sich noch näher zu Rosalind, und seine Augen funkelten verschmitzt. „Wir sollten eine kleine Wette abschließen."

„Welcher Art?" Sie versuchte, ihm auszuweichen, aber es gelang ihr nicht. Er war jetzt so nahe, dass sie keinen klaren Gedanken mehr fassen und sich nur noch an das erinnern konnte, was geschehen war, als sie sich das letzte Mal so nahe gewesen waren. Ihr Puls begann zu rasen.

„Wenn ich gewinne", murmelte er, „ziehen Sie Ihren Wachhund ab."

Sie unterdrückte ein Aufstöhnen. Sie hätte sich ja denken können, dass er irgendwann wieder auf dieses Thema zu sprechen kommen würde. Trotzig reckte sie das Kinn. „Und wenn ich gewinne?"

„Sie werden nicht gewinnen." Als sie ihn empört ansah, fügte er lächelnd hinzu: „Nun gut. Falls doch …" Er überlegte kurz. „Dann sorge ich dafür, dass Richard Sheridan Sie zum Vorsprechen einlädt."

Sie machte große Augen. „*Der* Richard Sheridan? Der Direktor des Drury Lane Theaters? Der Verfasser der *Lästerschule?*"

Der Mann grinste und ahnte genau, dass sie nach diesem Köder schnappen würde. „Ebendieser."

Er sah für ihren Geschmack viel zu selbstzufrieden aus, und sie musterte ihn skeptisch. „Sie kennen ihn so gut, dass Sie für mich ein Vorsprechen bei ihm arrangieren können?"

„Sagen wir mal, Sheridan und ich teilen eine Vorliebe für guten französischen Kognak, der wir ab und zu gemeinsam frönen."

„Wie kommt es, dass ein Berater einen so berühmten Mann wie Sheridan kennt?"

Diese Frage schien ihn etwas aus der Fassung zu bringen, doch dann zuckte er nur beiläufig mit den Schultern. „Mein Arbeitgeber ist ein Förderer dieses Theaters und besitzt ein paar Anteile daran." Er nickte in Mr. Knightons Richtung. „Wenn Sie mir nicht glauben, fragen Sie ihn doch."

Sie beobachtete verstohlen ihren Cousin, der noch immer geduldig ihrer Schwester lauschte. Mr. Knighton sollte am Drury Lane beteiligt sein? Unmöglich! Gestern Abend beim Essen hatte dieser Banause keine Ahnung gehabt, wer John Dryden, Christopher Marlowe oder sogar Homer waren, und das trotz seiner Ausbildung in Eton! In der Tat hatten sich Zweifel bei ihr eingestellt, ob das mit der Ausbildung in Eton überhaupt der Wahrheit entsprach. Es kam ihr sehr abwegig vor, dass er ein Liebhaber des Theaters sein sollte.

Als hätte er ihren Zweifel erraten, fügte Griffith hinzu: „Ehrlich gesagt, habe *ich* diese Beteiligung angeregt, da er – und ich – nebenbei dadurch in den Genuss einer kleinen, privaten Loge im Drury Lane gelangt sind."

Das ergab schon eher einen Sinn. Ganz gleich, was man

sonst von ihm halten mochte – Griffith schien aufrichtig am Theater interessiert zu sein.

„Nun?" hakte er nach. „Nehmen Sie die Wette an?"

Sie zögerte immer noch. „Nur, wenn Sie mir eine Frage beantworten."

„Einverstanden."

„Warum liegt Ihnen so viel daran, meinen Lakaien loszuwerden? Er soll Ihnen doch nur helfen!"

„Ich brauche keine Hilfe. Außerdem bin ich es nicht gewohnt, auf Schritt und Tritt verfolgt zu werden. Haben Sie schon einmal versucht, Akten zu studieren, wenn zwei Meter hinter Ihnen jemand steht und versucht, sich unauffällig zu verhalten? Das ist äußerst störend."

So gesehen, konnte sie sogar fast nachvollziehen, was er meinte. Außerdem hatte sie fest vor, das Spiel zu gewinnen. Und die Aussicht, bei Sheridan vorzusprechen, war unwiderstehlich. „Also schön. Ich nehme die Wette an."

„Rosalind!" Juliet und Mr. Knighton kehrten wieder zum Tisch zurück. „Worüber tuschelt ihr eigentlich die ganze Zeit, du und Mr. Brennan? Ich dachte, ihr spielt Billard!"

Griffith trat einen Schritt zurück und schenkte ihr ein jungenhaftes Lächeln. „Das tun wir auch, Mylady." Er nahm seinen Queue wieder auf. „Für Ihre Schwester und mich wird das Spiel sogar zunehmend ernster."

Rosalind hatte angenommen, dass sie von Anfang an ernsthaft gespielt hatten, doch jetzt bewies Griffith ihr, dass sie sich geirrt hatte. Als er sich nun über den Tisch beugte, gab es kein Flirten mehr, keine versteckten Andeutungen. Er stürzte sich mit aller Entschlossenheit ins Spiel, und so errang er zwanzig Points, ehe er mit dem Queue abrutschte und einen Stoß verfehlte.

Plötzlich war sich Rosalind nicht mehr so sicher, dass sie gewinnen würde. Es wäre höchstwahrscheinlich besser gewesen, nach Abschluss der Wette noch einmal von vorn anzufangen. Jetzt hatte er siebenundzwanzig Points Vorsprung – ein in der Tat gewaltiger Abstand zu ihr. Wenn sie verlor, würde sie mehr Zeit in seiner Gesellschaft verbringen müssen, was ihr fatal erschien. Ganz zu schweigen davon, dass sie nicht die Möglichkeit haben würde, bei Sheridan vorzusprechen.

Mit äußerster Konzentration führte sie eine Reihe erfolgreicher Direktstöße aus. Über die Bande zu spielen lag ihr nicht so sehr, also vermied sie dieses unnötige Risiko, auch wenn ihr ein solcher Treffer mehr Points eingebracht hätte. Trotzdem hatte sie bereits vier Points mehr als er, als sie versehentlich seinen Queueball versenkte. Sie und Juliet stöhnten gleichzeitig entsetzt auf.

„Ich bin an der Reihe." Triumphierend holte Griffith seine Kugel aus der Tasche und positionierte sie. Und dann begann er, mit der Meisterschaft eines echten Könners zu spielen. Rosalind hätte sich denken können, dass ein Mann mit seiner Vergangenheit auch ein exzellenter Billardspieler sein würde. Ohne Zweifel hatten er und seine kriminellen Kumpane sich mit diesem Spiel die Zeit vertrieben.

Als er vierzig Points hatte, nahm ihre Anspannung zu. Er visierte die Kugel an, und sie beugte sich an der gegenüberliegenden Seite über den Tisch, um besser sehen zu können. Unmittelbar vor dem Stoß schaute er kurz zu ihr hinüber. Er verfehlte das Ziel und fluchte.

Grollend kam er um den Tisch herum und flüsterte ihr zu: „Sie verzweifeln wohl allmählich, nicht wahr?"

„Wie meinen Sie das?" gab sie leise zurück.

„Sosehr ich sonst den Anblick Ihrer ... Reize genieße, finde ich es trotzdem nicht nett, sie mir während des Stoßes buchstäblich vor Augen zu halten!"

Sie guckte an sich herunter und errötete, weil sich ihr Schultertuch abermals gelöst hatte. „Das habe ich gar nicht gemerkt", erwiderte sie wahrheitsgemäß und beeilte sich, es wieder zuzuknoten.

„Natürlich nicht."

Dieser Schuft glaubte ihr nicht! Sie zögerte, dann zog sie das Tuch trotzig fort und warf es über einen Stuhl. Wenn er nicht aufhören wollte, sie mit solchen Methoden aus der Fassung zu bringen – dann konnte sie es ihm genauso gut mit gleicher Münze heimzahlen.

Von nun an gab sie sich alle Mühe, ihn abzulenken, wenn er an der Reihe war. Das fiel ihr gar nicht schwer. Wenn ein Mann vor die Wahl gestellt wurde, entweder auf den Busen einer Frau zu starren oder auf sein Spiel zu achten, entschied er sich anscheinend stets fürs Erstere. Diese Berechenbarkeit hatte schon beinahe etwas Erheiterndes.

Leider dauerte es nicht lange, da hatte er eine passende Form gefunden, sich an ihr zu rächen. Jedes Mal, wenn *sie* an der Reihe war, flüsterte er ihr solch schockierende Bemerkungen ins Ohr, dass sie unweigerlich darauf reagierte – und den Ball nicht richtig traf.

Das Spiel zog sich in die Länge, da keiner von beiden so recht weiterkam – hier ein Point, da ein Point, dann wieder ein Fehlstoß. Trotzdem stand es neunundvierzig zu neunundvierzig, als Helena auf der Galerie erschien.

„Was macht ihr?“ fragte sie und ließ sich in einem Sessel nieder.

„Mr. Brennan und Rosalind spielen Billard“, berichtete Juliet fröhlich. „Beiden fehlt nur noch ein Point zum Sieg. Allerdings spielen sie sehr schlecht, sogar noch schlechter als ich. Die letzten drei Stöße sind bei beiden danebengegangen. Wenn das nicht besser wird, sitzen wir noch den ganzen Tag hier.“

Helena betrachtete interessiert den Tisch, dann sah sie Rosalind an. Als sie deren Aufmachung bemerkte, warf sie ihrer Schwester einen missbilligenden Blick zu. „Es ist kein Wunder, dass Rosalind Schwierigkeiten hat. Sie muss doch frieren ohne ihr Schultertuch, und das lenkt sie bestimmt ab.“

Rosalind fluchte insgeheim. „Ich fühle mich wirklich ausgesprochen wohl.“

„Nein“, meldete sich Griffith zu Wort. „Lady Helena hat Recht.“ Er holte Rosalinds Tuch und brachte es ihr. „Hier, Mylady.“ Mit einem hinterhältigen Lächeln legte er es ihr um die Schultern. „So ist es besser.“

„Vielen Dank“, gab sie gepresst zurück. Helena konnte etwas erleben!

Wenigstens war sie jetzt an der Reihe und nicht er, und in Helenas Gegenwart würde er sich bestimmt nicht zu einer seiner unverschämten Bemerkungen hinreißen lassen. Sie peilte sorgfältig die relativ leicht zu stoßende rote Kugel an. Sie brauchte nur noch richtig zu treffen, das war alles.

Und doch fühlten sich ihre Hände feucht an. Sie durfte jetzt keinen Fehler machen! Denn wenn sie nicht traf, würde es ihm mit Sicherheit gelingen, und dann konnte sie die Sache mit Sheridan vergessen.

Sie führte den Stoß aus und verfolgte aufgeregt, wie ihr Queueball den roten vollkommen korrekt traf und ihn direkt auf die Tasche zurollen ließ. Doch dann wurde er langsamer. Nein, nicht schon wieder – das konnte doch unmöglich ein zweites Mal passieren! So ein Pech konnte sie gar nicht haben! Nicht gerade jetzt!

Doch sie hatte kein Glück. Die Kugel blieb unmittelbar vor der Tasche liegen, in einer Position, aus der heraus selbst ein Anfänger sie hätte versenken können.

Wenigstens besaß Griffith so viel Anstand, nicht zu lächeln, als er zu dem einfachen Stoß ansetzte. Doch kaum war die rote Kugel in der Tasche verschwunden, fing Griffith an zu strahlen. „Sehen Sie, Lady Juliet? Wir werden also doch nicht den ganzen Tag hier verbringen müssen!"

Rosalind beobachtete benommen, wie er um den Tisch herum auf sie zukam und die Hand ausstreckte. Mit finsterer Miene ergriff sie sie, in Erwartung eines kurzen Händedrucks.

Sie hätte es sich denken können. Mit einem siegessicheren Schmunzeln beugte er sich über ihre Hand und küsste sie. Seine Lippen fühlten sich warm und weich auf ihrer Haut an und schienen eine Ewigkeit dort zu verharren.

„Sie müssen zugeben, wir passen sehr gut zueinander!" Er richtete sich auf und ließ ihre Hand los.

„Kann sein", versetzte sie unfreundlich. Sein Gesichtsausdruck verriet, dass seine Bemerkung durchaus doppeldeutig gemeint gewesen war, doch sie zog es vor, das zu ignorieren, und gab sich lieber ihrer Enttäuschung hin, die Gelegenheit zum Vorsprechen bei Sheridan verpasst zu haben. Das war irgendwie ungefährlicher, als sich daran zu erinnern, wie sich seine Lippen auf ihrer Haut angefühlt hatten.

Griffith wartete, bis ihr Cousin Lady Juliet zu einer weiteren Partie aufforderte, dann senkte er die Stimme und flüsterte Rosalind zu: „Ich werde mich für eine Weile zum Arbeiten in mein Zimmer zurückziehen. Wenn ich es wieder verlasse, erwarte ich, dass Ihr Lakai nicht mehr da ist."

Ihr war völlig entfallen, dass er seine Wette ja gewonnen hatte. Nun musste sie sich eine andere Art überlegen, wie sie ihn beschatten konnte, oder aber die Schatulle woanders verstecken, wo er sie niemals finden würde. Falls er denn tatsächlich nach ihr suchte. Sie schluckte und nickte schließlich. Mit einem letzten triumphierenden Lächeln ging er die Galerie entlang zu der Treppe des Westflügels, die in den zweiten Stock führte, wo sich sein Zimmer befand.

Schwer enttäuscht wandte sie sich wieder den anderen zu und bekam gerade noch mit, wie Juliet Mr. Knighton mitteilte, dass sie keine Lust mehr habe, Billard zu spielen.

Er guckte Helena an. „Was ist mit Ihnen, Mylady? Spielen Sie auch?"

„Nein", antwortete sie kalt.

Als er etwas gekränkt wirkte, beeilte Rosalind sich zu erklären: „Helena meint, ihr Bein behindere sie dabei. Und nur auf dem gesunden Bein kann sie nicht das Gleichgewicht halten und gleichzeitig stoßen. Aber vor ihrer Erkrankung hat sie mich meist haushoch geschlagen."

Helena warf ihr einen wütenden Blick zu, doch Rosalind zog es stets vor, bei der Wahrheit zu bleiben. Außerdem mochte sie ihren Cousin, auch wenn er etwas ungeschliffen wirkte und früher einmal mit Schmugglern zu tun gehabt hatte. Es schmerzte sie mitanzusehen, wie kalt Helena ihn behandelte, auch wenn Helena sich in letzter Zeit allen Männern gegenüber so verhalten hatte.

Während Rosalind sprach, ließ Mr. Knighton ihre ältere Schwester nicht eine Sekunde aus den Augen. Dann ging er schweigend los, holte einen Sessel und stellte ihn in geringem Abstand so neben den Billardtisch, dass die Armlehne eine Parallele zur Tischkante bildete. Dann guckte er Helena an. „Warum setzen Sie sich nicht einfach auf die Armlehne? Dann brauchen Sie Ihre Beine beim Spielen gar nicht zu belasten."

Eine flammende Röte schoss ihr in die Wangen. „Das ist doch höchst unpraktisch, Mr. Knighton. Der Sessel müsste für jeden Stoß verschoben werden."

Er stützte sich auf die Rückenlehne und zuckte mit den Schultern. „Deshalb sollten Sie Billard ja auch mit einem Mann wie mir spielen, Mylady. Ich habe schon weitaus schwerere Dinge geschleppt. Wenn ich einen so zierlichen Sessel nicht verschieben könnte, wäre es mit meiner Stärke wohl nicht weit her."

Rosalind wurde warm ums Herz.

Helena hingegen schien weiterhin ungerührt. „Die Lehne würde mein Gewicht gar nicht aushalten."

„Oh doch." Zum Beweis drückte er ein paarmal kräftig darauf. Er ging auf Helena zu, die ihn immer noch argwöhnisch betrachtete, und hielt ihr seine Hand hin. „Jedenfalls werden Sie es nie erfahren, wenn Sie es nicht ausprobieren. Und ich verspreche Ihnen, Sie aufzufangen, sollte die Lehne doch unter Ihrem Gewicht nachgeben."

Helena starrte lange Zeit auf seine Hand. Rosalind bemerkte den sehnsüchtigen Ausdruck in ihren Augen. Es war schon so viele Jahre her, seit Helena Billard gespielt hatte, und sogar noch länger, seit ein Mann sie so fürsorglich behandelt hatte.

„Nun mach schon, Helena“, drängte sie. „Mr. Brennan und ich haben Mr. Knighton gar keine Gelegenheit gegeben zu spielen. Juliet hat keine Lust mehr, ich bin zu müde, also bleibst nur noch du übrig!“

Helena verdrehte die Augen, weil sie offensichtlich erkannte, dass sie keine andere Wahl hatte. Stirnrunzelnd ließ sie sich von Mr. Knighton zu dem Sessel geleiten. „Wenn ich damit umkippe, ziehe ich Sie zur Rechenschaft, Mr. Knighton!“ murmelte sie.

Er schmunzelte nur.

Als die beiden zu spielen anfingen, zog Juliet Rosalind ein Stück mit sich die Galerie hinunter, bis sie außer Hörweite waren. „Nun sieh ihn dir bloß an“, flüsterte sie. „Er ist so nett zu Helena.“

Rosalind beobachtete, wie Mr. Knighton die Kugeln platzierte. „Ja, er scheint wirklich ein sehr liebenswürdiger Mann zu sein.“

„Wie schade, dass sie ihn so gar nicht mag“, stellte Juliet bekümmert fest. „Heute Morgen nannte sie ihn einen großen Tollpatsch und sagte, dass sie so einen Mann niemals heiraten würde.“

„Du weißt doch, wie verschroben Helena in Bezug auf Männer geworden ist. Sie würde immer eine Ausrede finden, um sie abzulehnen.“

„Nun, ich fürchte, in seinem Fall hat sie mehr als nur eine

Ausrede. Sie glaubt, er nimmt, was er kriegen kann. Sie denkt, er will die Tochter eines Earls heiraten, damit sie ihm beibringt, wie man sich in der Gesellschaft bewegt. Also besteht nicht die geringste Hoffnung, dass sie ihn heiratet – Helenas Stolz würde das nie zulassen.“ Juliet biss sich besorgt auf die Unterlippe. „Und du selbst hast ein Auge auf den Berater geworfen …“

„Das habe ich nicht!“

Juliet schüttelte den Kopf. „Streite es ab, soviel du willst – ich sehe dir doch an, dass du ihn magst.“

„Nicht im Geringsten.“ Er reizte sie, beeindruckte sie, führte sie in Versuchung. Aber ihn *mögen?* Das war ein viel zu nichts sagendes Wort für das, was er in ihr auslöste.

„Da also keine von euch Mr. Knighton heiraten will, muss ich wohl in den sauren Apfel beißen.“ In ihrer Stimme schwang traurige Resignation mit.

„Nein, Liebes, so darfst du nicht denken. Keine von uns muss ihn heiraten. Ich habe dir doch schon mitgeteilt, wir können …“

„Swan Park für immer aufgeben? Nein, das werde ich bestimmt nicht tun.“

„Ich verstehe nicht, warum“, brauste Rosalind auf.

Juliets Unterlippe bebte. „Du verstehst das nicht. Du hast es nie verstanden.“

Der verzweifelte Tonfall ihrer Schwester machte Rosalind stutzig. „Warum erklärst du es mir dann nicht?“ Ein Sonnenstrahl fiel durch die Fenster der Galerie auf Juliets Gesicht und ließ die Tränen in ihren Augen glitzern. Rosalind zerriss es beinahe das Herz bei diesem Anblick. Sie nahm die Hand ihrer Schwester und drückte sie fest. „Juliet, bitte verrate mir, warum du so fest entschlossen bist, gegen die Stimme deines Herzens zu handeln!“

„Ich muss Mr. Knighton heiraten, ich muss es einfach!“ Juliet senkte den Kopf. „Es ist allein meine Schuld, wenn wir Swan Park verlieren, also muss ich es verhindern.“

„Weshalb soll das denn deine Schuld sein?“

„Weil, wenn ... Wenn Mama nicht bei meiner Geburt gestorben wäre, hätte Papa noch einen Sohn haben können.“ Tränen rannen ihr über die Wangen. „Dann hätten wir den Besitz nie weggeben müssen.“

Das war also der Grund für Juliets Beharrlichkeit. Traurig nahm Rosalind ihre Schwester in die Arme. „Liebes, das darfst du nicht denken! Es ist doch nicht deine Schuld, wenn Frauen bei der Geburt sterben! Und Papa hätte durchaus weitere Kinder haben können, wenn er wieder geheiratet hätte! Aber das hat er nicht getan. Wie kannst du dir das zum Vorwurf machen?“

„Weil *er* es mir zum Vorwurf macht“, stammelte sie schluchzend.

Rosalind hielt ihre Schwester fest. „Heißt das, Papa hat behauptet, es sei deine Pflicht, Mr. Knighton zu heiraten, weil ...“

„Nein, natürlich nicht.“ Juliet wischte sich die Tränen ab. „So würde Papa das niemals ausdrücken. Aber ich weiß, dass er mir die Schuld gibt. Ich sehe es ihm jedes Mal an, wenn er von Mama spricht oder davon, dass ich heiraten soll, um Swan Park zu retten. Er muss es nicht deutlich aussprechen, ich ahne auch so, was in ihm vorgeht.“

Rosalind fühlte sich hilflos angesichts eines solchen Missverständnisses. Ihr Vater konnte zuweilen streng und unlogisch sein, aber auf seine Weise liebte er seine Töchter über alles. „Ich bin mir sicher, dass er dir nicht die Schuld gibt. Niemand von uns tut das, nicht einmal Papa."

Juliet wich zurück, und ihre Augen füllten sich erneut mit Tränen. „Ich wusste, dass du mich nicht verstehen würdest!"

„Doch, das tue ich! Ich finde nur, dass …"

„Dass ich ein dummes Mädchen bin, das sich irgendwelche Dinge einbildet. Nun, ich bilde mir das alles nicht ein, ganz gleich, was du auch sagst, um meine Gefühle zu schonen. Ich werde euch allen beweisen, dass ich meinen Beitrag für die Familie leisten kann, genauso wie du, indem du Swan Park verwaltest. Und deshalb werde ich Mr. Knighton heiraten, auch wenn … wenn ich ihn nicht liebe!" Damit wirbelte sie herum und eilte die Treppe des Westflügels hinunter.

„Juliet!" rief Rosalind ihr nach und folgte ihr, doch sie konnte ihre Schwester nicht mehr einholen. Außerdem hatte es ohnehin keinen Sinn, noch weiter mit ihr zu reden, wenn sie in dieser Stimmung war.

Kopfschüttelnd machte Rosalind kehrt. Welch ein Dilemma. Juliets Entschlossenheit, die Familie zu ‚retten', hatte tiefere Ursachen, als sie gedacht hatte. Wahrscheinlich hatten sie und Helena das Mädchen zu sehr verhätschelt und ihm das Gefühl vermittelt, zu nichts nutze zu sein. Jetzt würde sie das teuer zu stehen kommen.

Sie ließ sich in einen Sessel fallen; ihre Gedanken überschlugen sich. Wie sollten sie jemals einen Ausweg aus diesem Dilemma finden? Juliet würde sich nicht eher zufrieden geben, bis Swan Park gerettet war, und sie zog daraus den Schluss, dass sie zu diesem Zweck Mr. Knighton heiraten musste. Es sei denn, Rosalind konnte dem allen Einhalt gebieten, bevor es zu spät war. Ihres Wissens hatte Mr. Knighton noch nicht um die Hand von einer der Schwestern angehalten, das hätte Papa ihnen freudestrahlend mitgeteilt, aber ewig konnte es so nicht weitergehen. Schließlich wartete in London ja Arbeit auf Mr. Knighton.

Sie brauchte eine Verzögerung, etwas, das ihr die Zeit gab, sich etwas auszudenken, was ihnen allen zugute kam.

Das Problem war, dass sie keinerlei Einfluss auf die Situation hatte. Sie konnte nicht voraussagen, wann es zu einer Verlobung kommen oder wie lange die Verlobungszeit dauern würde. Die einzige Möglichkeit, Kontrolle über die Lage zu gewinnen, bestand darin, dass sie den Mann selbst heiratete.

Ihr Herzschlag beschleunigte sich. Ja, das könnte funktionieren! Wenn sie sich bereit erklärte, Mr. Knighton zu heiraten, konnte sie die kokette Verlobte spielen. Sie würde darauf bestehen, dass sie Zeit brauchte, um die Hochzeit zu planen, und dann würde sie die Möglichkeit haben, alles Mögliche anzustellen, um ihn davon zu überzeugen, dass er eigentlich keine von ihnen heiraten wollte …

Ihre Miene verfinsterte sich. Der Plan hatte nur einen Haken – Mr. Knighton würde sie niemals heiraten wollen. Er wünschte sich eine Frau wie Juliet – eine vollkommene Ehefrau und Dame der Gesellschaft.

Seufzend erhob sie sich. Vielleicht fand sie ja einen Weg, sein Interesse in ihre Richtung zu lenken. Sie musste sich das noch einmal gut durch den Kopf gehen lassen, denn bislang war das die beste Idee, die sie gehabt hatte. Sie gähnte. Zuerst jedoch wollte sie sich etwas hinlegen. Sie konnte stets besser nachdenken, wenn sie ausgeschlafen war. Vielleicht träumte sie ja auch von einer Lösung.

Sie hatte schon die Hälfte der Galerie hinter sich gelassen, als ihr plötzlich einfiel, dass sie Griffith versprochen hatte, den Lakaien John von seinem Posten abzuziehen. Griffith hatte sich erst vor einer halben Stunde auf sein Zimmer zurückgezogen, also blieb ihr noch reichlich Zeit. Normalerweise verbrachte er nachmittags mindestens zwei Stunden dort. Trotzdem, sie wollte es gern hinter sich bringen. Danach konnte sie in Ruhe schlafen und sich hinterher weiter Gedanken machen.

Sie stieg die Treppe des Westflügels empor zum zweiten Stock. John saß wie immer auf einem Stuhl vor Griffith' Tür. Er erhob sich aber sofort, als er sie kommen sah.

„Mr. Brennan ist schon eine ganze Weile in seinem Zimmer, Mylady", berichtete er.

Sie lauschte an der Tür, konnte aber nichts hören. Sie seufzte. „Sie können sich zurückziehen und ab sofort wieder Ihren üblichen Pflichten nachgehen."

Er nickte und stellte keinerlei Fragen. Sie wandte sich zum Gehen, doch dann hielt sie inne, von plötzlicher Neugier gepackt. Was tat Griffith nur jeden Tag da drin? Sie hatte selten beobachtet, dass er und Mr. Knighton über Geschäftliches sprachen. Wie kam es dann, dass er die ganze Zeit so viel zu arbeiten hatte?

Sie lauschte erneut eine gute Minute lang. Sie hörte nichts; die Stille war beinahe verdächtig. Natürlich, Briefe zu schreiben machte nicht gerade viel Lärm, aber ab und zu hätte doch mal ein Stuhl knarren müssen oder etwas in der Art. Außerdem konnte er doch unmöglich unentwegt Briefe schreiben, ohne einen Krampf in der Hand zu bekommen. Sehr, sehr seltsam. Was ging da nur vor?

Sie klopfte an die Tür. Keine Reaktion. Sie klopfte erneut, dieses Mal lauter. Nichts.

Ein Verdacht stieg in ihr auf, und sie runzelte die Stirn. Hatte er sich etwa an ihrem Lakaien vorbeigemogelt? Es gab nur eine Art, das herauszufinden. Sie drehte den Knauf, doch die Tür war abgeschlossen. Verdammt.

Inzwischen war sie fest entschlossen, hinter sein Geheimnis zu kommen. Sie zog ihren Schlüsselbund hervor und probierte ein paar Schlüssel aus, bis sie den richtigen gefunden hatte. Wieder drehte sie den Knauf, zögerte dann aber. Wie schrecklich, wenn er gerade schlief und sie platzte so einfach in sein Zimmer!

Andererseits konnte sie immer behaupten, sie sei nur gekommen, um ihm mitzuteilen, dass der Lakai fort war, nicht wahr? Diese vernünftige Ausrede verlieh ihr Sicherheit, und sie trat ein.

Der Raum war vollkommen leer. Sie stemmte die Hände in die Hüften und schimpfte halblaut vor sich hin. Ohne Zweifel war John irgendwann schnell in die Küche oder sonst wohin gegangen, und Griffith hatte während seiner Abwesenheit das Zimmer verlassen.

Sie sah sich um und stellte fest, dass Griffith' Gehrock über einem Stuhl und seine Weste und Krawatte am Griff der Kleiderpresse hingen. Hatte er sich womöglich umgezogen, bevor er gegangen war? Aber warum? Und warum hatte er nur *diese* Kleidungsstücke gewechselt? Nein, es kam ihr wahrscheinlicher vor, dass er in Hemdsärmeln aufgebrochen war. Trotzdem fand sie das für den sonst so tadellos gekleideten Mr. Brennan untypisch.

Dann fiel ihr noch etwas anderes auf. Der Schreibtisch war von der Wand abgerückt worden. Sie trat näher. In der Täfelung dahinter zeigten sich feine Risse ... Und mit einem Mal wurde ihr schlagartig klar, wie Griffith das Zimmer verlassen hatte.

Durch die Bedienstetentür, die *versiegelte* Bedienstetentür! Zur Hölle mit ihm! Es sah ihm ähnlich, ausgerechnet die Tür zu finden, die keiner von ihnen je benutzte.

Sie öffnete die Tür und schaute in den Treppenschacht. Diverse Möbelstücke waren auf den Stufen abgestellt. Ihr hatte man gesagt, dass die oberen Stufen nicht mehr sicher seien und dass man deshalb diese Treppe meiden sollte. Das war eindeutig übertrieben gewesen, denn Griffith schien bis jetzt ja nichts passiert zu sein.

Nun, bestimmt ist er sehr stolz auf sich, dachte sie grimmig. Die ganze Zeit hatte er sich heimlich aus seinem Zimmer geschlichen, wann immer und sooft er wollte, und sie hatte nichts mitbekommen. Und was hatte er noch für ein Theater um ihre Wette gemacht!

Je mehr sie darüber nachgrübelte, desto wütender wurde sie. Er wollte also ungehindert durchs Haus schleichen, in den Zimmern anderer Leute herumschnüffeln und nach Gott weiß was suchen? Der Mann war ein Schurke. Hätte sie doch nur genau gewusst, was er im Schilde führte, denn das hätte ihr helfen können, einen eigenen Plan zu schmieden.

Niedergeschlagen wandte sie sich dem Schreibtisch zu. Mehrere Papiere lagen darauf verstreut herum. Gehörte eins von ihnen ihrer Familie? Verwirrt betrachtete sie sie, musste aber feststellen, dass sie fast alle mit der Knighton Handelsgesellschaft zu tun hatten.

Ein bedächtiges Schmunzeln trat auf ihre Lippen. Wenn Griffith unbedingt in ihrem Haus herumschnüffeln wollte – warum sollte sie nicht etwas Ähnliches tun? Vielleicht stieß sie ja dabei sogar auf etwas, das ihr die wahren Absichten seines Arbeitgebers enthüllte? Dann konnte sie mit ihrem Verdacht zu Papa gehen, und er würde sie anhören müssen.

Sie warf einen Blick auf die Tür zur Bedienstetentreppe und zögerte. Sie hatte keine Lust, dass er sie hier allein antraf, schon gar nicht nach dem, was er ihr angedroht hatte.

Trotzdem, es war noch nicht lange her, seit sie ihn zuletzt gesehen hatte, und er verschwand meist für zwei, drei Stunden. Sicher blieb ihr Zeit, sich ein wenig umzugucken und zu verschwinden, ehe er zurückkehrte.

Ein köstliches Gefühl der Verderbtheit durchströmte sie, als sie sich in seinem Schreibtischsessel niederließ und ein paar Papiere zur Hand nahm. Sie würde nur ein paar Minuten bleiben, nicht länger. Gerade lange genug, um herauszufinden, was er vorhatte.

11. KAPITEL

Müde und hungrig stieg Griffith die Bedienstetentreppe hinauf. Gab es nicht schon bald Abendessen? Für gewöhnlich suchte er nicht so lange, aber wenn Rosalind Wort gehalten und ihren Lakaien abgezogen hatte, würde das wohl kaum jemandem auffallen. Sie saß ganz sicher nicht vor seiner Tür und wartete. Und wenn doch, dann geschah es ihr ganz recht, dort so lange ausharren zu müssen.

Wie üblich hatte er nichts gefunden. Es gab jede Menge Urkunden – er war sogar auf die Familienbibel mit Eintragungen über Eheschließungen, Geburten und Todesfälle gestoßen –, aber die Heirat seiner Eltern war nirgends erwähnt. Und ihre Heiratsurkunde hatte er erst recht nicht entdeckt.

Verdammt. Der Earl musste irgendwo einen Tresor haben, wahrscheinlich in seinem Schlafzimmer. *Dort* hätte er im Grunde suchen müssen, aber der Alte verließ ja niemals sein Bett. Und Daniel hatte Griffith nur noch drei weitere Tage zugebilligt.

Daniel, dieser selbstgerechte Halunke. Sie waren noch nie zerstritten gewesen, jedenfalls nicht so. Mit dem Hemdsärmel wischte er sich den Schweiß von seiner staubigen Stirn. Ein Schmutzstreifen zeichnete sich auf dem weißen Stoff ab. Griffith betrachtete ihn im dämmerigen Kerzenlicht des Treppenschachts. Vor langer Zeit hätte er sein Hemd nicht so gedankenlos schmutzig gemacht, denn jedes Hemd kostete mehr, als er sich leisten konnte. Heute konnte er damit machen, was er wollte, es sogar wegwerfen, wenn ihm danach war.

Seit wann bedeuten dir Besitz und ein Titel so viel? Du hast mehr Geld als genug, und die Firma läuft gut.

Er ballte die Hand zur Faust. Daniel würde das nie verstehen. Hier ging es nicht um Geld. Es ging darum, der Knighton Handelsgesellschaft zu mehr Einfluss und Ansehen zu verhelfen. Engstirnig, wie er war, hatte Daniel keinen Blick für das große Ganze – er sah nicht die vielen Menschen, denen Griffith Arbeit gab, die allgemeine Belebung des Handels. Wie konnte er nur behaupten, Griffith habe nur Rache im Sinn? Dass er nur einen kleinlichen Ehrgeiz befriedigen wolle? Nein, da irrte Daniel, und mit der Zeit würde er das sicher begreifen.

Griffith hatte die abgestellten alten Möbel erreicht und kletterte vorsichtig darum herum. Als er das erste Mal die Treppe hinabgestiegen und auf einer Stufe mit dem Fuß eingebrochen war, hatte er verstanden, warum die Bediensteten diesen Weg niemals benutzen. Inzwischen passte er besser auf, wo er hintrat.

Wenigstens brauchte er das nicht mehr allzu oft zu machen, jetzt, da Rosalind ihren Lakaien abgezogen hatte. Er konnte nur hoffen, dass sie sich jetzt nicht wieder verstärkt selbst an seine Fersen heftete.

All seine Taktiken, sie von sich fern zu halten, führten nur dazu, dass sie ihn immer mehr erregte. Aus ihrem Zusammensein schien stets ein wahres Bankett sinnlicher Anspielungen zu werden. Der erste Gang – ihre bohrenden Fragen. Der zweite Gang – seine zweideutigen Antworten darauf. Der dritte – ihr anmutiges Erröten. Und dann begann alles wieder von vorn, in ständig wechselnden Variationen. Aus einer Methode, sie loszuwerden, war inzwischen ein gefährliches erotisches Spiel geworden, das nur damit enden konnte, dass sie in seinem Bett landete.

Er verdrängte den Gedanken sofort. Natürlich war das unmöglich. Eine Jungfrau zu verführen kam nicht infrage. Er hatte nicht die Absicht, sie zu heiraten, und sie verspürte ganz sicher auch nicht den Wunsch danach. Warum also musste er trotzdem unentwegt an sie denken?

Weil diese Frau in jeder Hinsicht einzigartig war. Reichtum beeindruckte sie nicht, Schmeicheleien brachten sie nicht aus dem Konzept. Sie kommandierte jeden im Haus herum, und doch sprachen ihre Diener voller Zuneigung von ihr, und ihre Lakaien stimmten ein wahres, nicht enden wollendes Loblied auf sie an. Er hatte sogar Geschmack an ihrer Vorliebe für leuchtend bunte Kleider gefunden. Kräftige Farben standen ihr einfach.

Was sein Verlangen jedoch immer wieder aufs Neue schürte, war die Erinnerung daran, wie sie küsste – sie gab sich voll und ganz hin, mit großer Leidenschaft. Dieser ungezügelten Begeisterung konnte wohl kein Mann widerstehen.

Nach der verführerischen Billardpartie an diesem Nachmittag wusste er nicht, wie er es schaffen sollte, sein Verlangen nach ihr im Zaum zu halten. Er hatte jetzt sein Zimmer erreicht und trat hastig ein, wobei er sich einredete, er sei einfach nur froh, dem düsteren, staubigen Treppenschacht entfliehen zu können. In Wirklichkeit konnte er es kaum abwarten, sich auf seine nächste Plänkelei mit Rosalind vorzubereiten.

Er hatte gerade die Tür hinter sich zugezogen, da entdeckte er sie. Das Objekt seiner Begierde saß zusammengesunken an seinem Schreibtisch und schlief, den Kopf auf die Tischplatte gesenkt. Sein Begehren wich rasch heftigem Zorn, als ihm klar wurde, dass sich diese Frau regelrecht in sein Zimmer geschlichen hatte. Sie hatte die Tür aufgeschlossen und war ohne seine Erlaubnis und ohne sein Wissen einfach eingetreten. Lieber Gott, war ihr denn gar nichts heilig?

Sein Blick fiel auf die Papiere unter ihren Händen, und sein Puls fing an zu rasen. Was hatte er hier herumliegen lassen? Deutete irgendetwas auf sein wahres Vorhaben hin? Er trat leise an den Tisch und starrte auf die Papiere.

Es war nichts von Bedeutung dabei, nur ein paar Rechnungen. Bestimmt war sie vor lauter Langeweile darüber eingeschlafen. Doch hatte sie das vorher schon einmal getan? War sie schon einmal während seiner Abwesenheit in seinem Zimmer gewesen?

Wie dem auch sei – dazu würde es nicht noch einmal kommen. Es war eine Sache, ihn zu necken und zu reizen, aber etwas ganz anderes, in sein Zimmer einzudringen. Ein solches Verhalten würde er nicht dulden. Er wollte sie schon an der Schulter packen und sie schütteln, da fiel sein Blick auf das Stück Quarz, das er als Briefbeschwerer benutzte.

Mit grimmiger Miene nahm er es zur Hand und schätzte das Gewicht ab. Ja, das war nicht schlecht. Er beugte sich über den Tisch und ließ den Stein gerade so weit neben ihrem Kopf fallen, dass er sie nicht traf. Mit lautem Gepolter schlug er auf der Tischplatte auf.

Sie fuhr mit glasigem, verwirrtem Blick hoch. Griffith stemmte die Hände auf den Tisch und herrschte sie an: „Was, zum Teufel, tun Sie hier?“

Ungewollt schob sie die Papiere vom Tisch. „Warum, ich … da war … was machen Sie …“

„Sie haben nicht das Recht, ohne meine Erlaubnis in mein *abgeschlossenes* Zimmer einzudringen, und das wissen Sie!“

Einen Augenblick lang schaute sie ihn nur fassungslos und schwer atmend an. Dann betrachtete sie die Täfelung hinter dem Schreibtisch, und ihre Augen verengten sich zu Schlitzen. „Sie besitzen die Dreistigkeit, *mir* einen Vorwurf zu machen? Wie viele verschlossene Räume haben denn Sie ohne *meine* Erlaubnis betreten? Verraten Sie mir das mal!“

„So viele ich wollte.“ Er unterdrückte jeden Anflug eines etwaigen schlechten Gewissens. Im Prinzip gehörte jeder einzelne Raum in diesem Haus ihm, und das gab ihm auch das Recht, sie alle zu durchsuchen. „Schließlich blieb mir ja nichts anderes übrig. Sie haben mich ja ständig bewachen lassen, also musste ich mir etwas ausdenken, um mich frei bewegen zu können.“

„Sie haben selbst jeden Anspruch, sich hier frei bewegen zu dürfen, verwirkt, als Sie anfingen, in meinem Haus herumzuschnüffeln!“

Sein Zorn nahm überhand. Er fasste unter ihre Arme und hob sie aus dem Sessel. „Und Sie haben jeden Anspruch auf eine höfliche Behandlung verwirkt, als Sie in mein Zimmer eingedrungen sind! Und jetzt verschwinden Sie!“

Er ließ sie los, und sie schwankte ein wenig, eindeutig entsetzt über diese unsanfte Geste. Doch wie gewohnt ließ sie sich nicht auf Dauer von ihm einschüchtern. Sie schaute ihn finster an. „Ich gehe erst, wenn Sie mir gesagt haben, was Sie im Schilde führen. Sie haben sehr viele Mühen auf sich genommen, um dafür zu sorgen, dass Sie sich frei und ungehindert im Haus bewegen können. Ich möchte wissen, warum. Wonach suchen Sie?“

„Nach einem Ort, an dem ich nicht ständig von neugierigen Frauen belästigt werde."

Sie reckte trotzig das Kinn. „Ich lasse mich nicht von Ihrer Unhöflichkeit abschrecken. Ich möchte die Wahrheit herausfinden, und Sie werden mich nicht daran hindern."

Er starrte sie an und war für einen Moment lang ratlos. Doch dann stieg ihm plötzlich der Duft ihres Rosenwassers in die Nase, und mit einem Mal war er sich ihrer körperlichen Nähe so überdeutlich bewusst, dass dieses Gefühl seinen Zorn verdrängte.

Rosalind war in seinem Schlafzimmer. Allein. Mit ihm.

Er verschlang sie förmlich mit seinen Blicken. Ihr Schultertuch lag irgendwo auf dem Fußboden, das grüne Mieder ihres Kleides zeigte verführerisch viel von ihrem Dekolletee. Wie gebannt beobachtete er eine Weile, wie sich ihr Busen beim Atmen hob und senkte, dann betrachtete er wieder ihr bebendes Kinn und die sinnlichen, halb geöffneten Lippen. Diese Lippen, die ihm immer wieder den Verstand raubten.

„Wenn Unhöflichkeit Sie nicht dazu bringt, sich um Ihre eigenen Angelegenheiten zu kümmern, dann weiß ich eine bessere, todsichere Methode", stieß er zähneknirschend hervor.

Er packte sie bei den Schultern und beugte sich über sie, doch ehe er sie küssen konnte, flüsterte sie beinahe flehend: „Wagen Sie es nicht." Er zögerte tatsächlich, bis sie hinzufügte: „Wagen Sie es nicht, mich zu küssen, Griffith Brennan!"

Zu hören, wie sie seinen mit Daniels Namen verband, war zu viel für ihn. „Sie können jedenfalls nicht behaupten, ich hätte Sie nicht gewarnt", murmelte er und ergriff leidenschaftlich von ihrem Mund Besitz.

Er hatte erwartet, dass sie Widerstand leisten würde, doch stattdessen erstarrte sie. Vielleicht war sie noch benommen vom Schlaf. Vielleicht begehrte sie ihn aber genauso sehr wie er sie. Er wusste es nicht, es war ihm aber auch gleichgültig. Die verführerischste Frau, die sich ein Mann nur wünschen konnte, lag in seinen Armen, hier in seinem Schlafzimmer. Und er verzehrte sich nach ihr. Über alle Maßen.

Mit der Zunge verschaffte er sich tieferen Zugang in ihren Mund, und nach kurzem Widerstand gab Rosalind nach. Er stöhnte befriedigt auf. Was für ein Mund – weich, warm und einladend ... Griffith glaubte, nie genug von ihr bekommen zu können. Doch so unklug es auch möglicherweise sein mochte, dieses Mal brauchte er mehr als nur einen Kuss. Viel mehr.

Rosalind spürte die Veränderung, die in ihm vorging, sein Drängen und seine Entschlossenheit. Zur Hölle mit ihm, er wollte sie nur davon ablenken, die Wahrheit herauszufinden! Warum ließ sie es überhaupt zu?

Weil er sich so gut darauf verstand. Mit unnachgiebigen Händen hielt er ihren Kopf und küsste sie so fordernd, dass ihr Herzschlag völlig aus dem Takt geriet. Sie merkte, wie er ihr die Nadeln aus dem Haar zog, bis es ihr offen über die Schultern fiel.

Sie erschrak. Was tat sie hier? Sie musste doch an ihre Schwestern denken, an Papas Schatulle! Mit äußerster Willensanstrengung riss sie sich von ihm los. „Ich werde das nicht zulassen. Ich werde nicht zulassen, dass Sie mich ... ablenken."

„Warum?" Er bedeckte ihre Wangen sanft mit zahllosen Küssen. „Weiß Gott, du lenkst mich schon seit Tagen ab!"

Sie wich zurück. „Lüg mich nicht an!" Sie konnte es nicht

ertragen, wenn er ihr wieder etwas vormachte und sie damit verletzte, wie beim letzten Mal, als er sie geküsst hatte.

Er schaute sie prüfend an. „Dich anlügen? Inwiefern?"

Sie richtete angestrengt den Blick auf sein verschmutztes Hemd, das ihr wieder sein schändliches Tun von vorhin in Erinnerung rief, und ihr Atem ging stoßweise. „Ich weiß, dass ich nicht über die Schönheit und die Figur verfüge, die einen Mann … erregt. Du tust das nur, um mich von deinen geheimnisvollen Plänen abzulenken. Du kannst unmöglich finden, dass ich …"

„Dass du schön bist? Verführerisch? Aufreizend?" Er packte sie bei den Schultern, als wolle er sie schütteln, und lachte rau. „Die ganze Zeit werde ich beinahe verrückt, weil ich mich mit aller Kraft beherrschen muss, dich nicht zu küssen – und du glaubst tatsächlich …" Er hielt sie ein Stück von sich entfernt und guckte sie mit brennendem Verlangen an. „Vertrau mir, Rosalind, an dir ist nichts unzulänglich! Das Einzige, was dir fehlt, ist der gesunde Menschenverstand, dich von einem Mann fern zu halten, der sich Nacht für Nacht nach dir verzehrt."

Ihr stockte der Atem. Sie sah ihm an, dass er die Wahrheit sprach.

Er beugte sich wieder über sie, und sie ergab sich leise aufstöhnend seinem Kuss, in der erregenden Gewissheit, dass er diesen Kuss wollte, dass er sie begehrte.

Schlimmer noch, sie erwiderte dieses Gefühl. Bis jetzt hatte sie ihm widerstehen können, weil sie sich eingeredet hatte, dass er seine Verführungskünste nur einsetzte, um sie in die Flucht zu schlagen. Aber wenn er sie wirklich verführen *wollte,* dann war sie rettungslos verloren – weil sie ihn ebenfalls begehrte.

Es kostete sie größte Überwindung, sich von ihm zu

lösen. „Ich weiß, dass du nicht immer der Draufgänger bist, den du so gern spielst, Griffith“, murmelte sie hilflos. „Bitte, tu nicht so, als seiest du ein Draufgänger, sei ausnahmsweise ein Gentleman.“

„Du willst den Gentleman doch gar nicht.“ Er liebkoste zärtlich ihr Ohr mit der Zungenspitze. Ein Schauer der Lust durchzuckte sie. „Und warum sollte ich nicht den Draufgänger geben, wenn du die Vollblutfrau spielst?“

Wie sehr er sie durchschaute! Sie schlang die Arme um ihn. Durch das dünne Hemd konnte sie fühlen, wie sich seine Muskeln unter ihren forschenden Händen anspannten. Die Intimität dieser Berührung berauschte ihre Sinne.

Er presste sie enger an sich. „Du führst mich schon wieder in Versuchung“, raunte er ihr ins Ohr.

„Dann lass mich los.“

„Du zuerst.“ Er bedeckte ihre Kehle mit heißen Küssen. „Ich lasse dich los, wenn du es möchtest.“

Sie konnte es nicht. Sie wollte es, ehrlich und wahrhaftig. Griffith’ Liebkosungen vernebelten ihr den Verstand, wo sie doch einen klaren Kopf bewahren sollte. Trotzdem war sie nicht in der Lage, ihn loszulassen.

Verzweifelt versuchte sie es auf andere Art. „Wenn du damit nicht aufhörst, dann … dann sage ich es Papa.“ Das klang lächerlich, wie die Drohung eines Kindes, und sie bereute diese Worte, kaum dass sie sie ausgesprochen hatte.

Erst recht, als er leise auflachte. „*Dieses* Gespräch würde ich gern mit anhören.“ Er knabberte an ihrem Ohrläppchen und ahmte dann ihren Tonfall nach. „‚Mr. Brennan hat mich geküsst, nachdem ich in sein abgeschlossenes Schlafzimmer eingedrungen und neben seinem Bett eingeschlafen war'." Sein warmer Atem streifte sie. „Genauso gut könntest du ihm sagen, du seiest bereitwillig zu mir gekommen."

„Aber das stimmt doch gar nicht!" protestierte sie. „Und schon gar nicht hatte ich vor, einzuschlafen!"

Er küsste sie auf den Hals. „Ich nehme an, du ‚hattest auch nicht vor', in der Nacht unserer ersten Begegnung im hauchdünnen Morgenmantel herumzutänzeln oder dich von mir im Obstgarten küssen zu lassen." Er schob sie rückwärts auf das Bett zu und murmelte: „Kleine Mädchen, die mit dem Feuer spielen, sollten nicht heulend zu Papa laufen, wenn sie sich verbrennen!"

Er stieß sie sanft auf das Bett, dann legte er sich blitzschnell über sie. Sein Gewicht und die Intimität dieser Stellung hätten sie erschrecken müssen, doch stattdessen genoss sie es auf geradezu unanständige Weise. „Ich bin kein kleines Mädchen", erwiderte sie mit gespielter Empörung.

Er ließ den Blick über ihre Brüste schweifen, die sich daraufhin noch rascher hoben und senkten. „Nein", raunte er heiser. „Das bist du eindeutig nicht." Er legte die Hand auf ihre eine Brust und begann sie so aufreizend zu reiben, dass Rosalind der Atem stockte. „Aber du hast mich jetzt schon tagelang gereizt und in Versuchung geführt, meine Schöne, jetzt ist der Tag der Abrechnung gekommen!"

Ein lustvoller Schauer überlief sie. Wie mochte seine „Abrechnung" wohl aussehen? Doch sie ahnte es längst. Oh ja, sie wusste es. Denn seine Lippen, sein Mund fingen bereits damit an. Besitzergreifend drang er mit der Zunge in ihren Mund vor, während er gleichzeitig die Hand unter ihren Rücken schob und mit beinahe beschämender Leichtigkeit die Verschlüsse ihres Kleides öffnete.

Sie stieß ihn ein Stück von sich, als er ihr das Kleid von den Schultern nach unten streifte. „Griffith, du kannst doch nicht …“

„Oh doch, ich kann“, gab er rau zurück und tastete nach den Bändern ihres Unterkleids.

Erschrocken hielt sie ihn am Handgelenk fest. „Willst du mich ruinieren?“

Er schaute ihr tief in die Augen. „Nein. Ich möchte nur ein wenig meine Sehnsucht stillen. Und deine.“ Sie hielt entsetzt den Atem an, als er das Band sanft mit den Zähnen aufzog. Ein triumphierendes Schmunzeln breitete sich auf seinen Zügen aus, als das Unterkleid aufklaffte. „Lass mich dich angucken. Ich will sehen, welche ‚Unzulänglichkeiten‘ du angeblich hast …“ Er schüttelte ihre Hand ab und zog das Unterkleid weiter herunter, um ihre eine Brust gänzlich zu entblößen. Sein Atem ging schneller, wurde unregelmäßig. „‚Von Ost bis West, in beiden Inden, ist kein Juwel gleich Rosalinden‘, zitierte er sanft.

„Du bist wirklich ein Teufel – schon wieder setzt du Shakespeare gegen mich ein“, entgegnete sie, obwohl sie sich insgeheim geschmeichelt fühlte. Unter seinem bewundernden Blick schien ihre Haut zu glühen. Das war längst kein Spiel mit dem Feuer mehr, sondern etwas viel Gefährlicheres. Er beugte den Kopf über ihre nackte Brust. „Griffith, was hast du vor?“ flüsterte sie.

„Ich koste von meiner Lieblingsfrucht“, erwiderte er und schloss die Lippen um die rosige Knospe.

Noch nie war sie so entsetzt gewesen, aber der erste Schock

wich rasch einem Gefühl fieberhafter Erregung, sobald sie seine Zunge spürte. Sie seufzte leise auf, als er begann, an ihrer Brust zu saugen, sie zu lecken und zu liebkosen. Willenlos schloss sie die Augen, um sich ganz diesen Wonnen hinzugeben. Himmlisch, ja, das war himmlisch … Jetzt schob er die Hand in ihr Unterkleid und begann, auch ihre andere Brust zu streicheln. Ihr war, als müsse sie besinnungslos werden vor Verlangen.

Griffith hob den Kopf. „Du hast mich bekehrt, Rosalind. Diese Früchte sind zuckersüß. Ich werde nie wieder etwas anderes kosten wollen." Er betrachtete sie und schmunzelte durchtrieben. „Soll ich noch eine andere probieren?" Er küsste die Kluft zwischen ihren Brüsten. „Würde dir das gefallen?"

„Ja, oh ja", entfuhr es ihr.

Leidenschaftlich sog und leckte er, und sie bäumte sich ihm entgegen, die Hände in seinem Haar vergraben. Es fühlte sich seidenweich an, dennoch sehnte sie sich danach, ihn auch woanders zu berühren, und schon bald krampften sich ihre Finger in die Ärmel seines Hemdes, als wolle sie es ihm vom Leib reißen.

Lachend richtete Griffith sich halb auf. „Sie möchten etwas anderes, Mylady?"

Wortlos und mit glühenden Wangen begann sie, sein Hemd aufzuknöpfen. Sein Lächeln erstarb abrupt und wich einem Ausdruck ungezügelten Verlangens. Sein Atem ging stoßweise, als er sich weiter aufrichtete, um es ihr leichter zu machen. Als sie den letzten Knopf geöffnet hatte, setzte er sich gerade so lange auf, wie er brauchte, um das Hemd abzustreifen und es auf den Boden zu werfen. Seine Arme waren kräftiger, als sie vermutet hatte, seine Schultern breiter. Aber ihr blieb keine Zeit, ihn gründlicher zu betrachten, denn schon begrub er sie wieder unter sich. Genussvoll ließ sie die Hände über die samtweiche Haut und die harten Muskeln seines Rückens gleiten.

Schon bald jedoch ließ sie sein Mund auf ihren Brüsten wieder alles andere um sich herum vergessen. Unruhig drängte sie ihm ihr Becken entgegen, und er stöhnte auf. „Wenn du nicht damit aufhörst, übernehme ich keine Verantwortung mehr für mein weiteres Tun", flüsterte er.

Er hob den Kopf und schaute ihr eine Weile tief in die Augen. Ohne den Blick von ihr zu wenden, richtete er sich auf und legte sich neben sie. Sie wollte ihn davon abhalten, besann sich dann jedoch anders, als er ihr mit der Hand die Röcke hochschob.

„Griffith?" stammelte sie.

„Kleine Mädchen, die mit dem Feuer spielen …", gab er mit belegter Stimme zurück.

Wieder küsste er sie, dieses Mal noch leidenschaftlicher. Es war ein Kuss voller gefährlicher Verheißungen. Wie im Rausch spürte sie, wie er ihre Schenkel entblößte und seine Hand über ihre intimste Stelle legte. Ein seltsames Ziehen breitete sich in ihrem Unterleib aus. Eine Zeit lang presste er nur die Handfläche gegen sie, bis Rosalind sich ungeduldig zu winden begann.

Dann glitt etwas in sie. „Was tust du …" Sie verstummte, als sie seinen Finger tief in sich spürte, und ein heiseres Aufstöhnen entrang sich ihrer Kehle. „Oh Griffith … Das ist … Großer Gott, das ist …"

„Unbeschreiblich, deiner plötzlichen Sprachlosigkeit nach zu urteilen?"

Er machte sich über sie lustig, und sie brachte nicht einmal den Zorn auf, um ihm Paroli bieten zu können! „Unbeschreiblich, ja. Hör nicht auf!“

„Hexe“, flüsterte er leise und tat ihr den Gefallen. Schon bald liebkoste er sie mit zwei Fingern, und in schier unstillbarem Verlangen warf sie den Kopf auf dem Kissen hin und her. „Das gefällt dir, nicht wahr, meine lüsterne Amazone?“

Sie liebte es. Wenn Lüsternheit sich so anfühlte, dann war sie eben lüstern.

Er bewegte die Finger schneller in ihr, und ihr war, als würde sie auf einen Abgrund zutreiben. Und doch, sie sehnte sich nach diesem Abgrund, sie lief sogar freiwillig darauf zu, immer schneller und schneller …

Ihr Körper begann zu zucken, bäumte sich auf, und sie stieß einen leisen, lustvollen Schrei aus. Schließlich sank sie erschöpft zurück auf das Bett. Sie spürte seine Finger noch immer in sich. Sekunden verstrichen, in denen nichts anderes im Raum zu hören war als schweres Atmen, bis er schließlich die Hand wegzog.

Plötzlich überfiel sie große Verlegenheit. Sie versuchte, ihr Gesicht vor ihm in den Kissen zu verbergen, aber auch auf diese Art konnte sie ihm nicht entfliehen, da sie betörend nach ihm dufteten.

„Rosalind …“, murmelte er und bedeckte ihren Hals, ihr Kinn und ihre Wangen mit heißen Küssen. Dann streifte sein warmer Atem ihr Ohr. „Berühre mich auch“, raunte er. „Ich möchte deine Hände spüren. Bitte … nur ein wenig …“

Abrupt guckte sie ihn an. Ihn anfassen? Die ganze Zeit über hatte er nichts von ihr verlangt. Und doch wirkte seine Miene jetzt hart und angespannt vor Verlangen.

Er nahm ihre Hand und legte sie auf sich. „Berühre mich, Liebste, sonst verliere ich noch den Verstand."

Sie nickte. Plötzlich verspürte sie das brennende Bedürfnis, ihm ebensolche Lust zu verschaffen wie er ihr. Als sie die Finger um die harte Wölbung unter dem Stoff seiner Hose schloss, zuckte er aufstöhnend zusammen.

„Ja, geliebte Rosalind, genau so ..."

Zufrieden lächelnd tat sie ihm den Gefallen, bis er mit einem gutturalen Laut gegen ihre Hand drängte. Sein Kuss war fordernd, beinahe wild. Immer wieder streichelte sie ihn, während er ihre Brüste liebkoste und ihr Gesicht mit unzähligen Küssen bedeckte. Ihre Neugier diesen Teil seines Körpers betreffend wurde immer stärker, und sie verfluchte den Stoff, der ihre Hand von ihm trennte. Nun, wenn er ihr die Röcke hochschieben konnte ... Ungeduldig nestelte sie an seinem Hosenknopf.

Griffith erstarrte. „Nein, Liebste. Schon jetzt begehre ich dich mehr, als ich ertragen kann. Wenn du das jetzt tust, dann werde ich bis zum Äußersten gehen, ob du nun noch Jungfrau bist oder nicht."

Einen Moment lang starrte sie ihn nur fassungslos an. Doch dann traf sie die volle Bedeutung dessen, was er gesagt hatte, mit aller Macht, und ihr wurde die Ungeheuerlichkeit ihres Tuns bewusst.

„Großer Gott", flüsterte sie entsetzt. Sie zog die Hand zurück, als hätte sie sich verbrannt. „Großer Gott", wiederholte sie stammelnd, während sie das Bett verließ.

Hastig zog sie ihr Mieder hoch, um ihre Blöße zu bedecken, aber es verrutschte immer wieder, weil Griffith die hinteren Verschlüsse geöffnet hatte. Vergeblich versuchte sie die Knöpfe mit den Händen zu erreichen, während Scham sie zu überwältigen drohte.

Er sprang leise fluchend auf. „Beruhige dich, du wirst das Kleid noch zerreißen."

„Zur Hölle mit dir", sagte sie, als er hinter sie trat und geschickt begann, das Kleid zuzuknöpfen. Wie erniedrigend, dass sie beim Ankleiden auf *ihn* angewiesen war. Warum konnte er das nur so gut? Das ließ doch nur einen Schluss zu. „Wahrscheinlich tust du so etwas andauernd", stieß sie voller unerklärlicher Eifersucht hervor. „All deinen Frauen beim Ankleiden helfen ..."

„All meinen Frauen?" erwiderte er. „Du tust so, als hätte ich einen Harem!"

„Soviel ich weiß, stimmt das auch!" Ihr dämmerte, dass sie ihn im Grunde kaum kannte. Vielleicht hatte er ja eine Geliebte. Oder zwei oder drei ... Wahrscheinlich waren sie sowieso hübscher als sie. Das Herz wurde ihr schwer bei dieser Vorstellung. „Du musst sehr stolz auf dich sein, dass du mich dazu gebracht hast, mich nicht nur ein-, sondern zweimal wie ein wollüstiges Weib aufzuführen!" schleuderte sie ihm entgegen. Wie hatte sie nur so leichtsinnig sein können?

„Ich habe dich dazu gebracht?" Er drehte sie zu sich herum. Seine Gesichtszüge waren angespannt. „Mach nicht mich dafür verantwortlich! Ich habe dich gewarnt, was passieren könnte. Ich habe dich nicht gebeten, hierher zu kommen! Ich habe sogar versucht, dich hinauszuwerfen!"

Das stimmte. Sie hatte die Situation selbst heraufbeschworen. Selbst jetzt, als er mit nacktem Oberkörper vor ihr stand, sehnte sie sich danach, wieder von ihm geküsst und ins Bett zurückgetragen zu werden.

Sie schlug die Hände vor das Gesicht. Ja, sie war wirklich ein wollüstiges Weib. „Du hast Recht. Es ist ganz allein meine Schuld."

„Ich habe nicht gesagt, dass es *allein* deine Schuld ist …"

„Das darf nicht mehr vorkommen, hörst du? Nie mehr. Du bist nicht an einer Heirat interessiert und ich …"

„Und du willst Schauspielerin werden", brachte er ihren Satz kalt zu Ende. „Ja, ich weiß. Das hast du bereits klar zum Ausdruck gebracht."

Sie hob den Kopf und schaute ihn an. Schauspielerin? Ach, dieser Traum schien schon so weit zurückzuliegen, angesichts des heillosen Durcheinanders, in dem sie sich mittlerweile befand. Außerdem war ihr nicht entgangen, dass er ihr nicht widersprochen hatte, was sein fehlendes Interesse an einer Heirat betraf.

Da sie seine Vergangenheit kannte, wäre sie auch überrascht gewesen, wenn er irgendwelche Gewissensbisse wegen des eben Vorgefallenen gehabt hätte. Er war ganz sicher nicht der Typ Mann, der eine Frau heiratete, die sich ihm buchstäblich jedes Mal an den Hals warf, wenn er sie nur küsste.

Nicht, dass sie ihn gern geheiratet hätte, nie und nimmer! Das Letzte, was sie brauchte, war ein unverschämter, fragwürdiger Mann mit zweifelhafter Vergangenheit, der sie herumkommandierte.

Und doch, wenn er und sein Arbeitgeber noch etwas länger hier blieben, würde sie bald nicht mehr wissen, wie sie ihm widerstehen sollte. Es war noch nie ihre Stärke gewesen, sich etwas zu versagen. Wenn er fortfuhr, sie so mit seinen Verführungskünsten zu betören, würde er ihr die Unschuld rauben und sie möglicherweise sogar mit einem Kind sitzen lassen. Eine alte Jungfer zu sein – gut. Aber eine entehrte Frau mit Kind?

Sie musste diesem Wahnsinn Einhalt gebieten. Sie sollte etwas unternehmen, das Griffith – und seinen Arbeitgeber – außer Gefecht setzte, ehe sie ihm völlig verfiel und Juliet Mr. Knighton heiratete. Ihr fiel nur eine Lösung ein.

Sie bückte sich nach ihrem Schultertuch und ging zur Tür.

„Wo gehst du hin?“ ließ er sich grollend hinter ihr vernehmen. „Wir müssen darüber sprechen.“

„Was gibt es da zu bereden? Wir einigen uns darauf, dass so etwas nicht wieder passieren sollte, und ich kümmere mich darum, dass wir uns daran halten.“

„Was, zum Teufel, meinst du damit?“

Sie blieb zögernd an der Tür stehen. „Ich bin sehr dumm und selbstsüchtig gewesen. Ich dachte, ich könnte dem ein Ende bereiten.“

„Wem?“

„Allem. Dass du hier bist. Dass Juliet Mr. Knighton heiratet. Ich habe es versucht, aber ich schaffe es nicht. Und je länger ich warte, desto größer wird die Gefahr, dass …“ *Dass ich dir nachgebe.* Sie atmete tief durch. „Es gibt nur eine Möglichkeit, dem Ganzen ein Ende zu setzen. Helena wird ihn nicht heiraten, und ich lasse es nicht zu, dass Juliet es tut. Also bleibt nur noch eine von uns übrig, die als Ehefrau infrage kommt.“ Sie zwang sich, ihm unbeirrt in die Augen zu sehen und das auszusprechen, das ihr vielleicht vorübergehend Schutz bieten würde. „Ich.“

12. KAPITEL

Griffith starrte Rosalind wie vom Donner gerührt an. Da stand sie – mit offenem Haar, die Lippen noch geschwollen von *seinen* Küssen – und sprach davon, einen anderen Mann heiraten zu wollen. Daniel, den sie für ihren Cousin hielt.

Er musste sie falsch verstanden haben. „Du scheinst mich ganz durcheinander gebracht zu haben. Ich könnte schwören, du hättest eben verkündet, du wollest dich Knighton als Ehefrau anbieten."

Sie schluckte und hielt den Blick fest zu Boden gerichtet. „Genau das habe ich gesagt."

Der Gedanke, sie könnte nach all dem, was vorhin zwischen ihnen vorgefallen war, beabsichtigen, *irgendeinen* anderen Mann zu heiraten, versetzte ihn in Wut. „Nur über meine Leiche", stieß er gepresst hervor.

Sie hob ruckartig den Kopf und sah ihn lange Zeit sprachlos an. Dann funkelte Trotz in ihren Augen auf, und sie wandte sich wieder zur Tür. Er packte sie beim Arm und drehte sie zu sich herum.

„Lass mich los!" rief sie. „Diese Angelegenheit geht dich nichts an!"

„Und warum bitte nicht? Du hast eben beinahe zugelassen, dass ich dir deine Unschuld raube! Dadurch habe ich jedes Mitspracherecht der Welt!" Sie wollte etwas erwidern, aber er schnitt ihr das Wort ab. „Und versuche nicht so zu tun, als hätte dich das alles nicht berührt. Dieses Mal weiß ich es besser. Ich verbiete dir, ihn zu heiraten, da du offensichtlich *mich* willst!"

„Du *verbietest* es mir? Du arroganter Bastard – wie kommst du dazu!“

Das Wort Bastard hing im Raum und weckte in Griffith düstere Erinnerungen an den grausamen Spott in den kalten Zimmern von Eton. Eiskalte Wut ließ das Blut in seinen Adern gerinnen. Heftig drängte er Rosalind gegen die geschlossene Tür und stemmte die Hände rechts und links von ihr gegen das Holz. „Du scheinst weder etwas gegen meine Arroganz noch gegen die Tatsache, dass ich ein Bastard bin, gehabt zu haben – eben, als meine Finger …“

Sie ohrfeigte ihn mit aller Kraft. „Wie kannst du es wagen!“ keuchte sie. „Du bist der ordinärste Mensch, der mir je begegnet ist!“

„Nicht annähernd so ordinär wie Knighton, glaub mir“, gab er bissig zurück und dachte an Daniels häufige Besuche bei den Straßenmädchen von London. „Nicht einmal so ordinär wie du, die aus dem Bett des einen Mannes steigt, um sich in das Bett des nächsten zu werfen.“

Er hätte sie ebenso gut schlagen können, denn in ihren Blick trat jetzt ein zu Tode verletzter Ausdruck, und sie erbleichte. Mit einem erstickten, zu Herzen gehenden Laut lehnte sie sich matt an die Tür und schmiegte die Wange dagegen. „Das sollte dich nicht überraschen. Du hast ja bereits festgestellt, dass ich zur Wollust neige.“

Tränen quollen unter ihren Lidern hervor, und sein Zorn wich einem quälenden schlechten Gewissen. Verdammt, er hatte sie zum Weinen gebracht. Voller Selbstverachtung stieß er sich von der Tür ab. Was war bloß in ihn gefahren?

Die Antwort war einfach. Eifersucht.

Er war eifersüchtig. Auf sich selbst – um Himmels willen! Sein Verhalten war über alle Maßen lächerlich. Wenn sie „Knighton“ heiraten wollte, hieß das *ihn!* Und wenn sie aus irgendeinem unerfindlichen Grund, was er bezweifelte, tatsächlich Daniel heiraten wollte, so würde Daniel ohnehin ablehnen. Weshalb sollte er sie also quälen?

„Nein, Rosalind, bitte … Ich habe das nicht so gemeint.“ Er rieb sich seine immer noch schmerzende Wange. Er hätte wissen müssen, dass seine Amazone nicht zimperlich sein würde. Aber das hatte er ja auch verdient. „Ich hätte das alles nicht sagen dürfen. Ich weiß, dass du nicht lüstern bist.“

Als sie lange Zeit schwieg, drehte er sich zu ihr um. Sie schaute an ihm vorbei, und die Tränen strömten ihr weiter über die Wangen.

Ihm zerriss es fast das Herz. „Du bist *nicht* lüstern. Es ist nicht deine Schuld, dass ich die Situation ausgenutzt habe.“

„Aber es ist meine Schuld, dass ich es zugelassen habe.“ Sie schluchzte jetzt und hatte große Mühe, zu sprechen. „Deshalb muss ich dem ein Ende machen.“

Er wusste nicht, was schlimmer war, ihr herzzerreißendes Schluchzen oder ihre Entschlossenheit, vor ihm zu fliehen. Dieses Mal zwang er sich, ganz ruhig zu bleiben, als er sich ihr wieder näherte. „Wie denn? Indem du Knighton heiratest?“

„Würdest du denn wollen, dass ich stattdessen dich heirate?“ Sie stöhnte auf und fügte hastig hinzu: „Nein, vergiss, dass ich das gesagt habe.“

Er wurde ganz still. Er *konnte* sie heiraten, nicht wahr? Bislang war er davon ausgegangen, dass sie ihn – beziehungsweise Brennan – gar nicht als möglichen Ehemann in Betracht zog. Doch wenn sie bereit war, ihn als Brennan zu heiraten, dann würde sie ihn doch bestimmt auch als Knighton …

Verdammt, was dachte er sich eigentlich? Das konnte sie doch unmöglich gemeint haben. „Ich habe angenommen, du willst nur aus Liebe heiraten", erwiderte er sanft und versuchte zu ergründen, was sie wirklich empfand.

Sie rieb sich die Augen. „Ja, natürlich. Ich könnte dich gar nicht heiraten."

Ihre Worte verletzten seinen Stolz, aber er weigerte sich hartnäckig, sich das einzugestehen.

Sie wandte ihm ihr tränenfeuchtes Gesicht zu. „Außerdem möchtest du gar nicht heiraten, nicht wahr? So hast du dich im Wildpark geäußert. Du sagtest, es gebe wichtigere Angelegenheiten für dich."

Wichtigere Angelegenheiten. Plötzlich fiel ihm alles wieder ein. Er konnte es nicht fassen. Diese ganze Geschichte hatte ihn so gefangen genommen, dass er seine Situation darüber völlig vergessen hatte. Wenn er Rosalind heiratete, würde er ihr seine wahre Identität, seine wahren Ziele enthüllen müssen …

Er schaute sie an. Die Möglichkeit, sie zu ehelichen, reizte ihn ungemein. Sie würde *ihm* gehören, ganz und gar. Und alles, was er dazu tun musste, war, sie davon zu überzeugen, den „schlimmen" Mr. Knighton zu heiraten und …

Seine Pläne in Bezug auf China aufzugeben.

Er stöhnte innerlich auf. Sie würde seine Absichten weder verstehen noch billigen, nicht Rosalind mit ihren hochfliegenden Moralvorstellungen. Von der Delegation einmal ganz abgesehen, sie würde ihn bestimmt niemals heiraten, wenn sie wüsste, dass er vorhatte, ihrem Vater den Titel zu nehmen. Sie zu heiraten würde also bedeuten, seine anderen Pläne aufgeben zu müssen.

Es würde bedeuten, Swanlea gewinnen zu lassen. *Dein Stolz verbietet dir, ihren Vater triumphieren zu lassen … Ich weiß, du suchst Rache* … Er versuchte, sich Daniels Worte aus dem Kopf zu schlagen. Hier ging es nicht um Stolz oder Rache. Es ging um das Geschäft, das war alles. Um ein sehr großes, sehr bedeutsames Unternehmen mit Hunderten von Angestellten, die von ihm abhängig waren.

Er fing an, im Zimmer auf und ab zu gehen. Es war Irrsinn, auch nur an eine Eheschließung zu denken, wo so viel auf dem Spiel stand. Großer Gott, sie hatte ja sogar gesagt, sie wolle ihn gar nicht heiraten. Welcher halbwegs vernünftige Mann würde daran denken, eine solche Frau zu heiraten und auf die Möglichkeit zu verzichten, sein Unternehmen um ein Vielfaches zu vergrößern?

Daniel würde es tun, überlegte er. *Frauen wie Lady Rosalind sind für mich unerreichbar und werden es immer sein. Du hast ja keine Ahnung, was für ein verdammtes Glück du hast.*

Er erstarrte. Daniel irrte. Griffith war sich vollkommen im Klaren, was für ein Glück er hatte – er war im Besitz einer florierenden Firma, die im Begriff stand, zu einer bedeutenden Macht im Welthandel zu werden. Im Gegensatz zu seinem sentimentalen Berater wusste er das sehr wohl zu schätzen.

Sie zu heiraten und ihr somit die Wahrheit zu sagen kam also nicht infrage. Dummerweise würde sie ihren närrischen Vorschlag aber nicht ihm selbst unterbreiten, sondern Daniel, und so weit durfte Griffith es nicht kommen lassen. Wenn sie sich „Knighton“ als Ehefrau anbot, würde Daniel ablehnen müssen. Dann würde Swanlea von Daniel verlangen, dass er sich für eine der beiden anderen entschied, und wenn Daniel das nicht tat, würde der Earl sie beide hinauswerfen. Und damit konnte Griffith die Suche nach dem Beweisstück vergessen.

Er musste sie dazu bringen, ihre Meinung zu ändern. Er guckte sie an und empfand ein schlechtes Gewissen angesichts ihres vergeblichen Bemühens, die Tränen zurückzuhalten. Ihre Verletzlichkeit rührte ihn zutiefst, aber er stählte sich dagegen. „Du sagtest, du würdest mich nicht heiraten – warum dann Knighton? Ihn liebst du doch ebenfalls nicht, oder?" Als sie den Kopf schüttelte, entfuhr ihm: „Also hast du beschlossen, es des Geldes wegen zu tun. Sein Reichtum hat dich überzeugt."

„Nein! Wie kannst du nur so etwas von mir annehmen?"

Das tat er ja gar nicht. In den vergangenen Jahren waren ihm einige habgierige Frauen begegnet, sie hatte er jedoch nie für eine solche gehalten. Trotzdem wünschte er, sie wäre habgierig gewesen. Es wäre ihm leichter gefallen, strikt seine Ziele zu verfolgen, wenn sie von berechnender Geldgier erfüllt gewesen wäre. „Warum dann?" wollte er ruhig wissen. „Soweit ich mich erinnere, hast du geschworen, niemals nur zu heiraten, um Swan Park zu retten."

Sie atmete tief ein. „Leider denkt Juliet in dieser Hinsicht völlig anders. Bis heute hatte ich keine Ahnung, wie ernst es ihr damit ist."

„Dann lass sie ihn doch heiraten!" Denn Lady Juliet würde sicher warten, bis Daniel ihr einen Antrag machte, und das wiederum würde Griffith nie zulassen.

„Aber sie will ja gar nicht! Sie ist nur von dieser … irrsinnigen Idee beseelt, um sicherzugehen, dass wir unser Zuhause nicht verlieren."

„Zuerst muss er sie jedoch fragen, und soviel ich weiß, hat er das noch nicht getan." *Und er wird es auch nicht tun.*

Sie hob das Kinn. „Dann wird ihm mein Vorschlag helfen, eine Entscheidung zu treffen."

„Selbst wenn das bedeutet, dass du Knighton heiratest?" erkundigte er sich heiser.

Sie wich seinem Blick aus. „Ja."

Es fiel ihm immer schwerer, sich zu beherrschen. „Was ist, wenn er sich weigert?"

„Er wird sich nicht weigern. Es sei denn, er beschließt, *keine* von uns zu heiraten. Ich habe vor, ihm ein sehr gutes Angebot zu machen. Meine Schwestern werden ihm kein besseres unterbreiten. Sollte er meins also nicht annehmen, kann er genauso gut abreisen."

Verdammt. Sie brachte ihn und Daniel in eine wahrhaft ungünstige Lage. Und was meinte sie bloß mit ihrem „sehr guten Angebot"?

Er unternahm einen letzten Versuch, sie davon abzuhalten, dass sie Daniel eine Entscheidung aufzwang. „Wenn du das tust, werde ich Knighton von unseren … Intimitäten berichten. Er wird bestimmt keine Ehefrau wollen, die mit seinem Berater herumtändelt."

Ihre Augen begannen zu funkeln. „Sag es ihm doch, wenn du möchtest. Obwohl ich mir nicht vorstellen kann, dass er einen Berater gebrauchen kann, der versucht, seine höchst ehrbare Cousine zu verführen."

Griffith stöhnte im Stillen auf. Offensichtlich rechnete sie damit, dass Daniel ihn entließ, wenn er ihn über die Vorkommnisse unterrichtete. Er kam einfach nicht weiter.

Sie straffte die Schultern. „Außerdem wird es zu solchen … Intimitäten nicht mehr kommen, ganz gleich, wie er sich entscheidet. Folglich dürfte das ohnehin keine Rolle spielen."

Es war grotesk, aber diese Ankündigung versetzte ihn in Zorn. „Du kannst ihm nicht anbieten, dass du ihn heiratest", stieß er hervor.

„Warum nicht? Bislang hast du mir noch keinen zwingenden Grund genannt, warum ich es nicht kann."

Sie warf den Kopf zurück. Bei Gott, sie hatte nie verführerischer ausgesehen. Das wallende Haar, die leicht geröteten Wangen, die Art, wie sie die Hände in die wohlgerundeten Hüften stemmte – sie wirkte durch und durch wie eine Kriegsgöttin, die sich auf die Schlacht vorbereitete. Eine sehr sinnliche, begehrenswerte Kriegsgöttin … Zur Hölle mit ihr. Ohne Vorwarnung hielt er ihren Kopf fest und küsste sie wild, mit einer Mischung aus Verlangen und … ja, Eifersucht. Sie versuchte, sich ihm zu entziehen, aber er gab nicht nach, bis sie ihre Lippen öffnete. Er hielt sie zwischen seinem Körper und der Tür gefangen, und mit einem leisen Aufstöhnen schmiegte sie sich an ihn und schlang die Arme um ihn.

Das erregte ihn nur noch mehr. Schon schob er die Hände in ihr Mieder und knetete ihre weichen Brüste. Er nahm nichts mehr um sich herum wahr, er wurde nur noch getrieben von purer, unbändiger Lust. Ungeduldig drängte er sich mit den Hüften an sie.

Sie erstarrte. Dann versetzte sie ihm einen kräftigen Stoß, so dass er überrascht zurückwich. Ihre Augen erinnerten an die eines verwundeten Tieres, als sie mit zitternden Händen ihr Kleid wieder zurechtzog.

„Du wolltest einen zwingenden Grund?“ fuhr er sie an, und sein Atem ging schwer. „Bitte, dieser Grund sollte zwingend genug sein!“

Sie schlang ihr Tuch fest um die Schultern. „Ja, das ist er. Ein zwingender Grund, *ihn* zu heiraten“, flüsterte sie. „Denn wenn das hier so weitergeht, wirst du mein Verlangen ausnutzen und mich zu einer … Dirne machen.“

„Rosalind“, begann er, aber ehe er noch mehr sagen konnte, hatte sie die Tür schon aufgerissen und eilte auf den Flur hinaus. Er rannte ihr nach. „Komm zurück, Rosalind!“ Er blieb abrupt stehen, als ihm bewusst wurde, dass er weder Hemd noch Weste noch Gehrock trug. Zwar war niemand auf dem Flur, trotzdem konnte er ihr nicht in diesem Aufzug folgen. Schließlich brauchte nicht das ganze Haus mitzubekommen, was sie getan hatten.

Fluchend sah er ihr nach, wie sie die Treppe hinuntereilte. Sie konnte doch unmöglich vorhaben, Daniel *jetzt* aufzusuchen!

Er stürzte zurück in sein Zimmer und zog sich in Windeseile an. Er musste sie aufhalten. Er musste mit Daniel reden und entscheiden, wie er die Situation in den Griff bekommen konnte, ehe Rosalind mit Daniel sprach. Er musste sie davon abhalten, alles zu ruinieren.

Rosalind lief die Treppe hinunter und wischte sich immer wieder die Tränen aus dem Gesicht. Dieser falsche Schuft! Er war außer sich, weil sie beabsichtigte, seinen Arbeitgeber zu heiraten, erwog jedoch keine Sekunde, sie selbst zu ehelichen.

Nein, mit ihr wollte er sich nur amüsieren, ihr ihre Tugend und ihre Selbstachtung rauben. Und er wusste, dass ihm das auch gelingen würde – mit der leisesten Berührung!

Sie blieb nicht ein einziges Mal stehen, um sich umzusehen, weil sie fürchtete, Griffith könnte ihr folgen. Er schien wild entschlossen, sie von diesem Schritt abzuhalten, obwohl sie nicht begriff, weshalb. Er benahm sich wie ein eifersüchtiger Ehemann; dabei war er weder ihr Mann noch hatte er vor, es je zu werden. Dennoch konnte er ihr einige Scherereien bereiten, wenn er Mr. Knighton aufsuchte, ehe sie ihm ihren Vorschlag unterbreiten konnte. Sie musste unbedingt zuerst bei Mr. Knighton sein.

Rasch lief sie die Galerie entlang. Zu ihrer großen Erleichterung spielte Mr. Knighton immer noch mit Helena Billard, obwohl inzwischen mindestens zwei Stunden vergangen sein mussten. Rosalind stellte fest, dass die beiden mittlerweile das Theater mit dem Stuhl aufgegeben hatten. Helena lehnte am Tisch und verlagerte das Gewicht auf ihr gesundes Bein, während sie das Ziel anvisierte.

Rosalind hörte das Klicken der Elfenbeinkugeln und bemerkte, wie Helena Mr. Knighton mit einem spöttischen Lächeln betrachtete. Juliet hatte Recht – es war wirklich schade, dass Helena ihn nicht heiraten wollte. Er war ein so charmanter Mann. Dennoch konnte sie sich die elegante Helena irgendwie nicht an der Seite des verwegenen Mr. Knighton vorstellen.

Die beiden blickten auf, als Rosalind näher kam. Als Helena eine Augenbraue leicht hochzog, wurde Rosalind klar, dass sie wahrscheinlich wie eine der Hexen aus „Macbeth" aussah – mit ihrem wirren Haar und dem derangierten Kleid. Sie gab ihrer

Schwester jedoch keine Gelegenheit, eine Bemerkung darüber fallen zu lassen.

„Mr. Knighton, ich störe Sie nur höchst ungern, aber ich muss Sie unter vier Augen sprechen. Es ist eine Angelegenheit von äußerster Dringlichkeit."

Erschrocken musterte er sie kurz von Kopf bis Fuß. „Warum ... nun, selbstverständlich, Lady Rosalind, wenn Sie es wünschen." Er warf Helena einen fragenden Blick zu, und sie zuckte ratlos mit den Schultern.

Beim Geräusch einer zuschlagenden Tür im zweiten Stock beschleunigte sich Rosalinds Puls. Griffith! „Wir können uns unten in Papas Arbeitszimmer unterhalten", drängte sie und wies zur Treppe. „Hier entlang."

„Hat das nicht Zeit, bis ich die Partie mit Ihrer Schwester beendet habe?" wandte Mr. Knighton ein. „Es dauert höchstens noch ein paar Minuten ..."

„Nein!" Sie bemerkte, dass beide einander anschauten, und zwang sich, ihre Stimme zu senken. „Nein, es muss leider jetzt gleich sein."

„Nun gut, wenn Sie darauf bestehen ..." Er bot ihr den Arm. Rosalind bemühte sich, nicht auf die Schritte zu achten, die sich nun oben der Treppe näherten.

Zum Glück erreichten sie die Treppe des Ostflügels, ohne dass Griffith sie eingeholt hatte. Dennoch zog Rosalind Mr. Knighton mit aller Hast nach unten und in das Arbeitszimmer ihres Vaters.

„Was ist denn los?" erkundigte sich Mr. Knighton.

Sie schloss die Tür und suchte nach ihrem Schlüsselbund, aber der war ihr wahrscheinlich aus der Tasche ihres Kleides gefallen, als sie in Griffith' Bett ... Sie wurde rot. Nun, vielleicht verriet Helena Griffith ja nicht, wohin sie gegangen waren, vielleicht wagte er es auch nicht, danach zu fragen. Man sollte die Hoffnung niemals aufgeben.

Sie wandte sich von der Tür ab und sah ihren Cousin an. Er hatte sich mit misstrauischer Miene vor dem Schreibtisch aufgebaut. Jetzt, da der Moment gekommen war, geriet sie plötzlich in Panik. Verflucht sei Griffith, der sie dazu gezwungen hatte, das hier zu tun, ehe sie ihre Pläne hatte zu Ende schmieden können. Und verflucht sei Papa, der das alles hier in erster Linie nötig gemacht hatte. Wie passend, dass das Gespräch in seinem Arbeitszimmer stattfinden sollte, wo seine Gegenwart überall spürbar war.

Sie fragte sich, wie eine Frau einen reichen Mann überreden sollte, sie zu heiraten, wenn alles, was sie besaß, eine winzige Mitgift war, und sie sonst über keine nennenswerten Qualitäten verfügte. Was konnte sie ihm bieten?

Irgendetwas. Sie musste ihr Angebot so verlockend formulieren, dass er es annahm. Sonst würden Juliet und Papa ihre Pläne weiter vorantreiben, und sie würde weiterhin mit Griffith zu tun haben.

„Lady Rosalind?" fragte Mr. Knighton vorsichtig. „Wenn Sie lieber später darüber ..."

„Ich habe Ihnen einen Vorschlag zu machen", unterbrach sie ihn hastig.

Er guckte sie mit seinen schiefergrauen Augen prüfend an. „Was für einen Vorschlag denn?"

„Ich weiß, Papa möchte, dass Sie eine von uns heiraten. Und ich vermute, dass Sie überlegen, wen Sie wählen sollen."

Er wirkte erstaunt. „Nun … ja … Das stimmt wohl."

„Haben Sie …" Sie hielt inne, als sie draußen Schritte vernahm, die sich dem Arbeitszimmer näherten. Sie senkte die Stimme. „Haben Sie sich in dieser Hinsicht schon entschieden?"

Mr. Knighton nestelte nervös an seiner Krawatte herum. „Lady Rosalind, das ist … ein wenig außergewöhnlich, nicht wahr? Ich kann nicht genau …"

„Denn falls Sie es nicht getan haben, würde ich Ihnen gern vorschlagen, mich zum Traualtar zu führen."

Die Farbe wich aus seinem Gesicht. „Zum Traualtar?"

„Ja, warum denn nicht?" Sie zwang sich, ihr Temperament zu zügeln, und fügte ruhiger hinzu: „Ich würde Sie gerne heiraten." Unverblümter konnte eine Frau sich wohl kaum ausdrücken. Die Steigerung wäre nur noch gewesen, ihn mit vorgehaltener Pistole in die Kirche zu zerren. „Wenn ich Ihnen erst meine Bedingungen nenne, werden auch Sie mit Freude einer Ehe zustimmen." Sie konnte nur hoffen, dass ihr blitzschnell ein paar solcher Bedingungen einfielen, sonst war sie verloren.

Die Tür flog hinter ihnen auf, und sie und Mr. Knighton schraken zusammen. Hätte Griffith nicht noch ein paar Minuten warten können, bis er hier hereinplatzte? Was hatte er denn vor? Wollte er etwa alles enthüllen, was zwischen ihnen geschehen war? Nein, das musste sie verhindern.

„Ich möchte mit dir reden, Knighton", stieß Griffith hervor. „Sofort!"

Mr. Knighton schaute verblüfft zwischen ihm und Rosalind hin und her und betrachtete die beiden verwundert. Schließlich trat der Anflug eines Lächelns auf seine Züge. Er lehnte sich an den Schreibtisch ihres Vaters und stützte sich mit einer Hand darauf. „Ich will ebenfalls mit dir sprechen, Griffith. Geselle dich zu uns. Wir befinden uns mitten in einer reizvollen Unterhaltung – die dich bestimmt interessieren wird."

Rosalind wurde rot. Sie brauchte sich nicht umzudrehen, um zu wissen, dass Griffith vor Zorn bebte.

„Ich muss jetzt mit dir reden", wiederholte er und betonte jedes einzelne Wort. „Allein."

Mr. Knighton zog eine Augenbraue hoch. „Das kann warten." Er wies auf einen Stuhl neben Rosalind. „Komm, setz dich. Vielleicht brauche ich deinen Rat in dieser Angelegenheit."

Eine Weile herrschte Stille, dann trat Griffith grollend ein und schloss die Tür hinter sich. Bewusst ignorierte er den Stuhl und ging stattdessen zum Fenster.

„Ich möchte nicht, dass Mr. Brennan bei unserem Gespräch anwesend ist", wandte Rosalind ein. „Es geht ihn nichts an."

„Meinen Berater geht durchaus *alles* etwas an", entgegnete Mr. Knighton. „Ohne seinen Rat fälle ich keine Entscheidungen. Wenn Sie also meine Aufmerksamkeit wünschen, werden Sie wohl mit seiner Gegenwart vorlieb nehmen müssen."

Sie warf Griffith einen kurzen Blick zu und bereute es auf der Stelle. Er lehnte an der Fensterbank und hatte die Arme vor der Brust verschränkt. Sein Hemd war zerknittert, er trug keine Krawatte, und sein schwarzes Haar fiel ihm ungekämmt in die Stirn. Das Schlimmste jedoch war die Art, wie er sie anstarrte. Er schien sie förmlich mit seinen Blicken zu durchbohren, so als wolle er sie daran erinnern, dass er ihre wahren Absichten kannte und es nicht zulassen würde, dass sie seinem Arbeitgeber etwas vorgaukelte.

Nun, das hatte sie auch gar nicht vor. Sie beabsichtigte, ihrem Cousin gegenüber vollkommen aufrichtig zu sein – zumindest hinsichtlich der Dinge, die sie ihm zu sagen bereit war.

Griffith' nervenaufreibende Gegenwart festigte sie in ihrem Entschluss, und sie wandte sich wieder Mr. Knighton zu, der sie mit einem eigenartigen, fast an Schadenfreude grenzenden Gesichtsausdruck betrachtete. Ein wenig beunruhigte sie seine offensichtliche Belustigung, aber sie ließ sich nicht aus der Fassung bringen.

„Fahren Sie also fort, Lady Rosalind. Ich glaube, Sie sagten, Sie wollen mich heiraten?"

„Ja." Sie spielte nervös mit den Enden ihres Schultertuchs. „So ist es."

Griffith fluchte leise, doch Mr. Knighton schien nichts gehört zu haben. „Sie erwähnten auch irgendwelche Bedingungen."

„Was für Bedingungen?" brauste Griffith auf. Als sie ihn ansah, fügte er kalt hinzu: „Mr. Knighton bezahlt mich dafür, dass ich alle Verträge prüfe, die er abschließt."

Hilfe suchend drehte sie sich wieder zu Mr. Knighton um, doch der zuckte nur mit den Schultern. „Er hat Recht. Ich unterschreibe nichts, was Griffith nicht vorher geprüft hat." Er schien sich ein Lächeln verkneifen zu müssen. „Die endgültige Entscheidung liegt jedoch bei mir. Also nennen Sie mir Ihre Bedingungen."

„Sehr schön." Sie machte einen Knoten in ihr Tuch und versuchte, nicht an Griffith zu denken, der drohend hinter ihr stand. „Als Erstes – ich weiß, dass Sie in London ein Unternehmen leiten. Wenn Sie mich heiraten, erwarte ich von Ihnen nicht, dass Sie sich auch um Swan Park kümmern. Ich werde es weiterhin für Sie verwalten, wenn Sie es wünschen."

„Welch großzügiges Angebot", stichelte Griffith. „Wo Sie diesen Besitz doch so ungern leiten!"

„Halt den Mund", wies Knighton ihn zurecht. „Lass sie bitte aussprechen." Er schenkte ihr ein gewinnendes Lächeln. „Fahren Sie fort."

Sie schluckte. Das war schwieriger, als sie erwartet hatte. „Im Gegensatz zu anderen Frauen würde ich kein großes Taschengeld von Ihnen verlangen – ebenso wenig wie eine teure Garderobe oder dergleichen. Solche Dinge bedeuten mir ohnehin nicht viel, und hier auf dem Land brauche ich sie auch gar nicht."

Seine Mundwinkel zuckten. „Und was ist, wenn ich möchte, dass Sie mit mir in der Stadt leben?"

„Das steht Ihnen natürlich frei." Sie hob das Kinn. „In dem Fall würde ich vorschlagen, dass Sie mich so ausstatten, wie es meinem Umfeld und meiner Stellung entspricht."

„Das könnte teuer werden", bemerkte er trocken.

„Solche Entscheidungen liegen bei Ihnen. Ich werde sie, ohne zu klagen, billigen." Sie erstarrte, als Griffith hinter ihr schnaubte. „In der Tat würde ich Sie weit weniger kosten als die meisten anderen Frauen. Ich würde Sie sogar weniger kosten als meine Schwestern, da diese beide eine Schwäche für teure Kleider und Juwelen haben." Nun, das war zwar übertrieben, aber es kam der Wahrheit doch ziemlich nahe.

Mr. Knighton rieb sich nachdenklich das Kinn. „Für die

meisten Männer dürfte das sehr verlockend sein, aber ich bin finanziell so gut gestellt, dass ich selbst die Wünsche einer echten Verschwenderin erfüllen kann."

Sie machte große Augen. Wenn Geld für ihn keine Rolle spielte, was dann? Was mochte ein Mann sonst noch erwarten, was er nicht von einer durchschnittlichen Ehefrau bekommen konnte? Die meisten Männer wünschten sich eine Schönheit als Gattin, aber ihr Aussehen konnte sie ja nun leider nicht ändern. Ob sie ihn als Frau in Versuchung führen sollte? Nein, das würde niemals klappen, selbst wenn sie sich tatsächlich so weit erniedrigen würde, das zu tun. Außerdem hielten sich Männer wie er ohnehin meist Mätressen und …

Ja, natürlich! *Das* war es, wonach Männer sich sehnten – die Freiheit, das zu tun, was sie wollten, Ehefrau hin oder her. „Ich wäre in noch anderer Hinsicht eine sehr angenehme Gattin, Sir. Ganz gleich, wo ich Ihrem Wunsch nach residieren sollte, Sie hätten in jedem Fall die Freiheit, Ihr Leben nach Ihren Vorstellungen zu genießen. Ich verlange von Ihnen nicht, dass Sie nach unserer Heirat Ihre … Junggesellen-Gewohnheiten aufgeben."

Seine Augen begannen zu funkeln. Wie leicht zu durchschauen Männer doch waren. „Junggesellen-Gewohnheiten? Was genau meinen Sie damit, Mylady?"

Er erwartete doch nicht allen Ernstes von ihr, dass sie das äußerte! „Hm, nun … Sie … Sie könnten die ganze Nacht in der Stadt verbringen, wenn Sie das möchten."

„Sie wollen sagen, in einem Club oder beim Glücksspiel? Für Clubs habe ich nicht viel übrig, und ein Mann wird nicht so vermögend wie ich, wenn er sein Geld beim Kartenspiel riskiert."

Dieser Schuft beabsichtigte doch tatsächlich, sie dazu zu bringen, es auszusprechen! „Ja, aber … Nun, ich hätte nichts dagegen, wenn Sie …“ Sie errötete. „Wenn Sie und irgendeine Frau …“ Großer Gott, wie sollte sie das bloß diskret formulieren?

„Ich glaube, Lady Rosalind gibt dir die Erlaubnis, wann immer, wo immer und mit wem auch immer herumzuhuren“, ließ sich Griffith mit eisiger Stimme vernehmen.

Flammende Röte stieg in ihre Wangen. Doch Griffith’ offensichtliche Verachtung steigerte ihre Entschlossenheit nur noch. Welches Recht hatte er, sie zu verurteilen? *Sie* zumindest würde niemals „herumhuren“, so wie er das wahrscheinlich schon unzählige Male getan hatte. Bei ihr hatte er das ja an diesem Nachmittag schließlich auch versucht.

Sie hielt Mr. Knightons erstauntem Blick tapfer stand. „Obwohl sich Ihr Verwalter sehr ordinär ausdrückt, hat er Recht. Genau das biete ich Ihnen an. Ich werde mich nicht beschweren, wenn Sie sich eine Mätresse halten oder gewisse … Damen aufsuchen.“ Ihr Tonfall wurde zynisch. „Ich denke, ich kann mit Sicherheit behaupten, dass wohl nur sehr wenige Frauen – meine Schwestern eingeschlossen – so entgegenkommend wären.“

„Wie wahr, Lady Rosalind.“ Griffith stieß sich von der Fensterbank ab und näherte sich dem Schreibtisch. „Ich würde sogar sagen, dass *keine* Frau so entgegenkommend wäre. Es sei denn natürlich, sie hat so ihre eigenen Absichten, sich zu amüsieren. Mit einem heimlichen Liebhaber vielleicht?“

Es war unmissverständlich, wen er damit meinte, denn mit seinem brennenden Blick wollte er sie eindeutig daran erinnern, wie leicht sie noch vor kurzem seinen Avancen nachgegeben hatte.

„Griffith!“ brauste Mr. Knighton auf. „Beleidige diese Dame nicht mit …“

„Es ist schon gut, Cousin“, unterbrach sie ihn, und ihr Herz klopfte zum Zerspringen. „Ich würde gern auf Mr. Brennans Bemerkung antworten.“ *Ehe dieser Schuft alles ruiniert.* Sie schaute Griffith kühl in die Augen. „Ich bin so entgegenkommend, weil ich mir unserer ungleichen Ausgangspunkte sehr wohl bewusst bin. Ihr Arbeitgeber hat nicht viel davon, wenn er mich heiratet, ich hingegen sehr viel. Da mein entgegenkommendes Naturell das Einzige ist, was ich anzubieten habe, wäre ich in der Tat überaus dumm, wenn ich meine Position durch leichtfertige Affären gefährden würde, finden Sie nicht?“ Als er sie nur finster anstarrte, fügte sie hinzu: „Ich bin jedoch nicht dumm. Und eine Dirne bin ich auch nicht.“

Als Mr. Knighton der Mund offen stehen blieb, fragte sie sich, ob sie wohl zu weit gegangen war. Sie bereute es allerdings nicht, so direkt gesprochen zu haben, nachdem sich Griffith so unvernünftig gezeigt hatte.

Griffith machte einen Schritt auf sie zu. „Ganz offensichtlich haben Sie eine andere Vorstellung von einer Dirne als ich, Lady Rosalind“, verkündete er hämisch. „Das ist doch jemand, der sich für Geld verkauft, oder nicht?“

Die Grausamkeit dieser Worte verschlug ihr buchstäblich den Atem. Sie konnte die Tränen nicht zurückhalten. Sie strömten ungehindert über ihre Wangen, während sich Griffith’ Gesichtsausdruck von Zorn in blankes Entsetzen verwandelte.

Nur die Hand von Mr. Knighton unter ihrem Ellenbogen

hielt sie davon ab zusammenzubrechen. Er herrschte Griffith an: „Hingegen verstehen wir alle die Bedeutung des Wortes *Bastard,* nicht wahr?“ Sein anklagender Blick ruhte unverwandt auf Griffith. „Meiner Meinung nach passt es sehr gut zu dir.“

Griffith sah aufrichtig erschüttert aus, als könne er selbst nicht begreifen, was er da eben gesagt hatte. „Rosalind, ich … Mein Gott, ich habe das nicht so gemeint … Bitte verzeih … verzeihen Sie mir. Verdammt, ich weiß nicht, was in mich gefahren ist.“

„Ach nein?“ fuhr Mr. Knighton ihn an. „Ich glaube, ich weiß es sehr wohl! Deine Sorge um mein Vermögen und meinen Ruf hat dich vergessen lassen, dass du ein Gentleman bist.“ Er packte ihren Arm fester. „Aber du brauchst dich nicht zu sorgen. Ich finde Lady Rosalinds Angebot nämlich gut, ja sogar verlockend. Ich werde es annehmen.“

Griffith stöhnte auf, und Rosalind schaute Mr. Knighton fassungslos an. Hatte er das ernst gemeint? Hatte sie tatsächlich gewonnen?

Der stämmige Mann betrachtete sie nun mit der gleichen Freundlichkeit, die er immer Juliet gegenüber an den Tag gelegt hatte, und einen Moment lang überkamen sie Schuldgefühle. Er ging davon aus, dass sie ihr Versprechen einlösen würde – obwohl sie das keinesfalls vorhatte.

Doch dann überraschte er sie, indem er ihr verstohlen zuzwinkerte. Er führte eindeutig etwas im Schilde, wenngleich sie sich nicht vorstellen konnte, was. Und warum er ihr Angebot überhaupt so bereitwillig annahm, obwohl sein Berater sie eben mehr oder weniger als Dirne bezeichnet hatte.

Sie warf Griffith einen verstohlenen Blick zu und fragte sich, ob er das Zwinkern ebenfalls bemerkt hatte. Seinem entsetzten Gesichtsausdruck nach zu urteilen, nicht. Ein paarmal öffnete er den Mund, um etwas zu sagen, aber schließlich brachte er nur ein ersticktes „Warum?" hervor.

„Lady Rosalind hat mir ein Angebot gemacht, das ich nicht ablehnen kann", erklärte Mr. Knighton. „Eine entgegenkommende Ehefrau, die meinen Besitz für mich verwalten will! Welcher Mann würde sich wohl so etwas entgehen lassen?"

„Aber du kannst doch nicht … Du wirst doch nicht …", begann Griffith.

„Warum denn nicht? Aus genau diesem Grund hat mich ihr Vater ja schließlich eingeladen. Ich gebe zu, ich dachte, ihre jüngere Schwester sei eher interessiert, aber wie Lady Rosalind richtig festgestellt hat: Lady Juliet wäre gewiss bei weitem nicht so entgegenkommend."

„Das ist aberwitzig, und du weißt es", erwiderte Griffith.

„Ich finde das gar nicht aberwitzig." Mr. Knightons Augen funkelten vor Zufriedenheit. „Kannst du mir irgendeinen Grund nennen, warum ich Lady Rosalind *nicht* heiraten sollte? Abgesehen von deinen Vorwürfen wegen ihres entgegenkommenden Naturells?"

Mr. Knighton ging mit dem Wort *entgegenkommend* verdächtig freigebig um. Und jedes Mal, wenn er es aussprach, schien Griffith noch etwas mehr zu erstarren.

Als Griffith dazu schwieg, fuhr er fort: „Hast du denn sonst gar nichts zu sagen zu diesem Thema? Oder hast du plötzlich deine Zunge verschluckt?"

Griffith schaute Mr. Knighton aufgebracht an. „Ich frage mich nur, ob Lady Rosalind weiß, worauf sie sich einlässt."

„Dann solltest du es ihr vielleicht mitteilen", schlug Mr. Knighton ruhig vor.

Vielleicht sollte das wirklich einer von ihnen tun, dachte Rosalind. Der Wortwechsel der beiden Männer verwirrte sie. Sie benutzten Worte, die sie zwar durchaus verstand, die aber noch über eine andere zweite Bedeutung zu verfügen schienen. Griffith mochte Recht haben – sie hatte wirklich keine Ahnung, worauf sie sich einließ.

Oder worauf sie sich einlassen würde, wenn sie tatsächlich beabsichtigte, diese Sache zu Ende zu führen. Sie massierte sich die Schläfen. Das Ganze war plötzlich viel zu kompliziert geworden.

„Nun, Griffith?" begann Mr. Knighton. „Hast du Lady Rosalind irgendetwas zu sagen, das sie davon abbringen könnte, mich zu heiraten?" Sie beobachtete Griffith, aber er wich ihrem Blick aus. Stattdessen starrte er seinen Arbeitgeber mit so ohnmächtiger Wut an, dass es ihr den Atem verschlug.

„Nein, nichts", antwortete er schließlich. „Wenn sie dich heiraten möchte und du sie auch, dann nur zu. Ich werde so weitermachen, als wäre nichts geschehen."

Welch eigenartige Bemerkung! Was sie aber am meisten erstaunte, war die Verachtung in seinem Tonfall. Galt diese Verachtung ihr? Oder seinem Arbeitgeber?

Ihr frisch gebackener „Verlobter" lächelte nur. „Dann ist es also beschlossen. Ich werde Ihren Vater nach dem Abendessen aufsuchen und um Ihre Hand anhalten. Morgen werden er und ich dann die Einzelheiten besprechen."

Plötzlich hatte sie einen grandiosen Einfall. „Danach werden Sie und Mr. Brennan sicher nach London zurückkehren wollen, um sich um Ihre Geschäfte zu kümmern. Ich bin überzeugt, wir haben Sie schon viel zu lange von Ihrer Arbeit abgehalten. Ich werde natürlich hier bleiben und mit den Hochzeitsvorbereitungen beginnen."

Mr. Knighton musterte sie nachdenklich, und sie fragte sich, ob sie wohl zu leicht zu durchschauen war und er herausgefunden hatte, was sie im Schilde führte. Hinter ihm murmelte Griffith irgendetwas Unverständliches. Dann lächelte ihr „Verlobter". „Aber nicht doch, Mylady. Meine Geschäfte können warten. Ich will an allen Hochzeitsvorbereitungen teilhaben. Mir fiele es nicht im Traum ein, Sie damit allein zu lassen, schon gar nicht so unmittelbar nach unserer Verlobung."

Zur Hölle mit ihm. Nun, den Versuch war es wert gewesen, und sie hatte nicht vor, aufzugeben. Auf die eine oder andere Art würde sie die Hochzeit lange genug hinauszögern, bis sie einen Plan hatte, wie sie, Helena und Juliet aus der Sache herauskommen könnten.

„Also machen Sie sich bitte keine Gedanken wegen meines Unternehmens", ergänzte Mr. Knighton freundlich. „Griffith und ich hatten ohnehin damit gerechnet, uns mindestens eine Woche hier aufzuhalten, und jetzt ist erst die Hälfte dieser Zeit um." Er guckte kurz zu Griffith hin. „Das stimmt doch, oder?"

Griffith' Kiefermuskeln zuckten. „Ja", stieß er gepresst hervor.

Mit einem gewinnenden Lächeln wandte Mr. Knighton sich wieder Rosalind zu. „Warum fangen Sie nicht schon mit den Vorbereitungen an? Und zerbrechen Sie sich bitte nicht den

Kopf wegen der Kosten.“ Seine Augen funkelten belustigt. „Ich habe genug Geld. Erkundigen Sie sich bei Griffith!“

Sie wagte nicht, Griffith anzuschauen, geschweige denn, ihm eine solche Frage zu stellen. Stattdessen konnte sie es mit einem Mal kaum abwarten, seiner Verachtung zu entfliehen. „Also gut“, meinte sie zu Mr. Knighton. „Wir sehen uns dann beim Abendessen.“

„Gewiss, Mylady.“ Zu ihrer Überraschung legte er Besitz ergreifend die Hand auf ihren Rücken und führte sie zur Tür. „Bis nachher.“

Erst in ihrem Zimmer gestattete sie es sich, kurz zusammenzusinken. Hoffentlich schaffte sie es, diese Hochzeit unendlich lange hinauszuzögern – oder zumindest, bis ihr ein Weg eingefallen war, wie sie diesem Albtraum entkommen konnte. Denn wenn ihr das nicht gelang, würde sie ernsthaft in der Klemme stecken.

13. KAPITEL

„Das war die beste Eifersuchtsszene, die ich je gesehen habe“, stellte Daniel fest, nachdem er die Tür geschlossen hatte und sicher sein konnte, dass sich Lady Rosalind außer Hörweite befand. Er schmunzelte. Griffith bot wirklich einen bemerkenswerten Anblick – zerknitterte Kleidung, wirres Haar, gereizt bis zum Äußersten … Daniel hätte ihm am liebsten ins Gesicht gelacht. Es geschah dem selbstsüchtigen alten Halunken ganz recht, dass all seine Pläne jetzt null und nichtig waren. Hoffentlich machte dieses temperamentvolle Geschöpf Griffith das Leben zur Hölle!

„Ich bin nicht eifersüchtig“, empörte sich Griffith. „Ich bin nur schockiert, weil … Verdammt, wie kannst du ihr Angebot bloß annehmen? Du weißt doch, dass du ihr bezüglich deiner Identität etwas vormachst!“

„Ich? Ich spinne nur *deine* Lügen weiter. Ich habe dir schließlich die Gelegenheit geboten, ihr alles zu gestehen, aber du wolltest ja nicht.“

„Ich konnte es gar nicht!“

„Nein, wahrscheinlich nicht. Hättest du die Wahrheit gesagt, wären die Schwestern dahintergekommen, dass sie die ganze Zeit eine Natter an ihrem Busen genährt haben.“ Daniel zog eine Braue hoch. „Obwohl – deinem und Lady Rosalinds Aussehen nach zu urteilen, hast *du* dich eher den ganzen Nachmittag mit *ihrem* Busen beschäftigt. Es scheint jedoch nicht berauschend für sie gewesen zu sein, wenn sie danach sofort zu mir übergelaufen ist!“

Griffith trat grimmig auf ihn zu. „Du Mistkerl! Ich könnte dir den Kiefer zertrümmern dafür, dass du so von ihr sprichst …"

„Versuch es doch." Daniel legte seinen Gehrock und die Weste ab und ballte die Fäuste. Es hatte keinen Sinn, vernünftig mit Griffith zu reden, solange dieser sich nicht abreagiert hatte. Außerdem hatte Daniel selbst nichts gegen einen kleinen Kampf einzuwenden. Er war Griffith' hinterhältige Methoden leid. „Los, schlag ruhig zu. So finden wir auch gleich heraus, wen von uns Lady Rosalind mehr bedauert, wenn wir beim Abendessen mit einem blauen Auge erscheinen. Ganz zu schweigen davon, wie ihr Papa sich wohl verhalten wird, wenn ich heute Abend um ihre Hand anhalte."

Griffith blieb stehen, behielt seine Angriffshaltung jedoch bei. Offensichtlich war er so wütend, dass er sich nur mit Mühe zurückhalten konnte, Daniel in Stücke zu reißen.

„Aber bestimmt wirst du dir irgendeine Erklärung einfallen lassen", fuhr Daniel fort, um ihn zu reizen. „Schließlich bist du ja ein begnadeter Lügner. Du wirst ihnen sicher nicht den wahren Grund nennen, warum du dich mit mir geprügelt hast – weil du nämlich so eifersüchtig bist, dass du den Gedanken nicht erträgst, Lady Rosalind könnte mich berühren oder gar heiraten." Er senkte die Stimme. „Und dass du so hoffnungslos verbohrt bist, sie nicht selbst zu heiraten."

Griffith' Faust schoss so schnell auf ihn zu, dass es ihm fast nicht gelungen wäre, auszuweichen, obwohl er darauf vorbereitet gewesen war. Mit einem wütenden Aufschrei stürzte sich Daniel auf seinen ehemaligen Freund und riss ihn mit sich zu Boden. Eine Weile wälzten sie sich herum und traktierten einander mit den Fäusten. Griffith versetzte Daniel einen Hieb gegen dessen ungeschützten Kiefer, und Daniel revanchierte sich mit einem harten Schlag in Griffith' Magengrube.

Griffith' Aufstöhnen war Musik in seinen Ohren. Himmel, schon lange hatte er etwas nicht mehr so genossen; im Grunde seit damals, seit den alten Zeiten, als sie ihr jugendliches Ungestüm noch mit einer gepflegten Wirtshausschlägerei abzureagieren pflegten. Es gab nichts Besseres als einen Faustkampf, um einen Mann zur Vernunft zu bringen, und wenn jemand so etwas nötig hatte, dann Griffith.

Sie ergänzten sich gut: Daniel war größer und schwerer, Griffith hingegen schneller und wendiger. Ein paar Schläge später musste Daniel erkennen, dass Griffith ihm gegenüber einen Verbündeten hatte, gegen den er selbst mit all seiner Kraft nichts ausrichten konnte – seine Eifersucht. Wie ein Besessener hämmerte Griffith immer noch auf ihn ein, als Daniels Kampfeslust längst nachgelassen hatte und er sich nur noch verteidigte.

Schließlich schien Griffith' Wut so weit abgeebbt zu sein, dass Daniel sich aus dessen Umklammerung befreien konnte. Daniel schalt sich selbst einen Narren. Er wurde langsam zu alt für so etwas.

Sie gingen schwer atmend auf Distanz zueinander und guckten einander an. Mit einer gewissen Befriedigung stellte Daniel fest, dass Blut aus Griffith' geplatzter Lippe sickerte und sich um sein eines Auge ein Bluterguss bildete. Daniel straffte sich, stöhnte aber sofort auf, als seine geschundenen Muskeln gegen die Bewegung Einspruch erhoben.

Er rieb sich die schmerzende Schulter und schaute sich im Zimmer um. Es war kein schöner Anblick. Überall lagen

Bücher verstreut, Stühle waren umgestürzt, und auf dem Teppich waren Blutflecken zu sehen. Er runzelte die Stirn, doch selbst das tat ihm weh. „Scheint so, als würde deine Rechnung beim Earl immer höher", meinte er zu Griffith. „Das hier und dazu die Ausgaben für die Hochzeit könnten dich die gesamten Tageseinnahmen der Handelsgesellschaft kosten!"

„Sehr lustig", brummte Griffith und wischte sich mit dem Hemdsärmel das Blut vom Gesicht. „Es wird keine verdammten Hochzeitsausgaben geben, und das weißt du auch, du närrischer Ire."

Daniel lachte leise. Er kannte Griffith: Wenn dessen Flüche schwächer wurden, war ein Großteil seines Zorns bereits verraucht.

Griffith ließ sich schwer in einen Sessel fallen. „Warum, zum Donnerwetter, hast du ihr gesagt, du würdest sie heiraten? Was hast du dir nur dabei gedacht?"

„Ich hatte doch gar keine andere Wahl. Was sollte ich denn machen? Ihr einen Korb geben? Das wäre ihrem Vater zu Ohren gekommen, und er hätte verlangt, dass ich mich für eine der beiden anderen entscheide. Du hast deine verdammte Urkunde noch nicht gefunden, oder?"

Griffith schnaubte nur.

„Außerdem habe ich nur das getan, was du mir aufgetragen hast. ‚Mach ihnen den Hof', hast du mich angewiesen. ‚Unterhalte sie und lenke sie ab.' Ich erinnere mich noch ganz genau daran. ‚Tue alles, was erforderlich ist, nur halte sie von mir fern.' Nun, durch mein Einverständnis, sie zu heiraten, werden wohl all diese Wünsche erfüllt."

„Ja, aber sie wird glauben, dir ist es ernst." Griffith bedachte

Daniel mit einem mürrischen Blick und warf den Kopf zurück, wobei er sich an der Stuhllehne stieß. Mit schmerzerfüllter Miene beugte er sich wieder nach vorn und rieb sich die Beule am Hinterkopf, die Daniel ihm vorhin verpasst hatte. „Hast du schon einmal etwas vom Bruch des Eheversprechens gehört? Mr. Knighton hat ihr angeboten, sie zu heiraten, aber du bist nicht Mr. Knighton. Sie werden uns beide vor Gericht bringen!"

„Du bist so ein Dummkopf, weißt du das? Das Letzte, worüber sich Swanlea nach unserer Abreise den Kopf zerbrechen wird, ist ein Bruch des Eheversprechens. Er wird viel zu sehr damit beschäftigt sein, gegen deinen Anspruch auf seinen Titel und seinen Besitz aufzubegehren – und lange genug am Leben zu bleiben, bis seine Töchter in einer billigen Hütte in Stratford untergebracht sind."

Befriedigt bemerkte Daniel das kurze Aufflackern eines schlechten Gewissens in Griffith' Blick. Vielleicht besaß er ja doch so etwas wie ein Gewissen, tief vergraben unter all seinem Ehrgeiz. Vorsichtig hob Daniel einen umgestürzten Stuhl auf und setzte sich.

„Außerdem kann ich mir nicht vorstellen, dass Lady Rosalind auf dem Eheversprechen beharrt, du etwa?" fuhr er fort. „Schon gar nicht, wenn es sich um einen Mann handelt, der ihr so missfällt, dass sie ihn bereitwillig jede Nacht zu seinen Mätressen schickt! Nein, sie will die Heirat nur, um Swan Park zu behalten, und da ihr nicht einmal das gelingt, sobald du diese Papiere gefunden hast, wird sie wahrscheinlich sehr erleichtert sein, dass sie weder mich *noch* dich zu ehelichen braucht." Er lehnte sich zurück. „Erst recht, nachdem der echte Mr. Knighton sie unverblümt als Dirne bezeichnet hat."

Griffith sank in sich zusammen. „Das war wirklich sehr dumm von mir."

„Das finde ich auch. Du hattest Glück, dass sie kein Messer in der Hand hatte, sonst …"

Griffith schüttelte den Kopf. „Ein körperlicher Angriff hätte mir nicht so viel ausgemacht; was sie getan hat, war viel schlimmer. Ich kann Frauen ganz allgemein nicht weinen sehen, aber bei dieser Frau …" Er rieb sich müde das Gesicht. „Sie weint niemals still und leise, oh nein. Wenn sie weint, dann richtig."

„Dann hast du also schon vorher einmal beobachtet, dass sie weinte?" erkundigte sich Daniel hinterlistig.

Griffith erstarrte. „Wie kommst du darauf? Glaubst du, ich laufe herum und bringe Frauen zum Weinen?"

„Du sagtest: ‚Sie weint niemals still und leise'. Das bedeutet, du sprichst aus Erfahrung."

Griffith blickte an ihm vorbei und zuckte mit den Schultern. „Und wenn es so wäre? Offensichtlich habe ich eine gewisse Begabung, Rosalind zum Weinen zu bringen."

„Nicht gerade hilfreich, wenn du das Mädchen für dich gewinnen willst."

„Das Mädchen für mich gewinnen?" brauste Griffith auf. „Du glaubst doch nicht etwa, dass …"

„Oh doch, das glaube ich. Es ist ganz eindeutig, dass du sie willst, und das nicht nur in deinem Bett."

„Du bist übergeschnappt", murmelte Griffith.

Daniel zog eine Braue hoch. „Ein Mann beleidigt eine Frau nicht auf so schändliche Weise, es sei denn, er wird von einem übermächtigen Gefühl getrieben. Du hasst sie nicht, so viel steht fest. Und so eifersüchtig, wie du dich aufführst …"

„Hör auf, von Eifersucht zu sprechen, ja? Ich wollte sie nur daran hindern, dich in eine schwierige Lage zu bringen."

„Ja, deine Sorge um mich war dir ganz deutlich anzumerken", entgegnete Daniel zynisch.

Griffith guckte ihn finster an. „Wie könnte ich auf mich selbst eifersüchtig sein? *Mich* beabsichtigt sie zu heiraten. Du hast in dem Moment nur zufällig meinen Namen getragen."

„Vielleicht. Vielleicht fand sie aber auch deine Annäherungsversuche unerträglich und beschloss, sich vor dir zu schützen, indem sie sich zu einem größeren, besser aussehenden Mann flüchtete." Als Griffith wütend aus seinem Sessel aufsprang, brach Daniel in schallendes Gelächter aus. „Nun schau dich doch nur mal an, du Narr! Diese kleine Hexe hat dich ja völlig durcheinander gebracht!"

Griffith setzte sich wieder. „Wenn das so ist, dann liegt das an unerfülltem Begehren. Ich habe schon lange keine Frau mehr gehabt, sie ist nun einmal da, und sie ist ... sehr interessant. Das ist alles."

„Und du bist ein verdammter Lügner."

„Das ist genau das Problem mit euch Iren. Ihr seid viel zu sentimental, was Frauen betrifft. Ihr verwechselt pure Lust mit einem tiefer gehenden Gefühl."

Daniel verkniff sich ein Lächeln. Wenn Griffith nicht selbst erkannte, was er für diese Frau empfand, so würde Daniel ihn bestimmt nicht darauf aufmerksam machen. Obwohl er es genossen hätte mitzuerleben, wie Griffith sich bei diesem Geständnis winden würde. „Also hast du noch nicht mit ihr geschlafen."

Griffith zögerte für den Bruchteil einer Sekunde. „Nein.

Nicht, dass ich es nicht gewollt hätte", fügte er mürrisch hinzu, „aber ich habe mir selbst eine Grenze gesetzt. Ich verführe keine Jungfrauen."

„Gut zu wissen, dass es für dich überhaupt irgendwo eine Grenze gibt", entgegnete Daniel trocken.

Griffith erhob sich grollend aus seinem Sessel. „Immerhin hintergehe ich diese Frau nicht. Ich lasse sie nicht in dem Glauben, dass ich sie heirate. Ich mache keine falschen Versprechungen. Das war deine Idee."

Daniel überlegte, ob er Griffith von seinem Verdacht erzählen sollte – nämlich, dass Lady Rosalind überhaupt nicht beabsichtigte, einen von ihnen zu heiraten. Ihre Bereitwilligkeit, ihn nach London zurückzuschicken, hatte ihn misstrauisch gemacht. „Seltsam, dass Lady Rosalind plötzlich ihre Meinung geändert hat", bemerkte er. „Ich dachte, sie hätte dir gesagt, sie wolle nicht heiraten, nur um Swan Park zu retten?"

„Ja, aber das war vorher."

„Vor was?"

Er fuhr sich durch das Haar. „Ich weiß auch nicht. Heute berichtete sie, wie ... wie ernst es Juliet damit sei. Rosalind hat vor, dich zu heiraten, um Juliet vor einer Ehe mit dir zu bewahren. Sie ist offenbar davon überzeugt, dass Mr. Knighton auf jeden Fall eine von den Swanleas heiraten will, also möchte sie lieber diejenige sein, als dass es ihre Schwester trifft."

„Aber warum?"

„Ich weiß nicht, was im Kopf dieser Frau vorgeht. Sie hat verkündet, sie wird nicht zulassen, dass Juliet dich ... mich ... Mr. Knighton heiratet. Vielleicht will sie doch den Besitz retten, und alle ihre anderen Behauptungen waren gelogen. Ich hätte wirklich nie erwartet, dass sie dir dieses Angebot machen würde."

„Ich auch nicht", erwiderte Daniel. Nein, Lady Rosalind hatte nicht vor, den Besitz zu retten, und auch nicht, ihre Schwester zu schützen, ganz gleich, was Griffith auch denken mochte. Sie war ein Kämpfertyp, kein Opferlamm. Er vermutete, dass sie eine neue Taktik einsetzte.

Griffith schien das jedoch nicht zu merken. Daniel beobachtete ihn verstohlen. Nein, dieser Narr hatte nicht die geringste Ahnung von Frauen. Seine Erfahrungen beschränkten sich darauf, seine stille Mutter herumzukommandieren und ab und zu mit einer Dirne oder der Frau eines Händlers das Bett zu teilen. In letzter Zeit ließen seine ehrgeizigen Pläne nicht einmal mehr das zu.

Griffith mochte den Frauen Komplimente machen oder Shakespeare zitieren, doch Daniel ahnte, was sie sich wirklich wünschten. Nun, zumindest, was sich die *meisten* von ihnen wünschten. Eine Frau wie die kühle Lady Helena, deren Schönheit ihn im gleichen Maße faszinierte, wie ihr Verhalten ihn ärgerte, war jedoch immer noch ein Mysterium für ihn.

Eine geradlinige Frau wie Lady Rosalind konnte man allerdings leicht durchschauen. Sie plante den Aufstand, das merkte man ihr an. Man sah ihr auch an, dass sie Griffith wollte.

Sollte er Griffith von seinem Verdacht unterrichten? Daniel verschränkte die Arme vor der Brust und beobachtete ihn, wie er fluchend Stühle wieder aufrichtete und Bücher ins Regal zurückstellte. Nein, Daniel entschied sich, mit Griffith nicht darüber zu sprechen. In den letzten Jahren war seinem Freund alles ein wenig zu leicht zugeflogen – Erfolg, Geld. Griffith hatte in den letzten zehn Jahren mehr erreicht als andere Männer in ihrem ganzen Leben, dennoch wusste er sein Glück nicht zu schätzen. Er war nur von dem einzigen Gedanken beseelt: Er wollte alles, was er sah, besitzen, ganz gleich, wen er damit verletzte oder was er dafür tun musste.

Lady Rosalinds Angebot schien ihn aus dem Konzept gebracht zu haben, und Daniel wollte dafür sorgen, dass Griffith seine Seelenruhe so schnell nicht wiederfand.

Er räusperte sich. „Auf jeden Fall kannst du aus dieser Situation mit Lady Rosalind deinen Vorteil schlagen", ließ sich Daniel vernehmen.

„Wie soll das gehen?" Noch ehe Daniel antworten konnte, fuhr Griffith bereits fort: „Wenn du glaubst, ihrem Vater unter dem Vorwand eurer Verlobung die Urkunde abluchsen zu können – vergiss es. Sein Schreiben ließ keinen Zweifel zu. Ich werde das Beweisstück am Hochzeitstag ausgehändigt bekommen, und keinen Augenblick früher."

„Ich dachte auch gar nicht an deine verdammte Urkunde", brauste er auf, nahm sich dann aber zusammen, als Griffith ihn neugierig anguckte. „Jedenfalls nicht in dem Zusammenhang, dass ich sie von Swanlea bekomme. Aber jetzt, da Lady Rosalind meine Verlobte ist, habe ich das Recht, mich so ausgiebig mit ihr zu beschäftigen, dass du unbehelligt suchen kannst."

Griffith zögerte, er hielt in der einen Hand ein Buch, in der anderen eine Vase. „Was meinst du damit, du willst dich mit ihr beschäftigen?"

„Ihr den Hof machen, Mann! Abendspaziergänge im Garten, Picknicks im Freien, all so etwas! Sie kann das kaum ablehnen, wenn sie vorhat, mich zu heiraten. Wenn irgendetwas sie von dir fern hält, dann das."

Griffith sieht nicht annähernd so erfreut aus, wie er sollte, dachte Daniel vergnügt.

„Ich weiß nicht, ob das so klug ist", erwiderte Griffith und stellte die Vase etwas unsanft auf einen Tisch. „Du solltest in ihr nicht allzu große Hoffnungen wegen dieser Heirat wecken. Ich möchte nicht, dass sie … verletzt wird, wenn die Wahrheit herauskommt."

„Das kann man nicht verhindern", entgegnete Daniel trocken. „Schließlich hast du vor, ihren Vater zu vernichten, nicht wahr? Außerdem – du magst zwar kein Interesse an einer Ehe haben, ich hingegen schon." Auf Griffith' drohenden Blick hin fügte er hinzu: „Natürlich nicht mit Lady Rosalind als Gattin. Jemand von ihrer vornehmen Abstammung ist für mich außer Reichweite. Aber ihr den Hof zu machen ist für mich die beste Übung, falls ich irgendwann einmal ein anderes süßes Mädchen kennen lerne. War das nicht in erster Linie der Grund, warum ich in deine Rolle schlüpfen sollte? Damit ich lerne, mich etwas zivilisierter zu benehmen? Was könnte es Zivilisierteres geben, als einer Dame den Hof zu machen?"

„Tu, was du willst", murmelte er, obwohl seine Kiefermuskeln bedenklich zuckten. „Pass nur auf, dass … dass du nichts tust, wofür wir beide aus dem Haus geworfen werden."

Daniel erhob sich, um Griffith beim Aufräumen des Zimmers zu helfen. „Natürlich nicht." Er würde nur das tun, was erforderlich war, um Griffith zur Vernunft zu bringen. Und möglicherweise war das gar nicht mehr viel.

14. KAPITEL

Griffith hielt sich den ganzen Abend lang von den anderen fern. Er erschien nicht zum Abendessen und nahm auch nicht an Daniels Gespräch mit dem Earl teil.

Etwas viel Wichtigeres beschäftigte ihn. Deshalb schlich er sich zu Rosalinds Zimmer, nachdem er sicher sein konnte, dass sie sich bereits dorthin zurückgezogen hatte.

Leise klopfte er an ihre Tür.

„Einen Moment", ertönte ihre gedämpfte Stimme. Sekunden später öffnete sich die Tür einen Spalt, und Rosalind spähte hinaus. Als sie Griffith vor sich sah, wollte sie die Tür zuschlagen, aber er schob seinen Fuß dazwischen. „Geh weg!" Besorgt blickte sie zu den Zimmern ihrer Schwestern auf der gegenüberliegenden Seite des Flurs.

„Ich muss mit dir sprechen."

„Wir haben nichts mehr zu bereden."

„Es dauert nur einen Augenblick, und dann verschwinde ich gleich wieder. Das verspreche ich. Bitte, lass mich ein."

„Du wirst mein Schlafzimmer nicht betreten", teilte sie ihm unnachgiebig mit.

„Warum nicht? Du bist doch auch zu mir gekommen." Als sie ihn wütend anfunkelte, fügte er hinzu: „Ich verspreche dir, ich werde mich wie ein Gentleman benehmen. Ich möchte mich nur kurz mit dir unterhalten, das ist alles. Wenn du das lieber hier draußen …"

„Nein!" fiel sie ihm hastig ins Wort. „Keiner darf mitbekommen, dass du hier bist!"

„Dann lass mich herein."

„Wenn du unbedingt mit mir sprechen willst, dann kannst du das auch beim Frühstück tun."

„So wie ich aussehe, habe ich nicht vor, am Frühstück teilzunehmen." Er hielt die Kerze näher an sein Gesicht. „Ich würde deinen Schwestern nur Angst einjagen, wie du unschwer feststellen kannst."

Mitgefühl flackerte in ihren Augen auf. Dann öffnete sie die Tür ein Stück weiter, und er erblickte ihr offenes, langes Haar und den leuchtend bunten Morgenmantel. Plötzlich zweifelte er daran, dass sein Entschluss wirklich so klug gewesen war.

„Was ist dir denn zugestoßen?" flüsterte sie.

„Dasselbe wie Knighton."

Sie zog eine Braue hoch. „Du bist die Treppe hinuntergefallen?"

Er lachte leise. „Ist es das, was er euch allen erzählt hat?"

„Ja. Sein Bericht war sehr anschaulich und überzeugend, obwohl ich mich insgeheim gefragt habe, ob du ihn vielleicht hinuntergestoßen hast. Du wirktest recht wütend heute Nachmittag."

„Das war ich auch." Er zögerte. „Und wie hat er die Unordnung im Arbeitszimmer erklärt?"

„Unordnung?" wiederholte sie aufgebracht.

„Mach dir keine Sorgen, ich … *er* wird für die eventuellen Schäden aufkommen."

„Worauf er sich verlassen kann! Seid ihr beiden wirklich so unerzogen, dass ihr euch ausgerechnet in Papas Arbeitszimmer prügeln musstet?"

Griffith zuckte mit den Schultern. „Er nahm Anstoß an

etwas, das ich gesagt hatte, und umgekehrt. Wir haben die Sache auf die altmodische Art bereinigt." Er lehnte sich mit der Schulter an den Türrahmen. „Wenn du mich hereinlässt, meine blutrünstige Amazone, erzähle ich dir die ganze Geschichte. Wenn nicht, bleibe ich mit dem Fuß in der Tür hier stehen, bis du mich hineinbittest. Was deine Schwestern wohl morgen früh darüber denken werden?"

Sie reckte das Kinn. „Hat dir schon einmal jemand gesagt, dass du ein Rüpel bist?"

„Das passiert mir fast täglich", erwiderte er und spielte damit auf eine ähnliche Bemerkung von ihr im Wildpark an.

Offenbar erinnerte sie sich daran, denn der Anflug eines Lächelns trat auf ihre Lippen. Trotzdem ließ sie ihn immer noch nicht in ihr Zimmer.

Er war mit seiner Geduld am Ende. „Herrgott, du siehst doch, dass ich nicht in der Verfassung bin, über dich herzufallen! Also lass mich bitte herein!"

„Nicht so laut", beschwor sie ihn. Sie hörte eine ihrer Schwestern husten, und das gab wohl den Ausschlag. „Nun gut, du darfst für einen Moment hereinkommen, aber ich nehme dich beim Wort, dass du dich wie ein Gentleman benimmst." Sie trat zur Seite, um ihn einzulassen. „Obwohl ich befürchte, dass du gar nicht weißt, was ein Gentleman ist."

Er unterdrückte ein Schmunzeln und hielt die Kerze höher, um sich im Zimmer umzuschauen, während Rosalind die Tür ins Schloss zog. Diese eine Kerze beleuchtete den Raum nur spärlich, aber immerhin konnte er ein großes Bett mit grünem Überwurf erkennen. Er vermochte die genaue Schattierung nicht auszumachen, aber hätte wetten mögen, dass es sich um ein sehr lebhaftes Grün handelte. Ihm gefiel es, sich auszumalen, wie sie in ihrem orangefarbenen Seidenmorgenmantel auf dem grünen Bettüberwurf lag, wie ein in Jade gebetteter Jaspis. Es war ein Bild voller mystischer Sinnlichkeit, und sein Verlangen begann sich zu regen.

Er hatte gelogen. Natürlich war er in der Verfassung, über sie herzufallen, und im Moment hätte er nichts lieber getan. Er wollte sie küssen, wieder ihre Brüste liebkosen und …

Nein. Er hatte es ihr versprochen, auch wenn er es im Moment noch so sehr bereute.

Sie zupfte nervös an den Enden ihres Gürtels. „Warum bist du hier, Griffith? Was willst du?“

Was er wollte, konnte er in dieser Nacht nicht bekommen. „Ich möchte … mich vergewissern, dass es dir gut geht.“

„Ja, mir geht es gut. Nun, wenn das alles ist …“

„Wie haben deine Schwestern die Neuigkeit von deiner Verlobung aufgenommen? Nach deinem Vater brauche ich wohl nicht zu fragen. Ich nehme an, *er* war überglücklich.“

Stirnrunzelnd wandte sie sich ab. „Ja, natürlich war er das. Er ist froh, dass er endlich eine seiner Töchter unter der Haube hat.“ Sie zögerte. „Und meine Schwestern haben auf die Neuigkeit wie erwartet reagiert.“

Was immer das heißen mochte.

Sie guckte ihn wieder an. „Aber du bist doch sicher nicht gekommen, um dich nach meiner Familie zu erkundigen.“

„Nein, ich bin hier, um mich zu entschuldigen.“

Selbst im schwachen Kerzenschein konnte er sehen, wie die verschiedensten Gefühle über ihr Gesicht huschten – Erleichterung, Verwirrung und schließlich Zorn. „Du musst dich etwas genauer ausdrücken“, fuhr sie ihn an. „Wofür möchtest du dich entschuldigen? Dafür, dass du versucht hast, mich zu verführen? Dass du mich vor deinem Arbeitgeber als Dirne bezeichnet hast? Dass du dich benommen hast wie ein …“

„Genug“, murmelte er. „Du hast Recht, mein Sündenregister ist lang. Ich werde mich nicht dafür entschuldigen, dass ich versucht habe, dich zu verführen, da das Einzige, was ich daran bereue, die Tatsache ist, es nicht zu Ende gebracht zu haben.“

„Griffith!“ rief sie empört.

„Für den Rest jedoch entschuldige ich mich. Deshalb bin ich gekommen. Außerdem wollte ich mich versichern, dass es dir gut geht. Wir sind heute Nachmittag nicht gerade im Guten geschieden.“

Sie schwieg, trat aber ein paar Schritte weiter zurück. Wie sie so dastand, außerhalb des Lichtscheins der Kerze, sah sie beinahe unwirklich aus, wie eine goldene Statue, die zum Leben erwacht war, um ihre Schwestern vor bösen Männern zu beschützen.

Vor bösen Männern wie Knighton. Wie ihm. Er massierte sich den Nacken und überlegte, wie er sie sonst noch besänftigen konnte. „Ich weiß, dass du Knighton nicht des Geldes wegen heiratest, und mir ist vollkommen klar, dass du keine Dirne bist. Es war nur … als du plötzlich davon anfingst, so verdammt entgegenkommend zu sein …“ Er verstummte, weil ihn schon wieder der Zorn packte. Er hatte den ganzen Abend versucht herauszufinden, warum ihr Vorschlag ihn so in Rage versetzt hatte. Schließlich war ihm bewusst geworden, dass es daran gelegen hatte, dass sie „Mr. Knighton“ so vollkommen aberwitzige

Freiheiten angeboten hatte, um ihn zu einer Heirat zu überreden – nachdem sie vorher jeden Gedanken, „Mr. Brennan" zu ehelichen, weit von sich gewiesen hatte. Und wozu das Ganze? Für Swan Park, das sie angeblich hasste? Für ihre Schwester, die anscheinend bereitwillig jeden heiraten würde, der den Besitz retten konnte? Das ergab keinen Sinn.

„Wenn ich ..." Er biss sich auf die Unterlippe, weil er wusste, dass er diese Frage später bestimmt bereuen würde. Trotzdem konnte er nicht anders. „Wenn ich dich heute Nachmittag in meinem Zimmer gebeten hätte, mich zum Mann zu nehmen, was hättest du dann gesagt?"

Im Raum wurde es so still, dass er hören konnte, wie ihr Atem schneller ging. „Du hast mich aber nicht darum gebeten." Ihre Stimme schien von weit weg zu kommen.

„Ich weiß. Aber wenn ich es getan hätte?"

„Das spielt doch jetzt keine Rolle mehr, nicht wahr? Ich habe vor, mit deinem Arbeitgeber vor den Traualtar zu treten, und nichts wird mich daran hindern."

Er schluckte die Bemerkung hinunter, die ihm auf der Zunge lag. Ihre Fähigkeit, ihn in Rage zu bringen, erstaunte ihn. Noch nie war er so ausfallend geworden wie heute ihr gegenüber. „Beantworte nur meine Frage, Rosalind", bat er, so ruhig er konnte.

„Warum?" Verbitterung schwang in ihrem Tonfall mit. „Damit du die Gewissheit hast, dass du mich haben könntest, wenn du wolltest? Würde das deinen verletzten Stolz wieder aufrichten? Ist es das?"

„Nein, natürlich nicht." Doch sie hatte zum Teil Recht. Obwohl er zu glauben meinte, was sie zu dieser Heirat trieb, verletzte es seinen Stolz, mit anzusehen, wie sie ihren Plan in die Tat umsetzte.

Seine anderen Beweggründe waren allerdings weitaus edler. Er hatte beschlossen, dass er den Gedanken, sie zu heiraten, gar nicht aufzugeben brauchte – er musste nur ihrem Vater den Titel auf elegantere Weise aberkennen lassen, dann würde er sie trotz allem ehelichen können. Natürlich beanspruchte er den Titel nach wie vor, aber vielleicht konnte man die Angelegenheit etwas diskreter regeln.

Denn er wollte beides. Er wollte den Titel, der ihm die Teilnahme an der Delegation nach China ermöglichte, durch die wiederum der Einfluss und die Macht seines Unternehmens deutlich gesteigert werden würde, und er wollte Rosalind. In seinem Bett, in seinem Leben, für immer und ewig.

Warum sollte das nicht gehen? Er konnte sich ja auch gar nicht sicher sein, ob sie sich wirklich gegen seine Pläne stellen würde. Er hatte ein gerechtes Anliegen, und Rosalind verfügte über einen ausgeprägten Gerechtigkeitssinn. Bestimmt würde sie einsehen, dass ihr Vater ihm übel mitgespielt und dass er ein Recht auf den Titel hatte. Soweit er es beurteilen konnte, schien sie sich selbst nicht allzu gut mit ihrem Vater zu verstehen.

Ihre Schwestern liebte sie jedoch. Ganz gleich, wie viel Geld er für ihren Unterhalt auch in Aussicht stellen mochte, sie würde gewiss nicht wollen, dass ihr Name mit dem Skandal in Verbindung gebracht wurde.

Doch vielleicht bot sie dem allen die Stirn, wenn ihr etwas an ihm lag. Immerhin beabsichtigte sie, einmal die Bretter zu betreten, die die Welt bedeuten. Das würde den guten Ruf ihrer Schwestern wohl mehr beflecken als das, was er vorhatte.

Er war hergekommen, um herauszufinden, was sie wirklich für ihn empfand, ehe er einen so drastischen Schritt wagte … Allerdings würde sie ihm ihre Gefühle wohl kaum offenbaren, solange er sich weiter in Ausflüchten erging. Also gut. „Willst du meine Frau werden?“ platzte er heraus. „Bist du bereit, Knighton zu vergessen und dafür mich zu heiraten?“ Er hielt den Atem an. Wenn ihre Antwort Ja lautete, würde er ihr die Wahrheit sagen – die ganze Wahrheit. Zuerst jedoch musste er wissen, was sie tatsächlich für ihn fühlte. Dass sie ihn begehrte, war ihm bereits klar. Sogar jetzt huschte ihr Blick immer wieder nervös zum Bett hinüber, und auch er musste unwillkürlich immer wieder dorthin schauen. Doch empfand sie mehr für ihn?

„Nein“, stieß sie schließlich hervor.

Er glaubte, sich verhört zu haben. Sie wies ihn ab? Wie konnte sie das tun, nachdem er den ganzen Abend mit sich gerungen hatte, ob er ihr überhaupt einen Antrag machen sollte? „Warum denn nicht?“ Dann dämmerte es ihm. „Du glaubst, ich kann nicht für dich sorgen, ist es das? Ein Berater verdient deiner Meinung nach sicher nicht so viel, dass er eine Frau ernähren kann.“ Diese Begründung konnte er nachvollziehen, aber sie würde gegenstandslos werden, sobald er Rosalind alles gebeichtet hatte.

„Ich versichere dir, es hat nichts mit deinem Einkommen zu tun.“

Er zuckte zusammen. „Dann … liegt es an meiner Vergangenheit?“

„Nein! Es liegt daran, dass du mich gar nicht heiraten *willst!* Du möchtest Mr. Knighton nur eins auswischen. Du kannst es nicht ertragen, dass ich meine Hand – und sei es aus rein praktischen Gründen – einem Mann reiche, den du so sehr verachtest."

Das verschlug ihm beinahe die Sprache. „Wie bitte? Ich verachte Knighton doch nicht!"

„Ach nein? Ich habe zufällig mitbekommen, wie du mit ihm redest. Du tust so, als wärst du etwas Besseres als er. Da du von zu Haus ausgerissen bist, hast du dir selbst beigebracht, dich wie ein Gentleman zu geben, aber er hat dieses Talent nicht. Er ist nicht so gewandt wie du, trotz seiner angeblichen Ausbildung in Eton. Deshalb verachtest du ihn wegen seiner ungeschliffenen Manieren. Und dein Heiratsantrag ist nur ein weiterer Auswuchs deiner Geringschätzung; einmal mehr möchtest du ihn vorführen!"

„Das ist doch blanker Unsinn!" Sie hatte alles gründlich missverstanden, da sie nicht ahnte, dass er und Daniel die Rollen getauscht hatten. Was sie für Verachtung hielt, war nichts anderes als Autorität.

„Sag mir eins, Griffith", meinte sie sanft. „Wenn ich ihm heute dieses Angebot nicht gemacht hätte – wärst du dann jetzt überhaupt hier?"

Er konnte den Schmerz aus ihren Worten heraushören. Er war nicht der Einzige, dessen Stolz verletzt worden war. So ungern er es auch zugab, ihr Vorgehen hatte ihn tatsächlich dazu gebracht, eine Heirat enger in Betracht zu ziehen, und sie war klug und hatte es erkannt. Aber das bedeutete doch nicht, dass er sie haben wollte, um Daniel eins auszuwischen, um Himmels willen! Er wollte *sie!*

„Es ist nicht so, wie du glaubst", widersprach er und war

fest entschlossen, ihr ihre Bedenken zu nehmen. „Knighton und mich verbindet eine ungewöhnliche Freundschaft. Wir kennen uns seit zehn Jahren, und wir reden offener miteinander als die meisten Menschen in unserer Situation. Ich schwöre dir, ich habe keinerlei Bedürfnis, ihm in irgendeiner Hinsicht ‚eins auszuwischen'." Er schluckte seinen Stolz hinunter und fügte hinzu: „Ich möchte dich zur Frau haben – so einfach ist das."

„Ist es das?" murmelte sie erstickt. „Nun gut. Wenn du mir eine Frage beantwortest, die mich schon lange bedrückt, werde ich über … deinen Antrag nachdenken."

„Welche?"

„Wonach suchst du heimlich in Swan Park?"

Verdammt, natürlich. Er hätte damit rechnen müssen, dass sie sich danach erkundigte. Er sollte einfach bei der Wahrheit bleiben. Dann würde Rosalind begreifen, warum er keine „Verachtung" für „Knighton" empfand und weshalb er sich so lange Zeit gelassen hatte, ihr einen Antrag zu machen.

Er seufzte. Ja, dann würde sie alles verstehen. Ihr würde aufgehen, dass er vorhatte, ihren Vater zu ruinieren. Vielleicht machte ihr das ja nichts aus, aber wenn doch, würde sie ihm möglicherweise einen Korb geben. Und dann würde sie obendrein dafür sorgen, dass er das Beweisstück niemals in die Hände bekam. Warum sollte er jetzt etwas riskieren, wenn diese Frau nicht einmal bereit war zuzugeben, dass sie ihn heiraten *wollte?*

„Ich sagte dir doch schon, ich habe nicht nach irgendetwas gesucht", erwiderte er ausweichend. „Ich mache nur eine Bestandsaufnahme des Besitzes …"

„Unsinn, reiner Unsinn." Sie kam näher, und im Licht der

Kerze sah er, wie ihre Augen funkelten. „Behandele mich nicht wie einen Dummkopf. Du hast noch mit keinem unserer Angestellten gesprochen oder darum gebeten, mit Papas eigenem Verwalter reden zu dürfen. Beides hättest du als Erstes getan, wenn dir wirklich die Zukunft des Besitzes am Herzen gelegen hätte. Ganz zu schweigen davon, dass ich noch nie den Geruch von Zigarrenrauch an dir wahrgenommen habe. Für jemanden, der so verzweifelt nach Zigarren sucht, hast du dich mit dem Rauchen verdächtig zurückgehalten."

Bei Gott, diese Frau hatte ihn wirklich sehr gründlich beobachtet und ein paar sehr intelligente Schlüsse gezogen. Aber etwas anderes hatte er von ihr auch nicht erwartet.

Er versuchte es auf eine andere Art. „Aber Rosalind, wenn du dir so sicher bist, dass ich hier im Haus nach etwas suche, warum sagst du mir dann nicht, um was es sich deiner Meinung nach dabei handelt?"

Sie zuckte innerlich zusammen bei dieser Frage. Sie musste ihre ganze Willenskraft aufbringen, um nicht zum Fußende ihres Bettes zu blicken, wo die Truhe mit der Schatulle ihres Vaters stand. „Ich habe keine Ahnung. Deswegen will ich das ja von dir wissen."

„Du hast keine Ahnung, wonach ich suche, aber du bist dir sicher, dass ich etwas suche. Wenn dir dein Verdacht so begründet scheint, warum hast du dann noch nicht mit deinem Vater darüber gesprochen? Warum hast du mich noch nicht hinauswerfen lassen?"

Sein schneidender Tonfall setzte ihr zu, und sie reckte trotzig das Kinn. „Genau das hatte ich heute Nachmittag auch vor, als ich in deinem Zimmer die aufgebrochene Tür zum Treppenhaus entdeckte. Doch dann … hast du mich abgelenkt, und danach …"

„Danach bist du geradewegs zu meinem Arbeitgeber gegangen", fiel er ihr ins Wort. „Wenn ich es recht bedenke … warum hast du Knighton denn nichts von deinem Verdacht erzählt, als du dich ihm angeboten hast? Oder hast du etwa vergessen, dass er derjenige ist, für den ich arbeite? Du scheinst nur *meine* Beweggründe für suspekt zu halten, dabei tue ich das, was er mir aufträgt."

Ein Punkt für ihn, dachte Rosalind. Sollte Griffith finstere Absichten hegen, dann musste Mr. Knighton in der Tat etwas damit zu tun haben. Aber wenn sie beide darin verwickelt waren, warum hatte Mr. Knighton dann ihren Antrag angenommen, obwohl Griffith so eindeutig dagegen gewesen war? Irgendetwas stimmte hier nicht.

„Also gut, vielleicht frage ich ihn später danach", erwiderte sie. „Doch zuerst möchte ich deine Erklärung hören. Schließlich bist du derjenige, der mit der Suche beschäftigt ist."

Er wandte den Blick ab, und sein Profil bot ihr eine neue Sicht auf das Ausmaß der Verletzungen in seinem Gesicht, die denen seines Arbeitgebers in nichts nachstanden. Ein hässlicher Bluterguss breitete sich um sein Auge aus, und in der Nähe seines Mundwinkels hatte sich Schorf gebildet, weil dort die Lippe aufgeplatzt war.

Sie unterdrückte einen plötzlichen Anflug von Mitgefühl. Auch wenn er sich ihretwegen geschlagen haben mochte – das bedeutete gar nichts. Im Grunde wusste sie nicht einmal, ob der Kampf tatsächlich mit ihr zu tun gehabt hatte. Mr. Knighton war sie ganz sicher nicht so wichtig, dass er sich mit irgendjemandem ihretwegen geprügelt hätte. Und was Griffith betraf – nun, er wurde von seinem Stolz getrieben, das war alles. Doch sein Stolz schien recht stark ausgeprägt zu sein – ungewöhnlich für einen Berater.

„Ich suchte nichts anderes als das, was ich von Anfang an zugegeben habe", antwortete er schließlich und schaute sie ernst an. „Außerdem hat das nichts mit uns zu tun, mit meinem Heiratsantrag. Ich möchte dich heiraten. Reicht dir das nicht?"

Der Schmerz schnürte ihr fast die Kehle zu, nicht nur wegen seiner Weigerung, ihr die Wahrheit zu sagen, sondern auch wegen des gefühllosen, nüchternen Tonfalls, in dem er seinen Antrag machte. Er tat so, als müsse sie vor Dankbarkeit vor ihm auf die Knie fallen, weil er beabsichtigte, eine alte Jungfer wie sie zu heiraten. Nun, darauf konnte er bis in alle Ewigkeiten warten.

„Obwohl ich mich ungeheuer geschmeichelt fühle, dass du dich dazu herablassen willst, mich zu ehelichen …", begann sie unterkühlt.

„Was soll das heißen, ich lasse mich herab?" unterbrach er sie schnell.

Tränen brannten in ihren Augen, aber sie riss sich zusammen. Sie würde nicht noch einmal vor ihm weinen! „Deinem Antrag mangelt es ein wenig an Begeisterung."

„Zum Donnerwetter, Rosalind!" brauste er auf. „Was möchtest du von mir?"

Sie wurde blass. „Die Wahrheit. Und ein Zeichen, dass ich dir etwas bedeute." Sein Blick nahm einen anderen Ausdruck an, und sie beeilte sich hinzuzufügen: „Nein, nicht nur, was meine körperlichen Vorzüge betrifft. In dieser Hinsicht hast du mehr als deutlich gemacht, dass ich dir etwas bedeute."

„Ich kann mich nicht entsinnen, dass du von Knighton auch etwas Derartiges verlangt hast“, entgegnete er bissig. „*Ihn* hast du nicht um die Wahrheit gebeten, und *er* sollte dir nicht beweisen, dass du ihm etwas bedeutest!“

Sie verspürte einen Stich in der Herzgegend. *Das kommt daher, dass ich ihn nicht heiraten will. Ich möchte deine Frau werden.*

Bei Gott, das entsprach der Wahrheit. Sie wollte wirklich, dass dieser Schuft sie heiratete. Beschämt gestand sie sich ein, dass sie dafür fast alles hergegeben hätte – ihre Hoffnungen für Juliets Zukunft, ihre Familie, ja sogar ihren Traum, Schauspielerin zu werden. Aber nur, wenn er sie ehrlich und aufrichtig begehrte.

Das Problem war nur, dass er das nicht tat. Ein anderer Mann hatte ihm sein vernachlässigtes Spielzeug weggenommen, deshalb wollte er es jetzt wieder zurückhaben. Allerdings nicht so sehr, dass er ihr dafür die Wahrheit gesagt oder ihr gezeigt hätte, dass sie ihm etwas bedeutete. Nicht einmal das war sie ihm wert.

Niedergeschlagen ging sie zur Tür und öffnete sie. „Ich habe das von Mr. Knighton nicht verlangt, weil er mir bereits etwas angeboten hatte, was mir fehlte – seine Bereitschaft und die Fähigkeit, meiner Familie zu helfen.“ Sie schluckte. „Du hingegen bietest mir gar nichts, nicht einmal einen guten Grund dafür, warum ich dich heiraten sollte. Wenn ich die Wahl zwischen zwei Männern habe, die sich nichts aus mir machen – einem Gentleman, dessen Antrag meiner Familie den weiteren Aufenthalt in diesem Haus sichert, der mich aber sonst höflich und einfühlsam behandelt, und einem egoistischen Ränkeschmied, der mich mit Beleidigungen überschüttet und der mir nur aus einer Verstimmung heraus die Ehe anbietet –, dann wäre ich doch wohl eine Närrin, wenn ich mich für den Ränkeschmied entscheiden würde."

Seine Augen verengten sich zu Schlitzen. „Aus einer Verstimmung heraus? Die Einzige, die hier verstimmt ist, bist du, Rosalind. Ich habe dir heute Nachmittag, als es angebracht gewesen wäre, keinen Antrag gemacht. Und deshalb bestrafst du mich jetzt dafür, indem du mir einen Korb gibst. Habe ich Recht?"

Ihr Herz krampfte sich zusammen. Was hatte es überhaupt für einen Sinn, mit ihm zu streiten? Er würde sie nie verstehen, weil er viel zu sehr mit sich selbst und seinen Gefühlen beschäftigt war. „Nein, Mr. Knighton hatte Recht. Du *bist* ein Bastard, und das meine ich nicht im juristischen Sinne! Nun, ich muss mich schon mit Papa herumärgern, da kann ich nicht noch einen egoistischen Taugenichts in meinem Leben gebrauchen."

Seine Augen funkelten. „Schön. Und ich brauche keine misstrauische Furie, die sich in alles einmischt! Genieße deine Verlobung mit deinem ‚Gentleman'. Ich vermute, zu guter Letzt wirst du das ziemlich unbefriedigend finden."

Er wollte das Zimmer verlassen, machte dann aber plötzlich kehrt. Er legte den Arm um ihre Taille und zog sie an sich, um sie hart und leidenschaftlich zu küssen. Anfangs wehrte sie sich und hielt ihre Lippen fest verschlossen, doch dann presste er sie so fest an sich, dass sie seine Erregung spüren konnte, und zu ihrer äußersten Scham gab sie nach, schwach und willenlos wie immer, wenn er seine Verführungskünste einsetzte. Fast unbewusst öffnete sie den Mund, und mit einem tiefen, triumphierenden Aufstöhnen nahm er davon Besitz.

In der offenen Tür zu ihrem Schlafzimmer, wo jeder sie hätte sehen können, küsste er sie wie ein Liebhaber, heiß und feurig. Er ließ die Hände über ihren Körper wandern und zog sie noch enger an sich. Er hörte nicht auf, bis sie fast besinnungslos war vor Verlangen.

Erst da hob er den Kopf und schaute sie mit brennendem Blick an. „Mir scheint, du hast Recht – ich weiß wirklich nicht, was ein Gentleman ist. Aber wenn du das nächste Mal mit deinem ‚Verlobten' zusammen bist, dann bedenke, dass du dich nicht nach den Küssen des Gentlemans verzehrst, dass du nicht *seine* Hände auf dir spüren willst. Sondern die des Bastards. Und ob du es nun zugibst oder nicht – es ist der Bastard, den du in deinem Bett haben möchtest." Und damit ließ er sie allein.

Noch lange, nachdem er gegangen war, bebte sie von Kopf bis Fuß vor unerfülltem Begehren. Ja, er hatte die Wahrheit gesagt. Sie wollte ihn in ihrem Bett.

Doch wenn das bedeutete, ihn zu heiraten, obwohl er sich nicht das Geringste aus ihr machte … Nein. Zum Glück konnte sie immer noch selbst entscheiden, wen sie heiratete. Mr. Knighton wahrscheinlich nicht. Aber Griffith auch auf gar keinen Fall, das war sicher.

15. KAPITEL

Während der nächsten zwei Tage fand Rosalind heraus, dass es entschiedene Nachteile hatte, mit einem Mann verlobt zu sein, den sie gar nicht zu heiraten beabsichtigte. Papa freute sich zwar sehr über die Verlobung, aber zu ihrer Verärgerung schienen ihre Schwestern wenig begeistert davon zu sein. Rosalind hatte Helena unter vier Augen verraten, was sie in Wirklichkeit plante, aber diese war überraschenderweise von ihrem Verhalten enttäuscht gewesen. Sie hatte gemeint, es sei schändlich, Mr. Knighton so zu täuschen.

Rosalind konnte mit Helenas unterkühlter Ablehnung leben, aber Juliets Benehmen stürzte sie in Verwirrung. Als Papa Juliet die Neuigkeit von der Verlobung mitgeteilt hatte, war sie in Tränen ausgebrochen und davongelaufen. Seitdem hatte Rosalind sie kaum noch zu Gesicht bekommen.

Erst am heutigen Tag glaubte Rosalind begriffen zu haben, worin der Grund für Juliets Kummer bestand. Ihre Schwester war fest entschlossen gewesen, die Familie zu retten und damit wiedergutzumachen, was sie ihrer Meinung nach durch ihre Geburt an Schuld auf sich geladen hatte. Diese Gelegenheit zur Wiedergutmachung hatte Rosalind ihr nun genommen.

Doch Rosalind bereute ihr Verhalten nicht. Juliet war viel zu jung, um sich für die Familie zu opfern.

Dabei behagte auch Rosalind die Opferrolle nicht sehr. Sie hatte gehofft, ihr Angebot würde sie von Mr. Knightons Gegenwart befreien, stattdessen tauchte er nun überall auf. Sie wandte zwar regelmäßig ein, dass sie ihn bei den Hochzeitsvorbereitungen nicht brauche, aber er wollte einfach nicht auf sie hören. Er bestand darauf, viel Zeit mit ihr zu verbringen; er begleitete sie in die Stadt, er war bei ihren Besprechungen mit der Köchin anwesend.

An diesem Tag hatte er ein Picknick zu zweit vorgeschlagen. Ihr graute ein wenig vor einer so intimen Unternehmung, aber sie konnte nicht ablehnen, ohne Verdacht zu erregen. Daher wartete sie nun also im Salon auf ihn und versuchte, ganz ruhig zu bleiben, was ihr aber nicht gelang.

Sie war es traurigerweise überhaupt nicht gewohnt, dass man ihr den Hof machte. Ihre früheren Bekanntschaften mit Männern hatten meist wegen ihres zugegebenermaßen aufbrausenden Naturells ein rasches Ende gefunden. Kein Mann war ihr je nahe genug gekommen, um ihren selbst errichteten Schutzwall durchbrechen zu können, was ihr ganz zupass gekommen war, da sie an keinem Mann wirklich Gefallen gefunden hatte.

Bis Griffith … Großer Gott, als er sie das letzte Mal geküsst hatte … Glühendes Verlangen durchströmte sie, obwohl sie seine arroganten Bemerkungen noch nicht vergessen hatte. Seine Abwesenheit in den letzten beiden Tagen – denn er ging ihr vollkommen aus dem Weg – hatte ihr schmerzhaft vor Augen geführt, wie sehr sie sich nach ihm verzehrte. Er mochte unverschämt, gefühllos und gemein sein, aber sobald er sie küsste, wurde sie zu einer willenlosen Närrin.

Zum Glück hatte sich das nicht wiederholt. Sie hatte ihn noch nicht einmal zu Gesicht bekommen. Sie war so erleichtert darüber, dass sie sich sogar nicht einmal fragte, wo er wohl im Moment seine Zeit verbringen mochte. Bestimmt suchte er noch immer nach … Ja, was auch immer sich in Papas Schatulle befand.

Ihr sollte es recht sein. Sollte er doch suchen, dieser Schuft. Sie hatte versucht, bei Mr. Knighton Erkundigungen über Griffith' heimliche Suche einzuziehen, aber er hatte nur behauptet, sein Berater erledige eben seine Aufgabe besonders gründlich. Sie hatte sogar Papa ihren Verdacht mitgeteilt, aber er war gelassen geblieben und hatte sich nur vergewissert, dass sie die Schatulle auch wirklich gut versteckt hatte. Was sich in dieser Schatulle befand, hatte er ihr jedoch nicht verraten wollen, schon gar nicht, seit Mr. Knighton eingewilligt hatte, sie zu heiraten. Der Mann würde das Haus wahrscheinlich erst plündern müssen, bis Papa bereit war, ihn hinauszuwerfen. Ihn oder seinen Berater.

Also hatte sie die Schatulle vorsichtshalber in ihrem Kleiderschrank unter ihren Unaussprechlichen versteckt. Nicht, dass Griffith davor zurückscheuen würde, auch dort nachzuforschen. Schamgefühl schien diesem Mann vollkommen fremd zu sein.

Nun gut, sollte er doch haben, was sich in der Schatulle befand, wenn er sie denn entdeckte. Dauernd darauf aufzupassen hatte Rosalind ohnehin schon viel zu viele Probleme bereitet. Sollte Griffith ruhig ungestraft im Haus herumstöbern. Solange er sie dabei in Ruhe ließ, war sie in Sicherheit. Wenn er nur endlich aufhören würde, sie des Nachts bis in ihre Träume zu verfolgen …

„Sind Sie bereit zum Aufbruch, meine Liebe?" ertönte eine herzliche Stimme.

Sie schrak zusammen und sah ihren Cousin in der offenen

Tür stehen. Mit einem halbherzigen Lächeln ging sie zu ihm. „Natürlich."

Sie hatte schon immer gefunden, dass er irgendwie merkwürdig ausschaute. Manchmal erinnerte er sie an einen herausgeputzten Zirkusbären, der mit großer Geduld die Würdelosigkeit seiner unpassenden Verkleidung ertrug, obwohl er sich insgeheim nach seiner natürlichen Gestalt zurücksehnte. Heute jedoch wirkte er wie ein Bär mit einem Picknickkorb, und sie dachte, dass das eigentlich ganz gut zu ihm passte.

„Wohin sollen wir gehen, Lady Rosalind? Sie werden eine geeignete Stelle für uns aussuchen müssen, da ich mich hier noch nicht so gut auskenne."

Sie lächelte und legte die Hand auf den Arm, den er ihr bot. „Ich fürchte, es gibt nicht viele wirklich hübsche Stellen bei uns. Schon seit einiger Zeit haben wir keinen Gärtner mehr, und dadurch ist alles ziemlich zugewuchert."

„Das stört mich nicht."

„Ja, aber Sie vermissen doch bestimmt London mit seinen gepflegten Gärten und Parkanlagen, oder?"

Seine Augen funkelten verschmitzt. „Wie könnte ich London vermissen, wenn ich mich hier in so hübscher Gesellschaft befinde?"

Sie hatte sich in den letzten beiden Tagen schon an seine Komplimente gewöhnt, daher überraschte sie es jetzt selbst, dass sie errötete wie ein ganz junges Mädchen. Mr. Knighton mochte zwar etwas ungeschliffen sein, aber er verfügte über eine Art von Charme, die Griffith völlig abging. Es war eine erfrischende Abwechslung nach all den Wirbelstürmen, die Griffith unweigerlich in ihr auslöste. Allerdings nicht so erfrischend, dass sie den Mann die ganze Zeit um sich haben wollte. Im Gegensatz zu Griffith … Sie verdrängte diesen Gedanken sofort.

„Außerdem habe ich in London gar keine Zeit für Picknicks“, fuhr Mr. Knighton ungezwungen fort. „Also ist das hier etwas Besonderes für mich, unabhängig davon, in welchem Zustand sich unser Picknickplatz befindet.“ Er schmunzelte, als sie in die Eingangshalle traten. „Obwohl ich mir nach unserer Hochzeit die Zeit für Picknicks mit meiner Frau nehmen werde.“

„Das klingt in der Tat verlockend“, brachte sie mühsam hervor, während sie gleichzeitig Schuldgefühle beschlichen. Er war wirklich ein charmanter Mann. Zu schade, dass sie ihn nicht heiraten wollte.

Er geleitete sie mit etwas unbeholfener Galanterie ins Freie, und auf ihren Vorschlag hin schlugen sie einen Weg durch den Garten ein, der zu dem ungefähr eine Viertelmeile entfernten Wald führte. Schon bald ging der Weg in einen schmalen Pfad zwischen alten Eichen, Weiden und Ulmen über.

„Dort drüben ist es“, sagte sie, als zwischen den Bäumen eine sonnendurchflutete Lichtung auftauchte. „Hier haben wir drei immer gespielt, als wir noch klein waren. Papa hat diese Schaukel für uns aufgehängt. Es gibt sogar ein Baumhaus, obwohl es wohl nach all den Jahren nicht mehr zu benutzen ist. Die Lichtung ist mein Lieblingsort hier in Swan Park.“

„Sie sieht geradezu vollkommen aus.“

Es dauerte noch ein paar Minuten, bis sie sie erreicht hatten, und Rosalind begann, sich unbehaglich zu fühlen. Sie hatte ganz vergessen, wie abgelegen die Lichtung war. Die Bäume umstanden sie so dicht, dass man sie kaum einsehen konnte.

Vielleicht hätte sie doch ihre Zofe mitbringen sollen, aber sie hatte das nicht für nötig gehalten. Bis jetzt hatte er nicht angedeutet, dass er ihre Beziehung zu vertiefen gedachte.

Als sie auf der Lichtung ankamen, fragte sich Rosalind jedoch, ob er vielleicht heute damit anfangen wollte. Zuerst entschuldigte er sich, dass er versäumt habe, ein Kissen für sie mitzubringen, während er die Decke ausbreitete. Und als sie sich zum Essen niederließen, bestand er darauf, sie zu bedienen, und suchte die besten Stücke vom Huhn und die saftigsten Äpfel für sie aus. Es hatte wirklich den erschreckenden Anschein, als mache er ihr jetzt ernsthaft den Hof. Was sollte sie tun, wenn er etwas … Vertraulicheres zu tun versuchte? Obwohl sie ihre Aufmerksamkeit auf das Essen richtete, warf sie ihm immer wieder verstohlene Blicke zu, um auf alle möglichen Annäherungsversuche seinerseits vorbereitet zu sein.

„Sie sehen heute besonders hübsch aus, Mylady", stellte er fest, nachdem er sein drittes Stück Huhn verspeist hatte. Als er sich anschickte, sich genüsslich die Finger abzulecken, reichte sie ihm eine Serviette, und er nahm sie schmunzelnd an. „Diese Haube steht Ihnen sehr gut."

Sie fand, sie sollte schleunigst das Thema wechseln. „Ich danke Ihnen, aber bestimmt kann sie nicht mit denen mithalten, die Sie sonst in London zu sehen bekommen."

Seine Mundwinkel zuckten. „Wissen Sie, Sie müssen glauben, dass in London alles besser ist, da Sie seine Vorzüge mindestens fünfzigmal in den letzten beiden Tagen gepriesen haben!"

Verdammt – sie musste sich wirklich bemühen, sich unauffälliger zu verhalten. „Ich bin nur neugierig, das ist alles." *Neu-*

gierig, wann du endlich dorthin zurückkehrst. „Aber das meiste ist dort doch bestimmt in der Tat besser – die Mode, die Zerstreuungen, die Menschen ... Nach den Freuden der Großstadt müssen Sie Swan Park doch schrecklich langweilig finden."

Sein Gesicht wirkte seltsam angespannt, so als gebe er sich größte Mühe, nicht loszulachen. „Es ist nicht im Mindesten langweilig hier."

Sie nahm einen Bissen von ihrem Apfel und kaute nachdenklich. „Aber in London kann man jeden Abend in die Oper oder ins Theater gehen!"

„Daraus mache ich mir nichts."

„Und was ist mit dem British Museum? Oder dem Tower?"

„Ich wüsste nicht einmal, was ich in einem Museum anfangen sollte. Und mit meinem Ruf wage ich mich nicht einmal in die Nähe des Towers!" Er schmunzelte jetzt.

Sie warf ihm einen kurzen Blick zu. „Was finden Sie so amüsant, Mr. Knighton?"

„Sie, Mylady."

„Ach?" Sie tupfte sich mit der Serviette über den Mund und fragte sich, ob sie vielleicht ein Stückchen Apfel am Kinn habe oder etwas in der Art.

„Warum rücken Sie nicht einfach mit der Sprache heraus, um Himmels willen, und sagen es?"

„Was soll ich denn sagen?"

„Dass ich endlich nach London zurückfahren soll, damit Sie aufhören können, so zu tun, als wären Sie verlobt!"

Sie ließ die Serviette fallen. „So ... so tun?"

„Nun kommen Sie, Lady Rosalind, wir wissen doch beide, dass Sie gar nicht vorhaben, mich zu heiraten."

Ihr wurde schwindelig. Großer Gott, wodurch hatte sie sich bloß verraten? Ob Helena ihm von ihrem Plan erzählt hatte? „Das … das ist doch lächerlich“, stammelte sie. „Wie kommen Sie nur auf so etwas?“

„Weil Sie seit dem Tag unserer Verlobung versuchen, mich nach London zurückzuschicken. Ganz zu schweigen von Ihren ‚großzügigen Angeboten‘, die keine Frau einem Mann unterbreiten würde. Sie sind nicht der Typ für eine arrangierte Vernunftehe, schon gar nicht zu solch armseligen Bedingungen.“

Sie kniete sich hin und begann, die Reste ihres Picknicks einzupacken, während sie fieberhaft überlegte, wie sie die Situation retten könnte. Warum kam man ihr bloß immer wieder auf die Schliche?

„Aber das macht gar nichts“, fuhr er fort. „Ich habe nämlich auch nicht vor, Sie zu heiraten.“

Sie zuckte zusammen. „Wie bitte?“

„Ich wusste schon an dem Tag, als Sie mir Ihr absurdes Angebot machten, dass Sie mich nicht heiraten wollten.“

Er meinte es ernst! Sie setzte sich wieder hin. „Warum haben Sie dann eingewilligt?“

„Zum einen haben Sie Ihr Angebot so charmant vorgetragen, dass ich mir wie ein Schuft vorgekommen wäre, wenn ich Sie enttäuscht hätte.“ Er grinste jungenhaft. „In erster Linie jedoch hat es mir Spaß bereitet, Griffith eifersüchtig zu machen.“

Flammende Röte stieg ihr in die Wangen. Griffith hatte ihm doch hoffentlich nicht von den Küssen und … den anderen Dingen erzählt? Und wenn doch? Sie versuchte, eine pikierte Miene aufzusetzen. „Sie wollen doch nicht andeuten, dass Mr. Brennan und ich …“

„Ich deute es nicht an. Ich sage es geradeheraus. Ich müsste schon blind und taub sein, wenn ich nicht bemerkte, was zwischen Ihnen und meinem Berater vorgeht."

„Zwischen mir und Griff… ich meine, Mr. Brennan, geht *nichts* vor, ich … " Sie verhaspelte sich. Wie leicht sie doch zu durchschauen war!

„Sehen Sie, ich habe nichts dagegen, dass Sie sich für meinen Berater interessieren", meinte er.

„Ich interessiere mich *nicht* für ihn!"

„Das ist Unsinn."

Sie guckte ihn aufgebracht an. „Nein! Sie haben keinen Grund zu glauben, dass ich lüge!"

„Keinen Grund? Vor zwei Tagen kommen Sie aus dem obersten Stock gerannt, wo sich Griffith' Schlafzimmer befindet – mit offenem Haar und zerknitterten Kleidern. Wir ziehen uns ins Arbeitszimmer zurück, und dann stürzt Griffith herein – ebenfalls mit wirrem Haar und zerknitterten Kleidern – und beginnt zu toben, weil Sie mich heiraten wollen. Nachdem Sie gegangen sind, fängt er eine Prügelei mit mir an, weil ich gewillt bin, Ihr Angebot anzunehmen. Wie würden Sie sich denn das alles zusammenreimen, wenn Sie in meiner Haut steckten?"

Sie wand sich innerlich und setzte sich wieder auf die Decke.

„Lassen Sie uns doch miteinander ehrlich sein. Geben Sie es zu – Sie sind an ihm interessiert."

„Also gut", lenkte sie widerwillig ein. „Wahrscheinlich ist es so."

Mit einem triumphierenden Lächeln streckte er sich auf der

Decke aus und stützte sich auf die Ellenbogen. „Sie scheinen aber nicht sehr glücklich darüber zu sein."

Sie lachte verbittert auf. „Worüber sollte ich glücklich sein? Als ich ihn das letzte Mal sah, nannte er mich eine ‚misstrauische Furie, die sich in alles einmischt'."

„Wann war das?"

Sie stöhnte insgeheim auf. Das war alles so peinlich. Ein Glück nur, dass sie nicht die Absicht hatte, Mr. Knighton zu heiraten, sonst hätte sie jetzt jegliche Hoffnung auf eine Ehe begraben können. Trotzdem war es eine Erleichterung, mit jemandem über Griffith zu sprechen, vor allem mit jemandem, der ihn so gut kannte.

„Mylady?" fragte er nach.

„Nach Ihrer Schlägerei mit ihm." Sie senkte den Kopf, um ihr Erröten zu verbergen.

Mr. Knighton lachte leise. „Er konnte sich wohl nicht von Ihnen fern halten, wie?"

„Das hat nichts zu bedeuten. Er kam nur, um sich zu entschuldigen, aber wie gewöhnlich endete es damit, dass er mich beleidigte." Und ihr einen Antrag machte. Und sie küsste, bis ihr fast die Sinne schwanden. Doch daran wollte sie nicht denken und schon gar nicht davon erzählen.

„Es bedeutet schon etwas. Ich kenne Griffith seit langer Zeit, aber so hat er sich noch nie einer Frau gegenüber verhalten."

„Sie meinen unausstehlich? Arrogant? Unhöflich?" stieß sie hervor.

„Eifersüchtig." Mr. Knighton schlug die Beine übereinander. „Normalerweise bedeutet ihm keine Frau so viel, dass er eifersüchtig oder unausstehlich wird. Da er keine Zeit hat, eine Frau zu umwerben, holt er sich das, was er braucht, für gewöhnlich bei den leichten Mädchen, und danach geht er wieder seinen Geschäften nach."

Ihr gefiel die Formulierung: „Er holt sich das, was er braucht" ganz und gar nicht. Der Gedanke, dass Griffith überhaupt leichte Mädchen aufsuchte, verstörte sie über alle Maßen.

„Wissen Sie, Griffith ist ein Mann, der nur an seine Arbeit denkt", fuhr Mr. Knighton fort. „Die Handelsgesellschaft bedeutet ihm alles."

„Ich hatte mich schon gewundert ... Er scheint so viel davon zu verstehen, während Sie ... nun ja ..."

„Während ich keine Ahnung habe?"

„Nein, so habe ich das nicht gemeint", wandte sie ein und ärgerte sich darüber, dass sie so vorlaut war.

Er machte eine wegwerfende Handbewegung. „Schon gut. Griffith ist wirklich derjenige von uns, der etwas vom Geschäft versteht. Dank seiner Erfahrungen als Schmuggler", fügte er hastig hinzu, „verfügt er über die richtigen Verbindungen, und er regelt alles."

Der Kopf des Unternehmens, dachte sie. Und welche Aufgaben kamen Mr. Knighton zu? Das konnte sie ihn allerdings nicht fragen, es wäre viel zu unhöflich gewesen. Neugierig betrachtete sie ihn. „Dann ist er also nicht nur Ihr Berater in Ihren persönlichen Angelegenheiten?"

„Oh doch ... ja, das ist er. Aber das meiste, was er in dieser Eigenschaft tut, steht ... irgendwie auch mit dem Unternehmen in Beziehung." Mr. Knighton räusperte sich nervös. „Wie dem auch sei, das ... darum geht es nicht. Ich habe Ihnen aus einem ganz anderen Grund unseren kleinen Ausflug vorgeschlagen." Er setzte sich auf, beugte sich zu ihr, und sein Gesicht wurde ernst. „Griffith hat ein Auge auf Sie geworfen, aber bislang noch nie eine Ehe erwogen, und deshalb weiß er auch nicht, was er nun tun soll. Eine vornehme Frau wie Sie … Nun, ihm ist klar, dass Sie gesellschaftlich weit über ihm stehen, und er möchte von Ihnen nicht verlangen, dass Sie unter Ihrem Stand heiraten. Das ist der einzige Grund, warum er Ihnen bisher noch keinen Antrag gemacht hat. Sie müssten ihn ein wenig ermutigen, ihm zeigen, dass Sie ihn mögen, und …"

„Dazu ist es bereits zu spät", unterbrach sie ihn trocken. „Offensichtlich habe ich ihm auf überzeugende Art und Weise gezeigt, dass ich ihn mag. Er hat mir sogar schon einen Antrag gemacht."

„Wie bitte?" rief er verblüfft. „Wann?"

„An dem Tag, an dem er mich auch ‚eine Furie, die sich in alles einmischt' genannt hat."

Mr. Knighton richtete sich kerzengerade auf. „Du liebe Güte! Mir war schon klar, dass der Mann nicht unbedingt charmant ist, aber er sollte doch wenigstens wissen, dass man einer Frau erst einmal schmeichelt, ehe man ihr einen Heiratsantrag macht!"

„Nein, so hat er mich bezeichnet, nachdem ich seinen Antrag abgelehnt hatte."

„Sie haben ihm einen Korb gegeben?" Er schüttelte den Kopf. „Warum haben Sie das getan? Sie sagten doch, Sie hätten Interesse an ihm!" Er musterte sie argwöhnisch. „Doch nicht, weil er unter Ihrem Stand ist, oder?"

„Seien Sie nicht albern. Meine Mutter war Schauspielerin, und ich hatte selbst vor, diesen Beruf zu ergreifen. Welche Rolle sollte es also für mich spielen, ob Griffith für mich standesgemäß ist oder nicht?“

„Für Lady Helena würde es eine Rolle spielen“, gab er zu bedenken.

Rosalind seufzte. „Meine Schwester könnte Sie eventuell überraschen. Lassen Sie sich nicht von ihrer kühlen Art täuschen. Sie tut nur so, als wäre Sie eine Eisprinzessin, um nicht verletzt zu werden.“ Sie warf ihm einen listigen Blick zu. „Warum? Kommt sie als Ehefrau in die engere Wahl für Sie?“

Er wirkte, als hätte sie ihn geohrfeigt. „Nein, wirklich nicht! Lady Helena ist eine Spur zu hochmütig für meinen Geschmack.“ Seine Augen wurden schmal. „Aber wir reden hier nicht von mir. Wir sprechen darüber, warum Sie Griffith einen Korb gegeben haben. Wir wissen doch beide, dass unsere vorgetäuschte Verlobung nicht der Grund dafür war.“

„Stimmt. Aber da er mir ohne diese ‚vorgetäuschte Verlobung‘ nie einen Antrag gemacht hätte, sah ich auch keinen Anlass, ihn anzunehmen. Er will mich gar nicht. Er ist nur wütend, weil Sie etwas haben, das er nicht hat. Das ist alles.“

„Glauben Sie das wirklich?“ fragte er so sanft, dass ihr fast die Tränen in die Augen stiegen.

„Ich weiß es.“

Er schwieg eine ganze Weile. Der Wind rauschte in den Bäumen. Rosalind versuchte, ihre plötzliche Niedergeschlagenheit abzuschütteln, doch trotz des Sonnenscheins und der wunderschönen Umgebung gelang ihr das nicht.

„Verraten Sie mir etwas, Lady Rosalind“, bat er schließlich.

„Hat Griffith Ihnen irgendetwas über ... ich meine, hat er die Knighton Handelsgesellschaft erwähnt? Oder seine Arbeit? Hat er überhaupt erklärt, warum er Sie heiraten will?"

Sie schüttelte den Kopf. „Er meinte nur: ‚Heirate mich. Vergiss Knighton und heirate mich.' Ach ja, und noch etwas. ‚Ich möchte dich zur Frau haben. Reicht dir das nicht?'"

„Verdammter Dummkopf", murmelte Mr. Knighton. Dann schaute er sie stirnrunzelnd an. „Bitte vergeben Sie mir meine Ausdrucksweise, aber das ist er nun einmal."

„Sie brauchen sich nicht zu entschuldigen. Ich stimme Ihnen voll und ganz zu." Sie guckte an ihm vorbei zu der alten Schaukel, die leicht im Wind hin- und herschwang. „Ich habe keine großen Komplimente erwartet, verstehen Sie? Aber irgendeinen Grund hätte ich schon gern gehört, nicht nur ‚Ich will dich zur Frau haben'." Ein tonnenschweres Gewicht schien auf ihrer Brust zu lasten. „Es wäre schön gewesen zu wissen, dass er mich ... ein wenig gern hat." *Und nicht nur meinen Körper.*

„Das kann durchaus sein. Aber wie die meisten Engländer hat Griffith Mühe, sein eigenes Herz zu ergründen."

„Er ist doch zur Hälfte Ire! Ich dachte, die Iren seien berühmt für ihr Herz."

Plötzlich hatte es Mr. Knighton sehr eilig, das fortzuführen, was sie eben nicht beendet hatte – nämlich die Reste ihres Picknicks wegzuräumen. „Ja ... schon ... aber er ist nicht unter Iren aufgewachsen. Seine Mutter war Engländerin, er wurde in England großgezogen." Er stellte den Korb zur Seite und blickte sie traurig an. „Und wir Engländer sind ein Volk von Händlern. Wir verstehen es, Geld zu verdienen. Leider verstehen wir nur halb so viel von der Liebe." Er zog ein Knie an und legte den Arm darüber. „Wissen Sie, genau das ist das Problem mit Griffith. Er hat sein ganzes Leben lang damit verbracht, Geld zu verdienen – für mich, natürlich –, etwas anderes hat er nie gelernt. Jetzt begegnet ihm eine Frau, die er haben will, aber er weiß nicht, wie oder warum. Er kann es ja nicht einmal sich selbst gegenüber in Worte fassen, wie soll er es dann erst Ihnen sagen?"

Sie dachte daran, wie Griffith sich verhalten hatte – wie er ihr wieder und wieder erklärt hatte, dass er sie wollte, aber nicht zu begründen bereit war, warum. Was Mr. Knighton da so von sich gab, ergab durchaus Sinn. Andererseits konnte es auch sein, dass Griffith einfach gar nichts für sie empfand.

„Abgesehen davon, haben Sie ihm gestanden, was *Sie* für ihn fühlen?" erkundigte er sich. „Haben Sie ihm eröffnet, dass Sie in ihn verliebt sind?"

In ihn verliebt? Sie wollte spontan Einspruch erheben, aber sie brachte keinen Ton heraus. Weil er Recht hatte. Sie war in Griffith verliebt. Verzweifelt schloss sie die Augen. Das *konnte* doch nicht sein! So einen grausamen Streich konnte ihr das Schicksal doch nicht spielen! Aber es war so. Sie wusste es ebenso sicher wie die Tatsache, dass ihre Liebe nicht erwidert wurde.

Kläglich schüttelte sie den Kopf. „Es war mir nicht möglich, ihm das zu sagen. Schließlich hat er mich ja erst gebeten, ihn zu heiraten, nachdem ich Ihnen mein Angebot unterbreitet hatte. Ich konnte nicht sicher sein, ob er überhaupt irgendetwas für mich empfindet außer …" Sie verstummte errötend.

„Körperlichem Verlangen?"

Der Mann war wirklich niemals um Worte verlegen. Sie nickte etwas befangen.

„Da gibt es etwas, das Sie über Männer wissen sollten. Drei Dinge beeinflussen einen Mann, sein Kopf, sein … seine Triebe und sein Herz, verstehen Sie?“ Er seufzte. „Die Bedürfnisse seines Kopfes und seines Körpers hat Griffith stets befriedigt. Die seines Herzens hat er jedoch nicht beachtet, höchstwahrscheinlich weil er die Stimme seines Herzens noch nie gehört hat.“ Er guckte sie ernst an. „Dann trifft er Sie, und die Hölle bricht los. Sein Kopf versucht, sich ein Bild von Ihnen zu machen; sein Körper verlangt nach Aufmerksamkeit, und, was das Schlimmste ist, sein Herz fleht zum ersten Mal im Leben, dass man ihm Gehör schenkt. All diese verschiedenen Appelle stürzen ihn in heillose Verwirrung. Er begreift nicht, dass sein Herz etwas verlangt, denn so etwas ist ihm noch nie passiert. Also hört er nur auf seinen Körper. Er denkt, wenn er dessen Bedürfnisse befriedigt, dann beruhigen sich auch die anderen Regungen wieder und er kann weitermachen wie bisher. Doch das wird nicht klappen. Er weiß es nur noch nicht.“

Sie erinnerte sich daran, wie Griffith damals im Wildpark gesagt hatte, dass er nicht aus Liebe heiraten würde, weil er glaube, dass es die Liebe gar nicht gebe. *Die Menschen verwechseln nur Verlangen mit Liebe,* hatte er behauptet.

Laut Mr. Knighton tat Griffith jedoch genau das Umgekehrte – er verwechselte Liebe mit Verlangen. „Und was ist, wenn Sie sich irren? Wenn es wirklich nur sein … Körper ist?“

„Ein Mann, den solche Bedürfnisse quälen, schleicht nicht um Jungfrauen herum. Eine Jungfrau zu verführen ist immer riskant, erst recht, wenn sie von gehobener Abstammung ist. Einem *verliebten* Mann jedoch fällt es sehr schwer, sich von dem fern zu halten, was er begehrt."

Ein Schauer der Erregung überlief sie. Aber nein. Mach dir keine falschen Hoffnungen, warnte sie sich selbst. Griffith wird sie nur wieder wie gewohnt zerstören. „Ich fürchte, Sie schätzen seine Gefühle falsch ein."

„Ach ja? Er hat mich beinahe zu Tode geprügelt, weil ich Ihr Angebot angenommen habe! Das ist nicht die Reaktion eines gleichgültigen Menschen."

Sie war nicht überzeugt und schüttelte den Kopf. „Er hasst es nur, dass Sie bekommen haben, was er wollte, das ist alles. In der Nacht, als er mir den Heiratsantrag machte, hat er kein Wort über seine Gefühle für mich verloren. Er beklagte sich nur ständig über Sie und verstand nicht, warum ich lieber Sie als ihn ehelichen wollte."

„Warum haben Sie ihm denn nicht anvertraut, dass Sie gar nicht vorhaben, mich zu heiraten?"

„Weil ich dachte, er würde sofort zu Ihnen laufen und somit alles ruinieren!"

Mr. Knighton brach in schallendes Gelächter aus. „Ihr zwei seid vielleicht ein Paar! Wenn ihr nur aufrichtig zueinander wärt, anstatt ständig gegeneinander zu intrigieren, dann würdet ihr vielleicht merken, dass ihr das Gleiche empfindet!"

„Intrigieren?" wiederholte sie gekränkt. „Da sind wir wohl nicht die Einzigen. Was ist denn mit Ihnen? Warum haben Sie ihm denn nicht verraten, wessen Sie mich verdächtigten?"

„Weil es mehr Spaß machte, es nicht zu tun." Seine Augen funkelten verschmitzt in der Nachmittagssonne.

„Wenigstens hatte meine Intrige einen Zweck“, entgegnete sie missbilligend. „Ihre diente nur Ihrer Belustigung.“

„Welchen Zweck denn? Sie boten mir an, mich zu heiraten, wohlwissend, dass Sie das nie tun würden!“

„Ich habe versucht, prinzipiell eine Ehe zu verhindern, ganz gleich, mit welcher von uns Sie sie zu schließen beabsichtigten.“

Seine gute Laune schien wie weggeblasen. „Sie hielten mich wohl für nicht gut genug für Ihre Schwestern, nehme ich an.“ Angespannt starrte er an ihr vorbei in den Wald.

„Nein, das stimmt nicht. Sie lieben nur keine von ihnen.“

Seine Züge wurden weicher. „Sie legen großen Wert darauf, aus Liebe zu heiraten, nicht wahr?“

„Jawohl. Juliet würde Sie zwar aus praktischen Erwägungen heraus heiraten, aber sie ist noch viel zu jung für eine Ehe, vor allem, wenn sie den Mann gar nicht liebt.“

„Und Lady Helena hielte wohl sogar den Thronfolger für unter ihrer Würde“, stellte er trocken fest. „Ganz zu schweigen von einem ungehobelten Klotz wie mir.“

Eigenartig. Das war nun schon das zweite Mal, dass Mr. Knighton auf Helena zu sprechen kam. Hatte er vielleicht doch ein ernsteres Interesse an ihr?

„Wie dem auch sei, das Ganze ist eine ziemlich heikle Angelegenheit“, fuhr er fort. „Für Ihren Vater scheint eine Hochzeit beschlossene Sache zu sein.“

„Ja.“ Ihre Miene hellte sich auf. „Aber wenn Sie nicht heiraten wollen, dann sagen Sie es ihm einfach und fahren nach Hause. Ich hatte Angst, Sie würden Juliet heiraten, wenn ich ihr nicht zuvorkäme, aber an einer Ehe mit ihr scheinen Sie kein Interesse zu haben. Also brauchen Sie auch nicht mehr länger hier zu bleiben. Sie und Mr. Brennan können nach London zurückkehren."

„Sie wollen ihn loswerden, nicht wahr?"

Sie starrte auf den halb gegessenen Apfel in ihrem Schoß. Sie nahm ihn in die Hand und murmelte: „Vielleicht."

„Aber er hat sich Ihnen in den letzten Tagen doch gar nicht mehr genähert, oder? Also schicken Sie uns nicht gleich fort. Ich habe noch gar keine Lust, nach London zurückzukehren. Mir gefällt es hier."

Sie schaute ihn betroffen an. „Wenn Sie bleiben wollen, weil Sie glauben, Sie könnten eventuell doch noch eine Heirat zwischen mir und Griffith in die Wege leiten, dann vergessen Sie das lieber. Dazu wird es nie kommen."

„Deshalb möchte ich auch gar nicht bleiben", wandte er ein. „Ich habe ein Recht, mir ein Bild von dem Besitz zu machen, den ich erben werde, finden Sie nicht? Da müssen Pläne gemacht und Verbesserungen in Betracht gezogen werden."

„Ist das Ihr einziger Grund?" Sie dachte an Griffith' Suche, die, wie er behauptet hatte, von Mr. Knighton abgesegnet worden war. „Andere Absichten verfolgen Sie nicht?"

„Welche Absichten sollte ich sonst haben?"

Sie überlegte kurz, ob sie ihm von der Schatulle in ihrem Schrank erzählen sollte, verwarf den Gedanken aber wieder. Er würde tun, als wüsste er von nichts, und ihre wiederholten Fragen könnten den Verdacht der beiden Männer so stark erregen, dass Griffith auch in ihrem Zimmer zu suchen begann. „Wie lange werden Sie bleiben?" erkundigte sie sich. „Wie lange wird es dauern, ‚Verbesserungen in Betracht zu ziehen'?"

„Ein paar Tage, nicht länger. Wie Sie bereits richtig sagten, ich muss mich um meine Geschäfte in London kümmern."

Sie lächelte. Ein paar Tage konnte sie die beiden noch ertragen, vor allem wenn Griffith ihr weiterhin aus dem Weg ging.

„Bis dahin sollten Sie und ich nach wie vor so tun, als wären wir verlobt, finden Sie nicht?" schlug er verschmitzt vor. „Das erleichtert einiges, denn es macht Ihren Vater glücklich, hält Ihre Schwester Juliet von mir fern – und es wird Griffith in den Wahnsinn treiben."

Sie musste gestehen, dass ihr dieser Aspekt besonders gut gefiel. „Das hört sich verlockend an."

Er nahm die halb leere Flasche Rotwein und schenkte ihre Gläser voll. Er reichte ihr ein Glas und erhob seins. „Auf kurze Verlobungen, Mylady!"

„Auf kurze Verlobungen", stimmte sie zu. „Sie sollten mich allerdings nicht mehr Mylady nennen, das klingt so schrecklich förmlich. Ich gestatte Ihnen, mich mit meinem Vornamen anzureden. Außerdem, jedes Mal, wenn Sie ‚Mylady' zu mir sagen, fühle ich mich wie eine Herzoginnenwitwe mit grauem Haar und einer Lorgnette." Hinzu kam, dass nur Bedienstete sie dauernd mit „Mylady" ansprachen, aber sie schwieg, weil sie ihn nicht in Verlegenheit bringen wollte.

„Ganz wie Sie wünschen, M…, Rosalind." Belustigt sah er sie über den Rand seines Glases hinweg an. „Nun, ich habe schon die eine oder andere Herzoginnenwitwe kennen gelernt, aber ich kann Ihnen versichern, Sie haben nicht die geringste Ähnlichkeit mit ihnen, glauben Sie mir. Dazu sind Sie viel zu hübsch!"

Jetzt, da sie keinen Grund mehr hatte, sich vor seinen Komplimenten zu fürchten, genoss sie sie sogar. „Flirten Sie etwa mit mir?"

„Vielleicht? Haben Sie etwas dagegen?"

Sie musste lachen. „Nein, ich denke nicht."

Der Rest des Nachmittags verlief ausgesprochen angenehm. Sie unterhielten sich über den Besitz, über die bevorstehende Ernte und die Molkerei von Swan Park. Er schien sich sehr für die finanziellen Aspekte zu interessieren – wie viel Käse und Milch auf dem Markt einbrachten, welcher Anteil des Gewinns wieder in die Molkerei zurückfloss und wie viel sie den Melkerinnen zahlten.

Das hätte sie nicht weiter überraschen sollen, schließlich war er im Handel tätig. Trotzdem hätte sie vermutet, dass sich der Eigentümer einer großen Handelsgesellschaft nicht mehr mit solchen Einzelheiten abgeben würde.

Nach einer Weile wollte er wissen, ob man die Schaukel noch benutzen konnte, und sie bejahte. Schon bald stieß er sie an und ließ sie höher und höher schwingen. Es war Jahre her, seit sie zum letzten Mal geschaukelt hatte, und sie fühlte sich schwerelos, frei und glücklich. Fast hätte sie Griffith darüber vergessen. Fast.

Die Sonne ging bereits langsam hinter den Bäumen unter, als sie abbremste. „Wir sollten wahrscheinlich zurückgehen", meinte sie mit leichtem Bedauern. „Man wird sich schon fragen, was aus uns geworden ist."

„Das werden sie mit Sicherheit", bestätigte er freundlich und trat vor die Schaukel, um ihr hinunterzuhelfen.

Plötzlich erstarrte er und guckte über ihre Schulter hinweg zu den Bäumen hinüber. Ein bedächtiges Schmunzeln breitete sich auf seinen Zügen aus, und ohne Vorwarnung gab er Rosalind einen Kuss auf den Mund.

Sie war so schockiert, dass sie gar nicht reagieren konnte. Der Kuss war nicht besonders intim, aber sanft und zärtlich und verriet eindeutig, dass dieser Mann sich aufs Küssen verstand. Zwar setzte nicht ihr Herzschlag aus wie bei Griffith' Küssen, aber andere Frauen würden da sicher ganz anders empfinden.

Als er sie freigab, schaute sie ihn fassungslos an. „Was, in Gottes Namen, sollte das denn?"

„Ein gewisser Gentleman beobachtet uns", murmelte er vergnügt. „Dieser eifersüchtige Dummkopf."

Sie wandte den Kopf nur so weit zur Seite, dass sie Griffith mit grimmiger Miene durch den Wald auf sie zukommen sah. Vor Entrüstung schlug ihr Herz schneller. Er besaß also tatsächlich die Dreistigkeit, ihr nachzuspionieren? Nun, wenn er auf diesem unverschämten Benehmen bestand, dann würde sie ihm etwas zu staunen geben.

Sie glitt von der Schaukel, stellte sich auf die Zehenspitzen und schlang die Arme um Mr. Knighton, um ihn auf den Mund zu küssen.

Sie merkte jedoch rasch, dass es schwierig war, einen Mann zu küssen, wenn dieser dabei leise lachte. Wie sollten sie da denn überzeugend wirken? Sie musste ebenfalls lachen. In der Tat fiel es ihnen schwer, so lange auszuhalten, dass das Ganze halbwegs wie ein richtiger Kuss aussah.

Als Rosalind schließlich zurückwich, war sie sich ziemlich sicher, dass ihr Beobachter nichts von ihrer Heiterkeit mitbekommen hatte. Irgendwie reizte es sie, Griffith noch stärker zu schockieren. Sie drehte sich um …

16. KAPITEL

Griffith blieb wie angewurzelt stehen und starrte hinüber zu Rosalind. Hatte sie ihm etwa die Zunge herausgestreckt? Die Hexe hatte Daniel geküsst, sich dann umgewandt, geradewegs Griffith angeschaut und ihm die Zunge herausgestreckt!

Da sollte doch …

Vielleicht hatte er sich alles auch nur eingebildet, den Kuss, die Zunge, alles. Rosalind und Daniel standen jetzt ein Stück voneinander entfernt und wirkten vollkommen normal und unbefangen.

Nein, er hatte es sich *nicht* eingebildet. Er hatte sie schon eine ganze Weile von weitem beobachtet, er hatte gesehen, wie Daniel sie mit seinen Schmeicheleien zum Lachen und Flirten gebracht hatte. Als Daniel sie geküsst hatte, war sein Blut in Wallung geraten. Als sie dann den Kuss erwidert hatte, war es ihm in den Adern gestockt.

Und dann hatte sie ihm auch noch die Zunge herausgestreckt. Er wusste nicht, ob er erleichtert oder wütend sein sollte.

Er war in der festen Absicht gekommen, sein Temperament zu zügeln, seine Eifersucht in Schach zu halten und Rosalind den Hof zu machen, wie es sich gehörte. Nachdem sie ihm das letzte Mal nach seinem unmöglichen Verhalten einen Korb gegeben hatte, war er nun fest entschlossen gewesen, sich dieses Mal besser zu benehmen. Sie hatte Recht gehabt in jener Nacht. Er hatte ihr keinen einzigen vernünftigen Grund genannt, warum sie ihn heiraten sollte – außer aus körperlichem Verlangen. Und körperliches Verlangen war für Frauen niemals so ausschlaggebend wie für Männer.

Nein, dieses Mal würde er ihr alles sagen, ganz gleich, wie sie darauf reagierte. Ein Teil ihrer Ablehnung beruhte ja darauf, dass sie sein Verhalten gegenüber Daniel falsch gedeutet hatte, und es gab nur eine Möglichkeit, das richtig zu stellen.

Nicht, dass er seine Meinung bezüglich der Urkunde geändert hatte, so verblendet war er nicht. Aber er würde sie trotzdem heiraten. Wenn sie bereit war, den „falschen" Mr. Knighton zum Mann zu nehmen, um ihre Schwestern zu schützen, dann würde sie den echten doch wohl aus demselben Grund heiraten, nicht wahr?

So oder so, er musste sie haben. Er brauchte sie, jede Faser von ihr. Im Grunde ergab es keinen Sinn – sie war nicht der Typ Frau, von dem er eigentlich geträumt hatte.

Und doch … Die zwei Tage, in denen er versucht hatte, sie zu meiden, hatten ihn beinahe um den Verstand gebracht. Er hatte so gut wie nichts zu Stande gebracht. Er hatte auch die verdammte Urkunde nicht gefunden, weil er die ganze Zeit nur in seinem Zimmer auf und ab gegangen war und sich gefragt hatte, was sie und Daniel wohl im Schilde führten.

Nun, jetzt wusste er es, nicht wahr? Griffith stieß einen halblauten Fluch aus und ging weiter zielstrebig auf sie zu. Noch vor einer Woche hätte Griffith geschworen, dass Daniel niemals versuchen würde, ihm eine Frau auszuspannen. Aber das kam nur daher, weil Daniel so etwas noch nie getan hatte. Was wiederum nicht bedeutete, dass der Schuft es nicht jetzt probieren würde.

Und wenn Daniel ihr nun alles verraten und Griffith im

denkbar schlechtesten Licht dargestellt hatte? In jener Nacht in ihrem Schlafzimmer hatte sie gesagt, es mache ihr nichts aus, dass Griffith über kein großes Einkommen verfüge. Also würde sie das bei Daniel auch nicht stören, oder?

Wenn ich einzig und allein meinen Stolz herunterzuschlucken brauchte, um eine so prachtvolle Frau zu bekommen, dann täte ich es, ohne auch nur mit der Wimper zu zucken.

Bei Gott, Daniel würde noch ganz andere Dinge herunterschlucken müssen, wenn er auch nur den Versuch unternahm, sie für sich zu gewinnen. Wie konnte er sich unterstehen, sie zu küssen? Und wie konnte sie es wagen, den Kuss zu erwidern?

Aber anschließend hatte sie ihm, Griffith, die Zunge herausgestreckt, nicht wahr? An diesen Gedanken klammerte er sich jetzt. Er würde die nächste Stunde niemals überstehen, wenn er jetzt so aufbrausend dazwischenging, wie Daniel es ihm offenbar zutraute.

Sich an diesen Vorsatz zu halten erwies sich als ausgesprochen schwierig, denn Daniel lächelte äußerst selbstzufrieden, als Griffith sich den beiden näherte. Nur zu gern hätte ihm Griffith dieses Lächeln aus dem Gesicht geschlagen, vor allem, weil Daniel gleichzeitig Besitz ergreifend den Arm um Rosalinds Taille legte. Sie wiederum schien sich in der Gegenwart dieses Mannes weitaus wohler zu fühlen, als es Griffith lieb war. Noch nie hatte Griffith Daniels ungezwungene Art, mit Frauen umzugehen, mehr gehasst als in diesem Moment.

Mit einem flüchtigen, prüfenden Blick vergewisserte Griffith sich, dass ihre Haube nicht verrutscht und ihr Kleid nicht zerknittert war und dass auch ihre Wangen nicht verräterisch glühten. Trotzdem hätte er Daniel für diesen Kuss erwürgen können. Selbst wenn Daniels Motive völlig unschuldiger Natur sein sollten – der Kuss war unverzeihlich. Und Griffith konnte ja noch nicht einmal sicher sein, dass Daniel wirklich nur lautere Absichten verfolgte.

„Ach, guten Tag, Griffith“, sagte Daniel. „Was führt dich denn hierher? Willst du uns beim Picknick Gesellschaft leisten?“ Er sah Rosalind lächelnd an. „Ich fürchte allerdings, das Beste hast du verpasst, nicht wahr, meine Liebe?“

Diese vertrauliche Anrede versetzte Griffith so in Rage, dass er fast seine Ausrede, warum er ihnen gefolgt war, vergessen hätte. Er brauchte ein paar Sekunden, um seinen Zorn so weit zu beherrschen, dass er einigermaßen vernünftig reden konnte. „Ihr wart so lange fort, dass Lady Helena anfing, sich Sorgen zu machen. Sie bat mich, euch zu suchen.“

„Ach, wirklich?“ Daniel lächelte süffisant. „Nun, dann sollten wir wohl besser zurückgehen, nicht wahr?“

Er bot Rosalind seinen Arm, aber als sie ihn nehmen wollte, trat Griffith einen Schritt vor und griff nach ihrem anderen Arm. „Nein, sie und ich haben etwas zu besprechen. Sie bleibt hier bei mir.“

„Und was soll ich Lady Helena sagen?“ fragte Daniel.

„Was du willst, Hauptsache, sie kommt nicht hierher.“

„Einen Moment, bitte!“ Rosalind entwand Griffith ihren Arm und stellte sich dichter neben Daniel. „Ich habe wohl auch ein Wörtchen mitzureden. Und ich bleibe keineswegs allein mit dir, Griffith Brennan!“

Brennan? Nun, wenigstens ein Trost – Daniel hatte ihr nichts verraten. Das hätte Griffith’ eigene Pläne, mit der Wahrheit herauszurücken, ziemlich durchkreuzt. „Ich möchte mich nur mit dir unterhalten, Rosalind."

Daniel schaute Griffith eindringlich an. „Wirst du es ihr sagen?"

Griffith wusste, was er meinte. Er nickte.

„Du willst nicht, dass ich …"

„Nein", unterbrach Griffith ihn schroff.

„Nun gut." Daniel warf Rosalind einen liebevollen Blick zu, der Griffith' Zorn erneut auflodern ließ. „Bleiben Sie hier, meine Liebe, und hören Sie sich an, was er Ihnen mitzuteilen hat. Es ist wichtig."

„Ich will aber nicht!"

„Oh doch, Sie wollen." Er tätschelte beruhigend ihre Hand. „Es wird alles gut, ich verspreche es Ihnen. Übrigens, diese drei Dinge gelten auch für Frauen …"

Sie zog eine Braue hoch. „Alle drei?"

Er beugte sich zu ihr und flüsterte ihr etwas ins Ohr. Sie wurde rot, und er ging lachend davon.

Ihr Erröten verunsicherte Griffith zutiefst. „Was hat er gesagt?" zischte er, sobald Daniel außer Hörweite war.

Sie neigte kokett den Kopf zur Seite und nahm wieder auf der Schaukel Platz. „Das ist privat. Du erwartest doch wohl nicht, dass du über alles informiert wirst, was zwischen mir und meinem Verlobten vorgeht, nur weil du für ihn arbeitest?"

Zwischen mir und meinem Verlobten. Warum legte es diese Frau nur so gezielt darauf an, ihn in den Wahnsinn zu treiben? Wenn sie so weitermachte, würde er sich genau so verhalten, wie sie es ihm zwei Nächte zuvor vorgeworfen hatte.

Und das würde ihm wohl keiner verübeln können, so verführerisch, wie sie heute in diesem Kleid aussah. Sie hatte sich an diesem Tag für ein lebhaftes, helles Orange entschieden, und er musste unwillkürlich an diese leuchtend bunt verpackten Pralinees denken, die es nur in teuren Konfiserien gab. Am liebsten hätte er sie ausgewickelt, sie gekostet und sie sich auf der Zunge zergehen lassen …

Er unterdrückte einen Fluch. Er musste endlich aufhören, nur mit dem unteren Teil seiner Anatomie zu denken, sonst würde er dieses Gespräch nie zu Ende bringen, ohne über sie herzufallen.

Als ob sie geahnt hätte, in welch gefährliche Richtung seine Gedanken abschweiften, setzte sie an, Schwung zu holen. Doch ehe sie dazu kam, stellte Griffith sich vor sie und hielt die beiden Stricke der Schaukel fest.

Rosalind stand auf. „Geh mir aus dem Weg, Griffith“, verlangte sie und reckte gebieterisch das Kinn.

„Erst verrätst du mir, was Dan… was Knighton dir zugeflüstert hat. Und wenn du schon einmal dabei bist – was sollte das mit den drei Dingen?“ Sie errötete erneut. Unter anderen Umständen hätte er das reizvoll gefunden, aber jetzt schürte es nur seinen Zorn.

„Ich dachte, *du* wolltest *mir* etwas sagen.“

„Stimmt. Das werde ich auch.“ Er ließ die Stricke los, aber nur um Rosalinds Taille zu umfassen und die junge Frau wieder auf das Schaukelbrett zu heben. Durch diese Bewegung musste sie ungewollt ihre Beine gerade so lange spreizen, dass er Zeit hatte, sich dazwischen zu stellen. Dann schob er sie mit der Schaukel so weit nach hinten, bis er mit Rosalind auf Augenhöhe war. „Erst will ich wissen, was Knighton zu dir gesagt hat. Was hat er dir ins Ohr geflüstert, das dich zum Erröten gebracht hat?"

Sie ließ die Stricke los, um ihn wegzuschieben, umklammerte sie dann aber wieder hastig, als sie merkte, dass sie das Gleichgewicht zu verlieren drohte. „Verdammt, Griffith, lass mich herunter!"

„Nicht, ehe du es mir verraten hast."

„Warum sollte ich?"

Sie schaute ihn aus funkelnden Augen an, und spontan kam ihm ein Zitat aus *Viel Lärm um nichts* in den Sinn: „Hohn und Verachtung sprüht ihr funkelnd' Auge." Bei Gott – Shakespeare hätte noch mindestens zehn weitere Stücke geschrieben, wenn er jemals *dieser* Rosalind begegnet wäre!

Er rüttelte ein wenig an der Schaukel. „Hast du noch nie gehört, dass es unhöflich ist, sich hinter seinem Rücken über jemanden zu unterhalten?"

„Es ist genauso unhöflich, jemandem nachzuspionieren, doch das hat dich auch nicht davon abgehalten, es trotzdem zu tun." Ein anzügliches Lächeln spielte um ihre Mundwinkel. „Obwohl ich glaube, dass du dabei mehr zu sehen bekommen hast, als dir lieb war."

„Ach, du machst dich über mich lustig?" Er schob die Schaukel noch etwas weiter nach hinten. „Hältst du das für klug, wenn man bedenkt, in was für einer Situation du dich gerade befindest? Du vergisst, dass dich dein feiner Verlobter ganz allein mit mir hier draußen zurückgelassen hat. Und deine Provokationen haben nicht nur meinen Zorn erregt." Er richtete den Blick auf ihren Ausschnitt, der tief genug war, um großzügig den Ansatz ihrer Brüste unter dem zarten Spitzentuch freizugeben.

„Ich weiß, was du denkst, du Schuft, aber ich werde nicht zulassen, dass du …"

Bedächtig küsste er sie durch die hauchdünne Spitze.

„Hör auf …", wandte sie ein und stöhnte dann verzweifelt auf, als er nach dem schmalen Band griff, mit dem ihr Kleid vorne zusammengehalten wurde.

Er hatte ihr eigentlich nur beweisen wollen, dass er über den Dingen stand. Er war nicht gekommen, um sie zu verführen, sondern um ihr ganz vernünftig die Wahrheit zu sagen und sie dann zu überreden, ihn zu heiraten.

Aber angesichts so vieler Versuchungen – die Einsamkeit um sie herum, die Abenddämmerung und vor allem Rosalinds sinnlicher Körper – gab er jeglichen Gedanken an Vernunft oder Vorsicht auf. Er wurde nur noch von seinem Verlangen getrieben.

Er fühlte, wie das Blut in seinem gesamten Körper pulsierte, und zog das Band auf, ehe er das Spitzentuch löste und zu Boden fallen ließ.

„Griffith, nicht …", stieß sie hervor, als er ihr das Mieder herunterstreifte. In kürzester Zeit hatte er auch ihr Unterkleid geöffnet und ihre Brüste entblößt. Sie ließ die Schaukelseile los, um ihm Einhalt zu gebieten, aber er nahm ihre Hände, legte sie wieder um die Seile und hielt sie dort fest.

Ihr Atem ging fast so schnell wie seiner. Er streifte mit den Lippen über ihre eine Brust, sog ihren zarten Duft nach Rosenwasser ein, und dann küsste er sie.

„Nicht …" Ihr stockte der Atem, als er die zarte Knospe in den Mund nahm. „Nein … großer Gott … Griffith …"

Er sog gierig an der sich ihm entgegenreckenden Spitze, bis

Rosalind tief und sinnlich aufstöhnte. Er ließ ihre eine Hand los, um ihre andere Brust zu liebkosen, doch sie hielt sich weiter am Seil fest und streckte ihm ihre Brüste sogar noch weiter entgegen.

„Ja, meine Schöne, ja", murmelte er. Er wollte sie leidenschaftlich, bereitwillig und hemmungslos, und sie konnte all das sein, das wusste er. Wenn es nach ihm ginge, würde er den ganzen Abend damit verbringen, ihr Lust zu bereiten. Er bezweifelte jedoch, dass es so lange dauern würde. Ihr Lust zu bereiten brachte ihn schon jetzt fast um den Verstand. Er sehnte sich, in ihr zu sein, sie sollte ganz und gar sein werden. Danach würde sie ihm nie wieder einen Korb geben können. Er sog abwechselnd an den beiden harten Spitzen. Ja, das war sein neuer Plan. Sie würde sein werden. Für immer.

Er schob ihre Röcke jetzt noch höher hinauf und strich mit den Händen über ihre Strümpfe, bis er die Strumpfhalter und die zarte Haut ihrer Oberschenkel fühlte. Keine Unterhose. Lieber Gott, diese Frau trug keine Unterhose, und diese Tatsache machte ihn fast wahnsinnig vor Verlangen. Er konnte nur hoffen, dass sie diese neue Mode nie mitmachte, obwohl er sich wahrscheinlich in einem Zustand dauernder Erregung befinden würde bei dem Gedanken, dass sie unter all ihren Röcken immer nackt und für ihn bereit war.

„Griffith ... ich werde ... ich werde dir verraten, was Mr. Knighton gesagt hat", stieß sie keuchend hervor.

„Das interessiert mich nicht mehr." Er fand ihre intimste Stelle und begann, sie zart zu liebkosen. Tief aus ihrer Kehle entrang sich ein Stöhnen der Lust. Die Versuchung war übermächtig für ihn, aber trotz des Aufruhrs seiner Sinne rief er sich in Erinnerung, dass sie schließlich noch Jungfrau war. Er musste langsam vorgehen.

Er schob die Schaukel noch ein Stück weiter nach hinten, bis sie so hoch in der Luft war, dass er sich Rosalinds Beine über die Schultern legen konnte. Er hielt den Atem an bei ihrem Anblick. Er musste sie kosten, ja …

Rosalind wusste nicht, ob sie schockiert oder erregt sein sollte, als er den Kopf zwischen ihre Schenkel senkte. Obwohl sie immer noch ganz sicher auf der Schaukel saß und Griffith sie festhielt, fühlte sie sich etwas unbehaglich, so hoch über dem Boden.

Doch dann küsste er sie *dort,* und sie geriet auch innerlich vollends aus dem Gleichgewicht.

Nie hatte sie sich auch nur vorstellen können, dass es etwas so … Verderbtes geben konnte. Die Kühnheit dieser Liebkosung faszinierte sie, erregte sie und – gefiel ihr.

Um Rosalind herum schien alles zu versinken. Sie warf den Kopf in den Nacken, schloss die Augen und gab sich wieder ganz der heißen Glut in ihrem Innern hin, wie schon damals, in seinem Schlafzimmer. Oh ja, das war der Grund, warum die Leute unschuldigen Mädchen immer erzählten, solche Dinge seien falsch, sündig und schlecht. Denn wenn sie es nicht täten, gäbe es wohl keine Jungfrau über sechzehn mehr in England.

Sie wollte die Schaukel loslassen und sich fester an ihn klammern, aber sie hatte Angst, dass sie dann beide das Gleichgewicht verlieren würden. Und das Letzte, was sie jetzt wollte, war, dass er aufhörte. Nein, er durfte nicht aufhören … Sünde hin oder her, sie wollte und brauchte das jetzt …

Ganz unvermittelt hörte er tatsächlich auf, und erst als sie die Augen öffnete, merkte sie, dass sie die Schaukel doch losgelassen und die Hände um seinen Kopf gelegt hatte. Das Brett rutschte unter ihr weg, und Griffith fing sie auf, als ihre Beine von seinen Schultern glitten. Ihr tief in die Augen blickend, ließ er sie sanft zu Boden gleiten. Er lächelte.

„Ich denke, wir ziehen jetzt besser auf die Decke um. Wir sind wohl beide kaum im Stande, uns auf der Schaukel zu lieben. Außerdem möchte ich dich überall küssen und berühren. Ich möchte dich nackt sehen."

Die Vernunft verdrängte flüchtig ihre Benommenheit. „Aber wir können doch nicht …"

„Bitte, Rosalind!" Sein Lächeln erstarb und wich einem so sehnsüchtigen Ausdruck, dass sie erschauerte. „Lass mich dich lieben. Ich brauche es. Ich brauche dich. Ach, ich …"

Er verstummte, und sie musste daran denken, dass Mr. Knighton gesagt hatte, Griffith könne die Bedürfnisse seines Herzens nicht zum Ausdruck bringen. Aber wenn Griffith ihr mitteilte, er brauche sie, er wolle sie *lieben,* dann verbarg sich dahinter doch bestimmt ein tiefes Gefühl. Immerhin hatte er früher noch geäußert, er würde sie *verführen* und *mit ihr schlafen.*

Sie ließ ihren Blick über die Lichtung schweifen. Es war noch immer hell, obwohl die Sonne hinter den Bäumen bereits untergegangen war. „Aber – hier? Wo jeder …"

„Wenn ich dich unbemerkt in mein Schlafzimmer bringen könnte, würde ich das tun, aber ich möchte kein Risiko eingehen. Die Gefahr, dass sie uns entdecken, ist hier geringer als im Haus. Und sollte uns trotzdem jemand aufspüren, dann ist das für dich nur ein Grund mehr, mich so bald wie möglich zu heiraten. Denn du wirst mich heiraten, musst du wissen."

Sein zuversichtliches Schmunzeln ärgerte sie. „Für meinen Geschmack bist du dir eindeutig ein wenig zu sicher ..."

Er brachte sie mit dem ersten Kuss auf den Mund seit zwei Tagen zum Schweigen, und mit was für einem Kuss! Er war zärtlich, sehnsüchtig ... genau so, wie ein dezenter Kuss sein sollte. Doch dabei blieb es nicht lange. Mit der besitzergreifenden Sicherheit eines Geliebten nahm Griffith ihr die Haube ab und löste die Nadeln aus ihrem Haar, bis es ihr offen über die Schultern fiel, und streifte ihr schließlich das Kleid von den Schultern. Wie von selbst fanden seine Hände ihre Brüste unter dem bereits geöffneten Unterkleid und rieben über die zarten Knospen, bis sie sich hart aufrichteten. Sie widersetzte sich nicht mehr. Jeder Gedanke, ihm Einhalt zu gebieten, löste sich unter seinen Liebkosungen in nichts auf.

Seit zwei Tagen hatte sie sich danach gesehnt, und ja, sie brauchte es, sie brauchte ihn ebenfalls. Sie wusste nicht, warum es ausgerechnet diesem Mann gelang, dass sie sich endlich mit sich eins fühlte, aber so war es. Er brachte die ungezügelte Seite in ihr zum Vorschein, die sie sonst so mühsam unterdrücken musste. Er verstand sie wie kein anderer Mensch vor ihm. Und sie bedeutete ihm etwas. Er mochte es vielleicht nicht sagen, aber sie wusste es dennoch.

Wenn er sie nicht gebeten hätte, ihn zu heiraten, hätte sie seinen Verführungskünsten aus Angst vor der Zukunft möglicherweise widerstanden. Aber er *hatte* sie gebeten, und er *wollte* sie. Im Moment reichte ihr das vollkommen.

Er hob sie hoch und trug sie zur Decke, um sie darauf zu

betten, ohne den Kuss zu unterbrechen, als fürchte er, sie könne es sich doch noch anders überlegen.

Aber sie war längst über den Punkt hinaus, ihre Meinung noch ändern zu können. Und als er anfing, ihr das Kleid vollkommen auszuziehen, machte sie sich ebenfalls an den Knöpfen seiner Weste zu schaffen. Er erstarrte kaum merklich und hörte auf sie zu küssen, aber nur, um sie noch rascher entkleiden zu können. Sie zerrte ungeduldig am Revers seines Gehrocks, und er zog ihn hastig zusammen mit der Weste aus. Er entledigte sich seiner restlichen Kleidung und seiner Stiefel, bis er nur noch seine Unterhose anhatte, die das Ausmaß seiner Erregung kaum verbarg.

Rosalind blieb jedoch keine Zeit, das zu bemerken, da er jetzt mit den Händen über ihr Korsett strich und sie mit belegter Stimme bat: „Dreh dich um, meine Schöne."

Sie gehorchte mit leichter Befangenheit – nicht, weil es ihr peinlich war, dass er sie ganz auszog, das erregte sie sogar. Allerdings hatte er sie noch nie ohne Korsett gesehen, und sie hielt sich für nicht gerade gertenschlank. Vielleicht begehrte er sie nicht mehr so sehr, wenn er sie vollkommen nackt erblickte.

Ihr Herz klopfte zum Zerspringen, während er die Haken und Ösen ihres Korsetts öffnete. Hier draußen, im Freien, fühlte sie sich auf beinahe schmerzhafte Weise allen eventuellen Blicken ausgeliefert, obwohl die Bäume einen willkommenen Schutzschild boten und die Tageszeit – Dinnerzeit – dafür sorgte, dass sich mit Sicherheit niemand mehr draußen aufhielt. Trotzdem wünschte sie, die Sonne wäre bereits vollständig untergegangen, dann hätte Griffith sie nicht mehr so genau betrachten können.

Er hatte sie jetzt von dem verhassten Korsett befreit, und sie machte sich innerlich auf seine Enttäuschung gefasst. Er zog ihr das Unterkleid über den Kopf, dann streifte er ihr die Strümpfe und Schuhe ab, bis sie, ihm immer noch den Rücken zuwendend, vollkommen nackt vor ihm stand.

Sein langes Schweigen stellte ihre Selbstsicherheit auf eine harte Probe, bis er schließlich bedeutungsvoll aufstöhnte. Ein Schauer des Entzückens überlief sie, als er ihr zärtlich über die Hüften strich. Von hinten legte er ihr die Hände um die Brüste und schmiegte die Wange in ihr Haar. „Oh Rosalind", stieß er heiser hervor. „Du solltest niemals ein Korsett tragen, Liebste. Du solltest deine unglaubliche Schönheit nicht unter einem so hässlichen Ding verbergen."

Ungläubig drehte sie sich zu ihm um, doch der sehnsuchtsvolle Ausdruck seiner Augen und die fast anbetende Art, wie er ihren Körper streichelte, ließen keinen Zweifel daran, dass er es ernst meinte. Und dann küsste er sie, ihre Schultern, den Ansatz ihrer Brüste und die zarten Spitzen.

Er ließ sich auf ein Knie nieder und küsste den Abdruck unter ihrem Busen, den das Korsett auf ihrer Haut hinterlassen hatte. Es war nur einer von vielen, die sich bis hinunter zu ihrem Bauch abzeichneten. „Diese zarte Haut …" Er küsste sie erneut. „So zu malträtieren …" Ein weiterer glühender Kuss. „Ist eine unverzeihliche Sünde …"

Als er schließlich die Stelle küsste, wo ihre Schenkel sich schlossen, konnte sie kaum noch die Tränen zurückhalten. Sie hätte sich niemals träumen lassen, dass einem Mann ihr Körper tatsächlich auf diese Weise gefallen könnte. Und dass es dann auch noch der Mann war, den sie so verzweifelt liebte …

Sie seufzte glücklich und presste seinen Kopf fest an sich. *Ich liebe dich. Ganz gleich, was du für mich empfindest, ich liebe dich.*

Eine Weile verharrten sie so. Sie strich ihm durch sein dichtes schwarzes Haar, und er liebkoste ihren Schenkel mit den Lippen. Dann hob er den Blick und schaute sie mit unverhohlenem Begehren an. „Ich will dich, Liebste." Er zog sie hinab auf die Decke. „Ich will dich jetzt."

Ehe sie sich versah, lag sie auf dem Rücken, und er kniete zwischen ihren Beinen. Ungeduldig nestelte er an den Knöpfen seiner Hose.

„Warte!" rief sie.

Er erstarrte. „Nein, Rosalind, halt mich nicht zurück! Ich ertrage es nicht ..."

„Ich werde dich nicht zurückhalten." Obwohl sie dabei zutiefst errötete, setzte sie sich auf und schob seine Hände weg. „Ich möchte nur ... Das letzte Mal hast du mir nicht erlaubt ... dich dort anzugucken und zu berühren. Bitte, lass es mich jetzt tun."

Er sog hörbar den Atem ein, als ihre Hände ihn streiften. „Neugierig?" fragte er rau.

„Wundert dich das?" Sie war nicht in der Lage, ihm in die Augen zu schauen, und kniete sich vor ihn, um die Hose aufzuknöpfen. „Du hast mich oft genug damit aufgezogen."

Als sie den letzten Knopf geöffnet hatte, streifte Griffith die Hose ab und kniete sich wieder vor sie. „Hier", murmelte er mit erstickter Stimme. „Jetzt weißt du, was ich gemeint habe."

Mit unverhohlener Faszination betrachtete sie ihn. Zögernd legte sie die Finger um ihn und spürte, wie er in ihrer

Hand pulsierte. Griffith schloss die Augen und stöhnte leise auf.

„Mein Gott, Rosalind, ich halte das nicht mehr lange aus", stieß er hervor.

„Das hat Mr. Knighton also gemeint …", entfuhr es ihr unbedacht.

Er brachte sie dazu, sich wieder auf den Rücken zu legen, und beugte sich über sie. Er hielt ihre Hände rechts und links von ihrem Kopf fest. „Wie bitte? Worüber hast du dich denn mit ihm unterhalten?" Er sah sie mit einer Mischung aus Eifersucht und Verlangen an.

Sie schluckte. „Wir … nun, wir sprachen über dich. Was … dich ausmacht. Und dass eben dieser Teil hier von dir mich begehrt."

Er atmete kaum merklich auf. „Das ist nicht der einzige Teil von mir, der dich begehrt, aber ich gebe zu, im Moment ist er der forderndste. Steckte das etwa hinter diesem Unsinn mit den drei Dingen?"

Sie befeuchtete nervös ihre Lippen und nickte.

Er verlagerte sein Gewicht auf einen Ellenbogen und fing an, sie mit der anderen Hand auf höchst sündige Weise zu liebkosen, indem er mit einem Finger so tief in sie eindrang, dass ihr der Atem stockte. „Als Knighton ging – was hat er dir da ins Ohr geflüstert?"

„Das ist wirklich ein Geheimnis, ich kann es nicht verraten", zog sie ihn auf. Griffith hatte ihr schließlich seins auch noch nicht verraten.

„Ach ja?" Er bewegte den Finger ganz leicht, um sie aus der Fassung zu bringen. Sie stöhnte auf. „Sag es mir, Rosalind", flüsterte er hinterhältig. „Sonst mache ich so lange weiter, bis du es tust!"

„Du bist ein schrecklicher Mensch."

„Das hat man schon oft von mir behauptet." Er liebkoste sie weiter, bis sie glaubte, ihr Verlangen nicht mehr zügeln zu können. „Rosalind?"

„Also gut, ja! Er riet mir, dafür zu sorgen, dass *du* diesen Teil von dir so lange strikt unter Kontrolle hältst, bis du mir die Wahrheit anvertraut hast."

Einen Moment lang schien ein Schatten über sein Gesicht zu huschen, doch dann wich er einem Ausdruck puren, unstillbaren Verlangens. „Zu spät", murmelte er. „Denn jetzt werde ich dich lieben. Und du wirst es zulassen, nicht wahr?"

Sie hatte kaum Gelegenheit, zu nicken, denn schon küsste er sie so leidenschaftlich, als wolle er sie ablenken von dem, was er gleichzeitig tat. Als ob das funktioniert hätte ... Sie konnte nicht umhin zu spüren, wie er vorsichtig in sie eindrang.

Nach all den aufreizenden Liebkosungen war das fast zu viel für sie. Sie fühlte sich so eng mit ihm verbunden, als seien sie eine Einheit geworden. Eigentlich fand sie dieses Gefühl sehr schön, bis er noch weiter in sie eindrang.

Sie entwand ihm ihren Mund. „Griffith, ich glaube, das ... geht nicht ..."

Offenbar war er zu demselben Schluss gekommen, denn er wirkte angespannt. Aber dann meinte er zu ihrem Erschrecken: „Doch, es wird gehen, mein Liebling. Wart nur ab." Er stöhnte auf. „Mein Gott, es fühlt sich so gut an."

„Für mich fühlt es sich aber gerade gar nicht gut an", murmelte sie etwas gequält.

„Ich weiß, Liebling, ich weiß. Ich fürchte, ich werde dir allerdings jetzt ein wenig wehtun müssen."

„Wehtun?" wiederholte sie kläglich. „Wie sehr?"

„Nicht allzu sehr, hoffe ich. Doch danach wird es besser, das verspreche ich dir." Er neigte den Kopf über ihre eine Brust und sog sanft an der empfindsamen Spitze. Rosalid erschauerte vor Lust. Als sie die Augen schloss und ihren Kopf nach hinten bog, raunte er: „Verzeih mir."

Ein stechender Schmerz durchzuckte sie, und sie stöhnte auf. Dann jedoch war der Schmerz auch schon wieder vorbei, und es hatte längst nicht so wehgetan, wie sie befürchtet hatte. Trotzdem wagte sie es kaum, sich zu bewegen. Sie schlug die Augen auf und schaute in sein angespanntes Gesicht. „Können wir es nicht lieber nur beim Küssen belassen? Das hier ist nicht annähernd so … angenehm." Sie bewegte die Hüften etwas, und er stieß einen kaum hörbaren Fluch aus.

„Entspann dich, Liebling. Versuche, dich zu entspannen."

War er von Sinnen? Wie sollte sie sich denn unter diesen Umständen entspannen?

Er fing an, ihr Kinn und ihre Wangen mit zarten Küssen zu bedecken. Mit der Zungenspitze zeichnete er die Umrisse ihrer Lippen nach, bis sie seufzend den Mund öffnete und seiner Zunge Zugang gewährte.

Dann bewegte er sich, zog sich etwas zurück, drang wieder weiter ein, genau das zärtliche Spiel seiner Zunge in ihrem Mund nachahmend. Ihr stockte der Atem. Großer Gott, das war unbeschreiblich …

Zögernd bewegte sie erneut ein wenig die Hüften, und sie merkte, dass das jetzt ihre Empfindungen sogar noch steigerte.

„Oh Rosalind“, keuchte er. „Ja, genau so ... ja ... Du bist wunderbar!“

Und er war es auch. Im Schein der untergehenden Sonne kam ihr sein Gesicht schöner vor denn je. Das Gefühl, ihm nicht entkommen zu können, ihm restlos ausgeliefert zu sein, hatte etwas beinahe Magisches für sie. Sein würziger Duft vermischte sich mit dem von Gras und verschüttetem Wein, sein heißer Atem streifte ihr Gesicht. In ihr schwelte eine Glut, die ihre Sehnsucht nach dem Unbekannten weckte, was er ihr bot.

Endlich verstand sie, warum sich Liebende heimlich trafen. Warum Frauen für ihre Männer alles aufs Spiel setzten. Was die Leute meinten, wenn sie davon sprachen, dass zwei Menschen eins wurden. All das bezog sich auf diese leidenschaftliche Vereinigung.

Eine Vereinigung, die zwischen einem Mann und einer Frau stattfinden sollte, die sich liebten. Tränen rannen ihr über die Wangen, sie konnte sie nicht zurückhalten.

Sie spürte, wie er die Tränen fortküsste. „Weine nicht, meine Schöne“, flüsterte er voller Zärtlichkeit. „Ich möchte dir nicht wehtun. Ich ... kann damit aufhören ...“

„Nein!“ Sie umfasste seinen Kopf mit den Händen. „Nein. Küss mich, Griffith.“

Er tat es mit solcher Sanftheit, dass sie dahinschmolz. Ich liebe dich, dachte sie, als er seinen Rhythmus steigerte. Ich liebe dich, Griffith.

„Jetzt bist du mein, Rosalind“, stieß er beinahe wild hervor. „Mein für immer.“

Bei diesen Worten schlugen die Wogen der Lust plötzlich über ihr zusammen; sie schrie leise auf und grub die Fingernägel in seine Schultern, während sie den Kopf hin- und herwarf. Noch wurde sie ganz von ihrer eigenen Ekstase beherrscht, als er schließlich selbst seine Erfüllung fand und heiser ihren Namen rief.

Dann sank er kraftlos über sie. Sie hielt ihn fest umfangen, während ihr die Tränen wieder in die Augen stiegen. Er wollte sie. Er hatte zwar nicht von Liebe gesprochen, aber er wollte sie. Das konnte doch nur eines bedeuten.

Sie lagen ganz still da, bis ihr Atem wieder regelmäßiger ging. In den Wäldern um sie herum war alles still, als seien selbst die Vögel in Ehrfurcht vor diesem Schauspiel verstummt.

Seufzend ließ sich Griffith neben sie auf die Decke gleiten. Dann nahm er Rosalind so in den Arm, dass ihr Kopf auf seiner Brust ruhte. Plötzlich empfand sie eine unerklärliche Scheu ihm gegenüber und brachte es nicht über sich, ihm ins Gesicht zu gucken. Und doch wollte sie zu gern wissen, ob ihr Liebesakt ihn ebenso tief berührt hatte wie sie. Mit dem Finger zeichnete sie Kreise auf seinen Bauch.

„Griffith?"

„Hm?"

Wie stellte man so eine Frage bloß? „Ach, nichts."

Er hob ihr Kinn an und runzelte die Stirn. Sanft wischte er die letzten Tränen von ihren Wangen. „Warum hast du geweint, Liebling? Habe ich dir wehgetan?"

„Nein", flüsterte sie.

„Ich habe mir alle Mühe gegeben, vorsichtig zu sein, aber ich habe mich so verzweifelt nach dir gesehnt …"

„Mir ging es genauso", versicherte sie. „Ich habe in den letzten beiden Tagen an nichts anderes denken können."

Er zog eine Augenbraue hoch. „Noch vor kurzem scheinst du aber einen anderen Mann im Kopf gehabt zu haben!"

Sie musste lachen. „Du bist so ein eifersüchtiger Narr! Wir haben ausschließlich über dich geredet! Dein Arbeitgeber war entschlossen, mich davon zu überzeugen, dass du etwas für mich empfindest. Es ist ihm allerdings nicht gelungen."

„Du hast mit ihm über mich gesprochen?" fragte er ungläubig. „Aber – du hattest doch vor, ihn zu heiraten! Glaubst du nicht, dass er dir das vielleicht übel nimmt?"

„Ich sage dir das nur ungern, weil es dir sehr zu Kopf steigen wird, aber ich hatte niemals vor, ihn zu heiraten."

„Wie bitte? Mein Gott, du hast dich dem Mann doch förmlich auf dem Silbertablett angeboten!"

Sie musste schmunzeln über seinen gereizten Tonfall. Sie richtete sich auf und betrachtete ihn. Bei dem Gedanken, ihn zu heiraten, wurde ihr beinahe schwindelig vor Glück. „Mr. Knighton ist sehr viel scharfsinniger als du. Er hat sofort durchschaut, dass ich nicht die Absicht hatte, ihn zu heiraten. Ich wollte ihn nur irgendwie aufhalten, und ich dachte, wenn ich einwillige, ihn zu heiraten, könnte ich die Verlobungszeit unbegrenzt in die Länge ziehen."

„Es hat sich also nur um eine vorgetäuschte Verlobung gehandelt?"

„Richtig."

„Warum hast du dich dann von ihm küssen lassen?" brauste er auf.

„Weil wir *wussten*, dass du uns beobachtest, und er wollte dich ein wenig ärgern. Außerdem war ich selbst ziemlich überrascht darüber."

Er legte ihr die Hand in den Nacken und zog sie zu sich herab, um sie lange und leidenschaftlich zu küssen. „Solche Überraschungen wird es in Zukunft nicht mehr geben, hörst du?“ flüsterte er schließlich. „Weil du jetzt zu mir gehörst, meine Schöne. Und wenn ich Daniel auch nur noch einmal wieder dabei erwische, wie er dich küsst …“

„Daniel?“ wiederholte sie erstaunt.

Griffith erstarrte und wurde blass. „Verdammt.“

„Daniel? Wer ist Daniel? Warte, ist nicht dein richtiger Name …“

„Ja. Ich nehme an, es wird Zeit, dir endlich das zu gestehen, wofür ich eigentlich ursprünglich hierher gekommen bin.“ Er seufzte und schob sie sanft zur Seite, um sich aufsetzen zu können. „Wenn wir heiraten wollen, solltest du wohl besser meinen richtigen Namen kennen.“

Furcht stieg in ihr auf. Warum hatte sie nur die Vorahnung, dass ihr das nicht gefallen würde?

Er fuhr sich durch das Haar. „Der Mann, den du für Mr. Knighton hältst, ist in Wirklichkeit Daniel Brennan. Aber mein zweiter Vorname lautet tatsächlich Griffith.“ Er atmete tief durch. „Mein vollständiger Name allerdings ist Marsden Griffith Knighton. *Ich* bin dein Cousin, Mr. Knighton.“

17. KAPITEL

Griffith wappnete sich gegen Rosalinds Zorn. Wenigstens lagen die Karten jetzt offen auf dem Tisch. Er hatte es stets bevorzugt, ohne Umschweife zur Sache zu kommen, und das hier war eine Angelegenheit, die er nicht mehr länger vor sich herschieben konnte, vor allem, wenn er sie zur Frau nehmen wollte.

Und heiraten würde er sie, ganz gleich, wie sie sich jetzt auch verhalten mochte. Mit ihr zu schlafen hatte ihn in seinem Entschluss nur noch bestärkt. Noch nie hatte eine Frau solche Empfindungen in ihm ausgelöst. Das erfüllte ihn beinahe mit Ehrfurcht – und dem brennenden Verlangen, sicherzugehen, dass er Rosalind nie wieder verlor.

Er stand auf und zog seine Hose an. Prüfend beobachtete er Rosalind. Sie hatte sich bereits aufgesetzt und die Arme um ihre Knie geschlungen.

„Rosalind, sag doch etwas", drängte er, als sie weiterhin blicklos an ihm vorbeisah. „Nenn mich einen Bastard, beschimpfe mich, irgendetwas!"

„Wie kann ich dich einen Bastard nennen?" fragte sie leise. „Wenn du eben die Wahrheit gesagt hast, dann bist du ja keiner, nicht wahr?"

Wenn er je einen Beweis gesucht hatte, dass sie nichts von den Plänen ihres Vaters ahnte, dann hatte er ihn jetzt gefunden. Außerdem hatte sie ihm den perfekten Anknüpfungspunkt geliefert, ihr auch noch den Rest der Geschichte zu beichten.

Er konnte es jedoch nicht, noch nicht. Wie auch, wenn sie so still und stumm dasaß und ihr Schweigen das Aus für alle seine Pläne bedeuten konnte? „In einer Hinsicht bin ich sehr wohl ein Bastard“, meinte er heiser. „Ich hätte dir nie verheimlichen dürfen, wer ich in Wirklichkeit bin.“

Sie schüttelte den Kopf, als wolle sie ihre Gedanken ordnen. „Du bist tatsächlich Marsden Knighton? Mein Cousin?“

„Ein entfernter Cousin“, entgegnete er.

Sie stöhnte auf. „Was bin ich nur für ein Dummkopf gewesen. Ich hätte es sofort durchschauen müssen. Die Art, wie du dich benahmst, wie du dich ausdrücktest. Ich habe mich immer gewundert, wie Mr. Kni… wie dein Berater mit deinen Unverschämtheiten zurechtkam. Aber du warst gar nicht unverschämt, nicht wahr? Du hast ihn lediglich wie deinen Angestellten behandelt.“

Er nickte.

Wie in Trance stand sie auf und schlang die Decke um sich. „Und sein etwas ungehobeltes Auftreten …“ Sie schaute Griffith an. „*Er* ist der Sohn eines Straßenräubers, nicht du. Er ist derjenige, der eine Zeit lang im Armenhaus gelebt hat.“ Ein erschrockener Ausdruck breitete sich auf ihren Zügen aus. „Oder war das auch gelogen?“

„Nein, ich habe dich nur hinsichtlich meiner Identität belogen.“ *Obwohl ich dir so viele andere Dinge noch nicht gesagt habe.* „Ich habe mir Daniels Vergangenheit zu Eigen gemacht und er sich meine.“ Er konnte ihr ansehen, wie angestrengt sie nachdachte, und das beunruhigte ihn. Rosalind handelte stets nach Gefühl: Sie attackierte mit Schwertern, sie stellte sich impulsiv für eine Heirat zur Verfügung, um ihre Schwester zu retten … und sie stürzte sich Hals über Kopf in die Liebe. Dass sie jetzt grübelte, statt ihm den Picknickkorb an den Kopf zu werfen, machte ihm Sorgen.

„Also bist du derjenige, der in Eton war?"

Er nickte.

„Du bist unser Cousin." Sie betrachtete ihn aufmerksam. „Ja, natürlich bist du es. Ich habe diese Miniatur von deinem Vater nur einmal zu Gesicht bekommen, aber wenn ich mich recht erinnere, siehst du ihm sehr ähnlich. Ich verstehe nicht, warum mir das nicht früher aufgefallen ist."

„Weil die Menschen das wahrnehmen, was sie wahrnehmen sollen. Du kanntest uns nicht, du hattest keinen Grund zu argwöhnen, ich könnte gar nicht Mr. Brennan sein."

Bei dem Klang dieses Namens wurden ihre Augen groß. „Das bedeutet, du bist nicht einmal Halbire! Deshalb hat er gesagt ... ach ..." Sie schloss kopfschüttelnd die Augen, offensichtlich war ihr etwas eingefallen.

„Was hat er denn gesagt?"

„Ach, nichts. Wir haben nur über die Iren und die ... Unwichtig." Sie überlegte. „Also bist natürlich auch du derjenige, der der Knighton Handelsgesellschaft zu so viel Erfolg verholfen hat. Warum habe ich das nicht gleich durchschaut? Dabei hatte ich doch schon lange erkannt, dass du das Gehirn des Unternehmens warst."

Er lachte kurz. „Lass dich nicht von Daniels rauer Schale täuschen. Er macht seine Arbeit gut, so gut, dass ich durch sein Geschick bei Investitionen mein persönliches Einkommen in den letzten paar Jahren verdoppeln konnte. Er berät auch noch andere Leute, nicht nur mich. In Kürze wird er sogar sein eigenes Unternehmen gründen."

Er wusste, dass er zu viel redete, dass sie wahrscheinlich gar nicht an Daniel interessiert war, aber er versuchte nur mit allen Mitteln, sie etwas aufzuheitern.

Sie wandte ihr Gesicht ab. Es war inzwischen so dunkel, dass er sie ohnehin nicht mehr gut sehen konnte, aber diese Geste tat ihm weh.

„Du hast mich gebeten, dich zu heiraten", flüsterte sie. „Obwohl du wusstest, dass ich dich für einen anderen hielt. Hast du das als so unwichtig erachtet, um mich aufzuklären?"

„Himmel, Rosalind, ich sage es dir doch jetzt!"

„Ach? Erkläre mir doch, warum du überhaupt mit diesem Rollentausch angefangen hast. Und warum du ihn fortgesetzt hast, obwohl du angeblich den Entschluss fasstest, mich zu heiraten."

„*Angeblich?* Da gab es kein *angeblich!* Schon in dem Moment, als ich dich das erste Mal im Arbeitszimmer deines Vaters traf, wollte ich dich. Und nach jenem Tag in meinem Schlafzimmer wusste ich ganz genau, dass ich dich unbedingt haben musste!"

„In deinem Bett, meinst du."

„Nein, als meine Ehefrau! In diesem Punkt habe ich niemals gelogen."

„Ja, aber an besagtem Tag in deinem Schlafzimmer hast du mir keinen Heiratsantrag gemacht. Warum nicht? Du hättest mir schon da die Wahrheit sagen und mich beruhigen können, dass ich nichts zu befürchten hätte. Dass du mich selbst heiraten würdest. Warum hast du gewartet, bis ich zu Mr. … zu …"

„Daniel. Sein Vorname ist Daniel. Es wird dir leichter fallen, wenn du ihn so nennst."

„An dieser ganzen Geschichte ist nichts leicht!“ rief sie aus. Er sah, wie ihre Schultern heftig zuckten, und hoffte nur, dass sie nicht zu weinen anfing. „Ich dachte, ich sei in dich … ich dachte, ich würde etwas für dich empfinden“, flüsterte sie schmerzerfüllt. „Aber für *wen* habe ich denn etwas empfunden? Offenbar nicht für Griffith Knighton. Und ganz sicher nicht für Daniel Brennan. Wohl eher für … für ein Fantasiegeschöpf, für eine Mischung aus dir und deinem Berater.“

„Das stimmt nicht!“ Warum sprach sie in der Vergangenheitsform von ihren Empfindungen? Er konnte es nicht ertragen, sie möglicherweise zu verlieren, nicht deswegen. Er musste ihr das alles begreiflich machen. „Es war nicht Daniel, den du über den Besitz geführt hast. Es war auch nicht Daniel, mit dem du Billard gespielt oder Shakespeare zitiert hast.“ Sie wirkte verloren, wie sie so dastand, und er ging zu ihr und strich ihr zärtlich über die Wange. „Und es war nicht Daniel, der dich eben geliebt hat.“

Wenigstens schreckte sie nicht vor seiner Berührung zurück. „Du hast mir immer noch nicht verraten, weshalb du überhaupt so ein Täuschungsmanöver angefangen hast. Oder warum du es so lange durchgezogen hast.“

Er erstarrte, und Panik stieg in ihm auf. Verdammt, den Rest der Geschichte konnte er ihr nicht erzählen! Sie fühlte sich doch schon jetzt verletzt und betrogen. Wie viel mehr würde sie erst leiden, wenn sie erfuhr, dass er hierher gekommen war, um etwas zu suchen, das ihren Vater ruinieren und ihre Schwestern in einen Skandal verwickeln würde? Wie konnte er ihr gestehen, dass er immer noch vorhatte, sich das zurückzuholen, was ihm von Rechts wegen zustand?

Nein, das ging nicht. Nicht jetzt. Sobald sie verheiratet waren, würde er ihr alles sagen. Bis dahin würde er genau wissen, was er zu tun hatte. Wie es aussah, konnte er sich im Moment nicht einmal sicher sein, ob sie ihn überhaupt heiraten würde. Also musste er das jetzt als Erstes sicherstellen und alles Weitere dann klären, wenn sie verheiratet waren.

Er brauchte nur einen Augenblick, um einen plausiblen Grund zu ersinnen. „Als mich dein Vater hierher einlud, erwähnte er die Möglichkeit, dass ich eine von euch heiraten könnte. Um ehrlich zu sein, ich war daran gar nicht interessiert. Ich glaubte, keinen Grund erkennen zu können, warum ich heiraten sollte."

„Und schon gar nicht brauchtest du zu heiraten, um den Besitz zu bekommen", bemerkte sie trocken.

Er deutete ein Nicken an. „Nichtsdestotrotz wollte ich Swan Park gern in Augenschein nehmen. Mein Vater hat mir oft davon berichtet, ich wusste, ich würde es erben, und ich war neugierig. Also schmiedete ich einen Plan, wie ich mich hier in Ruhe umschauen könnte, ohne dabei von ein paar Frauen behelligt zu werden, die sich mir an den Hals werfen würden." Er brachte ein schwaches Lächeln zu Stande. „Glaub mir, wenn ich geahnt hätte, wie wenig ihr alle gewillt wart, mich zu heiraten, hätte ich mir dieses Täuschungsmanöver niemals einfallen lassen. Aber man hatte mir gesagt, ihr wärt … nun ja …"

„Die alten Swanlea-Jungfern", half sie nach und hob das Kinn.

„Genau. Ich dachte, Daniel könnte euch alle ablenken, während ich … mich in Ruhe auf dem Besitz umguckte.

Natürlich wurde es immer schwerer, den Rollentausch aufzugeben, je länger die Situation anhielt."

Er strich ihr das Haar aus dem Gesicht. Nie war sie ihm anziehender vorgekommen als jetzt, eingehüllt in diese Decke. „Als mir klar wurde, dass ich dich wollte, wusste ich nicht mehr, wie ich das Theater beenden sollte", fuhr er fort. „Ich war mir noch nicht einmal mehr sicher, ob du nicht eher an mir in meiner Eigenschaft als Griffith Brennan interessiert warst. Und du sagtest diesen ganzen Unsinn, dass du ‚Mr. Knighton' heiraten würdest, um deine Schwester zu retten. Ich hatte jedoch keine Lust, dass du *mich* aus diesem Grund heiratest."

„Also hast du weiterhin gelogen, um sicherzugehen, dass ich dich um deiner selbst willen und nicht wegen deines Vermögens heirate? Ist es das?"

„Moment mal", erwiderte er gereizt. „Du warst mir gegenüber genauso unaufrichtig wie ich dir gegenüber. Du hattest ja nicht einmal vor, Daniel, ich meine Knighton, tatsächlich zu heiraten."

Ihr Kinn bebte. „Ich habe für meine Familie gekämpft. Und wofür hast du dich eingesetzt?"

Für mein Unternehmen, meine Zukunft, hätte er beinahe geantwortet, aber er wagte es nicht. Er schlug einen vernünftigeren Ton an. „Rosalind, ich weiß, ich hätte mich nie zu einem so rücksichtslosen Plan hinreißen lassen dürfen, aber es ist nun einmal geschehen, und ich habe es dir gebeichtet. Kannst du mir denn nicht verzeihen? Können wir nicht einen Schlussstrich darunter ziehen?"

Rosalind starrte ihn an und war sich nicht sicher, wie sie seine Enthüllungen aufnehmen sollte. Sie wollte ihn für sein

Täuschungsmanöver verabscheuen, und auch dafür, dass er mit ihr geschlafen und dabei so getan hatte, als sei er ein anderer Mann.

Aber wie konnte sie das? Dass er der richtige Mr. Knighton war, machte alles so viel einfacher. Ihr war nicht wohl gewesen bei dem Gedanken, ihrer Familie gestehen zu müssen, dass sie den falschen Mann heiraten wollte, denjenigen, der Swan Park *nicht* retten konnte. Auch hatte sie befürchtet, dass Juliet dem Mann, den sie für ihren Cousin hielt, erneut ihre Aufmerksamkeit schenken würde.

Trotzdem hatte Griffith sie angelogen. Mehrfach. Und auf ungeheuerliche Art.

Tief im Herzen ahnte sie, dass sie ihm das verzeihen konnte … wenn sie denn sicher sein konnte, dass das alles war, was sie ihm vergeben musste. Doch obwohl seine Erklärung glaubwürdig genug geklungen hatte, zweifelte sie noch immer. All das hatte nur den Zweck gehabt, die Swanlea-Schwestern davon abzuhalten, dass sie ihn bei der Besichtigung des Besitzes störten? War es wirklich so simpel?

Sie dachte an Papas Schatulle und erstarrte. „Und was ist mit deinem heimlichen Herumschnüffeln im Haus? Was sollte denn das?“

Er wandte den Blick ab, und seine Kiefermuskeln zuckten. „Das habe ich dir doch gesagt. Ich wollte mir ein genaues Bild von dem Besitz machen. Ich kann in Gegenwart eines anderen nicht gut arbeiten, das ist alles.“ Er drehte sich wieder zu ihr um und betrachtete sie so eindringlich, dass sie errötete. „Schon gar nicht, wenn dieser andere eine schöne Frau ist, die mich erregt. Die mich auch jetzt erregt, um ehrlich zu sein.“

Sie blickte unwillkürlich an ihm herab und schluckte, als sie erkannte, dass er zumindest in dieser Hinsicht nicht log.

„In diesem Zustand befinde ich mich fast immer, wenn ich in deiner Nähe bin, mein Liebling“, gestand er heiser. „Bislang hätte ich nie geglaubt, dass ich einmal eine Frau finden würde, die ich so sehr begehre. Es klingt unsinnig, aber in dem Moment, als ich dich zum ersten Mal sah … hat sich irgendetwas in mir verändert. Es war, als hätte ein wichtiger Teil von mir gefehlt, den ich fand, als du in mein Leben tratest.“

Sein Herz, dachte sie und erinnerte sich daran, was Daniel ihr erzählt hatte. *Er weiß nicht, dass es sein Herz ist.*

Er schien sie doch ein wenig zu lieben, wenn er ihr so zögernd und anrührend sein Verlangen nach ihr offenbarte.

„Ich möchte dich zur Frau nehmen, jetzt noch mehr denn je“, sagte er mit leiser, drängender Stimme. „Die Frage ist nur – kannst du mir verzeihen, genug, um mich auch heiraten zu wollen?“

Er hatte wirklich ein Talent, immer gleich aufs Wesentliche zu sprechen zu kommen. Sie kannte ja bereits die Antwort, die sie ihm gern geben wollte. Wie konnte sie ihm nicht verzeihen, wo sie ihn doch so sehr liebte?

Immerhin war es sehr gut möglich, dass sich wirklich alles so verhalten hatte, wie er behauptete. Sie konnte sich gut vorstellen, dass Griffith nicht von drei altjüngferlichen Schwestern hatte belästigt werden wollen. Und es war ihr möglich nachzuvollziehen, dass sein Stolz ihn davon abgehalten hatte, ihr schon früher einen Heiratsantrag zu machen.

Warum blieb dann diese Unsicherheit, dieses vage Gefühl, dass er nicht ganz und gar ehrlich zu ihr war? Manche Dinge blieben nach wie vor eigenartig. Warum hatte Griffith solche außergewöhnlichen Anstrengungen unternommen, um sicherzugehen, dass ihn niemand störte? So ganz nahm sie ihm seine Geschichte nicht ab. Und was war mit Papas elender Schatulle? Papa bestand darauf, dass sie nur Papiere enthielt, aber warum sollte sie sie dann so gut verstecken? Das alles ergab keinen Sinn.

Sie spielte mit dem Gedanken, Griffith gegenüber die Schatulle zu erwähnen, aber ihr Instinkt hielt sie davon ab. Wenn er gelogen hatte, dann würde sie die Sache nur noch schlimmer machen, indem sie sie zur Sprache brachte, denn dann würde er von ihrer Existenz erfahren. Und wenn er die Wahrheit gesagt hatte, dann war die Schatulle ohnehin bedeutungslos.

„Rosalind, mein Liebling", stieß er erstickt hervor. „Wenn du mich mit deinem Schweigen bestrafen willst, dann gelingt dir das wirklich sehr gut."

Seine besorgte Miene rührte sie. „Ich will dich nicht bestrafen. Es ist nur … das alles kommt so völlig unerwartet. Ich versuche immer noch, das alles zu begreifen." *Ich versuche immer noch, herauszufinden, wer du wirklich bist. Und ob ich dir vertrauen kann.*

„Was gibt es da zu begreifen? Ich bin noch derselbe Mann, für den du etwas empfunden hast, nur trage ich einen anderen Namen und habe eine etwas anständigere Vergangenheit. Das sollte keinen Einfluss darauf haben, ob du mich liebst und mit mir die Ehe eingehen willst." Als sie unschlüssig schwieg, fügte er hinzu: „Und wenn meine Lüge deine Gefühle für mich zerstört hat, könntest du mich immer noch aus praktischen Erwägungen heiraten. Ich könnte sogar damit leben."

„Aus praktischen Erwägungen? Du meinst, wegen der Vorteile für meine Familie?"

Er zögerte kaum merklich. „Auch. Aber noch mehr wegen der Vorteile für *dich.* Ich bin reich, vergiss das nicht."

„Wie könnte ich", erwiderte sie kühl. „An jenem Tag im Wildpark hast du mich ja mehrfach darauf hingewiesen. Wenn ich mich recht erinnere, hat mich das damals genauso wenig beeindruckt wie heute."

„Du bist eine sehr starrsinnige Frau, Lady Rosalind!"

„Ich glaube sogar, dir gesagt zu haben, ich sei so wenig an Geld interessiert, dass ich bereit wäre, darauf zu verzichten, nur um zum Theater gehen zu können."

Er seufzte. „Dann werde ich mir wohl etwas anderes einfallen lassen müssen, um dich von den Verlockungen des Theaters abzulenken, nicht wahr?" Zu ihrer Überraschung legte er den Arm um ihre Taille und zog sie an sich. Die Decke verrutschte ein wenig, aber Rosalind wehrte sich nicht gegen seine Umarmung. Sie konnte es einfach nicht.

Er streifte ihre Wange mit den Lippen und raunte verführerisch: „Zumindest ergänzen wir einander sehr gut. Das musst du zugeben."

„Im Bett", murmelte sie.

„Überall." Er hob ihr Kinn an, damit sie ihm in die Augen sehen konnte. „Meinst du, du findest nochmals einen Mann wie mich, der dir im Zitieren von Shakespeare in nichts nachsteht?"

Es verblüffte sie, dass er ausgerechnet diesen Grund angeführt hatte, um sie zu überzeugen. Damit hatte sie nicht gerechnet. Welch raffinierter Schachzug von ihm!

Sie zog eine Braue hoch. „Wir haben noch nicht herausgefunden, ob du deinen Shakespeare genauso gut kennst wie ich!“

Er lächelte. „Dann sollten wir das vielleicht einmal ausprobieren. Bedenke nur, wie viel Spaß wir dabei haben würden.“ Er begann, zärtlich an ihrem Ohrläppchen zu knabbern.

Ein Schauer der Lust überlief sie. Dieser Mann verstand es wirklich, seine Argumente überzeugend zu untermauern.

Er zog sie noch fester an sich. „Aber es gibt auch noch andere Vorteile. Du kannst mein Stadthaus vom Keller bis zum Dach neu gestalten. Du wirst zwei Häuser voller Bediensteter haben, die du herumkommandieren kannst.“

„Warum sollte ich das wollen?“ Es fiel ihr schwer zu atmen oder klar zu denken. „Es macht mir ja schon keine Freude, *diesen* Besitz zu verwalten, hast du das vergessen?“

„Du sagtest nur, dass dir die lästigen Kleinigkeiten nicht gefallen. Nun, mein Liebling, ich habe jede Menge Angestellte, die dir die lästigen Kleinigkeiten abnehmen werden, wenn du es wünschst.“ Er küsste sie auf den Hals. „Dann hat du mehr Zeit, mein Bett zu wärmen.“

Er küsste sie auf den Mund, und es war um sie geschehen. Ihr schwanden die Sinne, Glut durchströmte sie. Einen Augenblick lang erwiderte sie seinen Kuss mit all der Liebe, die sie für ihn empfand. Doch als Griffith plötzlich an ihrer Decke zog, kehrte sie wieder in die Wirklichkeit zurück. Mit äußerster Willensanstrengung löste sie sich aus seiner Umarmung, wich zurück und hielt die Decke wie einen Schutzschild fest.

„Rosalind?“ erkundigte er sich besorgt.

„Also gut.“

„Was heißt das?"

„Ich werde dich heiraten."

Er seufzte abgrundtief erleichtert. „Gott sei Dank. Und nun komm, lass uns feiern."

Nur Griffith vermochte das Wort *feiern* auf solch zweideutige Art auszusprechen. Sie erschauerte wohlig, widerstand jedoch der Versuchung. Sie konnte erst wieder mit ihm das Bett teilen, wenn sie sich ganz sicher war, dass alle ihre Ängste unbegründet waren. Schon vorhin hätte sie ihm beinahe gestanden, dass sie ihn liebte; wenn sie sich jetzt erneut auf seine Liebkosungen einließ, würde sie sich nicht mehr zurückhalten können. Ihr Stolz verbot es ihr jedoch, ihm ihr Herz zu öffnen, ehe sie sich seiner nicht noch etwas sicherer war.

„Nein", wehrte sie ab. „Wenn wir nicht bald zurückgehen, wird man uns vermissen."

Er trat einen Schritt auf sie zu. „Daniel wird schon dafür sorgen, dass uns niemand stört."

„Nein", wiederholte sie bestimmt. „Ich fühle mich ein wenig …" Erschöpft? Müde? So früh am Abend? Welchen Grund konnte sie nur anführen?

Zu ihrer Überraschung hatte Griffith bereits einen gefunden. „Ach, natürlich, es war schließlich dein erstes Mal, und wir haben uns nicht gerade … sanft geliebt. Du brauchst etwas Zeit, um dich zu erholen."

Dankbar ging sie darauf ein, obwohl es eigentlich gar nicht stimmte. „Ja, genau. Ich … Es tut mir Leid …"

„Du musst dich doch nicht dafür entschuldigen! Ich sollte das vielmehr tun, denn ich hätte es wissen müssen." Er strich ihr über die Wange. „Ich habe in der Hinsicht nicht so viel Erfahrung, da du meine erste Jungfrau warst."

„Und ich werde wohl hoffentlich auch die einzige bleiben", warnte sie ihn. „Ganz gleich, was ich Daniel angeboten habe – für dich werde ich keine entgegenkommende Ehefrau sein! Wenn du dir nach unserer Hochzeit eine Mätresse nimmst, kannst du etwas erleben!"

Er lachte. „So spricht eine echte Amazone! Keine Sorge, mein Liebling, ich möchte auch gar nicht diese Art von entgegenkommender Ehefrau. Und eine Mätresse will ich ebenfalls nicht. Ich will nur dich und keine andere, bis ans Ende unseres Lebens."

Das hörte sich so wunderbar, so vollkommen an. Fast zu vollkommen, dachte sie, als er sich über sie beugte und sie küsste.

Es gab nur einen Weg, Klarheit über seine Absichten zu gewinnen und ihre Ängste ein für alle Mal zu begraben. In dieser Nacht würde sie mit dieser verdammten Schatulle zu Papa gehen und ihn zwingen, sie zu öffnen und ihr zu erklären, was sie enthielt. Wahrscheinlich war es gar nichts Besonderes.

Sie hoffte es zumindest von ganzem Herzen. Denn wenn sich herausstellte, dass Griffith ganze andere Gründe hatte, sie heiraten zu wollen, würde sie das wohl nicht überleben.

18. KAPITEL

Als sie sich eine halbe Stunde später auf dem Rückweg zum Haus befanden, konnte Griffith ein leichtes Unbehagen nicht abschütteln. Er verstand das nicht. Eigentlich hätte er außer sich vor Freude sein müssen, weil er nun all das erreicht hatte, was er wollte.

Er hatte Rosalind für sich gewonnen, obwohl er ihr den Rollentausch gebeichtet hatte. Sie hatte eingewilligt, ihn zu heiraten. Sie hatte gesagt, dass sie etwas für ihn empfand. Sie hatte ihm sogar gedroht für den Fall, dass er sich je eine Mätresse zulegen würde, und das klang viel versprechend. Ihre Eifersucht konnte doch nur bedeuten, dass ihre Gefühle für ihn über reines Verlangen hinausgingen.

Und ihm war die Urkunde sicher; er würde sie an seinem Hochzeitstag bekommen, wenn der Earl sein Versprechen hielt. All das war ihm gelungen, ohne es sich mit Rosalind zu verscherzen, dank seiner weisen Entscheidung, dieses Papier gar nicht zu erwähnen.

Trotzdem traute er seinem Glück nicht ganz. Er warf Rosalind einen verstohlenen Blick zu, als sie das Haus erreicht hatten und Licht aus einem der Fenster auf ihr Gesicht fiel. Sie wirkte so … nachdenklich, abwesend. Konnte es sein, dass sie wusste …

Nein, das war unmöglich. Wahrscheinlich dachte sie noch über das eben Erlebte und die vielen Veränderungen nach, die sich nun für sie ergeben würden. Denn wenn sie die Wahrheit gekannt hätte, wäre sie niemals bereit gewesen, ihn zu heiraten. Davon war er ziemlich überzeugt.

Dennoch würde er es ihr irgendwann sagen müssen. Was für ein Dilemma! Um einen Sitz im Oberhaus zu erlangen und somit an der Delegation teilnehmen zu dürfen, musste er öffentlich seinen Anspruch auf den Titel erheben. Wenn er das jedoch tat, ganz gleich, ob vor oder nach der Hochzeit, würde Rosalind ihn umbringen. Gab es denn keine Möglichkeit, sein Ziel zu erreichen, ohne Rosalind zu verärgern und sie vielleicht zu verlieren?

Sie brauchte natürlich nicht zu erfahren, wie er in den Besitz der Urkunde gelangt war. Das konnte ein Geheimnis zwischen ihm und dem Earl bleiben. Und wenn er die Urkunde dann benutzte, würde sich an der Familiensituation nicht viel ändern. Sobald er Rosalind zur Frau genommen hatte, würde er Swan Park zu seinem Wohnsitz machen, und alles konnte so bleiben wie vorher. Er würde sogar ihrem Vater gestatten, weiterhin in Swan Park zu leben. Schließlich war er kein rachsüchtiger Mensch.

Allerdings musste der Titel öffentlich vom Earl auf Griffith übertragen werden. In wahrscheinlich nicht einmal einem Monat. Im Oberhaus. Vor allen Peers ihres Vaters und einer Anzahl von Zeitungsleuten, ohne Zweifel. Ihr Vater als Verbrecher abgestempelt, ihre Schwestern bemitleidet, und die Bestätigung dessen, warum er eigentlich um sie angehalten hatte, offen vor ihr ausgebreitet.

Er seufzte. Verdammt, das war einfach nicht gerecht! Er hatte einen Anspruch auf den Titel, er gehörte ihm! Sie sollte eigentlich froh sein, dass er sie überhaupt heiraten wollte, nach allem, was ihr Vater ihm angetan hatte!

„Wenn du noch einmal so inbrünstig seufzt, Griffith, dann

ist mir klar, dass du deinen Heiratsantrag bereits bereust", ließ sie sich neben ihm vernehmen.

Er schaute sie an. „Das bereue ich in keiner Weise, glaube mir." Und das war die Wahrheit, weiß Gott. Ganz gleich, welche Schwierigkeiten eine Ehe mit sich bringen würde, noch nie hatte er sich etwas im Leben mehr gewünscht, als Rosalind zu heiraten. Außer vielleicht die Teilnahme an der Delegation.

Aber er würde einen Weg finden, beides miteinander zu verbinden. Trotzdem seufzte er erneut, und als er ihren fragenden Blick auffing, verkündete er rasch: „Ich überlege nur fieberhaft, wie wir jetzt hineingehen sollen. Ich möchte dich nicht vor deiner Familie in Verlegenheit bringen. Gibt es eine Möglichkeit, ins Haus zu gelangen, ohne gesehen zu werden?"

„Sag bloß, du hättest bei deinen Wanderungen durch Swan Park noch nicht alle geheimen Gänge aufgespürt?"

„Offensichtlich hat die Liebe deiner spitzen Zunge nichts anhaben können. Also gut." Er blieb stehen, hob sie hoch und trug sie auf seinen Armen in Richtung Haupteingang. „Gehen wir auf diese Weise hinein. Damit sind alle eventuellen Fragen auf einen Schlag beantwortet."

„Lass mich herunter, du Schuft!" zischte sie und warf einen angstvollen Blick zu den Fenstern, an denen sie vorbeigingen. „Um Himmels willen, lass mich herunter!"

„Wie du wünschst." Er gehorchte, hielt sie aber noch im Arm, um ihr einen Kuss zu geben. Einen sehr leidenschaftlichen Kuss, der sein Verlangen nicht stillte, sondern eher noch verstärkte.

Atemlos riss sie sich von ihm los. „Da vorne ist ein Seiteneingang", sagte sie und zeigte in die betreffende Richtung. „Er führt zu einer der Treppen für die Bediensteten."

Als sie die kleine Tür erreicht hatten, öffnete Rosalind sie, aber er hielt die junge Frau zurück. „Geh allein nach oben. Ich nehme den Haupteingang und lenke die anderen ab."

„Und wie gedenkst du, das zu tun?"

Er zuckte mit den Schultern. „Ich nehme an, es ist Zeit, ihnen reinen Wein einzuschenken, falls Daniel das nicht schon längst getan hat. Das sollte ausreichen, um sie auf andere Gedanken zu bringen." Er konnte allerdings nur hoffen, dass Daniel ihnen nicht *alles* verraten hatte. „Kommst du zum Essen herunter?"

Sie guckte verlegen auf ihre Fußspitzen. „Ich ... denke, ich esse heute Abend in meinem Zimmer. Ich brauche ein Bad."

„Darf ich dir dabei später Gesellschaft leisten?"

„Ganz sicher nicht!" erwiderte sie und wurde rot.

Er lachte leise. „Ich vermute, das wird bis nach der Hochzeit warten müssen."

Sie betrachtete ihn argwöhnisch. „Du würdest es doch nicht wagen, tatsächlich mit mir ein Bad nehmen?"

„Mein Liebling, ich fürchte, ich werde als Ehemann ziemlich viel wagen." Er schmunzelte durchtrieben. „Du weißt sehr gut, dass du mich deswegen schließlich heiraten willst."

Sie machte sich gar nicht erst die Mühe, das abzustreiten.

„Dass ich mich um Mitternacht in dein Zimmer stehle, kommt dann wohl auch nicht infrage, oder?"

„Natürlich nicht!"

Er seufzte. Auch gut. Vielleicht sollte er lieber ihren Vater aufsuchen und ihm unter vier Augen von dem Täuschungsmanöver erzählen. Mit etwas Glück würde sich der Zorn des Earl in Grenzen halten, wenn er erfuhr, dass Griffith beabsichtigte, Rosalind zu heiraten.

Nicht, dass der Mann einen Grund gehabt hätte, zornig zu sein, angesichts der Betrügereien, die er selbst auf dem Gewissen hatte. Aber im Zorn würde er womöglich die Urkunde Rosalind gegenüber erwähnen, und das wollte Griffith verhindern. Wahrscheinlich war es sogar das Beste, wenn er Rosalind bis zur Hochzeit möglichst von ihrem Vater fern hielt.

„Rosalind …" Er nahm ihre Hände. „Ich muss bald nach London fahren, um mich zu vergewissern, dass in der Handelsgesellschaft alles seinen geregelten Gang geht. Und ich möchte, dass du mich begleitest."

„Aber Griffith! Das wäre höchst unschicklich! Es ist eine Sache, wenn wir uns hier heimlich … Nun, du weißt schon. Aber wir können doch nicht vor allen Leuten den Eindruck erwecken …"

„Du kannst eine deiner Schwestern als Anstandsdame für diese kurze Reise mitnehmen. Helena wäre doch gut geeignet."

„Und was ist mit Papa? Und dem Besitz?"

„Juliet ist doch hier. Sie kann deinen Vater pflegen, wie sie das sonst auch tut. Und dem Besitz schadet es nicht, wenn du mal ein paar Tage fort bist." Er streichelte ihre Finger. „In London wirst du dann meine Mutter als Anstandsdame haben, so dass niemand mehr Anstoß nehmen kann."

Ein flüchtiger Ausdruck der Verwirrung trat in ihre Augen. „Ach ja, ich vergesse immer, dass du eine Mutter hast. Ich habe mich so daran gewöhnt, dich für den verwaisten Mr. Brennan zu halten …“ Ein leiser Vorwurf schwang in ihrer Stimme mit. „Ich fürchte, es wird eine Weile dauern, bis ich mich an den neuen Mr. Knighton gewöhnt habe.“

Sein schlechtes Gewissen regte sich. Entschlossen zog er sie an sich und küsste sie mit beinahe hemmungsloser Leidenschaft. Dann schaute er ihr tief in die Augen. „Das ist alles, was du von mir zu wissen brauchst, mein Liebling.“

Sie wehrte sich nicht gegen seine Umarmung. „Wann sollen wir abreisen?“ flüsterte sie, während er ihr über das Haar strich.

„Übermorgen, wenn das möglich ist. Natürlich muss ich noch mit deinem Vater über die Hochzeit sprechen, und du und Helena, ihr werdet Zeit zum Packen brauchen. Trotzdem sehe ich keinen Grund, warum wir die Reise weiter aufschieben sollten. Ich habe viel zu tun in London, und ich möchte dir die Handelsgesellschaft zeigen.“ Verschmitzt fügte er hinzu: „Den Ursprungsort aller Lasterhaftigkeit!“

Sie schnaubte. „Es ist wohl weniger der Ort als vielmehr der Eigentümer, dem all diese Lasterhaftigkeit zuzuschreiben ist!“

„Ja, und der noch viel mehr Lasterhaftigkeit in die Welt setzen wird, sobald er verheiratet ist“, raunte er und legte die Hand auf ihre Brust. „Jede erdenkliche Form von Lasterhaftigkeit!“

Sie schob seine Hand fort. „Schluss damit, Griffith! Wenn man uns hier so erwischt, sterbe ich vor Verlegenheit! Ich muss jetzt hineingehen, ehe jemand nach mir zu suchen anfängt.“

„Also gut.“ Er hob ihre Hand an seine Lippen. „Gute Nacht, mein Liebling. Wir treffen uns beim Frühstück. Genieße jetzt dein Bad, und denk an mich, wenn du dich …“

„Das reicht, Griffith!“ Obwohl sie ihm einen empörten Blick zuwarf, ehe sie ins Haus ging, konnte er sie leise lachen hören, nachdem sich die Tür hinter ihr geschlossen hatte.

Er seufzte. Wie sollte er es nur bis zur Hochzeit aushalten? Er würde wohl ein Anhänger des Kaltbadens werden müssen … Am kommenden Tag hatten sie sehr viel zu tun. Mit Helena auf der Reise und seiner Mutter als Anstandsdame in London würden sie wohl kaum miteinander allein sein können.

Nun, Enthaltsamkeit würde die Hochzeitsnacht dafür umso schöner werden lassen. Er schmunzelte vor sich hin. Er würde auf der kürzesten Verlobungszeit, die es je gegeben hatte, bestehen. Und wie er Rosalind kannte, hatte sie bestimmt nichts dagegen.

Er betrat das Esszimmer und nahm Platz. „Guten Abend allerseits. Hat Daniel Ihnen schon von unserer kleinen List erzählt?“

„Daniel?“ fragte Lady Helena.

„List?“ wiederholte Lady Juliet.

Er atmete tief durch und begann mit seiner Erklärung. Daniel sagte nichts und aß schweigend weiter. Griffith verstand schon bald, warum. Der verdammte Ire wollte sehen, wie er sich vor den anderen wand!

Und genau das tat Griffith dann auch während der nächsten Stunde. Er nannte Lady Helena und Lady Juliet denselben Grund für den Rollentausch wie Rosalind, ohne Daniels fragenden Blick zu beachten. Am Ende des Abendessens, nachdem er Hunderte von Fragen ziemlich ausweichend beantwortet hatte, spürte er, dass beide Schwestern sein Handeln deutlich missbilligten.

„Also haben Sie uns angelogen?“ erkundigte sich Lady Juliet bestimmt zum fünfzehnten Mal. „Sie haben uns von Anfang an nur etwas vorgemacht?“

„Ja, ja“, bestätigte Griffith ungeduldig. Großer Gott, Rosalind war verständnisvoller gewesen! Wenn sie ihm vergeben konnte, warum dann bitte nicht auch die anderen beiden? „Es hat sich im Grunde ja kaum etwas verändert, nur dass *ich* derjenige bin, der Ihre Schwester heiraten wird, und nicht Daniel.“

„Der uns ebenfalls angelogen hat“, stellte Lady Helena fest und warf Daniel einen wütenden Blick zu. „Ohne Zweifel haben Sie sich auf unsere Kosten blendend amüsiert und haben gelacht wegen unserer Dummheit und …“

„Moment mal“, warf Daniel ein. „So war es nicht. Das Ganze war Griffith’ Idee. Ich hatte von Anfang an Bedenken, aber ich arbeite nun mal für ihn, also tat ich, was man mir auftrug. Glauben Sie mir, es ist mir nicht leicht gefallen, Sie alle hinters Licht zu führen.“

Juliet tätschelte mitfühlend seine Hand. „Natürlich nicht.“ Jetzt, da sie ihn nicht mehr heiraten musste und sich ihre Schwester auch nicht zu opfern brauchte, schien sie sich in seiner Gegenwart recht wohl zu fühlen. „Wir wissen doch alle, dass Sie ein gutes Herz haben, Mr. Knigh…, ich meine, Mr. Brennan.“ Sie schaute Griffith missbilligend an. „Es war Ihr Arbeitgeber, der sich schlecht benommen hat, sehr, sehr schlecht sogar.“

Griffith packte die Wut. „Ehe Sie Daniel nun von aller Schuld freisprechen, sollten Sie wissen, dass er das freiwillig getan hat. Ich habe ihn nicht gezwungen. Er hat mitgemacht, weil er dafür großzügig belohnt wird. Mit zweihundertfünfzig Pfund, genauer gesagt!“

„Zweihundertfünfzig Pfund!“ wiederholte Lady Helena fassungslos. Sie sah Daniel voller Verachtung an. „Aber das war ja zu erwarten von einem Mann, der früher einmal Schmuggler und – weiß Gott – was sonst noch war. Wie hätten Sie einem so großen Betrag auch widerstehen können?“ Ihre Stimme nahm jetzt einen verletzten Klang an. „Andererseits war wohl eine beträchtliche Summe nötig, damit Sie zustimmten, einen Besuch bei uns langweiligen alten Jungfern überhaupt auf sich zu nehmen.“ Sie warf die Serviette auf den Tisch und wollte aufstehen, aber Daniel hielt sie am Arm zurück. „Hören Sie, Lady Helena …“

„Lassen Sie mich los“, flüsterte sie, und ihre Augen schimmerten verdächtig. „Ich hätte mir denken können, dass Sie bezahlt wurden für alle Ihre Freundlichkeiten – für das Billardspiel, für die Werbung um Rosalind und … Sie wurden dafür bezahlt, dass Sie die alten Jungfern unterhalten. Nun, Sie haben sich das Geld redlich verdient. Sie haben uns alle getäuscht.“

Als Daniel heftig widersprach und Juliet sich ebenfalls einschaltete, um ihn zu verteidigen, schüttelte Griffith nur den Kopf und verließ den Raum. Das sollten die drei unter sich ausmachen. Er war nicht in der Stimmung, sich an diesem Abend mit zwei eigensinnigen Frauen herumzuärgern. Immerhin wartete noch ein nicht minder eigensinniger Earl auf ihn, und er befürchtete, dass der seine Geduld auf eine harte Probe stellen würde.

Zwar war Griffith noch nie in den Privatgemächern des Earl gewesen, aber er wusste, wo sie sich befanden. Das Arbeitszimmer, in dem er Rosalind zum ersten Mal begegnet war und in dem er sich mit Daniel geschlagen hatte, lag im selben Stock dieses Flügels. Daher brauchte er nur wenige Minuten, bis er das Schlafzimmer des Earl erreicht hatte.

Er hatte befürchtet, dass vor der Tür ein Diener sitzen würde, um seinem Herrn bei Bedarf zur Verfügung zu stehen, aber es war niemand da. Vielleicht schlief der Mann ja. Ob er später wiederkommen sollte? Nein, je eher er mit dem Earl sprechen konnte, desto besser. Er öffnete vorsichtig die Tür und spähte hinein. Es dauerte eine Weile, bis seine Augen sich an das dämmerige Licht gewöhnt hatten, das von einer einzelnen Kerze auf dem Nachttisch des Earl ausging. Doch dann erkannte Griffith, dass der Mann aufrecht im Bett saß, obwohl seine Augen geschlossen waren.

Als Griffith eintrat und auf das Bett zuging, überlegte er, was er tun sollte. Döste der Mann nur vor sich hin? Oder schlief er immer im Sitzen bei angezündeter Kerze?

Eines stand fest – er war offensichtlich kränker, als Griffith gedacht hatte. Der Earl war erst etwa Ende fünfzig, sah aber wesentlich älter aus. Sein Atem ging bedenklich rasselnd, und die Haut seines Gesichts war schlaff und faltig. Im ganzen Zimmer roch es nach Medikamenten und Krankheit, und Griffith fühlte sich schmerzhaft an das Krankenzimmer seines eigenen Vaters vor so vielen Jahren erinnert.

Er hatte schon beinahe beschlossen, lieber am nächsten Morgen wiederzukommen, als der Earl die Augen aufschlug und ihn erblickte. Ehe Griffith überhaupt ein Wort sagen konnte, breitete sich blankes Entsetzen auf den Zügen des Earls aus. Er zog hastig die Decke vor seine Brust und sank schnell zurück in die Kissen.

„Also bist du gekommen, um mich zu holen, nicht wahr?" keuchte er. „Ist das der Beginn des Jüngsten Gerichts? Werde ich von dem Mann ins Grab geholt, dem ich am meisten Unrecht angetan habe?"

Griffith blieb wie erstarrt im Halbschatten stehen. Was sollte das? Keine der Töchter hatte je erwähnt, dass ihr Vater allmählich den Verstand verlor. Träumte er etwa mit offenen Augen?

„Ich hätte mir denken können, dass sie dich schicken würden." Der Earl hustete, wandte aber nicht den Blick von Griffith. „Wer sonst sollte mich wohl in die Hölle bringen, wenn nicht du, Leonard?"

Jetzt begriff er. Seine Mutter hatte immer gesagt, Griffith sei das Ebenbild seines Vaters, doch bislang hatte er geglaubt, sie übertreibe. Dem war wohl offensichtlich nicht so.

Er trat in den Lichtschein der Kerze, damit der Mann ihn besser sehen konnte, und zögerte. Einem dunklen Impuls folgend, sagte er schroff: „Und was hast du getan, wofür ich dich in die Hölle bringen soll?"

Der Earl betrachtete ihn mit flackerndem Blick. „Quäle mich nicht, Geist! Du weißt, was ich getan habe. Aber ich versuche, es wieder gutzumachen. Bitte … Gib mir nur noch ein paar Wochen, damit mir das gelingt, dann werde ich mich willig in mein Geschick fügen."

„Es wieder gutmachen?" Griffith' Puls beschleunigte sich. „Und wie willst du das anstellen?"

„Dein Sohn wird meine Rosalind heiraten. *Dadurch* wird alles wieder gut."

Griffith brauchte eine Sekunde, um sich ins Gedächtnis zu

rufen, dass der Earl Daniel für Mr. Knighton hielt, und nicht ihn.

„Wenn sie geheiratet haben", fuhr der Earl fort, und sein Atem ging pfeifend, „werde ich ihm die Heiratsurkunde aushändigen, den Beweis für seine legitime Abstammung."

„Warum gibst du sie ihm nicht gleich? Warum erst warten bis nach der Hochzeit?" Obwohl Griffith vorhatte, Rosalind in jedem Fall zu heiraten, wollte er hören, wie dieser Mann sein schändliches Tun vor einer höheren Macht rechtfertigte.

„Ich weiß nicht, ob dein Sohn verbittert ist über das, was geschehen ist. Er macht einen liebenswürdigen Eindruck, aber mir ist klar, dass er allen Grund hat, mich zu hassen. Wenn ich ihm die Urkunde jetzt schon gebe, könnte er uns alle in den Ruin stürzen."

Griffith ballte die Fäuste. „Dennoch gibst du zu, dass er Grund hat, dich zu hassen."

„Mich, ja. Aber nicht meine Familie."

„Also würdest du ihm sein Geburtsrecht verweigern, sollte er deine Tochter nicht heiraten?"

„Nein! Ehrlich, das würde ich nicht tun!" Er rang nach Luft und presste die Hand an seine eingesunkene Brust. „Ich würde ihm die Urkunde trotzdem geben. Ich möchte nicht sterben und seine unverdiente Unehelichkeit auf dem Gewissen haben!"

Griffith horchte erstaunt auf. Meinte er das ernst? Würde ein Sterbender einen Geist belügen? Vielleicht. Ein Mann, der dem Tod ein Schnippchen schlagen wollte, würde wahrscheinlich alles behaupten.

Die Stimme des Earls nahm einen flehenden Unterton an. „Verstehst du denn nicht, Leonard? Ich liebe meine Töchter ebenso sehr wie du deinen Sohn. Ich musste doch erst dafür sorgen, dass meine Mädchen versorgt sind." Er hustete. „Was soll denn sonst aus ihnen werden, wenn ich tot bin?"

Dieses Mal gab es keinen Zweifel an der Aufrichtigkeit des Earl. Griffith' schlechtes Gewissen regte sich. Wie konnte es angehen, dass er die Motive des Earl, die er früher für so niederträchtig gehalten hatte, jetzt beinahe nachvollziehen konnte?

„Ich glaube, du wirst mit meiner Rosalind für deinen Sohn sehr einverstanden sein", fuhr der Earl leise fort. Er holte tief Luft und hustete erneut. „Sie hat ein höllisches Temperament und ist auch nicht so hübsch wie meine Jüngste, aber …"

„Rosalind ist ein Engel!" brauste Griffith auf. „Sie ist eine viel bessere Tochter, als du verdient hast!"

Der Mann wirkte erstaunt. „Also kennst du sie? Nun ja, ein Geist kennt wahrscheinlich jeden Menschen. Kein Wunder, dass du sie magst, sie hat viel Ähnlichkeit mit Georgina, als sie jung war."

„Georgina?" wiederholte Griffith leise. Ihm fiel ein, dass der Earl – laut Daniel – seine Mutter kannte.

Der Kranke setzte sich wieder etwas auf, um besser Luft zu bekommen. „Ich hasse dich nicht mehr dafür, dass du sie für dich gewonnen hast. Nachdem ich Solange gefunden hatte, konnte ich auch ohne Georgina glücklich sein. Immerhin hat mir Solange meine drei Mädchen geschenkt."

Griffith verstand gar nichts mehr. Was meinte der alte Gauner damit – ohne Georgina?

Ein Schatten huschte über die Züge des Earl. „Aber anfangs, nachdem du sie mir weggenommen hattest, konnte ich das nicht ertragen. Sonst hätte ich wohl auch nie so voreilig gehandelt.

Bestimmt kannst du nachvollziehen, was an jenem Tag in mir vorging … Als ich kam, um mir deinen neugeborenen Sohn anzusehen, das Kind, das einen Schlussstrich unter meine Zukunft zog. Du standest kurz davor, den Titel und Swan Park zu übernehmen. Nach dir würde dein Sohn das alles bekommen. Und dann hattest du auch noch die Frau, die ich liebte."

Der Earl hatte Mutter geliebt? Und davon hatte Griffith nichts gewusst? Mutter hatte nie darüber gesprochen. Aber vielleicht hatte ja auch sie nichts davon geahnt. Griffith hielt den Atem an. Er hatte Angst, der Earl könne aufhören zu reden. Und gleichzeitig fürchtete er sich davor, dass er weitersprach.

Der Earl starrte an Griffith vorbei, als blicke er zurück in die Vergangenheit. „Und ich? Ich hatte nichts. Du hattest Georgina, und ich hatte nichts."

Griffith zuckte innerlich zusammen. Er wusste, wie es war, mit leeren Händen dazustehen. Doch dann ärgerte er sich über dieses plötzlich aufwallende Mitgefühl. Schließlich war es doch dieser Mann hier selbst gewesen, der Griffith mit leeren Händen hatte dastehen lassen!

„Du hättest mich niemals zu euch einladen dürfen", keuchte der Earl. Griffith musste sich immer wieder ins Gedächtnis rufen, dass der Mann ihn für seinen Vater hielt. „Es war zu verlockend, zu einfach, eure Heiratsurkunde zu stehlen, als du gingst, um das Baby zu holen."

„Und du musst auch gewusst haben, dass das Haus in Gretna Green, wo man eine Abschrift der Heiratsurkunde aufbewahrte, längst abgebrannt war", stellte Griffith fest. Es war faszinierend zu hören, wie sich sein Verdacht nun Stück für Stück bestätigte.

Swanlea nickte. „Der alte Earl hatte es mir gesagt. Außerdem war ich mir ziemlich sicher, dass man eure Trauzeugen niemals ausfindig machen würde.“

Nein, dachte Griffith grimmig, nicht in Gretna Green, wo in der Regel Fremde als Trauzeugen fungierten.

Der Earl konnte nur noch murmeln. „Was ich getan habe, war schändlich, ich weiß. Wie oft habe ich mir das in den letzten dreißig Jahren vor Augen gehalten. Aber ich ging doch davon aus, du würdest *leben*, verdammt! Niemand konnte ahnen, dass du so jung sterben würdest! Ich dachte, sobald der alte Earl stirbt, würdest du bis an dein Lebensende den Titel tragen. Danach jedoch würde er auf einen Nachkommen von mir übergehen. Das wäre nur gerecht.“

Swanlea nickte, als sei er von der Richtigkeit seiner verdrehten Logik überzeugt. „Ich sagte mir, er hat mir Georgina weggenommen, also sollten sich unsere Familien den Titel teilen. Bis Leonard stirbt, wird sein Sohn längst ein wohlsituierter Mann sein. Wozu braucht er dann noch den Titel?“

„Aber er *war* nicht wohlsituiert“, wandte Griffith ein. „Er blieb ohne Geld zurück, mit einem Berg von Schulden und einer Mutter, die er unterstützen musste!“

„Ich weiß.“ Wieder musste der Earl nach Luft ringen. „Ich habe versucht, Georgina Geld zu schicken, aber sie wollte es nicht annehmen.“

„Lügner!“

„Es ist wahr! Aber viel war es ohnehin nicht. Was hätte ich denn sonst noch tun können, Leonard? Inzwischen hatte ich selbst eine Frau und Kinder. Wenn ich zugegeben hätte, den Titel gestohlen zu haben, wäre das der Ruin für meine Familie gewesen. Und du hattest einen Sohn, um Himmels willen.“ Er zitterte jetzt. „Er konnte selbst ein Vermögen verdienen und hat es getan! Du kannst stolz auf ihn sein. Ich hingegen hatte nur Töchter und wusste nicht, was die Zukunft für sie bereithalten würde.“

„Du brauchtest keinen Sohn! Du warst ein gesunder Mann, du hättest selbst zu Vermögen kommen können. Aber dazu warst du zu feige. Stattdessen hast du es vorgezogen, einen zwölfjährigen Jungen leiden zu lassen.“ Die Erinnerung an all die Schmach, die man ihm zugefügt hatte, ließ seine Stimme verbittert klingen. „Du hast tatenlos zugesehen, als die anderen Kinder ihn zu Unrecht einen Bastard nannten. Du hast nichts unternommen, als er gezwungen war, mit Schmugglern und Dieben zu verkehren, um die Schulden abzutragen. Und du hast in deinem behaglichen Haus gesessen, während er die Verachtung der Männer über sich ergehen lassen musste, die von Rechts wegen seinesgleichen waren! Das war nämlich der Preis, den er für seinen Erfolg zahlen musste!“

„Aber er *hatte* Erfolg! Der Junge ist reicher, als ich es je gewesen bin!“ Dieser leidenschaftliche Einwand hatte zur Folge, dass der Earl von einem heftigen Hustenanfall geschüttelt wurde. Griffith beobachtete den alten Mann mit einer Mischung aus Ärger und Anteilnahme. Am liebsten hätte er die Worte des Earls heruntergespielt oder sich eingeredet, sie seien nie gesagt worden. Aber er konnte es nicht.

Denn trotz allem, was Griffith hatte ertragen müssen, war ihm wirklich Erfolg beschieden gewesen, so sehr, dass der Earl gezwungenermaßen *ihn* um Hilfe hatte bitten müssen. Es war nicht leicht, einen Mann zu hassen, der nun gezwungen war, ausgerechnet den Menschen, den er betrogen hatte, um Hilfe ersuchen zu müssen. Einen Mann, der einen langsamen, qualvollen Tod starb.

Und doch war es genau das, was dieser Mann verdient hatte. Schließlich war Griffith nicht der Einzige, dem Unrecht geschehen war. „Und was ist mit Georgina?“ fragte er schneidend, als der Hustenanfall des Earl endlich abebbte. „Wenn sie dir wirklich etwas bedeutet hat, wie konntest du dann zulassen, dass *sie* leiden musste? Wie konntest du mich … meinen Sohn offiziell zum Bastard erklären lassen, wenn ihr dadurch das Herz brach?“

Der Schmerz, der sich auf dem Gesicht des Earls widerspiegelte, war zu groß, um rein körperlicher Natur zu sein. „Ich war jung und dumm. Ich glaube, ich *wollte,* dass sie genauso leidet wie ich. Sie hat dich mir vorgezogen, weil du der nächste Earl sein würdest. Mir stand keine großartige Zukunft bevor, aber sie wollte *mich* heiraten – bis du kamst. Sie hat mich noch immer geliebt, als du sie geheiratet hast. Sie hat es mir selbst an ihrem Hochzeitstag mitgeteilt.“

„Du lügst, alter Mann, das kann gar nicht wahr sein!“ rief Griffith, außer sich vor Wut. Mit geballten Fäusten trat er näher ans Bett. „Du lügst! Meine Mutter hat dich nie geliebt! Niemals, sie hat meinen Vater geliebt!“

Der Earl starrte ihn an und wurde weiß wie die Wand. Sein Atem ging rasselnd und schwer. Dann zeigte er mit zitterndem Finger auf Griffith. „Du … du bist nicht Leonard! Du bist aus Fleisch und Blut! Wer bist du? Sag mir, wer du bist, verdammt!“

Eine müde weibliche Stimme ertönte von der Tür her. „Er

ist Leonards Sohn, Papa. Und er ist sehr wohl aus Fleisch und Blut.“

Nein! Griffith spürte, wie alle Farbe aus seinem Gesicht wich. *Nein, sie konnte das doch nicht alles mit angehört haben!*

Langsam drehte er sich zu Rosalind um, aber sie sah ihn nicht an. Sie blickte an ihm vorbei zu ihrem Vater. Ihr Gesicht war grau vor Schmerz.

Großer Gott, wie viel hatte sie mitbekommen? Ihm krampfte sich das Herz zusammen.

Als sie ins Zimmer trat, bemerkte er, dass sie eine eiserne Schatulle an sich presste. Offensichtlich kam Rosalind gerade aus dem Bad, denn sie trug ein einfacheres Kleid, und ihr hochgestecktes Haar glänzte feucht.

Doch dann schaute sie ihn an, und der Ausdruck in ihren Augen verriet ihm, dass sie viel zu viel mit angehört haben musste. Ihm wurde schlecht.

„Das hier, Papa, ist unser Cousin“, fuhr sie fort. „Marsden Griffith Knighton. Er ist leider der echte Mr. Knighton.“

19. KAPITEL

Fühlen Betrogene auch den Stachel des Verrats,
lebt der Verräter doch für noch schlimmeres Weh.
William Shakespeare, „Cymbeline"

Warum habe ich Recht behalten müssen, fragte sich Rosalind. Warum hatte nicht alles so sein können, wie Griffith behauptet hatte – ein einfaches, albernes Täuschungsmanöver, das er jetzt, da er sie heiraten wollte, bereute?

Aber natürlich hatte er nicht ernstlich vor, sie zu heiraten, nicht wahr? Er wollte etwas ganz anderes. Und nachdem sie Zeuge der Unterhaltung zwischen ihm und ihrem Vater geworden war, wusste sie auch, dass er ein Recht darauf hatte.

Sie wünschte, sie wäre nie zu Papas Zimmer gegangen oder hätte sich wieder zurückgezogen, als sie Griffith' Stimme vernommen hatte. Nichts zu wissen wäre ein solcher Segen gewesen. Doch sobald sie angefangen hatte zu verstehen, worum sich dieses Gespräch drehte, hätte sie keine Macht der Welt mehr zum Gehen veranlassen können.

Ihre Beine drohten nachzugeben, als sie ans Bett ihres Vaters trat.

„Wie lange hast du … hier schon gestanden?" erkundigte sich Griffith heiser.

Sie schaute ihn an und erkannte, dass sein Gesicht fast genauso fahl war wie das ihres Vaters. „Seit Papa etwas davon sagte, es wieder gutmachen zu wollen."

Dann wandte sie sich wieder ihrem Vater zu, der Griffith

völlig fassungslos anstarrte. Sie konnte sich kaum vorstellen, dass ihr kranker Vater früher so herzlos gewesen sein sollte. Er war schon immer ein schroffer, mürrischer alter Narr gewesen, aber für grausam hatte sie ihn nie gehalten. Und doch ahnte sie, dass die Geschichte stimmte, denn durch sie ergab plötzlich alles andere in diesem schlechten Theaterstück einen Sinn.

Jetzt verstand sie, warum Griffith so zornig geworden war, als sie ihn einen Bastard genannt hatte. Warum er überhaupt der Einladung ihres Vaters gefolgt war. Warum er sich diesen Rollentausch hatte einfallen lassen – und was er gesucht hatte.

Eine eiskalte Hand schien nach ihrem Herzen zu greifen. Und ja, jetzt wusste sie, warum er eine eher unattraktive ältliche Jungfer wie sie heiraten wollte.

Sie trat noch näher ans Bett und bemühte sich, nicht in Tränen auszubrechen, weil sie sich sonst verraten hätte. „Papa, gib mir den Schlüssel für die Schatulle."

Er sah sie an. „Knighton sagte, er würde dich heiraten." Er hustete und schüttelte den Kopf. „Aber ... das war dieser andere, der Blonde."

„Rosalind heiratet *mich*", stieß Griffith hervor. „Nicht den Blonden. *Ich* bin Knighton, wie Rosalind eben richtig festgestellt hat."

„Du brauchst nicht mehr von der Heirat zu sprechen, Griffith", flüsterte sie und wagte nicht, ihm in die Augen zu gucken. „Du wirst bekommen, was du haben willst. Ich bin sicher, es befindet sich in dieser Schatulle." Zornig wandte sie sich an ihren Vater. „Es ist alles hier drin, nicht wahr? Gib mir den Schlüssel, Papa. Sofort!"

„Rosalind, mein Liebling …“, begann Griffith.

„Bitte nicht“, flehte sie. „Das alles ist auch so schon schwierig genug. Mach es nicht noch schlimmer, indem du heuchelst.“ Sie drückte die Schatulle noch fester an sich und versuchte nicht zu weinen. Nein, sie würde nicht vor ihm zusammenbrechen, niemals!

„Heucheln?“ wiederholte Griffith. „Was sollte ich denn heucheln? Meinen Wunsch, dich zu heiraten? Verdammt, der ist nicht geheuchelt!“

Sie schüttelte verzweifelt den Kopf. „Verstehst du denn nicht? Du kannst die Urkunde *haben!* Du brauchst mich deswegen nicht mehr zur Frau zu nehmen. Ich gebe sie dir, sie gehört dir. Wenn ich geahnt hätte, dass Papa sie benutzt hat, um dich dazu zu bringen, dass du eine von uns heiratest … Wenn ich gewusst hätte, was sich hier drin befindet, als er mich bat, die Schatulle zu verwahren …“ Rosalind musste sich räuspern, ehe sie weitersprechen konnte. „Gib mir jetzt den verdammten Schlüssel, Papa!“ fuhr sie ihn an.

Ihr Vater zuckte ganz leicht zusammen, doch dann zog er eine dünne Kette aus seinem Nachthemd hervor, an der ein Schlüssel hing. Er nahm sie ab und reichte sie ihr.

Rosalinds Hände zitterten so sehr, dass es ihr kaum gelang, den Schlüssel in das Schlüsselloch der Schatulle zu stecken.

Griffith legte ihr die Hand auf den Arm. „Bitte, Liebling, lass es. Im Moment ist das für mich nicht wichtig.“

„Nicht wichtig?“ Sie wich zurück und hielt die Schatulle umklammert, als könne nur sie ihr Halt geben. „Behaupte nicht, es sei nicht wichtig für dich, denn das ist gelogen, Griffith Knighton! Es war dir so wichtig, dass du hierher gekommen bist und mit deinem Berater die Rollen getauscht hast. Dass du jede freie Minute dieses Haus durchsucht hast. Dass du jeden erdenklichen Trick angewendet hast, um mich loszuwerden, als ich misstrauisch wurde.“ Sogar Verführung, fügte sie in Gedanken hinzu, aber sie wagte nicht, das vor Papa auszusprechen. Ihre Stimme war nur mehr ein verzweifeltes Flüstern. „Und als dir klar wurde, dass du die Urkunde niemals allein finden würdest, war sie dir wichtig genug, Papas Bedingungen anzunehmen und einer der armen Swanlea-Jungfern einen Heiratsantrag zu machen. Also behaupte nicht, die Urkunde sei nicht wichtig, du Lügner!“

„Um Gottes willen, du glaubst doch wohl nicht …“

„Hier!“ rief sie und klappte den Deckel der Schatulle hoch. Sie entnahm ihr einen kleinen Stapel Papiere und blätterte sie durch, bis sie die ungewöhnlich aussehende Urkunde aus Gretna Green gefunden hatte. Sie warf alles andere zu Boden – die Schatulle, die Papiere – und hielt Griffith das einzig wichtige Dokument hin. „Hier ist die Urkunde. Sie gehört dir. Nimm sie! Und dann verschwinde endlich!“

„Ich gehe nirgendwohin.“ Er beachtete die Urkunde gar nicht. „Nicht ohne dich!“

„Er muss dieses Haus nicht verlassen, Mädchen“, schaltete sich ihr Vater ein. „Erst recht nicht, wenn er die Urkunde annimmt. Sobald er sie hat, gehört uns unser Besitz nicht mehr. Verstehst du denn nicht? Er ist der rechtmäßige Earl. Er geht damit vors Heroldsamt und das Oberhaus, und dann gehören Titel und Besitz ihm.“

„Ich verstehe sehr wohl, Papa.“ Sie drückte Griffith das Papier gegen die Brust. „Aber im Gegensatz zu dir ist mir das gleichgültig. Denn beides gehörte ihm bereits von Anfang an. Du hast es ihm nur vorübergehend gestohlen."

Obwohl ihrem Vater die Schamesröte ins Gesicht stieg, gab er nicht auf. „Trotzdem muss ich dabei an euch denken, Mädchen. Wenn er eine von euch heiratet, wird er bis zu meinem Tod abwarten. Heiratet er aber keine von euch und hat diese Urkunde in der Hand, dann wird er mich vor Gericht ziehen. Wir werden alle öffentlich mit Schande überhäuft, und dann habt ihr keine Zukunft mehr."

Eine schreckliche Erkenntnis kam ihr, und ihr drehte sich beinahe der Magen um. „Ist es das, was du damit vorhattest, falls du die Urkunde gefunden hättest?"

Griffith zögerte nur kurz, aber dieses Zögern reichte ihr, um zu erkennen, dass sie mit ihrer Vermutung richtig lag. „Du verdammter herzloser Schuft", zischte sie. Sie ließ das Papier vor seine Füße zu Boden fallen und eilte zur Tür.

Er hielt sie am Arm zurück. „Hör zu, ich hätte niemals eine von euch mittellos zurückgelassen! Ich hatte längst beschlossen, für euch zu sorgen. Ich hege keinen Groll gegen euch, nur gegen ihn. Frag Daniel, wenn du mir nicht glaubst. Aber ich brauche diesen Beweis meiner ehelichen Abstammung, und ja, ich habe heimlich nach ihm gesucht. Es ist genau so, wie ich dir heute Nachmittag sagte. Als ich hierher kam, hatte ich gar nicht vor, zu heiraten."

„Bis du dich jedoch dazu gezwungen sahst, weil du das verfluchte Ding nicht finden konntest!"

„Nein! Vielleicht bin ich mit anderen Absichten hierher gekommen, aber das hat sich geändert! Ich habe dir einen Heiratsantrag gemacht, weil ich dich zur Frau nehmen möchte!"

„Hör auf, Knighton", ließ sich der Earl mit zittriger Stimme vernehmen. „Du kennst deine Verpflichtungen deiner Familie gegenüber, Mädchen."

Als sie erstarrte, warf Griffith ihm einen unheilvollen Blick zu. „Still, alter Mann! Begreifen Sie nicht, dass Sie alles nur noch schlimmer machen? Kennen Sie Ihre Tochter wirklich so wenig?" Leise fluchend wandte er sich wieder Rosalind zu. „Wenn du das gesamte Gespräch mit angehört hast, dann hast du doch bestimmt auch mitbekommen, wie ich zu deinem Vater meinte, du seiest ein Engel, nicht wahr?"

Einzelne Gesprächsfetzen fielen ihr wieder ein. Ja, sie hatte es gehört, aber im Schock über all die anderen Enthüllungen nicht weiter darauf geachtet.

Als sie schwieg, fuhr er fort: „Sagt das ein Mann über eine Frau, die er *gezwungen* ist zu ehelichen? Wenn ich nur wegen dieser Urkunde hätte heiraten wollen, dann hätte ich mir doch wohl die Tochter ausgesucht, die am leichtesten von einer Ehe zu überzeugen gewesen wäre? Glaubst du nicht, dass ich mich in dem Fall eher für Juliet entschieden hätte?"

„Du wusstest, ich hätte nie zugelassen, dass Juliet dich zum Mann nimmt", gab sie hitzig zurück. „Und Helena würde weder dich noch sonst irgendjemanden heiraten. Also blieb ja nur ich übrig."

„Liebe Güte, musst du denn immer so verdammt stur sein?"

„Ja, so bin ich nun einmal! Ich dachte, das sei dir klar, als du mir einen Antrag machtest. Ich nahm sogar an, es ... es gefiele dir ein wenig."

„So ist es auch! Mir gefällt das und noch vieles andere an dir!" Er warf ihrem Vater einen verstohlenen Blick zu, ehe er sie etwas zu sich heranzog und die Stimme senkte. „Ich finde, ich habe dir heute Nachmittag ganz deutlich gezeigt, was ich für dich empfinde. Glaubst du, ich hätte das alles nur gespielt? Dass ich so tun könnte, als begehrte ich eine Frau, als sei ich rasend eifersüchtig – wenn ich gar nichts für sie fühle?"

„Warum nicht? Du hast dich als Sohn eines Straßenräubers ausgegeben, als Berater, als ehemaliger Schmuggler. Du hast vorgetäuscht, zur Hälfte Ire zu sein." All seine Lügen fielen ihr wieder ein, und sie hatte Mühe, weiterzusprechen. „Und … und als wir uns das erste Mal geküsst haben, da war das auch nur eine List von dir. Das hast du immerhin zugegeben."

„Ich habe zugegeben, dass es so anfing, aber das hat sich sehr schnell geändert." Flüsternd fügte er hinzu: „Als ich dich heute Nachmittag geliebt habe, war das die schönste Erfahrung meines ganzen Lebens."

Sie spürte, dass sie anfing, schwach zu werden. Nein, das durfte sie nicht! „Griffith, ich begreife nicht, warum du weiterhin auf dieser Farce bestehst. Du hast die Urkunde – ich habe sie dir aus freien Stücken ausgehändigt. Ich verstehe ja, warum du das alles getan hast, wirklich! Ich habe gehört, was Papa dir angetan hat." Tränen stiegen ihr in die Augen. Wie sehr hatte Griffith wegen Papa leiden müssen. „Es ist schrecklich, einem Kind so etwas anzutun", fuhr sie fort. „Wie du ihm schon sagtest, du hast jeden Grund, ihn zu hassen und seinen Ruin zu wünschen. Ich nehme dir das nicht übel. Also besteht kein Anlass, mich aus einem Schuldgefühl heraus oder aus irgendeinem anderen Grund zu heiraten. Nimm einfach die Urkunde, und lass mich gehen."

„Ich werde dich niemals gehen lassen! Ich will dich. Und ich werde dich bekommen. Du wirst mich nicht davon abbringen, dich zur Frau zu nehmen."

Erschrocken erkannte sie, wie entschlossen er wirkte. Konnte es sein, dass er sie wirklich und wahrhaftig heiraten wollte? Aber warum? Noch immer hatte er ihr keinen plausiblen Grund genannt, abgesehen von seinem Verlangen nach ihr. Dennoch schien er es ernst zu meinen.

Unglücklicherweise war er jedoch nicht mehr derselbe Mann, für den sie ihn gehalten hatte, als sie seinen Antrag angenommen hatte. „Und was ist, wenn ich mit dir nicht mehr die Ehe eingehen möchte?"

Er sah so überrascht aus, als hätte sie ihn geohrfeigt.

Sie hob stolz das Kinn. „Offensichtlich erstaunt es dich, dass eine alte Jungfer ohne Zukunft sich weigert, einen reichen, gut aussehenden Erben eines Titels zu heiraten. Die meisten Menschen würden mich wohl für dumm halten." Sie entzog ihm ihren Arm und betrachtete ihn aufgebracht. „Aber ich bin nun mal ein wenig dumm, wie du weißt, und es ist mir ziemlich gleichgültig, was man von mir denkt. Ich habe keine Lust, einen Mann zu heiraten, dessen Handlungen ich nicht verstehe und dessen Ziele im Leben sich so grundsätzlich von meinen unterscheiden."

Zorn verzerrte seine Züge. „Wie kann es sein, dass ich jetzt anders bin als heute Nachmittag? Da schienst du vollkommen damit einverstanden zu sein, mich zum Mann zu nehmen!"

„Da wusste ich ja auch noch nicht, dass du nur beabsichtigtest, dich an Papa zu rächen und uns alle bloßzustellen."

„Rache!" Er hob verzweifelt die Hände. „Wie engstirnig ihr seid, du und Daniel! Das hat doch nichts mit Rache zu tun!"

„Ach nein? Womit denn dann? Warum sonst hättest du die Urkunde stehlen und sie dazu benutzen wollen, Papa den Titel aberkennen zu lassen? Du besitzt ein Vermögen und ein aufstrebendes Unternehmen. Wozu brauchst du noch einen Titel?" Einen Moment lang dachte sie, er würde nicht antworten, denn er wandte den Blick ab und presste die Zähne zusammen.

„Ja, mir gehört ein aufstrebendes Unternehmen. Aber wie lange würde es wohl noch florieren, wenn ich keine Verbesserungen mehr daran vornehmen und neue Märkte dafür auftun würde? Nächstes Jahr reist eine Delegation nach China, um außerhalb der Grenzen der East India Company im Asienhandel Fuß zu fassen. Jede Handelsgesellschaft in England möchte bei dieser Delegation vertreten sein, ich auch. Als Bastard mit skandalumwobener Vergangenheit habe ich wenig Aussicht, mich daran beteiligen zu dürfen. Aber als Earl im Oberhaus ..."

Das Herz wurde ihr schwer. „Natürlich. Dadurch wärst du in der perfekten Position, auch einen politischen Anspruch darauf zu haben. Deshalb musst du deine tatsächliche Abstammung auch so schnell wie möglich beweisen, nicht wahr? Du musst handeln, ehe die Entscheidungen gefällt werden. Ich verstehe." Sie kämpfte mühsam gegen ihre Tränen an. Ja, sie begriff nur zu gut. Daniel hatte bereits gesagt, dass die Handelsgesellschaft Griffith alles bedeutete, und nun erkannte sie, wie sehr das zutraf.

„Es ist eine rein geschäftliche Angelegenheit", erklärte er in diesem schrecklich nüchternen Tonfall, den er immer anschlug, wenn er von seiner Firma sprach. „Hätte es einen anderen Weg gegeben, dieses Ziel zu erreichen, wäre ich ihn gegangen. Aber das war leider nicht möglich. Ich werde den

Titel jedoch so diskret wie möglich übernehmen, aus Respekt vor deiner Familie."

„Als du mir heute Nachmittag den Heiratsantrag gemacht hast, trugst du dich da noch immer mit der Absicht, die Urkunde möglichst umgehend zu verwenden, sobald du sie in den Händen halten würdest?" Sie wertete sein Schweigen als Zustimmung. „Was hattest du genau vor – mich zu heiraten und dann meinen kranken Vater vor das Oberhaus zu zerren, um ihn öffentlich als Betrüger übelster Sorte vorzuführen? Ich gebe zu, verdient hat er es. Aber immerhin ist er auch mein Vater. Hast du angenommen, ich würde dir dabei zur Seite stehen?"

Er wich ihrem Blick aus und nestelte nervös an seiner Kleidung. „Ich hoffte ... Das heißt, ich wollte ... Verdammt, so weit hatte ich noch gar nicht gedacht." Er wandte sich ihr wieder zu. „Aber ich vermutete, du würdest einsehen, dass ich ein Recht auf den Titel habe, sobald du die näheren Umstände erfahren würdest."

Das Traurige war, dass sie das wirklich einsah. Sie hatte nur gehofft, er würde so anständig sein, dieses Recht nicht durchsetzen zu wollen. Aber offenbar kannte sie ihn zu wenig. Griffith besaß keine noblen Instinkte. In der Hinsicht hatte sich Daniel getäuscht – Griffith ignorierte gar nicht die Stimme seines Herzens, er hatte einfach keins.

„Moment mal", ließ sich ihr Vater vom Bett her vernehmen. „Soll das heißen, dass Sie die Urkunde bereits vor meinem Tod verwenden und meine Töchter der Schande aussetzen wollen?"

Eine tiefe Trostlosigkeit bemächtigte sich ihrer. „Doch,

Papa, ich fürchte, genau das hatte Mr. Knighton vor. Und er hat es immer noch vor, wie ich annehme."

„Warum auch nicht?" verteidigte sich Griffith. „Der Titel gehört von Rechts wegen mir!"

Rosalind seufzte. Die ganze Zeit hatte Papa geglaubt, sein brillanter Plan würde ihn vor Griffith' Zorn verschonen und ihr und ihren Schwestern die Zukunft sichern. Stattdessen hatte er dem Unheil nur Tür und Tor geöffnet. Jetzt, da er ihn in den Händen hielt, würde Griffith sich seinen kostbaren Schatz nicht mehr nehmen lassen.

Nun, einen Schatz gab es noch, den er nicht bekommen würde. „Ja, der Titel gehört von Rechts wegen dir. Aber *ich* gehöre dir nicht."

Erschrecken breitete sich auf Griffith' Zügen aus. „Was ändert sich denn durch diese Urkunde? Gar nichts! Wir werden nach unserer Hochzeit hier wohnen, und deine Familie auch. Ja, es wird kurz etwas Staub aufgewirbelt werden, aber der legt sich bald. Die Leute vergessen schnell. Keine von euch hat je großen Wert auf die Meinung anderer gelegt. Ich sehe nicht ein, warum das jetzt anders sein sollte."

Sie dachte an Juliets verzweifelte Angst, als alte Jungfer zu enden, und an Helenas Hemmungen wegen ihres Hinkens. „Nein, warum auch?" erwiderte sie sarkastisch. „Meine Schwestern sind ja jetzt schon hoffnungslose Fälle. Selbst mit ihrer gesellschaftlichen Stellung können sie keinen Ehemann finden, dann macht es auch nichts aus, wenn sie diese verlieren. Wen kümmert es schon, wenn man hinter ihrem Rücken über sie tuschelt? Was gehen dich schließlich meine Schwestern an? Sie sind die Töchter eines Mannes, der dich sehr schlecht behandelt hat, also kannst du auch keinen Grund erkennen, warum du ihren Ruf schützen solltest."

Eine dunkle Röte breitete sich auf seinem Gesicht aus.

„Natürlich wird man auch über mich reden, aber nicht direkt vor meinen Augen, wenn wir heiraten. Niemand würde es wagen, offen über die Ehefrau des neuen Earl of Swanlea zu lachen, nicht, wo er doch so vermögend und einflussreich ist. Aber insgeheim werden sie mich verhöhnen. Ich werde die Schwester sein, die so schlau war, den richtigen Earl zu heiraten, um ihre Familie vor dem Untergang zu bewahren." Wieder kämpfte sie mit den Tränen. „Ich werde die Schwester sein, die sich verkauft hat. Wie eine Dirne."

„Sprich nie wieder so von dir!" brauste Griffith auf. „Und seit wann macht es dir etwas aus, was man über dich denkt? Hast du nicht eben noch das Gegenteil behauptet?"

„Die Sache ist die, dass es dir ganz gleichgültig ist, was aus mir oder meiner Familie wird. Du würdest alles für die Knighton Handelsgesellschaft tun – mit Schmugglern verkehren oder Unschuldige diffamieren ... Welchen Platz könnte also eine einfache Frau wie ich in deinem Leben einnehmen? Nun, *ich* kann keinen Mann heiraten, dem ich so wenig bedeute."

Sie machte auf dem Absatz kehrt und verließ eilig den Raum, weil sie Angst hatte, auch nur eine Minute länger zu bleiben. In ihrem Zimmer würde sie sich ausweinen, aber nicht vor ihm. Als sie ihn ihren Namen rufen hörte, lief sie schneller. Sie würde sich nicht wieder seinen verlockenden Worten ausliefern, denn gerade jetzt würde sie nur allzu empfänglich dafür sein.

Wenn sie ihn wenigstens hassen könnte, dann wäre alles leichter. Aber sie konnte es nicht. Ihr Vater war dafür verantwortlich, dass Griffith über solche Charaktereigenschaften verfügte, also durfte sie ihrem Cousin das nicht zum Vorwurf machen. Während des Gesprächs zwischen ihm und Papa hatte sie erkannt, wie furchtbar die Folgen für Griffith gewesen waren, wie sehr er darunter gelitten haben musste, im Ruf zu stehen, ein Bastard zu sein. Seine plötzliche und ungerechtfertigte Armut hatte ihn dazu gebracht, schlimme Dinge zu tun. Voller Scham erinnerte sie sich an ihre lächerliche Moralpredigt im Wildpark. Er hatte versucht, irgendwie nach diesem schändlichen Betrug zu überleben, und sie hatte ihn mit Vorwürfen überhäuft.

Die Tränen strömten ihr jetzt ungehindert über die Wangen. Er hatte sein Leben damit verbracht, etwas wiederzugewinnen, was ihm im Grunde immer gehört hatte, und das alles nur, weil ihr dummer, grausamer Vater sein Leben und das seiner Mutter mit einem billigen Gaunerstreich zerstört hatte.

Sie wischte sich die Tränen fort. Sie verstand ihn nur zu gut, aber sie wollte mit alldem nichts zu tun haben. Papa mochte Griffith das Herz aus dem Leib gerissen haben, aber das bedeutete nicht, dass sie die leere Hülle heiraten musste.

Als sie Schritte hinter sich hörte, drehte sie sich um und stellte erschrocken fest, dass Griffith ihr folgte. Wenn er sie unter vier Augen erwischte, würde sie ihm niemals standhalten können. Er hatte diese verfluchte Gabe, sie all ihre guten Vorsätze vergessen zu lassen …

Verzweifelt suchte sie nach einer Möglichkeit, ihm zu entkommen. Bis zu ihrem Zimmer würde sie es niemals schaffen. Sie befand sich ganz in der Nähe von Papas Arbeitszimmer, aber sie hatte den Schlüssel nicht dabei, um sich dort einschließen zu können.

Dann entdeckte sie das alte Schwert, das wieder an seinem Platz an der Wand hing. Sie nahm es herunter und streckte es Griffith entgegen. „Bleib zurück, hörst du? Es ist vorbei! Ich werde dich nicht heiraten, also lass mich in Ruhe!“

Sein Blick wirkte entschlossen. „Du bist in der Tat dumm, wenn du glaubst, ich lasse dich jetzt so einfach gehen. Ich werde zu verhindern wissen, dass sich durch diese Geschichte zwischen uns etwas ändert, Rosalind.“

Unerschrocken kam er weiter auf sie zu, und sie wich langsam zurück zur offenen Arbeitszimmertür. Das Schwert bebte leicht in ihrer Hand. „Ich ... werde es benutzen!“ rief sie, als wolle sie nicht nur ihn, sondern auch sich selbst davon überzeugen. „Ich schwöre es!“

Er hielt inne und zog eine Augenbraue hoch. „Falls ich mich recht erinnere, wolltest du mir nur etwas antun, wenn ich mir eine Geliebte nehme. Und das habe ich nicht getan.“

Hoffnungslosigkeit breitete sich in ihrem Herzen aus. Wie konnte er nur so blind sein? „Oh doch, das hast du! Diese Geliebte hattest du schon lange Zeit, bevor du mich kennen gelernt hast, und du wirst sie niemals aufgeben.“

„Zum Donnerwetter, wovon sprichst du?“

„Von der Knighton Handelsgesellschaft – sie ist eine forderndere Geliebte, als eine Frau es je sein könnte! Mit dieser Geliebten werde ich nie konkurrieren können.“

Er machte einen Schritt auf sie zu. „Was verlangst du von mir? Dass ich auf das, was im Interesse des Unternehmens ist, verzichte? Ist es das, was du möchtest?“

Sie trat rückwärts ins Arbeitszimmer. „Ich verlange gar nichts von dir.“ Dabei wollte sie, dass er den Teil seiner Pläne aufgab, der Schande über ihre Familie bringen würde. Sie wollte, dass sie ihm wenigstens so viel bedeutete. Sie wollte … dass er sie liebte. „Nichts könnte mich jetzt noch dazu bewegen, dich zu heiraten. Meine Gefühle für dich sind gestorben."

Ein Anflug von Furcht huschte über sein Gesicht. „Ich glaube dir nicht." Er nahm eine Kerze aus dem Wandhalter und drängte Rosalind weiter in das dunkle Arbeitszimmer hinein. „Ich kann mir nicht vorstellen, dass die Frau, die heute Nachmittag mit mir die intimsten Dinge geteilt hat, plötzlich nichts mehr für mich empfindet, nur weil ich etwas haben möchte, das mir gehört!" Er zog die Tür hinter sich ins Schloss und steckte die Kerze in den Halter neben der Tür.

Das Verlangen in seiner Stimme tat ihr weh. Wie konnte er es wagen, an ihre Gefühle zu appellieren, nachdem er diese zuvor gründlich mit Füßen getreten hatte? „Du hast ja keine Ahnung von mir und meinen Gefühlen, du … Schuft", flüsterte sie gequält.

Er wirkte verletzt. „Du kannst mich jetzt wohl nicht mehr einen *Bastard* nennen, seit du weißt, dass ich keiner bin?"

„Aber du bist einer! Innerlich bist du durch und durch ein Bastard! Bist du deshalb zu einem geworden? Weil man dich dauernd als solchen bezeichnet hat?"

Er schüttelte müde den Kopf. „Dein Vater hat mich zu einem gemacht, Rosalind. Aber er möchte es gern wieder gutmachen, und daher verstehe ich wirklich nicht, warum du etwas dagegen hast."

„Ich habe nichts gegen sein Angebot, es wieder gutzumachen. Nur dagegen, dass du sein Angebot annimmst, obwohl du weißt, was das für meine Familie …"

„Deine Familie spielt keine Rolle, siehst du das nicht ein?" rief er. „Hier geht es nur um uns beide!"

„Nicht für mich."

„Verdammt, Rosalind, ich …" Er wandte den Blick ab. „Ich verstehe ja, dass du zornig bist. Ich hätte dir bezüglich meiner Pläne nichts vormachen dürfen." Er schaute sie wieder an. „Aber ich habe es dir nur deswegen verschwiegen, weil ich nicht wollte, dass genau *das* hier passiert! Du solltest nicht fälschlicherweise annehmen, dass diese Angelegenheit zwischen mir und deinem Vater irgendeine Auswirkung auf *unsere* Gefühle hat!" Er trat einen Schritt nach vorn, als wolle er sie berühren, und prompt richtete sie die Schwertspitze auf seine Brust.

„Komm nicht näher!" stammelte sie.

„Und wenn ich es doch tue? Wirst du mich dann erstechen?" Er schien angespannt zu sein. „Du magst zwar außer dir vor Zorn sein, aber zu so etwas bist du gar nicht im Stande."

„Führe mich nicht in Versuchung!" stieß sie hervor, ohne das Schwert zu senken.

Mit grimmiger Entschlossenheit schloss er die Hand um die Klinge. Er umfasste sie so fest, dass ihm Rosalind die Hand aufgeschlitzt hätte, wenn sie das Schwert in irgendeine Richtung gedreht hätte. Wie gebannt starrte Rosalind auf diese schreckliche Verbindung von Fleisch und Stahl.

„Leg das Schwert weg, Liebling", drängte er sanft. „Du willst mich doch nicht verletzen."

„Und wenn doch? Wenn ich dir genauso wehtun möchte wie du mir?"

Sein schlechtes Gewissen war ihm deutlich anzusehen. „Ich

hatte nie vor, dir wehzutun, das schwöre ich! Und wenn ich nur einen Augenblick lang annehmen würde, dass ich dir wirklich nichts mehr bedeute und dass du mich wirklich verletzen willst, dann würde ich noch an diesem Abend abreisen und nie wieder zurückkehren. Aber das glaube ich nicht, und du auch nicht."

„Weil es sich nicht mit deinen Plänen vereinbaren lässt", flüsterte sie.

„Weil es nicht wahr ist." Er ließ die Klinge los, aber nur um seine Hand auf Rosalinds zu legen. „Bitte, mein Liebling, schick mich nicht fort!"

In seiner Stimme schwang so grenzenlose Sehnsucht mit, dass sie sich nicht wehrte, als er ihr das Schwert abnahm und es zur Seite legte. Doch als er sie in die Arme zog, begannen ihre Tränen ungehindert zu fließen.

„Oh nein, nicht weinen", murmelte er und wischte ihr die Tränen fort. „Es quält mich, wenn du weinst."

„Dann lass mich gehen", flehte sie.

„Das kann ich nicht." Mit den Lippen streifte er ihre Stirn und ihre Schläfen. „Ich brauche dich viel zu sehr."

„Um dein Bett zu wärmen, meinst du …"

„Nein, aus so vielen anderen Gründen mehr", widersprach er leise. „Und du brauchst mich auch."

Damit hatte er Recht, und genau das war das Problem. Denn sie brauchte ihn viel mehr als er sie. Vielleicht besaß er kein Herz, aber er verfügte noch über die beiden anderen „Dinge", und er schien zu glauben, dass das reichte. Sie war nicht dieser Meinung.

Und doch … *Schick mich nicht fort.* Seine Worte hallten in ihrem Kopf wider, als er ihr Gesicht mit Küssen bedeckte, mit diesen verlockenden Küssen, die sie immer wieder zum Schmelzen brachten. Als Griffith begann, ihr Ohr mit den Lippen zu liebkosen, erschauerte sie vor Verlangen – und ja, weil sie ihn *brauchte.*

Warum musste er nur immer diese Wirkung auf sie haben? Wie sollte sie widerstehen, wenn sie der Mann, den sie liebte, so fest in den Armen hielt?

„Ich möchte, dass du meine Frau wirst.“ Er strich ihr durch das feuchte Haar und zog die Haarnadeln heraus, bis es ihr offen über die Schultern fiel. „Du sollst am Tag meine Gefährtin und in der Nacht meine Geliebte sein. Ich möchte, dass du meine Kinder zur Welt bringst ...“

Sie wich zurück und starrte ihn mit großen Augen an. Kinder?

„Daran hast du noch gar nicht gedacht, nicht wahr? Nun, ich schon.“ Er strich mit sanften, kreisenden Bewegungen über ihren Bauch. „Unser Kind könnte bereits in deinem Bauch wachsen, ein einziges Mal ist dafür schon ausreichend. Kannst du mir wirklich sagen, dass du kein Kind von mir möchtest?“ Im Kerzenschein sah sein Gesicht beinahe unwirklich aus. Er schob die Hand in den Ausschnitt ihres Kleides, und da sie nach dem Bad kein Unterkleid trug, berührte er ihre nackte Haut. „Kannst du ehrlich behaupten, dass du die Vorstellung, unserem Sohn oder unserer Tochter diese Brust zu geben, nicht genauso schön findest wie ich?“ fragte er rau. „Du kannst es nicht, nicht wahr?“

Sie wollte ihm widersprechen, ihm mitteilen, dass er sich irrte, aber sie war einfach nicht in der Lage, ihn zu belügen. Auch wenn sie sich dafür hasste, sie konnte es nicht.

Als sie schwieg, flammte Verlangen in seinen Augen auf. „Ich dachte es mir."

„Aber Griffith ..."

Er erstickte ihren Protest mit einem heißen, fordernden Kuss, bis sie leise zu stöhnen begann. Zärtlich fuhr er fort, ihre Brüste zu liebkosen, und sie schlang die Arme um ihn.

Warum verstand er es nur so gut, sie in Versuchung zu führen? Schon wurde ihr Körper weich und nachgiebig. Unter seiner Berührung richteten sich die Spitzen ihrer Brüste auf, und erst als er sich an den Verschlüssen ihres Kleides zu schaffen machte, fand sie die Kraft, sich von ihm zu lösen.

„Alles wird gut, Rosalind, das schwöre ich dir", raunte er, und sein heißer Atem streifte ihre Wange. „Gib mir nur Gelegenheit, es dir zu beweisen. Lass mich dich daran erinnern, wie vollkommen es zwischen uns sein kann."

Verzweiflung überkam sie, als sie ihn anguckte. Sie brauchte nicht daran erinnert zu werden. Jede Sekunde des Verlangens und des Glücks hatte sich unauslöschlich in ihre Seele eingebrannt.

Aber der Liebesakt allein war nicht mehr genug. Ganz gleich, wie trunken vor Leidenschaft er sie auch machte, es würde immer die Ernüchterung folgen und die Erkenntnis, dass er sie niemals wirklich lieben würde, dass seine ganze Liebe seinem Unternehmen galt. Angesichts dieser furchtbaren Wahrheit konnte sie ihn nicht heiraten.

Als hätte er ihre Gedanken lesen können, nahm er ihr Gesicht zwischen seine Hände. „Bleib jetzt bei mir", flüsterte er. „Lass mich dich lieben, meine Schöne. Ich brauche dich. Ich will dich."

Sie zögerte. Sie brauchte und wollte ihn ebenso, aber sie konnte ihn nicht zum Mann nehmen. Und je länger sie bei ihm blieb, desto schwerer würde es ihr fallen, ihm zu widerstehen.

Die Kehle wurde ihr eng, als sie plötzlich erkannte, was sie zu tun hatte. Später in der Nacht würde sie Swan Park verlassen müssen, ehe er ihre Willenskraft vollends lähmte. Sie würde ihre mageren Ersparnisse mitnehmen und nach London gehen.

Ehe sie ihn jedoch für immer verließ, wollte sie noch ein einziges Mal mit ihm zusammen sein, noch einmal für eine Stunde dieses unsagbare Glück genießen. Sie wollte ein letztes Mal die Gelegenheit wahrnehmen und ihm zeigen, was wahre Liebe war. Daran konnte er sich dann erinnern, wenn sie ihn verlassen hatte.

„Ja, ich will dich auch", hauchte sie. Und dann schmiegte sie sich wieder in seine Umarmung.

20. KAPITEL

Griffith konnte es kaum glauben. Endlich hatte er Rosalind gewonnen. Obwohl es sehr schwer gewesen war. Und doch blieb ein nagendes Gefühl der Furcht, als sie sich in beinahe fieberhafter Eile entkleideten. War sie wirklich sein, wenn nur die Leidenschaft sie an seiner Seite hielt?

Warum nicht. Leidenschaft war ein mächtiges Gefühl, wie ihm sein Körper bereits jetzt deutlich zu verstehen gab. Was spielte es denn für eine Rolle, *wie* er sie für sich gewann? Mit der Zeit würde sie ihm alles andere auch verzeihen, dafür wollte er sorgen.

Zwar regte sich bei diesem Gedanken sein Gewissen, doch er achtete nicht darauf. Er wollte nicht einmal daran denken, dass er sie verlieren könnte. Er würde sie nicht verlieren, verdammt, nicht wegen dieser Geschichte. Mit der Zeit würde er alles wieder gutmachen, und in dieser Nacht hatte er vor, damit anzufangen, indem er ihr grenzenlose Lust bereitete. Er war froh, dass sein drängendstes Verlangen bereits am Nachmittag gestillt worden war, so dass er jetzt bedächtiger vorgehen konnte. Er wollte sich alle Zeit der Welt nehmen, ihre Sehnsucht zu schüren und zu befriedigen. Sie würde ihren Entschluss nicht bereuen, das nahm er sich fest vor.

Er streifte Gehrock und Weste ab, entledigte sich seines Hemds, doch als er sich am Knopf seiner Hose zu schaffen machte, fiel sein Blick auf Rosalind, und Knighton hielt inne. Verführerisch lächelnd ließ sie ihr Kleid zu Boden fallen. Sein Herzschlag geriet ins Stocken. Sie trug nur einen weißen

Spitzenstrumpfhalter – und sonst gar nichts. Rosalind in ihrer ganzen Schönheit, umhüllt von Kerzenschein und dem Duft nach Rosenwasser. Und sie gehörte ihm, ihm ganz allein. Bei diesem Gedanken wurde ihm beinahe schwindelig.

Als er nach einer ganzen Weile immer noch reglos dastand und sie gebannt anschaute, errötete sie leicht und sah mit leichtem Nicken auf seine Hand, die mitten in der Bewegung erstarrt zu sein schien. „Nun?"

„Noch nicht." Wenn er jetzt seine Hose ablegte, würde er mit Sicherheit wie ein Verhungernder über sie herfallen, und das war nicht, was er sich vorgenommen hatte. „Komm mit mir, Liebling."

Etwas argwöhnisch ließ sie sich von ihm zur Couch führen.

„Setz dich", bat er sie, und sie tat, was er von ihr verlangte.

„Was hast du …" Sie verstummte, als er sich vor sie kniete und ihre Beine spreizte.

„Es hat dir gefallen, als ich das das letzte Mal gemacht habe, nicht wahr? Auf der Schaukel?"

Ihre Wangen röteten sich, und sie hielt den Blick verschämt gesenkt, aber sie nickte.

Er beugte sich vor und raunte: „Dieses Mal wird es sogar noch schöner werden, das verspreche ich dir." Und dann berührte er ihre intimsten Stellen mit den Lippen.

Wie sehr er es liebte, sie zu kosten! Ihr Duft raubte ihm fast den Verstand. Er achtete nicht auf seine eigene Erregung und drang mit der Zunge in sie ein. Im Moment wollte er sich ganz darauf konzentrieren, *ihre* Lust zu schüren. Sie sollte ihn und nur ihn anflehen, ihr Befriedigung zu schenken. Er spürte, dass das Band, das sie bei ihm hielt, nur ganz dünn war, und das genügte ihm nicht.

Dennoch wusste er nicht, wie lange er es noch aushalten konnte. Und selbst wenn er sie jetzt auf der Stelle nahm, würde das sein Verlangen nach ihr nicht gänzlich stillen. Er hatte das Gefühl, als könnte er nie genug von ihr bekommen.

Schon bald vergrub sie die Hände in seinem Haar und presste ihn dichter an sich. Seine Zunge wurde immer kühner, bis er spürte, wie sie sich anspannte und zu zucken begann. Als sie schließlich mit einem erstickten Schrei ihre Erfüllung fand, glaubte er, sich nicht länger zurückhalten zu können.

Er hatte nie gewusst, wie tief es einen Mann berühren konnte, einer Frau Lust zu schenken. Er wartete, bis sie sich wieder einigermaßen gefasst hatte. „Jetzt bin ich an der Reihe", murmelte er.

Sie beobachtete mit halb gesenkten Lidern, wie er sich hastig vollkommen entkleidete. Er zog sie von der Couch zu sich hoch und hielt sie einen kurzen Moment umfangen, um sie zu küssen und ihre Brüste zu liebkosen.

Dann ließ er sich auf dem Sofa nieder. Er hatte sie rittlings auf seinen Schoß ziehen wollen, aber ehe er sich versah, sank sie vor ihm auf die Knie. „Was tust du?" erkundigte er sich atemlos.

„Du sagtest doch, du seiest an der Reihe", erwiderte sie verwirrt. „Ist es nicht das, was du damit gemeint hast? Kann eine Frau das nicht auch für einen Mann tun, was du eben mit mir gemacht hast?"

Es verschlug ihm die Sprache, als sie sich vorbeugte und ihn *dort* küsste. Um ein Haar wäre es um seine Zurückhaltung geschehen gewesen, nur mit äußerster Selbstbeherrschung gelang es ihm, sie rechtzeitig auf seinen Schoß zu ziehen.

„Aber Griffith ... Tun Frauen denn so etwas nicht ...?"

„Manchmal, ja", erwiderte er heiser. „Aber heute Nacht würde das unser Liebesspiel zu rasch beenden, also heben wir uns diese Variante lieber für ein anderes Mal auf."

„Ein anderes Mal", wiederholte sie mit einem Anflug des Bedauerns in ihrer Stimme.

Er stöhnte auf. Würde sie denn niemals aufhören, ihn in Erstaunen zu versetzen? Niemand außer den erfahrensten Dirnen hatte ihm je ihren Mund auf diese Weise angeboten; dass Rosalind es jetzt tat, war ein unerwartetes Geschenk. Es hätte ihn jedoch nicht überraschen dürfen, dass seine Geliebte Interesse an allen Spielarten der Liebe hatte, auch an denen, die die meisten anderen Frauen nicht schätzten.

„Mit ‚Ich bin an der Reihe' meinte ich eigentlich, dass ich jetzt ganz zu dir kommen möchte", erklärte er mit belegter Stimme. Er legte die Hände um ihre üppigen Brüste und strich über die zarten Knospen.

Rosalind errötete. „In ... dieser Stellung?"

„Aber ja, es wird dir gefallen." *Ihm* gefiel es auf jeden Fall. „Kannst du dir denken, wie du das machen musst, oder soll ich es dir zeigen?"

Ein katzenhaftes Lächeln umspielte ihre Mundwinkel. „Ich glaube, ich ahne es." Mit untrügerischem Instinkt erhob sie sich und ließ sich dann so langsam auf ihn sinken, dass er annahm, vor Lust sterben zu müssen.

„Oh Gott, Rosalind ... ja ... Liebling ..."

Sie hielt sich an seinen Schultern fest. „Und nun?"

„Nun liebst du mich … so wie ich dich heute Nachmittag geliebt habe“, brachte er mühsam hervor, obwohl er vor Erregung kaum noch einen klaren Gedanken fassen konnte.

„Du meinst – so?“ Sie begann, sich langsam auf und ab zu bewegen. Er nickte nur stumm und schloss die Augen. Sie lernte schnell, seine Amazone.

Sie guckte ihn an, und ihre Augen funkelten. „Hält man das für … sehr unanständig?“

„Sehr“, stieß er hervor. „Aber wir Bastarde sind nun einmal unanständig, und wir wollen, dass unsere Frauen es auch sind.“ Er zog sie zu sich herunter und küsste sie, während er eine Hand in ihrem Haar vergrub. Mit der anderen liebkoste er ihre Brust. Wie sehr er ihre Brüste liebte! Schon allein wenn er sie berührte, erwachte in ihm der Wunsch, sie zu kosten, und so gab er ihren Mund frei, um die Lippen um eine der rosigen Spitzen zu schließen. Als Rosalind hörbar den Atem anhielt, sog er fester daran, bis sie lustvoll aufstöhnte.

Er bewegte sich jetzt schneller in ihr, und sie passte sich seinem Rhythmus vollkommen an. Sie nahm ihn so stürmisch in sich auf, als wolle sie ihm seine ganze Kraft rauben, und er ließ es nur zu gern geschehen.

Schon bald spürte er, dass er sich seinem Höhepunkt näherte, und er schob die Hand zwischen ihre Schenkel, damit sie gleichzeitig mit ihm ihre Erfüllung finden konnte. Und dann erreichten sie einen solchen Gipfel der Lust, dass sie beide aufschrien und Rosalind kraftlos über ihn sank.

Er hielt sie ganz fest an sich gepresst, und ein Glücksgefühl durchströmte ihn, wie er es noch nie zuvor empfunden hatte. Sie war sein – für immer. Er würde sie nie wieder gehen lassen.

Befriedigt und angenehm erschöpft streckte er sich auf der Couch aus und zog Rosalind über sich. Seufzend schmiegte sie sich an ihn, und er genoss es, ihr Gewicht auf sich und ihren Kopf an seiner Schulter zu spüren.

Rosalind hingegen konnte auf einmal kaum noch diese intime Nähe ertragen, da sie wusste, dass sie ihn schon bald verlassen würde. Doch als sie versuchte, sich aufzurichten, murmelte er: „Bleib noch eine Weile, Liebling. Ich möchte dich im Arm halten." Ein Anflug von Belustigung schwang plötzlich in seiner Stimme mit. „Außerdem ... wenn du dich bewegst, regt sich mein Verlangen nach dir wieder!"

Sie stützte das Kinn auf seine Brust und betrachtete sein verschmitztes Gesicht. „Dieser Teil von Ihnen scheint mir sehr eigenwillig zu sein, Mr. Knighton! Können Sie ihn nicht besser unter Kontrolle halten?"

Er schmunzelte und presste sie an sich, damit sie seine neuerlich erwachende Erregung spüren konnte. „Offensichtlich nicht! Abgesehen davon, warum sollte ich ihn unter Kontrolle halten, wenn er sich doch so sehr nach dir sehnt?" Er lachte leise.

Sie senkte den Blick und zeichnete mit dem Finger Kreise auf seine Brust. Melancholie erfüllte sie bei dem Gedanken, dass sie ihn bald verlassen würde.

Er hielt ihre Hand fest und hauchte einen Kuss auf ihre Handfläche. „Ich fange an, mir auszumalen, wie wir unsere zukünftigen Nächte verbringen werden, das heißt, von der Liebe ganz abgesehen. Wir mögen beide Shakespeare, und wir könnten in seinen Stücken nach erotischen Anspielungen suchen, meine Geliebte. Die gibt es dort nämlich wirklich!"

„Tatsächlich?“ staunte sie, doch dann verstummte sie. *Meine Geliebte.* So hatte er sie noch nie genannt. In plötzlicher Verwirrung schmiegte sie sich dichter an ihn. Vielleicht war ihr Entschluss, nach London zu gehen, ja doch etwas voreilig. Vielleicht …

Verdammt, sie hatte geahnt, dass es so kommen würde, wenn sie es zuließ, dass er sie erneut verführte. Sie hatte gewusst, was er mit ihrem Herzen anrichten würde! Sie fühlte sich plötzlich vollkommen verloren, stand auf und holte ihr Kleid.

„Wo willst du hin?“ erkundigte er sich unruhig.

„Ich ziehe mich lieber an. Es ist schon spät.“ Zu spät …

„Ich hatte gehofft, wir würden noch etwas länger hier bleiben.“

Wenn es doch nur möglich gewesen wäre … Aber nein, das würde nicht klug sein. „Das geht nicht, Griffith. Jemand könnte uns hier finden.“ Sie brauchte Zeit, ihre Entscheidung zu überdenken. Denn wenn sie sich tatsächlich entschloss fortzugehen, dann musste das bald geschehen, damit er sie nicht mehr einholen konnte.

Außerdem musste sie mit Helena sprechen. Helena würde ihr in jeder Hinsicht weiterhelfen.

Er stützte sich auf einen Ellenbogen. „Also gut, wir ziehen in dein Zimmer um.“

Sie unterdrückte ein entsetztes Aufstöhnen. „Nein, das werden wir nicht tun. In meinem Zimmer würden wir sehr wahrscheinlich einschlafen, und dann sieht uns morgen früh meine Zofe.“

„Na und? Wir heiraten doch ohnehin.“

Sie überlegte fieberhaft. „Ich weiß, aber … es wäre doch sehr peinlich." Sie zog sich das Kleid an und versuchte, nicht auf seinen enttäuschten Gesichtsausdruck zu achten.

„Wie du meinst. Ich denke, ich kann warten, bis wir verheiratet sind." Er setzte sich auf und streckte seine Beine aus. Er wirkte durchaus zufrieden und ganz und gar nicht befangen wegen seiner Nacktheit.

„Willst du dich denn nicht anziehen?" fragte sie.

„Weshalb die Eile? Das tue ich gleich." Er bedachte sie mit einem viel sagenden Schmunzeln. „Lieber schaue ich erst einmal *dir* beim Ankleiden zu!"

Sie guckte ihn strafend an, ging zu der Stelle, wo er seine Kleidungsstücke achtlos zu Boden geworfen hatte, und schleuderte ihm eins nach dem anderen entgegen. „Stell dir vor, wenn uns hier ein Bediensteter entdeckt!" Sie wollte ihm den Gehrock reichen, hielt aber inne, als etwas aus seiner Tasche fiel. Ein zusammengefaltetes Stück Pergament.

Das Herz wurde ihr schwer, als sie es anstarrte. Benommen hob sie es auf. Sie faltete es auseinander, aber eigentlich war das gar nicht nötig. Sie wusste, was es war. Es hätte sie nicht überraschen sollen, und doch … Sie hatte fast angefangen zu glauben, dass sie Griffith doch etwas bedeutete.

Eine abgrundtiefe Traurigkeit beschlich sie. Sie hätte es wissen müssen. Für ihn war sie einfach nur eine weitere Errungenschaft – eine ergebene Ehefrau, die darüber hinaus auch noch leidenschaftlich war.

Hölzern steckte sie die Urkunde zurück in die Tasche und ging zu ihm. Als sie ihm den Gehrock geben wollte, brannten Tränen in ihren Augen. Er musste das bemerkt haben, denn er hielt ihre Hand fest, ehe sie sich von ihm abwenden konnte. „Rosalind …“

„Wie ich sehe, hat dich deine Eile, mir zu folgen, nicht davon abgehalten, vorher schnell noch die Urkunde einzustecken. Gott bewahre, die hättest du auf gar keinen Fall zurückgelassen.“ Erst danach war er ihr nachgelaufen, um sie mit seinen unaufrichtigen Erklärungen zu bedrängen. „Wenigstens weiß ich, woran ich bei dir bin.“

Sie versuchte, ihm ihre Hand zu entziehen, aber er ließ sie nicht los. „Das hat nichts mit dir oder mit meinen Gefühlen für dich zu tun. Es ist rein geschäftlich.“ Sie weigerte sich nach wie vor, ihn anzuschauen, und er fuhr sanfter fort: „Wenn ich mich nicht ums Geschäft kümmere, werden wir nichts zu essen haben, Liebling, nicht wahr?“

Das war genau Papas Tonfall, mit dem er immer ausdrücken zu wollen schien: „Ich bin der Mann, daher weiß ich, was das Beste ist.“ Und der sie schon seit jeher in Rage versetzt hatte. Dass Griffith ihn ihr gegenüber anschlug, bestätigte nur ihre schlimmsten Befürchtungen, was ihn betraf. „Sprich nicht mit mir, als wäre ich ein unbedarftes weibliches Wesen! Das hast du vorher nie getan, also fang jetzt nicht damit an. Wir wissen beide, dass es nicht nur ums Geschäft geht und dass die Urkunde keinen Einfluss darauf hat, ob wir zu essen haben oder nicht.“

Er unterdrückte einen Fluch, ließ ihre Hand los und begann, sich anzuziehen. „Worum geht es denn dann deiner Meinung nach? Ich versichere dir, wenn ich mich an deinem Vater rächen wollte, würde ich mir etwas Vernichtenderes ausdenken, als ihm nur den Titel zu nehmen. Ich hätte dich entjungfern und mich dann weigern können, dich zu heiraten, zum Beispiel. Ich hätte ihn schon vor langer Zeit finanziell ruinieren können. Um Himmels willen, ich hätte ihn sogar vergiften können! Aber all das wäre sinnlos, töricht und, jawohl, moralisch verwerflich gewesen. Trotz allem, was du von mir hältst, habe auch ich meine Grundsätze. Du solltest mich inzwischen gut genug kennen, um zu wissen, dass ich so etwas aus billigen Rachegelüsten heraus niemals tun würde."

„Nein, aber aus billigem Ehrgeiz heraus."

Er fing an, vor der Couch auf und ab zu gehen. „Ehrgeiz ist nichts Billiges. Ohne Ehrgeiz gäbe es keine Knighton Handelsgesellschaft. Ich sehe keinen Grund, darauf zu verzichten, mich beträchtlich am Handel mit den Chinesen zu beteiligen, nur weil du nicht willst, dass eine Hand voll Leute schlecht über deine Schwestern reden!"

Sie warf den Kopf in den Nacken. „Du kennst mich, Griffith, ich bin nicht so ‚praktisch' veranlagt wie du. Zufällig bedeuten mir Menschen mehr als Wohlstand oder der Erfolg deiner verdammten Firma."

„Deine Familie bedeutet dir vielleicht etwas, aber nicht ich. Du möchtest deine Schwestern vor Klatsch schützen und missgönnst mir meinen Erfolg. Ich bin in der Tat praktisch veranlagt, Gott sei Dank. Ich gebe nichts auf solchen Unsinn wie Klatsch und Tratsch, wenn ich eine Entscheidung fälle, von der sowohl mein Unternehmen als auch meine vielen Angestellten profitieren."

Ach, wie edel sich das anhörte! Es klang, als sei sie diejenige, die nur an ihre eigenen Interessen dachte. Aber sie ließ sich nicht von ihm beirren. Sie hatte nicht vergessen, wie tief verletzt er geklungen hatte, als er vorhin bei ihrem Vater gewesen war. Als er von dem Schmerz gesprochen hatte, den er gefühlt hatte, wenn er als Bastard bezeichnet worden war. Das hatte tiefere als nur „praktische" Gründe, dahinter steckten noch viel wichtigere Dinge.

Die Erkenntnis traf sie wie ein Schlag. Es war alles so einfach, dass es ihr beinahe das Herz zerriss. „Rede dir nur weiterhin ein, dass das alles nur zum Wohl deiner Angestellten ist, aber im Grunde weißt du es besser. Die Wahrheit ist, dass sogar du etwas auf solchen Unsinn wie Klatsch und Tratsch gibst. Zu viel." Die Trauer schnürte ihr fast die Kehle zu, Trauer um ihn, aber auch um sich selbst. „Du hasst es, wenn man dir den Beweis deiner Ehelichkeit verweigert. Du hasst alle die, die dich einen Bastard nennen, die dich dafür verachten, dass du mit Kriminellen verkehrt hast, und die, die dir den Zugang zu ihren erlauchten Kreisen verwehren, weil du unehelich geboren bist. Du willst diesen Titel unbedingt tragen, damit du sie mit der Nase darauf stoßen kannst, dass sie dir alle großes Unrecht zugefügt haben und dass du besser bist, als sie immer geglaubt haben."

Er schaute sie wie ein verletztes Tier an, was ihr bewies, dass sie mitten ins Schwarze getroffen hatte.

Sie fuhr fort: „Du hast versucht, mit deinem Erfolg etwas zu beweisen, aber das hat dich nicht befriedigt, also hast du dir in den Kopf gesetzt, noch etwas Größeres, Beeindruckenderes zu erreichen, mit dem dir das gelingt. Das ist der wahre Grund, warum du alles und jeden zu opfern bereit bist, nur damit du den Titel erhältst, nicht wahr?"

„Nein, das stimmt nicht!" brauste er auf, aber sein Gesicht

strafte seine Aussage Lügen. Schmerz, Erniedrigung und Zorn zeichneten sich jetzt darauf ab.

Er musste denen etwas beweisen, die ihm immer alles verwehrt hatten, aber es war ihm nicht gelungen. Er würde niemals zufrieden sein, ganz gleich, was er auch erreichte, weil es immer jemanden geben würde, der verächtlich auf ihn herabblickte. Was er im Grunde brauchte, war, dass endlich jemand die Leere in seinem Herzen ausfüllte, und dabei konnten ihm die lächerlichen Männer im Oberhaus keine Hilfe sein.

„Ich bedauere unendlich, dass mein Vater dir all das angetan hat, Griffith. Wenn ich die Vergangenheit ändern könnte, würde ich es sofort tun. Ich würde dich auch gern von deinem Schmerz befreien, aber das kann ich nicht. Das musst du selbst tun. Doch du fängst es ganz falsch an."

„Das ist deine Meinung", stieß er hervor, „doch sie interessiert mich nicht."

„Ja, ich weiß." Deshalb konnte sie ihn nicht heiraten und musste noch in dieser Nacht fliehen. Solange ihn seine Vergangenheit noch so unerbittlich im Griff hatte, würde er sich um ihre Meinung nie scheren und schon gar nicht ihretwegen etwas ändern.

Sie ging zur Tür, aber er holte sie ein. „Wir werden heiraten, ganz gleich, wie weit unsere Meinungen in dieser Sache auch auseinander gehen", meinte er. „Du hast zugegeben, dass ich dir trotz meiner vermeintlichen Schwächen etwas bedeute, und ich lasse nicht zu, dass du das zurücknimmst!"

Sie betrachtete sein geliebtes Gesicht, und das Herz wurde ihr schwer. Sie würde es wahrscheinlich lange Zeit nicht mehr sehen, wenn überhaupt jemals. Von Zärtlichkeit übermannt, legte sie ihm die Hand auf die Wange. Ihr armer, gequälter Griffith. Jetzt wusste sie, warum er Schätze hortete und seine Feinde vernichtete. Jemand hatte ihm vor langer Zeit seinen Schatz gestohlen, und nun fühlte er sich nur sicher, wenn er immer größere Reichtümer anhäufte.

Aber leider war bei all diesem Zusammenraffen von Schätzen kein Platz mehr für … die Liebe. Für sie, auch wenn er das nicht zugeben wollte.

„Du bedeutest mir etwas“, flüsterte sie. „Ich liebe dich, und das ist mein Fluch. Du hingegen kannst nicht lieben – und das ist deiner.“

Sie ließ die Hand sinken und verließ das Zimmer, ohne sich noch einmal umzudrehen.

21. KAPITEL

Ich liebe dich, und das ist mein Fluch. Du hingegen kannst nicht lieben – und das ist deiner.

Lange nachdem sie gegangen war, saß Griffith immer noch auf der Couch, die Heiratsurkunde seiner Eltern in den Händen, und starrte blicklos auf das Wappen der Swanleas.

Rosalind liebte ihn. Seine Amazone hatte gesagt, dass sie ihn liebte, und er wusste, sie meinte es ernst. Sie hätte zu einer List greifen können, um ihre Familie zu retten, aber er kannte Rosalind gut genug. Wenn es um Herzensdinge ging, log sie nicht.

Er warf die Urkunde beiseite und schlug die Hände vors Gesicht. Sie liebte ihn – und was sollte er nun damit anfangen? Er hatte niemals an die romantische Liebe geglaubt. An Liebe innerhalb einer Familie, ja. Aber romantische Liebe war eine fantasievolle Umschreibung von Frauen für körperliches Verlangen, nichts weiter. Zumindest hatte er sich das immer eingeredet.

Jetzt war er sich nicht mehr so sicher. Im Gegensatz zu den meisten Frauen schien Rosalind keine Umschreibungen für ihre körperlichen Bedürfnisse zu benötigen. Sie akzeptierte sie und lebte sie aus. Sie mochte sich gegen diese Bedürfnisse auflehnen, weil sie sich nicht mit ihren Moralvorstellungen vertrugen, und nicht wahrhaben wollen, dass er, Griffith, diese Bedürfnisse in ihr weckte, aber sie hätte sie nie bei einem anderen Namen genannt. Genauso wenig wie – die Liebe.

Nein, wenn sie verkündete, sie liebe ihn, dann stimmte das auch. Der Gedanke flößte ihm Angst ein.

Mit Zuneigung konnte er umgehen. Auch er empfand große Zuneigung für sie. Aber Rosalind verliebt … diese Frau gab sich nie mit halben Sachen zufrieden. Wenn sie ihm ihre Liebe schenkte, dann von ganzem Herzen.

Und nun? Wie konnte er sie je zufrieden stellen, wenn sie von ihm verlangen würde, sie zu lieben? Er hatte keine Ahnung, wie er das anstellen sollte.

Ihm war, als hätte ihm jemand einen Schlag in die Magengrube versetzt. Schwerfällig erhob er sich und zog seine restlichen Kleidungsstücke an. Und was war mit ihrem anderen Vorwurf bezüglich seiner wahren Gründe, aus denen er die Urkunde unbedingt haben wollte?

Er machte ein finsteres Gesicht. In der Hinsicht irrte sie sich gründlich. Das war nur wieder einmal typisch Rosalind, die stets allen Dingen eine tiefere Bedeutung beimaß, als sie tatsächlich hatten. Er wollte die Leute *nicht* „mit der Nase darauf stoßen", wie sie es ausgedrückt hatte. Das war ganz und gar nicht der Fall.

Wirklich?

Laut fluchend griff er nach der Urkunde und steckte sie wieder in die Tasche. Nein, so war es nicht, und das würde sie bestimmt einsehen, sobald die Angelegenheit erledigt war. Er würde den Titel so diskret übernehmen, dass dadurch kaum Aufsehen erregt wurde. Sobald sie erst erkannte, zu wie viel Erfolg und Vermögen die Knighton Handelsgesellschaft dadurch gelangte …

Er seufzte. Rosalind machte sich nicht das Geringste aus

Reichtum. Diese Frau würde wahrscheinlich sein ganzes Geld für die Unterstützung irgendwelcher Theater ausgeben. Er würde ihre Ausgaben genau im Auge behalten müssen, denn bestimmt nutzte sie sie für völlig abenteuerliche und unpraktische Dinge.

Er verdrehte die Augen. Als ob er ihr je einen Wunsch abschlagen könnte! Selbst wenn sie ihn um die Themse bat, würde er sie wahrscheinlich für Rosalind in Flaschen abfüllen lassen und sie ihr schenken.

In einer Hinsicht jedoch wollte er standhaft bleiben. Er musste den Titel schnell übernehmen, damit er an der Delegation teilnehmen konnte. Davon würde sie ihn nicht abhalten!

Du fängst es ganz falsch an.

Zur Hölle mit ihr! Musste ihn ihre absurde Einstellung auch noch quälen, wenn sie gar nicht in der Nähe war? Er verdrängte jeden Gedanken an sie und schaute sich im Zimmer um, ob sie auch keine verräterischen Spuren hinterlassen hatten; dann machte er sich auf den Weg nach oben. Das Haus war ungewöhnlich still, fast als hielte es den Atem an. Vielleicht wartete es darauf, dass der alte Earl starb, dass eine der Töchter heiratete, dass er selbst sein Erbe antrat. Nein, rief er sich streng in Erinnerung – Letzteres würde schon vor dem Tod des Earls passieren.

Sobald er jedoch im Bett lag, hatte er Schwierigkeiten einzuschlafen. Rosalinds Worte verfolgten ihn, ganz gleich, wie sehr er sich auch bemühte, sie aus seinem Gedächtnis zu verbannen.

Also gut, vielleicht wollte er etwas beweisen. Was war so

schlimm daran? Die meisten Männer wollten das schließlich. Warum sollte das bei ihm anders sein?

Du fängst es ganz falsch an.

Seufzend drehte er sich um und versuchte, ihre Stimme aus seinem Kopf zu bekommen. Nach einer Weile fiel er in einen unruhigen Schlaf. Die halbe Nacht wälzte er sich im Bett hin und her, immer wieder glaubte er, ihre Worte zu hören. Dann, am frühen Morgen, fing er an zu träumen.

Er stand im Oberhaus und schwenkte die Heiratsurkunde seiner Eltern, während ihn eine laute, sonore Stimme zum rechtmäßigen Earl of Swanlea erklärte. Triumphierend guckte er sich um, doch zu seinem Entsetzen waren alle Lords in ihren Roben plötzlich zu Kindern geworden. Als er an sich herabschaute, war er ebenfalls ein Kind. Er war wieder zwölf, vaterlos, ohne Freunde, und die anderen Jungen verhöhnten ihn. Er versuchte zu erläutern, dass er jetzt ehelicher Abstammung sei, aber ihr Spott übertönte ihn.

Dann sah er sie. Rosalind stand über ihm in der Besucherloge und beobachtete das Geschehen. Er rief nach ihr, aber sie hörte ihn nicht. Mit traurigem Blick wandte sie sich ab und ging. Verzweiflung befiel ihn. Er wollte ihr nacheilen, aber die Jungen umringten ihn und versperrten ihm den Weg. *Rosalind!* schrie er. *Rosalind!*

Er wurde davon wach, weil er tatsächlich nach ihr rief. Er brauchte eine ganze Weile, bis er sich daran erinnerte, wo er war, und bis er sich etwas beruhigt hatte. Als sein Puls wieder normal ging, begann Griffith stöhnend mit den Fäusten sein Kopfkissen zu bearbeiten.

Großer Gott, sie hatte Recht. Sie hatte ihm geradewegs in

die Seele geblickt. Nicht einmal ihm selbst war das bisher gelungen. Sein Ansinnen hatte nicht nur mit gesundem Ehrgeiz zu tun, nicht wahr?

Er drehte sich auf den Rücken und starrte die Zimmerdecke an. Nein, wenn er seine Motive einmal gründlich unter die Lupe nahm, musste er sich eingestehen, dass es ihm nicht nur um seine Handelsgesellschaft ging. Die Übernahme des Titels noch in diesem Jahr stellte für ihn keine Garantie dar, dass er sich auch der Delegation anschließen durfte. Aber selbst wenn man ihn von der Teilnahme ausschloss, würde ihn das trotzdem nicht davon abhalten, mit China Handel zu treiben. Schließlich hatte er auch keinen Titel gehabt, als ihm im Indiengeschäft Erfolg beschieden gewesen war.

Sein Ehrgeiz hatte eine andere Ursache, und Rosalind hatte es erkannt. Er schloss verzweifelt die Augen. In der Tat war sie freundlicher mit ihm umgegangen, als er verdient hatte. Denn was er anstrebte, war noch kleiner und billiger als das, was sie angedeutet hatte. Bei dieser Erkenntnis wurde ihm ganz flau im Magen.

Er wollte nicht Rache an seinen Verwandten nehmen, sondern in die Vergangenheit zurückkehren und seinen früheren Klassenkameraden in Eton etwas beweisen. Seine Kindheit sollte nicht mehr mit einem Makel versehen sein. Das war die Bedeutung des Traums.

Doch man konnte die Zeit nicht zurückdrehen. Alle Titel der Welt würden ihn nicht die Qualen des gedemütigten kleinen Jungen vergessen lassen. Selbst wenn alle, die ihn bisher verachtet hatten, über Nacht plötzlich ihre Meinung änderten, konnte das die Dinge nicht ungeschehen machen. Seine Vergangenheit würde ihn ein Leben lang begleiten, ganz gleich, was er auch tat.

Ich würde dich gern von deinem Schmerz befreien, aber das kann ich nicht. Das musst du selbst tun. Doch du fängst es ganz falsch an.

Er schlug die Augen auf. Ja, er hatte es ganz falsch angefangen. Aber damit war jetzt Schluss. Er hatte sich wie ein trotziges Kind benommen, das seinen Willen durchsetzen wollte; es war an der Zeit, erwachsen zu werden. Was hatte er davon, wenn er zwar seine Teilnahme an der Delegation erreichte, dadurch jedoch Rosalind verlor? Das durfte er nicht riskieren; ihre Liebe bedeutete ihm zu viel. Vielleicht hatte sie Recht, und er wusste nicht, wie man liebte, aber er konnte es lernen. Für sie *würde* er es lernen.

Er setzte sich auf und betete, dass es nicht schon zu spät war. Trotz seiner Skepsis, was Omen betraf, beunruhigte ihn der letzte Teil seines Traums. Er hinterließ einen unangenehmen Nachgeschmack, eine ungute Vorahnung, die Griffith nicht abschütteln konnte, auch als er längst angezogen war.

Er ging zum Frühstück und musste feststellen, dass Rosalind nicht da war. Alle anderen waren anwesend, wenngleich sie ihn nicht so freundlich anschauten wie am Morgen zuvor. Lady Juliet war wieder so schüchtern wie am Anfang seines Aufenthaltes. Lady Helena gab sich noch kühler als gewöhnlich. Selbst Daniel würdigte ihn keines Blickes, sondern kaute stumm.

„Wo ist Rosalind?“ fragte Griffith und setzte sich.

Lady Helena sah ihn mit unverhohlener Abneigung an, aber ihre Stimme klang überraschend sanft. „Sie sagte mir, sie wolle heute etwas länger schlafen. Offenbar hat sie gestern Nacht jemand ziemlich lange wach gehalten."

Er zog eine Augenbraue hoch. So spät war es gar nicht gewesen. Allerdings war der vergangene Tag ziemlich stürmisch verlaufen; es konnte also durchaus sein, dass sie etwas Ruhe brauchte.

Mit dieser Erklärung begnügte er sich auch, als sie am weiteren Vormittag nicht auftauchte. Er packte seine Sachen und traf letzte Vorbereitungen für die Abreise. Doch als sie selbst zum Mittagessen nicht erschien, das Lady Helena unerklärlicherweise erst um zwei Uhr auftragen ließ, erwachte sein Argwohn.

Auf Lady Helenas Behauptung hin, Rosalind ruhe sich noch aus, verließ er das Esszimmer und machte sich auf den Weg zu ihrem Schlafzimmer. Er musste mit ihr reden, ihr mitteilen, was er über sich selbst herausgefunden hatte, was sie ihn gelehrt hatte. Er wollte sich vergewissern, dass sie immer noch sein war.

Lady Helena folgte ihm die Treppe hinauf und schimpfte, dass er doch wenigstens ein gewisses Gefühl für Anstand an den Tag legen solle.

Das gab ihm den Rest. Er blieb auf der Treppe stehen und betrachtete sie aufgebracht. „Wenn es um Rosalind geht, kenne ich kein Gefühl für Anstand, Madam! Ich bin sicher, sie wird Ihnen das bestätigen, wenn Sie sie fragen!"

Als Lady Helena errötete, fragte er sich, wie viel Rosalind ihrer Schwester schon erzählt haben mochte. Er wusste nicht, ob er sich deswegen freuen oder schämen sollte.

Kurz darauf stand er vor Rosalinds Tür und klopfte energisch an. Keine Antwort.

„Ich sagte Ihnen doch, sie schläft", beharrte Lady Helena. „Rosalind hat einen sehr festen Schlaf."

Er betätigte den Türknauf. Abgeschlossen. „Öffnen Sie die Tür", verlangte er.

„Das werde ich nicht tun!"

„Gut, dann trete ich sie eben ein." Er wich einen Schritt zurück, fest entschlossen, genau das zu tun, was er angekündigt hatte.

„Warten Sie!" Sie zog hastig einen Schlüsselbund hervor. „Also gut, ich schließe auf."

Sie ließ sich jedoch so viel Zeit damit, dass es ihn kaum überraschte, das Zimmer leer vorzufinden, als die Tür endlich aufging. Halblaut fluchend fuhr er zu Lady Helena herum. „Wo ist sie?"

Sie zuckte mit den Schultern. „Ich habe keine Ahnung. Sie kennen Rosalind ja. Sie könnte überall sein, bei der Haushälterin, beim Reiten …"

„Verdammt, machen Sie mir doch nichts vor!" brauste er auf. „Wo ist sie?"

„Mr. Knighton, ich gebe Männern, die fluchen, keine Antwort", erwiderte sie würdevoll.

Daniel erschien hinter Lady Helena; er wirkte besorgt. Griffith beachtete ihn gar nicht. „Dann verraten Sie mir zumindest, wann sie zurückkommt!"

Auf ihr trotziges Schweigen hin ging er an ihr vorbei, zurück auf den Flur. „Gut, vielleicht erfahre ich von Lady Juliet gleich mehr."

Das schien sie dann doch etwas aus der Fassung zu bringen. „Hören Sie, Sie Schuft, Sie werden auf keinen Fall meine kleine

Schwester belästigen! Sie weiß nicht das Geringste von Rosalinds Plänen!"

Er blieb abrupt stehen. „Dann werden Sie mir anvertrauen, wo Rosalind ist, Lady Helena, oder ich ‚belästige' Juliet tatsächlich, und danach Ihren Vater, jeden einzelnen Bediensteten hier im Haus, bis mir jemand die Wahrheit sagt!"

„Rosalind hatte Recht – Sie *sind* ein Ungeheuer!"

Er zuckte zusammen. „Hat sie ... mich wirklich so genannt?"

Lady Helena musterte ihn und seufzte schließlich. „Nicht direkt. Sie hat Sie mit dem Greif verglichen. Aber der ist bekanntlich ein Ungeheuer."

Ja, das stimmte. Er erinnerte sich noch, dass er ihr im Wildpark erklärt hatte, warum man den Namen Griffith mit dem Greif in Verbindung bringen konnte. Der Greif, der Schätze bewachte und seine Feinde vernichtete. Dachte sie immer noch so von ihm?

Es spielte keine Rolle. Seine Kehle war plötzlich wie zugeschnürt. Sie würde ihre Meinung schon ändern, wenn er mit ihr gesprochen hatte. Jetzt musste er erst einmal herausfinden, wo sie war.

„Lady Helena, ich muss wissen, wo sie ist", beharrte er sanft. „Es ist sehr wichtig. Immerhin ist sie meine Verlobte."

Lady Helena schaute ihn mit derselben Verachtung an wie seine Mutter früher immer die Jungen, die es gewagt hatten, ihn zu verhöhnen. Das bereitete ihm einiges Unbehagen.

„Ich versichere Ihnen, sie ist nicht mehr Ihre Verlobte – wenn sie es denn je war. Und eben *weil* sie Sie nicht heiraten will, ist sie nach London gefahren."

Zuerst meinte er, sich verhört zu haben. „Wohin?“

„Nach London. Um zum Theater zu gehen. Das war immer ihr Traum und …“

„Um zum Theater zu gehen?“ polterte er los. „Großer Gott, hat sie den Verstand verloren?“

Lady Helena richtete sich zu ihrer vollen Größe auf. „Keineswegs. Sie können wohl kaum von ihr erwarten, dass sie Sie heiratet, wenn Sie vorhaben, ihre ganze Familie einem Skandal auszusetzen!“

Das war ein neuerlicher Schlag für sein ohnehin schon schlechtes Gewissen. „Sie hat Ihnen von der Urkunde erzählt.“

„Natürlich. Ich bin schließlich ihre Schwester.“

Es war offensichtlich, dass auch Lady Helena sein Vorgehen vollkommen missbilligte. Er konnte es ihr nicht einmal verübeln, er hatte sich ja auch unmöglich benommen. „Sie sagen also, Rosalind ist nach London zum Theater gegangen, weil sie mich nicht heiraten will.“

„Jawohl. Da wir ja schon bald kein Zuhause mehr haben werden …“, sie legte eine wirkungsvolle Pause ein, „… ist sie nach London gegangen, um nach Arbeit für sich selbst und einer Unterkunft für uns alle zu suchen. Sie wollte schon immer Schauspielerin werden, also wird sie sich wohl damit Geld verdienen.“

Einen Moment lang war sein Schmerz so groß, dass er kaum atmen konnte. Rosalind hatte es vorgezogen davonzulaufen, statt ihn zu heiraten. Nach allem, was sie miteinander erlebt hatten, nachdem sie behauptet hatte, ihn zu lieben, nach ihrer so unbeschreiblich schönen Liebesnacht – hatte sie ihn verlassen. Warum nur?

Doch er kannte die Antwort bereits. Er hatte ihr letzte Nacht wenig Anlass gegeben, an eine gemeinsame Zukunft zu glauben. Er hatte sie überrumpelt, sie verführt und ihr zu verstehen gegeben, dass ihre Wünsche keine Rolle spielten. Damit hatte er sie in die Flucht geschlagen. Was tat eine Kriegsgöttin, wenn sie in die Enge getrieben wurde? Sie zog sich zurück, um Kraft für die nächste Schlacht zu sammeln.

Aber sie hatte sich ausgerechnet nach London zurückgezogen! Sie konnte nicht viel Bargeld bei sich haben, sie war ganz allein, und es gab überall Schurken, die an den Straßen und in den Gasthäusern lauerten.

Das Blut gefror ihm in den Adern. Rosalind war noch nie im Leben in London gewesen. Sie hatte keine Ahnung von den Bösewichten, die es auf die Frauen abgesehen hatten, die allein nach London kamen. Selbst seiner Amazone würde es schwer fallen, sich gegen sie zur Wehr zu setzen. Er sah zu Daniel hinüber, und dessen angespannter Gesichtsausdruck verriet ihm, dass dieser wohl ähnliche Befürchtungen hegte.

„Wann ist sie aufgebrochen?“ fragte Griffith heiser.

„Kurz nach Mitternacht.“

„Nach Mitternacht!“ wiederholte Daniel, ehe Griffith antworten konnte. „Himmel, die Frau muss wahnsinnig sein, sich um die Zeit allein auf den Weg zu machen!“

Lady Helena blickte von einem zum anderen. „Es wird schon gut gehen. Sie ist eine großartige Reiterin und …“

„Sie ist zu Pferd?“ Griffith wurde schwindelig. „Sie reitet ganz allein?“

„Ja“, antwortete sie. Griffith schien Lady Helena nun doch ein wenig mit seiner Angst angesteckt zu haben. „Ihr kann doch nichts passieren, oder?“ erkundigte sie sich. „Ich meine, sie hat Papas Pistole mitgenommen.“

„Hat sie denn schon jemals eine Pistole benutzt?“ Ihm wurde schwindelig vor Sorge.

„Nun ja, eigentlich nicht. Aber Sie kennen Rosalind. Sie kann gut auf sich selbst aufpassen.“

Griffith fluchte ungeniert. Verdammt, hatte denn niemand diese drei je aufgeklärt, welche Gefahren auf Frauen lauerten, die allein reisten?

„Auf sich selbst aufpassen?“ rief Daniel. „Angesichts von Straßenräubern und anderen Verbrechern? Bedenken Sie doch nur, was ihr zustoßen könnte, wenn sie solchen Männern über den Weg läuft!“

Lady Helenas herablassende Miene hätte wahrscheinlich sogar den König selbst in sich zusammensinken lassen. „Sie können nicht viel schlimmer sein als die beiden betrügerischen Schurken, die jetzt gerade vor mir stehen.“

Daniel baute sich vor ihr auf. „Hören Sie, Mylady, ich habe wirklich genug von Ihrem Hochmut, Ihrer …“

„Schluss jetzt, alle beide! Mir geht es ausschließlich um Rosalind.“ Außerdem hatte Lady Helena Recht, was ihn betraf. Er hatte Rosalind auch nicht viel besser behandelt als irgendein Gauner. Er zwang sich, Lady Helenas Blick standzuhalten. „An welche Adresse will sich Rosalind in London wenden?“

Sie hob nur trotzig das Kinn und sah Rosalind in diesem Moment verblüffend ähnlich.

Zorn stieg in ihm auf. „Sie sagten, Sie seien schon einmal in London gewesen, daher müssten Sie sich eigentlich daran erinnern, wie es dort ist. Ich meine nicht die Bälle und die Feste, sondern die Straßen, durch die Sie gegangen sind, die Taschendiebe in den Hauseingängen, die Betrüger und Kuppler, an denen Ihr Vater Sie wahrscheinlich hastig vorbeigezogen hat. London ist kein Ort für eine schutzlose Frau, schon gar nicht, wenn sie keine Beziehungen hat."

„Aber sie hat Beziehungen dort", wandte Lady Helena ein. „Eine Freundin von Mama, ebenfalls Schauspielerin, hilft ihr, ein Engagement und eine Unterkunft zu finden!"

Eine befreundete Schauspielerin? Das beruhigte ihn nicht unbedingt. „Erwartet diese ‚Freundin' Rosalind? Weiß Rosalind sicher, dass sie in der Stadt und nicht irgendwo unterwegs ist, womöglich sogar auf dem Kontinent?"

Betroffen guckte Lady Helena zur Seite. Daran hatte sie offenbar gar nicht gedacht.

„Nennen Sie mir die Adresse dieser Freundin in London", verlangte Griffith.

„Ich ... weiß sie nicht."

Er unterdrückte einen Fluch. „Dann ihren Namen."

„Den kenne ich auch nicht."

„Und ob Sie ihn kennen! Sie wollen ihn mir nur nicht verraten!"

„Warum sollte ich das auch tun?" rief sie. „Damit Sie ihr wieder das Herz brechen können?"

Erneut beschlichen ihn Schuldgefühle. „Ich hatte nicht vor, ihr das Herz zu brechen."

„Vielleicht nicht, aber Sie haben es trotzdem getan."

„Das ist mir klar, aber das wird sich nicht mehr wiederholen, ich schwöre es. Wenn ich sie finde und sie will mich wirklich nicht mehr heiraten, lasse ich sie in Ruhe." Er schluckte. „Ich möchte sie nur noch einmal sehen, damit ich weiß, dass sie in Sicherheit ist, verstehen Sie das denn nicht?"

Lady Helena betrachtete ihn unsicher. „Sie wird bald in London im Theater auftreten. Das sollte für Sie ausreichend Beweis sein, dass sie in Sicherheit ist."

Sein Herz klopfte vor Angst. „Und wenn sie kein Engagement bei einem der Londoner Theater findet? Die meisten Schauspielerinnen fangen bei Wandertheatern an. Sie werden miserabel bezahlt, von den Direktoren schlecht behandelt und immer wieder von verliebten Trunkenbolden belästigt. Das ist kein Leben für sie, begreifen Sie das nicht? Sie ist viel zu schade dafür." Verdammt, wenn sie sich nun wirklich einer wandernden Truppe anschloss? Wenn er sie nicht finden konnte? Oder wenn ihr etwas passierte, bevor er sie fand?

„Sie sind aufrichtig besorgt um sie", stellte sie verwirrt fest.

„Natürlich bin ich besorgt! Was haben Sie denn gedacht, Sie ..." Er verstummte, um seinen Zorn zu zügeln – und seine Angst zu unterdrücken. „Bitte, Lady Helena, ich flehe Sie an. Verraten Sir mir, wo ich sie finden kann!"

Sie schluckte. „Was für einen plausiblen Grund können Sie mir denn nennen, der rechtfertigt, dass ich Rosalinds Vertrauen in mich enttäusche?"

Er sprach es aus, ohne überhaupt nachzudenken. „Ich liebe sie. Ich liebe Ihre Schwester. Ich muss mich vergewissern, dass sie wohlauf ist."

Es ist wahr, erkannte er schockiert. Wenn Liebe bedeutete, dass er sie mehr als die Luft zum Atmen brauchte, dass es ihm wichtiger war, sie in Sicherheit zu wissen, als sie für sich zu gewinnen – dann liebte er sie mit einer Inbrunst, die ihn sowohl erschreckte als auch in Hochstimmung versetzte. Sie hatte ihm in die Seele geblickt und ihn durchschaut. Schon allein aus diesem Grund musste er sie finden – um ihr zu danken, um ihr zu sagen, dass ihre Worte bei ihm auf fruchtbaren Boden gefallen waren.

Und wenn sie ihn dann immer noch lieben konnte, dann würde er sie nie wieder gehen lassen, bis ans Ende seines Lebens. Wenn sie es nicht konnte …

Der Atem stockte ihm. Nein, diese Möglichkeit würde er erst später in Betracht ziehen. Zuerst musste er feststellen, ob es ihr gut ging. Lady Helenas skeptischem Blick nach zu urteilen, würde sich das möglicherweise als schwierig erweisen.

„Sie lieben sie?" wiederholte sie empört. „Sie haben eine merkwürdige Art, das zu zeigen!"

„Dessen bin ich mir sehr wohl bewusst. Ich habe jedoch vor, in dieser Hinsicht an mir zu arbeiten. Zuerst aber brauche ich Ihre Hilfe. Sie müssen mir sagen, wo sie sich in London aufhält."

Einen Moment lang sah es so aus, als geriete sie ins Wanken. Ihre Unterlippe bebte, und sie rang die Hände. Dann antwortete sie leise: „Ich … ich kann nicht. Ich habe es ihr versprochen." Sie schaute ihn ernst an. „Außerdem haben Sie in den letzten Tagen so oft gelogen, dass ich es nicht mehr erkennen kann, wenn Sie die Wahrheit sprechen."

Das Herz wurde ihm schwer. Er hatte nicht damit gerechnet, dass sich sein Verhalten jetzt so rächen würde. Ihm wurde schlecht bei dem Gedanken, dass Rosalind allein reiste und ohne Schutz in Gasthäusern logierte. Und was war, wenn sie erst London erreicht hatte? Sie würde wahrscheinlich ohne Geld und ohne Freunde durch die Straßen laufen und nach einem Engagement suchen. Und das alles nur wegen seines kindischen Benehmens in der letzten Nacht und wegen seiner arroganten Annahme, er könne sie für seine haarsträubenden Pläne als Komplizin gewinnen.

„Also gut", meinte er zu Lady Helena. „Sie tun das Ihre, ich das meine." Voller Zorn und Verzweiflung fügte er hinzu: „Ich finde sie, und wenn ich jedes gottverdammte Theater in diesem Land abklappern muss. Und ich schwöre Ihnen – wenn ihr auch nur das geringste Leid zugestoßen ist, dann werde ich *Sie* dafür verantwortlich machen!"

Er wandte sich zum Gehen, aber sie hielt ihn zurück. „Ich gebe Ihnen dasselbe Versprechen, Mr. Knighton. Einmal haben Sie meiner Schwester bereits das Herz gebrochen. Wenn Sie es jetzt wieder tun, dann reiße ich Ihnen Ihres bei lebendigem Leib heraus!"

Er erwiderte nichts und blickte sich nicht einmal nach ihr um. Doch im Fortgehen hörte er, wie Daniel zischte: „Nun, der arme Mann *hat* wenigstens ein Herz, Mylady, was man von Ihnen nicht behaupten kann!" Dann folgte er Griffith.

Mit Tränen in den Augen schaute Helena den beiden Männern nach, als sie die Treppe hinabstiegen. Wie konnte Daniel Brennan es wagen, sie herzlos zu nennen? Wenn jemand kein Herz hatte, dann war es dieser Sohn eines Straßenräubers, der seinem Arbeitgeber geholfen hatte, sie alle zu täuschen und zu vernichten, und sogar noch Geld dafür genommen hatte. Wie konnte er es nach all seinen Lügen wagen, *sie* zu kritisieren?

Sie atmete tief durch, um sich zu beruhigen. Es spielte keine

Rolle, was der unverschämte Kerl gesagt hatte – ihr machte das nichts aus. Mit etwas Glück brauchte sie ihn nie wiederzusehen. Sie machte sich nichts aus seinem zweifelhaften Charme, seiner ungeschliffenen Höflichkeit und seiner subtilen Art, einer Frau das Gefühl zu geben, als sei sie tatsächlich gesund und begehrenswert … Sie stöhnte auf. *Zur Hölle mit dir, Daniel Brennan! Und mit deinem elenden Arbeitgeber!*

Dennoch fragte sie sich, ob sie richtig gehandelt hatte. Sie hatte nicht daran gedacht, dass es für Rosalind gefährlich werden könnte, wenn sie ganz allein nach London ging. Rosalind war immer fähig gewesen, selbst auf sich aufzupassen. Und als Rosalind ihr von Mr. Knightons Vorhaben erzählt hatte, war Helena wütend geworden und hatte sich gefreut, dass Rosalind ihrem Cousin einen Strich durch die Rechnung machte.

Aber was war, wenn er Rosalind wirklich liebte? Wenn er seine Worte ernst gemeint hatte?

Nun, an ihr sollte es nicht liegen, und wenn sie noch so ungehalten über Mr. Knighton und seinen Berater war. Sie würde Rosalind schriftlich warnen, dass er sich auf dem Weg zu ihr befand, und ihr berichten, was er gesagt hatte. Dann war es Rosalind selbst möglich zu entscheiden, ob sie ihn sehen wollte oder nicht.

Ja, genau das würde sie tun. Und dann konnte Daniel Brennan ihr nicht mehr vorwerfen, herzlos zu sein.

22. KAPITEL

Drei Tage nach ihrer Ankunft in London lehnte Rosalind an einer Säule vor dem Eingang des Theatre Royal in Covent Garden und kaute an einem Apfel, während sie die vielen Equipagen betrachtete, die die Bow Street entlangrollten – farbenfroh bemalte Landauer, Sänften und von leichtsinnigen jungen Burschen gefahrene Phaetons. In London gab es alles, was man in Stratford nicht hatte: Theater, Geschäfte, Cafés.

Und Menschen. Alle möglichen Leute. Erst letzten Abend hatte Mrs. Inchbald sie zu einer Versammlung von Theaterleuten mitgenommen, bei der auch Richard Sheridan anwesend gewesen war. Sie hatte sogar mit ihm gesprochen, und das ganz *ohne* Griffith' Hilfe.

Zur Hölle mit Griffith. Er allein war der Grund, warum sie London nicht so genießen konnte, wie sie wollte. Sie hatte versucht, ihn zu vergessen, aber offensichtlich war das nicht so leicht. Jedes Mal, wenn sie Pflaumen aß, Shakespeare las oder Männer beim Billardspiel sah, musste sie an ihn denken. Immer, wenn sie sich abends auszog, fiel ihr wieder ein, wie sie sich geliebt hatten. Ihr war noch kein Mann in London begegnet, der dem Vergleich mit ihm hätte standhalten können, und sie verglich *alle* Männer mit ihm.

Der eine war nicht so schlagfertig wie Griffith. Einem anderen fehlte sein Feuer. Und wiederum ein anderer gefiel ihr nicht, weil er keine schwarzen Haare und blauen Augen hatte …

Sie hasste ihn dafür, dass er ihr das angetan hatte, dass ihr alle anderen Männer egal waren. Dafür, dass er sie nicht so liebte wie sie ihn. Sie wischte die Tränen fort, die ihr unbemerkt in die Augen gestiegen waren. Wegen dieses Schufts würde sie doch nicht weinen! Das verdiente er gar nicht.

Wahrscheinlich dachte er ohnehin kaum noch an sie. Er hatte seine Urkunde, da brauchte er sie ja nicht mehr. Irgendwann allerdings würden sich ihre Wege in London sicherlich kreuzen, und sie konnte nur hoffen, dass das erst in vielen Wochen der Fall sein würde. Bis dahin gelang es ihr dann ja vielleicht, ihm gegenüber kühl und distanziert zu wirken.

Als hätte sie jemals in Griffith' Nähe ihre Gefühle verbergen können! Fluchend warf sie den halb gegessenen Apfel weg.

„Deine Mutter würde sich im Grabe umdrehen, wenn sie deine Ausdrucksweise hören könnte!“ ließ sich eine Stimme hinter ihr vernehmen.

Rosalind drehte sich um und stellte fest, dass Mrs. Inchbald sie anlächelte. „Ja, wahrscheinlich.“ Sie hoffte, dass ihre Augen inzwischen nicht mehr verweint aussahen. „Ich fürchte nur, Mamas Bemühungen, uns eine gepflegte Ausdrucksweise beizubringen, haben bei mir nicht viel gefruchtet, ganz im Gegensatz zu Helena.“

Mit zweiundsechzig Jahren war Mrs. Inchbald immer noch eine hübsche Frau, genauso schlank und anmutig wie in ihrer Jugend, als sie noch selbst im Theatre Royal aufgetreten war. Die Haube auf ihren Locken ließ sie zwar bescheiden und schlicht wirken, aber in Wirklichkeit war sie recht lebhaft und kannte sich bestens in dramatischer Literatur aus. Auch war sie viel großzügiger gewesen, als Rosalind erwartet hatte, denn sie hatte ihr angeboten, bei ihr zu wohnen, bis Rosalind auf eigenen Füßen stehen konnte.

„Gut, dass du gerade deine Schwester erwähnst“, meinte Mrs. Inchbald jetzt. „Ich habe einen Brief von ihr für dich, der eben eingetroffen ist. Ich dachte, es könnte vielleicht etwas Wichtiges sein.“

Beklommen nahm Rosalind das Schreiben in Empfang. Bestimmt berichtete Helena von der Reaktion der Familie auf ihre aberwitzige Flucht. Und teilte ihr mit, was Griffith dazu gesagt hatte … Sie verstaute den Brief in ihrer Kostümtasche, nicht einmal Mrs. Inchbald sollte ihr beim Lesen zuschauen.

Mrs. Inchbald zog nur eine Braue hoch. „Weißt du, ich war erst neunzehn, als ich zum Theater durchbrannte, aber ich erinnere mich noch ganz genau. Ich hatte es mir so aufregend vorgestellt, doch stattdessen fand ich es anstrengend und öde. Es war ganz anders, als ich gedacht hatte. Die meiste Zeit hatte ich furchtbares Heimweh. Deshalb zog ich nur eine Woche nach meiner Flucht in die ‚Unabhängigkeit‘ bei meinem Bruder ein, der auch Schauspieler war.“

„Ich versichere Ihnen, ich habe kein bisschen Heimweh.“ Nun ja, ein wenig vielleicht. Sie vermisste die Gespräche mit Helena. Die Spaziergänge im Obstgarten. Die großen, offenen Räume in Swan Park, in denen man rezitieren konnte, ohne Angst haben zu müssen, belauscht zu werden. Das jedoch war schon alles, was ihr fehlte, ungelogen. Ach, und natürlich die Apfeltörtchen der Köchin.

„Du hast einen viel versprechenden Anfang geschafft“, sagte Mrs. Inchbald. „Ich hatte damals nicht so viel Glück. Ich musste bei einem Wandertheater anfangen. Ich hoffe, du weißt zu schätzen, gleich beim ersten Versuch eine Rolle im Theatre

Royal erhalten zu haben – selbst wenn es nur eine so kleine Rolle wie die der Iras in *Antonius und Cleopatra* ist."

„Natürlich ist mir bewusst, dass ich es gut getroffen habe. Vor allem ist das Ihr Verdienst. Nur Ihrem Einfluss habe ich es zu verdanken, dass ich die Rolle bekommen habe. Ehrlich gesagt, es ist mir sehr peinlich – ich habe nie gewusst, dass Sie selbst Stücke schreiben und mit allen Direktoren gut befreundet sind!" Tatsächlich hatte Rosalind sehr rasch begriffen, dass der Direktor des Theatre Royal in Covent Garden, John Kemble, und Mrs. Inchbald … nun … sehr gute Freunde waren. „In Ihren Briefen haben Sie gar nichts von Ihrer neuen Tätigkeit erwähnt. Wenn ich geahnt hätte, wie hoch geachtet Sie sind und dass man Ihre Stücke veröffentlicht und aufführt, wäre es mir nie eingefallen, Sie zu belästigen …"

„Das ist keineswegs eine Belästigung", widersprach Mrs. Inchbald und versetzte ihr einen liebevollen Kinnstüber. „Es ist mir eine Freude, der Tochter meiner besten Freundin helfen zu können. Außerdem lag es nicht nur an meinem Einfluss, dass du die Rolle bekommen hast, das hatte auch mit deinen Shakespeare-Kenntnissen zu tun." Mrs. Inchbald warf ihr ein Lächeln zu. „Ganz zu schweigen davon, dass die Schauspielerin, die die Rolle spielen sollte, mit einem Hauptmann durchgebrannt ist und John dadurch in eine böse Notlage gebracht hat. Er glaubte kaum noch daran, dass er rechtzeitig bis morgen Abend jemanden finden würde, der den Text bis dahin lernen könnte."

„Ich bin wirklich sehr dankbar, dass er sich für mich entschieden hat."

„Diese Rolle wird dein Talent gut zur Geltung bringen

und sollte eigentlich zu weiteren Angeboten führen." Sie betrachtete Rosalind prüfend. „Wenn du das wirklich willst."

Rosalind biss sich auf die Unterlippe und wandte den Blick ab. „Natürlich will ich das. Ich würde mich sogar einem Wandertheater anschließen, wenn es sein müsste."

„Nein, ich denke, das ist nicht nötig." Mrs. Inchbald ließ ihren Gehstock auf dem Steinboden kreiseln und fügte etwas zu beiläufig hinzu: „John sagte, du trägst ausgesprochen reizend vor. Er meinte nur, du wärst ein wenig … eigensinnig."

Rosalind seufzte. „Das stimmt, ich weiß, aber ich kann nicht anders. Sie wollen, dass ich ein paar der besten Stellen auslasse. Ich soll die Rolle ganz falsch spielen, sodass Iras wie ein Dummchen dasteht. Sie mag zwar nur Cleopatras Dienerin sein, aber Shakespeare zeichnet sie eindeutig als sehr lebhaft und gewitzt. Nehmen Sie doch nur einmal die Szene mit den Wahrsagern …"

Mrs. Inchbald lachte. „Du hegst wirklich eine Leidenschaft für Shakespeare, nicht wahr? Ich hatte ganz vergessen, dass er ja auch der Liebling deines Vaters war. Ich fürchte, du wirst schon bald lernen, dass Schauspielerinnen in kleinen Rollen wenig mitbestimmen dürfen, welche Stellen ausgelassen werden und wie die Rolle gespielt wird."

„Und was ist dann mit Schauspielerinnen in tragenden Rollen?"

„Das kommt ganz auf den Theaterdirektor an."

„Ich sehe schon, dann muss ich Theaterdirektor werden", murmelte Rosalind.

Mrs. Inchbalds Augen funkelten amüsiert. „Warum? Spielst du denn nicht gern?"

Rosalind dachte an die letzte Probe, als man ihr ständig vorgeschrieben hatte, wo sie stehen, wie sie sprechen und was sie tragen sollte – obwohl sie selbst am allerbesten wusste, wie die Rolle angelegt sein sollte.

„Ich bin noch zu keinem Entschluss gekommen. Mir gefällt zwar die Aufmerksamkeit der anderen, aber ich würde mich noch wohler fühlen, wenn alles richtig gemacht werden würde."

Mrs. Inchbald sah aus, als bemühte sie sich, nicht zu lachen. „Findest du, dass deine Kollegen ihre Rollen nicht angemessen spielen?"

„Wissen Sie, sie vergessen manchmal ihren Text." Sie seufzte. „Aber sonst sind sie akzeptabel. Bis auf diesen grässlichen Mr. Tate, der mir ständig einen Klaps auf die Kehrseite gibt."

„Du wirst dich schon an die Avancen der Männer gewöhnen. Meist genügt ein scharfes Wort, um sich wieder ein wenig Raum zum Atmen zu verschaffen. Trotzdem muss man vorsichtig sein, *wie* man jemanden in seine Schranken weist. Manche Schauspieler haben mehr Einfluss als andere, und die sollte man nicht allzu sehr verärgern."

Diese Bemerkung machte Rosalind stutzig. „Ein … nun, ein Freund von mir meinte, dass in den Augen mancher Männer Schauspielerinnen kaum etwas anderes seien als Dirnen. Er sagte, es sei erniedrigend, Schauspielerin zu sein. Das stimmt doch nicht, oder?"

Mrs. Inchbald warf ihr einen neugierigen Blick zu. „Das kommt auf die Schauspielerin an. Du bist hübsch und begabt genug, also wird wohl niemand etwas Schlechtes von dir denken, sobald du dich etabliert hast. Diejenigen jedoch, die nicht so gut aussehen und kein Talent haben, müssen … die richtigen Kontakte pflegen. Das soll natürlich nicht heißen, dass sie ihre Tugend hingeben. Aber in solchen Fällen mag es recht hilfreich sein, einen Mann zu heiraten, der einen fördern kann. Ich fand es selbst nützlich, einen so erfolgreichen Schauspieler wie Joseph Inchbald heiraten zu können."

Rosalind schaute sie erschrocken an. „Sie haben nicht aus Liebe geheiratet?"

Mrs. Inchbald lachte leise. „Doch – aus Liebe zum Theater! Warum fragst du mich das, Rosalind? Möchtest du denn aus Liebe heiraten?"

„Ganz gewiss!" Sie straffte die Schultern. „Wenn ich keinen Mann finde, den ich liebe, dann heirate ich lieber gar nicht. In der Hinsicht bin ich fest entschlossen."

„Ich verstehe." Wieder drehte sie den Gehstock um seine eigene Achse. „Wo wir gerade vom Heiraten sprechen … Als ich mich heute Morgen mit John unterhielt, kam ein Mann vorbei, der dich suchte."

Rosalind hielt den Atem an. „Ach?"

„Seltsamerweise war es derselbe Mann, nach dem du mich vor geraumer Zeit gefragt hattest. Dieser Mr. Knighton, der, der unehelicher Abstammung ist."

„Griffith ist nicht unehelich!" rief sie und biss sich sofort auf die Zunge, als Mrs. Inchbald verwundert eine Braue hochzog. „Ich meine … diese Gerüchte über ihn sind falsch."

„Nun, wie dem auch sei, es hat den Anschein, dass er sich dem Theatre Royal gegenüber im Laufe der Jahre als überaus großzügig erwiesen hat. John überschlug sich beinahe vor

Hilfsbereitschaft, als Mr. Knighton behauptete, nach seiner Verlobten zu suchen. Nach dir."

Rosalind wurde rot. Griffith war hier? Er suchte sie? Sie hatte nicht geglaubt, dass er so weit gehen würde. „Sie haben ihm nichts verraten, oder?"

„Natürlich nicht. Ich dachte mir, dass du deine Gründe hast, den Mann zu meiden, wenn du schon von zu Hause fortläufst und einen Bühnennamen annimmst." Sie spielte mit dem Knauf ihres Stocks. „Er schien allerdings sehr versessen darauf, dich zu finden, und hätten wir John nicht das Märchen aufgetischt, du seiest meine Cousine vom Lande ... So aber hat er dich gar nicht erwähnt, nur so viel, dass er meine Cousine engagiert habe."

Rosalind atmete auf. Griffith suchte sie – warum? Weil sein dummer Stolz es nicht verwinden konnte, sie verloren zu haben? Sie hob trotzig das Kinn. Nun, wenn das der Grund war, dann würde er schon früh genug darüber hinwegkommen, der arrogante Schuft. „Vielen Dank", sagte sie. „Ich weiß Ihre Diskretion zu schätzen. Papa hatte eine Heirat zwischen mir und Mr. Knighton arrangiert, aber ich kam zu dem Schluss, dass wir nicht zueinander passen."

„Aber warum wirst du dann jedes Mal rot, wenn sein Name fällt, mein Kind?"

Sie schluckte. „Weil ich einmal kurz geglaubt habe, wir könnten ein Paar werden. Leider erwarte ich sehr viel von dem Mann, den ich heiraten will, und ich erkannte, dass mir Mr. Knighton in dieser Hinsicht nicht viel zu bieten hat." Sie setzte ein gespielt heiteres Lächeln auf. „Jedenfalls danke ich Ihnen, dass Sie mir von seinem Besuch erzählt haben. Wenn Sie nichts dagegen haben, würde ich jetzt gern meinen Brief lesen, da man mich jeden Moment zur Probe zurückrufen wird."

„Aber selbstverständlich. Wir sehen uns später. Morgen ist dein großer Tag, daher werden wir heute Abend zu Hause essen, damit du dich in Ruhe vorbereiten kannst."

Impulsiv küsste Rosalind die Frau auf die Wange. „Sie sind so gut zu mir, ich kann Ihnen gar nicht genug danken."

„Unsinn. Ich bin mir gar nicht so sicher, ob es ein Akt der Freundlichkeit ist, dich beim Theater einzuführen. Das muss sich erst noch zeigen." Sie lächelte geheimnisvoll.

Kaum war Mrs. Inchbald gegangen, erbrach Rosalind das Siegel des Briefes. Sie konnte kaum abwarten zu lesen, was Helena ihr geschrieben hatte. Hastig überflog sie die Stelle, wo Helena aufzählte, was sie alles unternommen hatte, um die Abreise der beiden Männer hinauszuzögern. Der nächste Absatz jedoch fesselte ihre Aufmerksamkeit:

Sie sind auf dem Weg nach London, und Mr. Knighton scheint fest entschlossen, Dich zu finden. Er war außer sich, als er von Deiner Flucht nach London erfuhr. Doch sein Zorn schlug bald in Sorge um. Du kennst den Mann besser als ich, daher wirst Du wissen, ob seine Sorge um Dein Wohlergehen echt oder nur vorgetäuscht ist. Er brachte große Angst um Deine Sicherheit auf den Landstraßen und in London selbst zum Ausdruck. Er hat nach Deinem genauen Aufenthaltsort gefragt, aber ich habe ihm nichts verraten.

Eines solltest Du jedoch wissen: Er sagte, er wolle Dich deshalb unbedingt finden, weil er Dich liebe. Er schien es ernst zu meinen, aber ich kann mir kein rechtes Urteil über seine

Aufrichtigkeit oder die seines Freundes bilden, da beide uns wiederholt hintergangen haben. Vielleicht hat er das auch nur geäußert, um mich zum Reden zu bringen.

Was seinen Freund betrifft, diesen Grobian …

Rosalind schenkte Helenas zornigen Bemerkungen über Daniel keine größere Beachtung. Helena misstraute Männern ganz allgemein. Bestimmt hegte sie erst recht keine freundlichen Gefühle für Daniel, nachdem er sich als Sohn eines Straßenräubers und als ehemaliger Schmuggler entpuppt hatte.

Stattdessen las sie wieder und wieder den Absatz, in dem es hieß, Griffith habe gesagt, er liebe sie. Sie presste den Brief an ihre Brust und starrte blicklos ins Leere. Konnte das wahr sein? Nicht einmal Griffith würde wohl zu so einer so himmelschreienden Lüge greifen, um sich einen Vorteil zu verschaffen, oder?

Doch andererseits … Sie las den Brief erneut von Anfang bis Ende, und das Herz wurde ihr schwer, als sie erkannte, dass Helena nirgends die Urkunde erwähnt hatte. Selbst wenn Griffith es ernst gemeint hatte, so waren es doch nur leere Worte. Solange er an seinen finsteren Absichten festhielt, konnte sie nicht glauben, dass er sie wirklich liebte.

Oder war sie ungerecht? Er hatte seine ganze Kindheit unter einer dunklen Wolke verbracht, und nun, da er diese vertreiben wollte, nahm Rosalind ihm das übel. War das engstirnig gedacht? Verlangte sie zu viel von ihm?

Wenn sie es doch nur gewusst hätte. Denn die Wahrheit war, dass sie noch nicht einen Moment zur Ruhe gekommen war, seit sie ihn verlassen hatte. Trotz aller Faszination Londons und des aufregenden Theaterlebens vermisste sie ihn schmerzlich.

Sogar der Gedanke, Schauspielerin zu werden, hatte an Attraktivität verloren. Viel sehnlicher wünschte sie sich, von Griffith geliebt zu werden.

Schließlich war sie nicht wie Mrs. Inchbald, die bereit war, alles zu tun, nur um Erfolg beim Theater zu haben. Wie sie zunehmend feststellen musste, gab es da Dinge, die ihr noch wichtiger waren. Sie befürchtete, dass selbst der größte Erfolg als Schauspielerin sie nicht glücklich machen würde, wenn sie Griffith nicht haben konnte.

Griffith lief ungeduldig in seinem Büro auf und ab, während Daniel ihm Bericht erstattete.

„Niemand im Pantheon oder im Lyceum hat von Rosalind gehört", erklärte er. „Auch sind keine neuen Schauspielerinnen engagiert worden. Ich habe mit allen Direktoren von Wandertheatern gesprochen, aber auf keine der Neuengagierten passte ihre Beschreibung."

„Vielleicht hat sie sich verkleidet. Rosalind ist alles zuzutrauen."

„Ich glaube nicht, dass sie so weit gehen würde, Griffith", widersprach Daniel. „Wenn du willst, versuche ich, mir jede einzelne Frau genau anzusehen, aber das wird Wochen dauern, da die Schauspielerinnen bereits zu ihrer jeweiligen Truppe geschickt worden sind."

Die hilflose Angst, die ihn nun schon seit ein paar Tagen quälte, wollte nicht von ihm weichen. Griffith blickte aus dem Fenster auf die geschäftigen Straßen. War Rosalind dort irgendwo? „Ich habe es gestern beim Drury Lane Theatre versucht, aber die beiden neuen Schauspielerinnen dort sind klein und blond. Du kennst ja Sheridans Geschmack. Kemble vom Covent Garden Theatre berichtete, er habe keine Neue engagiert, nur die Cousine dieser Stückeschreiberin, Mrs. Inchbald. Ich kann mir nicht vorstellen, dass Rosalind sich an die Varietétheater wendet; trotzdem werden wir heute Nachmittag dem Sans Pareil Theatre und dem Olympic einen Besuch abstatten."

„Und wenn du sie findest?"

„Was meinst du damit?"

„Nun, was bringt dich dazu zu glauben, dass sie deine Frau wird, nachdem sie schon einmal davongelaufen ist, um dich nicht heiraten zu müssen?"

Er hielt sich am Fensterbrett fest. „Ich weiß nicht, was sie tun wird. Seit wir das letzte Mal miteinander gesprochen haben, hat sich manches geändert, aber vielleicht ist es ja schon zu spät, und es spielt keine Rolle mehr. Ich möchte nur ganz sicher sein, dass es ihr gut geht. Wenigstens das." Die letzten Tage der Sorge um sie hatten ihn fast um den Verstand gebracht.

„Was hat sich denn geändert?" fragte Daniel. „Hat sie dir nicht die Urkunde ausgehändigt? Sie wird auch jetzt nicht tatenlos zusehen wollen, wenn du das Dokument benutzt."

Bei Daniels kaltem Tonfall zuckte Griffith zusammen. Er konnte sich selbst kaum vorstellen, wie er noch vor wenigen Tagen gewesen war, ehe ihm sein maßloser Egoismus bewusst geworden war. „Ich habe beschlossen, die Urkunde erst nach dem Tod des Earl einzusetzen. Dann können wir so tun, als hätten wir sie zwischen alten, vergessenen Papieren entdeckt. Für die Frauen ist es besser, wenn ich den Besitz erbe, denn sonst geht er womöglich in andere Hände oder sogar an die Krone, wenn sich kein anderer Erbe findet. Ich werde jedoch alles tun, um den guten Ruf des Earl zu schützen und es so ausschauen zu lassen, als ob das Gerichtsverfahren damals einfach ein tragisches Versehen gewesen wäre."

„Ein plötzlicher Sinneswandel?" stellte Daniel ruhig fest.

„Ja." Griffith beließ es dabei, zu sehr beschäftigte ihn die Sorge um Rosalind.

Doch Daniel gab sich damit natürlich nicht zufrieden. „Also interessierst du dich auch nicht mehr für die Delegation nach China?"

„Nein, verdammt! Du hattest Recht – ich nicht. Können wir bitte das Thema wechseln? Für mich gibt es jetzt Wichtigeres zu bedenken!" Er trommelte mit den Fingern auf die Fensterbank. „Was haben wir übersehen? Vielleicht sollten wir die Theaterliste noch einmal durchgehen."

Daniel zog die Liste hervor. „Das Mädchen hat dich ganz schön am Wickel, nicht wahr?"

„Nicht nur das", erwiderte Griffith ruhig. Daniel mochte ihn provozieren, soviel er wollte – er würde nicht darauf eingehen. Wenn ihr irgendetwas zustieß, würde er sich das niemals vergeben können.

„Es wird schon alles gut werden." In Daniels Stimme schwang jetzt Mitleid mit. „Sie ist ein zähes Persönchen, deine Rosalind. Wir werden sie finden, sei unbesorgt."

„Wie sollte ich unbesorgt sein können?" Griffith fuhr sich mit den Händen durch das Haar. „Es ist, als sei sie spurlos vom Erdboden verschwunden, als ob sie …" Er wurde von einem kleinen Tumult draußen vor seiner Bürotür unterbrochen, und dann trat die einzige Frau ein, die Griffith in diesem Moment nicht treffen wollte. Seine Mutter.

Sein Bürodiener folgte ihr aufgeregt und mit rotem Gesicht. „Ich bitte um Verzeihung, Mr. Knighton, ich habe gesagt, Sie seien in einer Besprechung, aber ...“

„Ha, in einer Besprechung!“ fuhr Mrs. Knighton den Angestellten an. „Dabei unterhält er sich doch nur mit Daniel!“

Griffith machte eine beschwichtigende Handbewegung. „Es ist schon gut, Sie können wieder an Ihre Arbeit gehen“, teilte er dem aufgebrachten Mann mit.

Sobald sich die Tür hinter ihm geschlossen hatte, trat seine Mutter auf Griffith zu, und ihre schmalen Schultern bebten vor Zorn. „Wo, zum Teufel, hast du gesteckt? Du verschwindest einfach, und keiner will mir sagen, wo du bist oder wann du zurückkommst! Man hat mir allerdings verraten, dass du Daniel mitgenommen hast.“ Sie warf Daniel einen tadelnden Blick zu.

„Guten Tag, Mrs. Knighton“, begrüßte Daniel sie heiter. „Schön, dass Sie hier sind! Sie sehen heute ganz besonders reizend aus!“

„Spar dir deine Schmeicheleien, Danny. Ich kenne deine Tricks und falle nicht auf sie herein! Ich hätte mir denken können, dass du deine Hand mit im Spiel hast! Du solltest dich schämen!“ Ihr Zorn richtete sich wieder gegen Griffith. „Ihr solltet euch beide schämen. Ich dachte, ihr hättet diese zweifelhaften Geschäfte längst hinter euch gelassen und würdet keine geheimnisvollen Reisen mehr unternehmen ...“

„Ich war in Warwickshire, Mutter.“

Sie zuckte zusammen. „In Warwickshire? Wozu denn das?“

„Um unseren gemeinsamen Freund, den Earl of Swanlea, zu besuchen. Er hatte mich eingeladen.“

Sie wurde kreidebleich. „*Er* hat dich eingeladen? Aber … aber warum?“

Griffith warf Daniel einen Blick zu, und sein Freund entfernte sich hastig. Daniel empfand zwar eine gewisse Zuneigung für die einzige Frau, die ihn „Danny“ nennen durfte, aber wenn die sonst recht sanftmütige Mrs. Knighton sich aufregte, ging er lieber in Deckung.

Sobald Daniel weg war, lehnte Griffith sich an die Fensterbank und verschränkte die Arme vor der Brust. Er hatte gehofft, die Angelegenheit hinausschieben zu können, bis er sich mit Rosalind ausgesprochen hatte, aber nun, da seine Mutter schon einmal hier war …

In wenigen Worten erzählte er ihr die Geschichte von dem Brief, den er bekommen hatte, und wie er nach Warwickshire gereist war, um sich die Urkunde anzueignen, ohne dafür eine der Schwestern heiraten zu müssen. Es fiel ihm schwer zu erklären, warum er die Urkunde unbedingt hatte haben wollen, denn nun, da er seine Fehler eingesehen hatte, schämte er sich seiner Beweggründe. Er wusste, auch seine Mutter würde sie nicht billigen, trotzdem musste er ihr alles gestehen, weil sie es verdiente, die Wahrheit zu erfahren. Und zum Teil, weil er sich auch von ihr die Wahrheit versprach.

Sie brauchte eine Weile, um seine Geschichte zu verdauen, doch dann ließ sie sich in einen Sessel sinken. Die silbernen Löckchen wippten unter der Krempe ihrer Haube, als sie den Kopf schüttelte. „Ich kann es nicht fassen. Hast du … hast du die Heiratsurkunde gefunden?“

„Ja.“ Er zog sie aus seiner Rocktasche und reichte sie ihr.

Andächtig strich sie mit ihren feingliedrigen Fingern darüber. „Also hatte er sie tatsächlich die ganze Zeit. Er hat sie wirklich ... gestohlen. Ich war mir nie ganz sicher."

„Ja, er hat es zugegeben."

Sie schaute ihn erschrocken an. „Du hast mit ihm darüber gesprochen?"

Er nickte und holte tief Luft. „Er hat mir sogar gesagt ..." Griffith hielt inne, weil er nicht recht wusste, wie man seiner Mutter eine solche Frage stellte. „Er behauptete, du seist in ihn verliebt gewesen, ehe du Vater geheiratet hast. Er meinte, du hättest ihm noch an deinem Hochzeitstag gestanden, in ihn verliebt zu sein. Deshalb hat er die Urkunde gestohlen – teils, um dich dafür zu bestrafen, dass du nicht ihn geheiratet hast, und teils, um einen seiner Meinung nach fairen Anteil am Swanlea-Besitz zu erlangen."

Das Schweigen seiner Mutter und ihr gequälter Gesichtsausdruck taten ihm weh, dennoch musste er die ganze Wahrheit erfahren. Er ging zu seinem Schreibtisch. „Natürlich habe ich ihm mitgeteilt, dass er ein Lügner ist." Er verstummte. Er hatte plötzlich Angst, die Frage zu stellen, aber auch, die Antwort zu hören. „Er hat doch gelogen, nicht wahr?"

Als sie immer noch nichts erwiderte, hob er den Kopf und stellte fest, dass sie stumm zu weinen begonnen hatte; dicke Tränen rannen über ihre schmalen Wangen. Er rang nach Luft. „Es war eine Lüge. Sag mir, dass alles gelogen war."

Sie warf ihm einen unglücklichen Blick zu. „Ich war noch so jung, Griffith, und einsam. Mein Vater war viel zu beschäftigt damit, das Theater in Stratford zu leiten, um sich um mich kümmern zu können. Aber Percival ... er teilte meine Liebe zum Theater und beschützte mich, wenn mich andere

Jungen beleidigten. Er lebte in Swan Park als Mündel des damaligen Earls. Das war lange Zeit, bevor ich deinen Vater kennen lernte, der damals woanders zur Schule ging. Percival und ich ... kamen uns näher. Er war nicht wie die anderen Männer, die ich kannte. Er war ein Gentleman, und er machte mir immer Komplimente. Wenn man siebzehn ist, schätzt man Komplimente über alles."

Griffith hielt die Hände fest im Rücken verschränkt. „Aber hast du ihn auch *geliebt,* Mutter?"

Ihre Miene verfinsterte sich. „Ja, ich liebte ihn. Sehr sogar. Aber ich wusste, er hatte keine Zukunft. Dein Vater hingegen ..."

„War der Erbe des vierten Earl of Swanlea", ergänzte Griffith schroff.

Seine Mutter straffte trotzig die Schultern, wie sie es immer tat, wenn sie sich in die Enge getrieben fühlte. „Ja, dein Vater hatte eine Zukunft, eine glänzende sogar. Als er nach Swan Park kam und er und Percival mich besuchten, fand ich ihn sehr nett. Ich liebte ihn nicht wie Percival, aber ich mochte ihn sehr gern. Mir war klar, wenn ich Percival heiratete, würden wir immer arm sein und uns durchkämpfen müssen. Ich war in Armut aufgewachsen. Ich hasste das. Ich wollte etwas Besseres."

Obwohl er das gut verstehen konnte, musste er unwillkürlich das Verhalten seiner Mutter mit dem von Rosalind vergleichen. Rosalind wäre niemals eine Ehe eingegangen, um nicht in Armut leben zu müssen – nicht seine Kriegsgöttin. „Nun, wenn du dadurch der Armut entfliehen wolltest, dann hat dir das Schicksal aber einen grausamen Streich gespielt, nicht wahr?" stellte er schonungslos fest.

Ihr trauriger Blick ging ihm zu Herzen. „Nein. Das Schicksal hat sich nur eine gerechte Strafe ausgedacht. So sehe ich das. Ich habe deinen Vater wegen seiner Perspektiven geheiratet, anstatt der Stimme meines Herzens zu folgen, und dafür musste ich später büßen." Sie lächelte matt. „Du musst wissen, dass ich für Leonard eine tiefe Zuneigung empfand. Er war ziemlich verwegen. Als du auf die Welt kamst, glaubte ich, vor Glück sterben zu müssen. Mein Mann würde ein wohlhabender Earl sein, und ich hatte ihm einen Erben geboren. Ich war außer mir vor Seligkeit." Ihr Lächeln erstarb, und sie wandte den Blick ab. „Aber Normalsterblichen ist so ein Glück nicht bestimmt, schon gar nicht, wenn es auf dem Kummer eines anderen aufgebaut wird. Ich hatte Percival sehr schlecht behandelt. Ich besaß nicht einmal so viel Anstand, ihn an meinem Hochzeitstag anzulügen und ihm zu sagen, dass er mir nichts mehr bedeutete. Er sah so verloren aus, und ich bildete mir dummerweise ein, es würde ihn trösten, wenn ich ihm gestand, dass ich ihn immer noch liebte." Sie erschauerte. „Dabei verletzte es ihn nur noch mehr, weil ihm klar wurde, dass ich ihn einfach nicht genug liebte."

„Und in diesem Schmerz hat er sich monatelang gesult", vermutete Griffith kühl. „Als du und Vater ihm demonstrativ euer Glück vor Augen führtet, indem ihr ihn einludet, sich euer Baby – nämlich mich – anzuschauen, war für ihn das Maß voll. Er entwendete die Urkunde und ließ mich offiziell für unehelich erklären."

Sie guckte ihn schuldbewusst an. „Ich wünschte bei Gott, ich hätte dir all das Leid ersparen können, mein Sohn. *Ich* hatte es verdient, zu leiden, aber du ganz sicher nicht. Ich hatte gehofft, dein Vater und ich könnten dich von allem abschirmen und verhindern, dass die Folgen für dich zu schlimm würden." Sie schüttelte den Kopf. „Doch nachdem er so jung an den Pocken starb ..."

Griffith' Kehle war wie zugeschnürt. „Deshalb sagtest du mir immer, ich dürfe nicht über Swanlea schimpfen. Deshalb hast du selbst nie ein böses Wort über ihn verloren oder an Rache gedacht."

„Wie hätte ich ihm einen Vorwurf machen können? Ich hatte ihn doch selbst dazu gebracht!" Sie schwieg, und nach einer Weile fuhr sie unsicher fort: „Ist es das, was du nun mit der Urkunde vorhast? Willst du dich an ihm rächen?"

Noch vor zwei Wochen hätte ihn eine solche Frage wütend gemacht, wahrscheinlich, weil es zum Teil stimmte, obwohl er das natürlich heftig bestritten hätte. „Nein. Nicht mehr. Vielleicht hatte ich einmal die Absicht, aber jetzt ..." Er rieb sich müde über das Gesicht. „Ich nehme an, ich sollte dir dankbar dafür sein, dass du ihn nicht geheiratet hast. Denn sonst wäre ich nie geboren worden. Und Rosalind auch nicht."

„Rosalind?"

Plötzlich verspürte er das dringende Bedürfnis, ihr von der Frau zu erzählen, die er liebte. „Swanleas Tochter, die mittlere. Ich hatte gehofft, sie zu heiraten. Aber sie ..." Er schluckte und setzte sich niedergeschlagen an seinen Schreibtisch. „Sie missbilligte meine Pläne mit der Urkunde und lief davon, ehe ich ihr noch sagen konnte, dass ich beschlossen habe, das Dokument nicht zu benutzen. Ich habe sie noch nicht gefunden. Ich glaube ... ich hoffe, sie ist hier irgendwo in London." Er sah an seiner Mutter vorbei. „Ich kann nur beten, dass sie an einem der Theater ist und nicht auf der Straße, wo …“ Er konnte nicht weitersprechen.

„Liebst du sie?“

Er nickte.

„Und sie liebt dich?“

„Das hat sie behauptet.“

Seine Mutter stand auf, trat neben ihn und legte ihm die Hand auf die Schulter. „Dann tue, was du tun musst. Finde sie und gewinne sie zurück, mein Sohn. Denn niemand weiß besser als ich, wie wichtig es ist, der Stimme seines Herzens zu folgen.“

Mit gemischten Gefühlen guckte er in ihre verdächtig schimmernden blauen Augen. „Hast du deshalb nie wieder geheiratet? Weil du Rosalinds Vater immer noch liebtest?“

Sie seufzte. „Ich habe nicht wieder geheiratet, weil ich auf grausame Art habe lernen müssen, dass manche Menschen nur einmal lieben können. Es ist sinnlos zu heiraten, wenn man gar nicht liebt.“

Er schüttelte den Kopf und versuchte, das alles zu verdauen. „Ich hätte mir nie träumen lassen, dass du so gefühlt hast. Die Urkunde steht dir eher zu als mir, aber diese Möglichkeit habe ich nicht ein einziges Mal in Betracht gezogen. Ich hatte noch nicht einmal vor, dir davon oder von meinen Plänen zu berichten …“

„Du erzählst mir ja jetzt davon“, beruhigte sie ihn lächelnd. „Nur darauf kommt es an.“

Sie drückte seine Schulter, und er legte seine Hand fest über ihre. Seit Jahren hatte er sich seiner Mutter nicht mehr so nahe gefühlt. Erst jetzt begriff er, wie wenig er sich um sie gekümmert hatte, so wie er alles und jeden vernachlässigt hatte, der nicht unmittelbar mit seinem Unternehmen zu tun gehabt hatte.

Plötzlich wurde die Tür aufgerissen, und Daniel stürzte herein. „Griffith, eine Einladung ist für dich abgegeben worden. Ich denke, du solltest sie dir einmal anschauen. Sie stammt von Mrs. Inchbald."

Griffith straffte sich und ließ die Hand seiner Mutter los. „Die Stückeschreiberin? Sie war in Kembles Büro im Theatre Royal, als ich mich nach Rosalind erkundigte."

„Sie war früher selbst dort Schauspielerin; ich glaube, ungefähr zur gleichen Zeit wie Rosalinds Mutter." Daniel legte ihm die Einladung mit der angehefteten Notiz auf den Schreibtisch. „Sie schickt dir diese Eintrittskarte für *Antonius und Cleopatra* im Theatre Royal."

Shakespeare. Verdammt, natürlich! Wohin sonst würde Rosalind sich wenden, wenn nicht an ein Theater, das Shakespeare spielte?

Wie blind er gewesen war. Rosalind musste Mrs. Inchbalds „Cousine" sein. Mit klopfendem Herzen las er zuerst die Notiz. *„Die Vorstellung könnte Sie interessieren"*, war alles, was auf dem Zettel stand. Er guckte auf die Eintrittskarte. Sie war ausgestellt für die erste Vorstellung am heutigen Abend. Hoffnungsvoll las er alles, was sonst noch auf der Karte stand. Da. Eingekreist war der Name der Schauspielerin, die die Rolle der Iras spielen sollte. *Miss Rosa Laplace.* Mehr nicht.

„Die Frau, die Percival später geheiratet hat, hieß Solange Laplace", erklärte Griffith' Mutter, die über seine Schulter hinweg die Karte mit gelesen hatte. „Hilft dir das weiter?"

Erleichterung durchströmte ihn, und er nickte. „Das ist sie, Gott sei Dank. Und wenn Mrs. Inchbald die ‚Freundin' ist, von der Lady Helena gesprochen hat, dann ist Rosalind wenigstens gut aufgehoben, denn die Frau ist sehr angesehen und verantwortungsbewusst. Obwohl ich mich wundere, dass sie mir das hier heute schickt, nachdem sie gestern Rosalind gar nicht erwähnt hat." Er schüttelte den Kopf. „Das macht nichts. Ich werde heute Abend in der Vorstellung sein, darauf könnt ihr euch verlassen."

Und dann? Er musste Rosalind treffen, und sei es nur, um sicherzugehen, dass es ihr gut ging. Vielleicht war sie ja wirklich fest entschlossen, beim Theater zu bleiben. Nun, von ihm aus konnte sie jeden Tag zu Pferd im *Royal Amphitheatre* auftreten. Hauptsache, sie willigte ein, ihn zu heiraten.

Aber was war, wenn sie ihn nicht einmal sehen wollte? Oder schlimmer noch, wenn sie ihn empfing und seinen Heiratsantrag erneut ablehnte? Das würde er wohl kaum überleben. Doch wie sollte er sie von seiner Liebe überzeugen, wenn sie das Vertrauen in ihn verloren hatte und glaubte, er selbst und sein Unternehmen seien das Einzige, was ihm etwas bedeutete?

Du würdest alles für die Knighton Handelsgesellschaft tun – sogar mit Schmugglern verkehren und Unschuldige diffamieren. Welchen Platz könnte also eine einfache Frau wie ich in deinem Leben einnehmen? Nun, ich kann keinen Mann heiraten, dem ich so wenig bedeute.

Auf einmal wusste er, was er zu tun hatte. Worten allein würde Rosalind keinen Glauben mehr schenken, und das war ihr nicht zu verübeln. Er konnte ihr jedoch etwas anbieten, das sie überzeugen würde.

Er warf noch einmal einen Blick auf die Anfangszeit des Stücks und schaute dann zur Uhr an der Wand. Ihm blieben nur noch fünf Stunden, um alles in die Wege zu leiten. Das musste reichen, denn er wollte keinen Tag länger warten.

Er erhob sich. „Mutter, ich fürchte, ich muss dich verlassen. Ich habe vor dem Stück noch etwas Wichtiges zu erledigen."

Sie zog eine Augenbraue hoch. „Ich hoffe, du nimmst mich heute Abend zur Vorstellung mit? Ich würde meine zukünftige Schwiegertochter gern kennen lernen."

„Ich warne dich, noch steht gar nicht fest, dass sie meinen Antrag annehmen wird! Ich frage sie, aber ich werde nicht versuchen, sie umzustimmen, falls sie ablehnt. Das habe ich schon einmal getan, und das Ergebnis war eine Katastrophe."

„Sie wird dich heiraten. Da bin ich mir sicher." Seine Mutter betrachtete ihn liebevoll. „Wie könnte jemand meinen Sohn ablehnen?"

„Ich hoffe, du hast Recht und aus dir spricht nicht nur mütterliche Zuneigung." Er zwang sich zu einem Lächeln. „Ich nehme an, das wäre der richtige Zeitpunkt, um dich um deinen Segen zu bitten."

„Als ob ich dich aufhalten könnte, wenn ich ihn dir nicht gäbe", zog sie ihn auf. „Es ist dir doch völlig gleichgültig, ob ich zu etwas meinen Segen erteile! Das war schon immer so, du Tunichtgut."

Zum ersten Mal wurde ihm bewusst, wie sehr sein Ehrgeiz ihre mütterliche Liebe auf die Probe gestellt haben musste, wie oft er sie gedankenlos mit ihren Sorgen allein gelassen hatte, während er seine eigenen Ziele verfolgt hatte. Warum war ihm das nur nicht schon früher aufgefallen?

Weil es da noch keine Rosalind gegeben hatte, die ihn auf seine Fehler hätte aufmerksam machen können.

Impulsiv nahm er die Hand seiner Mutter und küsste sie. „Ich gestehe, wenn Rosalind mich haben will, dann heirate ich sie – notfalls auch gegen deinen Willen! Aber Letzteres wird nicht der Fall sein. Ich habe dich in der Vergangenheit oft enttäuscht, Mutter, aber dieses Mal wirst du erfreut sein. Und ja, es bedeutet mir sehr viel, deinen Segen zu haben."

Ihre Augen füllten sich mit Tränen. „Natürlich hast du ihn, mein Junge. Und du könntest mich niemals enttäuschen."

Er reichte ihr sein Taschentuch. „Hör bitte auf zu weinen, ja? Du und Rosalind mit euren Tränen – ihr macht einen Mann wahnsinnig!" Während sie sich die Nase putzte, rief er Daniel, der auch schon bald ins Zimmer kam. „Los, lass uns gehen. Wir haben etwas bei meinem Notar zu erledigen", meinte er zu ihm.

„Bei deinem Notar?"

„Jawohl. Ich werde das tun, was jeder anständige Mann tut, wenn er heiraten will – ich entledige mich meiner Geliebten. Die Frau, die ich liebe, wird mich sonst verschmähen." Ohne weitere Erklärungen verließ er den Raum.

23. KAPITEL

Rosalind ging hinter den Kulissen auf und ab, und es überraschte sie, dass sie nicht nervöser war. Sie hatte das ausverkaufte Theater gesehen, und das hätte sie eigentlich erschrecken müssen. Aber so war es nicht. Sie konnte nicht sagen, warum. Vielleicht, wenn ihre Familie hier gewesen wäre, oder …

Sie verdrängte den Gedanken sofort. Mrs. Inchbald näherte sich, um Rosalinds Kostüm mit offensichtlichem Wohlwollen zu begutachten. „Ich bin erfreut, dass sie es für dich geändert haben. Dein erster Auftritt sollte nicht durch ein schäbiges Kostüm beeinträchtigt werden."

„Wieder einmal stehe ich in Ihrer Schuld. Wenn ich geahnt hätte, dass ich besser beraten gewesen wäre, mir meine Kostüme selbst zu besorgen, dann hätte ich mir Kleider von zu Hause mitgebracht."

Sie blickte an dem fließenden Gewand herab, das Mrs. Inchbald ihr geliehen hatte. Der hauchdünne, mit Gold durchwirkte Stoff ließ es ägyptischer wirken als jedes andere Kleid in der Requisite, obwohl es skandalös viel nackte Haut zeigte. Sie zog das tief ausgeschnittene Mieder etwas höher und lächelte verschämt. „Vielleicht hätte ich nicht ausgerechnet als ägyptische Dienerin anfangen sollen."

„Unsinn, du siehst zauberhaft aus." Mrs. Inchbald zog den Vorhang ein kleines Stück zur Seite und spähte ins Publikum. „Und das ist gut so, denn dein Mr. Knighton ist auch hier."

Rosalinds Puls begann zu rasen. „Das kann nicht sein!" Sie guckte Mrs. Inchbald über die Schulter.

Die Ältere zeigte auf eine Loge ganz in der Nähe der Bühne. „Da. Das ist er doch, nicht wahr?"

Rosalind entdeckte den dunkelhaarigen Mann in der Loge im ersten Rang sofort. Großer Gott … „Ja, das ist er."

„Ich finde, er schaut sehr gut aus!"

Rosalind nickte und betrachtete ihn eingehend. Sie hätte sich denken können, dass er in Abendgarderobe atemberaubend wirken würde. Der maßgeschneiderte Frack stand ihm vorzüglich. Aber schließlich war er ein vermögender Mann. Wahrscheinlich gab er in einem Monat mehr für seinen Schneider aus als sie für ihre Garderobe in einem ganzen Jahr.

Er befand sich in Begleitung von Daniel und einer Dame mit silbergrauem Haar, die Rosalinds Meinung nach nur Griffith' Mutter sein konnte. Rosalind musterte „Georgina" mit schmerzhafter Neugier. Das war also die Frau, die Papa einst so sehr geliebt hatte, dass er dafür ihren Sohn vernichtet hatte? Rosalind konnte nachvollziehen, warum. Georgina war immer noch schön, und ihr strahlendes Lächeln hätte wohl jeden Mann bezaubert.

Die Dame setzte sich, und Rosalind wandte ihre Aufmerksamkeit wieder Griffith zu. Sie fand, dass er blass aussah. Er lächelte auch nicht, dafür strahlte Daniel umso mehr. Griffith so nahe zu sein und ihn dennoch nicht erreichen zu können zerriss ihr fast das Herz.

Das Orchester begann zu spielen, und Rosalind wich hastig vom Vorhang zurück. Schon in der zweiten Szene war ihr Auftritt; sie hatte keine Zeit, hier herumzustehen und Griffith anzustarren.

Als sich Mrs. Inchbald lächelnd ebenfalls zurückzog, stieg

in Rosalind ein Verdacht auf. „Woher weiß Griffith, dass ich hier bin?“

Ihre Freundin zuckte mit den Schultern. „Vielleicht mag er ja Shakespeare.“

Rosalind stöhnte auf. „Ach, natürlich!“ Wie dumm von ihr, ausgerechnet eine Rolle in einem Stück von Shakespeare anzunehmen, noch dazu dem einzigen, das zurzeit in London aufgeführt wurde. Nun, vielleicht erkannte er sie ja nicht. Wie sollte er darauf kommen, dass sie Rosa Laplace war? Er konnte den Bühnennamen ihrer Mutter unmöglich kennen, außerdem war sie kostümiert.

Sie verdrehte die Augen. Oh ja, mit einem Kostüm, das so gut wie nichts verbarg. Sie trug noch nicht einmal eine Perücke, da man ihre Haarfarbe für die Rolle für dunkel genug befunden hatte. Und seine Loge war die der Bühne am nächsten gelegene.

Das Stück fing an.

Jetzt war sie nervös.

Die erste Szene war viel zu schnell vorbei, und schon bald betrat Rosalind die Bühne mit ein paar anderen Darstellern. Zum Glück musste sie nicht gleich etwas sagen. Bis zu ihrem Einsatz hatte sie die Handlung schon so weit gefangen genommen, dass sie sich Griffith’ Gegenwart nicht mehr unentwegt bewusst war.

Iras und Charmion, Cleopatras Dienerinnen, ließen sich in dieser Szene gerade die Zukunft von einem Wahrsager deuten. Rosalind hatte keine Mühe, ihre Rolle überzeugend zu spielen.

Doch dann kam der schreckliche Moment, als sie beinahe

den Faden verloren hätte. Der Wahrsager hatte Iras soeben verkündet, dass ihr das gleiche Schicksal bevorstand wie Charmion, woraufhin Iras fragte, ob sie „nicht um einen Zoll breit bess'res Schicksal haben" könnte als ihre Freundin.

Charmions nächste Zeile lautete: „Nun, wenn dir das Schicksal einen Zoll mehr gönnt als mir, wo sollt' er hinkommen?"

Die Zweideutigkeit von Iras' Antwort „Nicht an meines Mannes Nase" brachte sie aus der Fassung. Sie wurde rot und hätte sich beinahe versprochen, fing sich aber gerade noch rechtzeitig, um dem Ganzen die verdient komische Note zu geben.

Im weiteren Verlauf der Szene war sie sich jedoch Griffith' Nähe beinahe schmerzhaft bewusst, auch wenn sie nicht wagte, ihn anzugucken. Fast fürchtete sie, fast hoffte sie, er würde sie in den Pausen zwischen den einzelnen Akten aufsuchen, doch als auch der dritte Akt vorbei war, ohne dass sie ihn zu Gesicht bekommen hätte, gelangte sie zu dem Schluss, dass er sie vielleicht doch nicht erkannt hatte. Eigentlich hätte sie sehr erleichtert sein müssen.

Stattdessen ärgerte sie sich. Hier stand sie und gab ihr großes Debüt auf der Bühne, und er ahnte davon nichts. Am liebsten wäre sie zu ihm gegangen und hätte ihn darauf aufmerksam gemacht. Aber das wäre natürlich über alle Maßen dumm gewesen.

Es konnte allerdings auch sein, dass er sie sehr wohl erkannt hatte, es ihm aber gleichgültig war. Der Gedanke verstimmte sie erneut, und sie schalt sich dafür. Warum spielte es überhaupt eine Rolle, was er tat oder was er dachte?

Weil es ihr wichtig war. So einfach lautete die Erklärung.

In der letzten Szene, in der sie zusammen mit Cleopatra sterben sollte und vorerst keinen Text hatte, brachte sie endlich den Mut auf, ihn anzuschauen.

Sie bereute es sofort. Selbstverständlich hatte er sie erkannt. Sein Blick ruhte unverwandt auf ihr, ernst und eindringlich, erfüllt vom selben Verlangen, das sie auch empfand. Cleopatra sprach, doch er schien es gar nicht mitzubekommen. Er hatte nur noch Augen für Rosalind.

Und sie achtete nur noch auf ihn. In diesem Augenblick, als sie sich überhaupt nicht mehr auf das Stück, sondern nur noch auf Griffith konzentrierte, begriff sie, dass ihr nichts wichtiger war als er. Die Anerkennung des Publikums bedeutete ihr nichts, nur seine. Wenn er alle ihre Stücke besuchte und sie dabei so ansah, war sie als Schauspielerin keinen Pfifferling mehr wert. Denn in diesem Moment gab es in dem ganzen großen Theatre Royal in Covent Garden nur einen einzigen Menschen für sie. Ihn.

Wie in Trance spielte sie weiter. Es kümmerte sie nicht mehr, wie sie ihren Text vorbrachte. Sie sehnte sich nur noch danach, ihn zu treffen, und jetzt wusste sie, dass er kommen würde. Die Tatsache, dass er sie während des Stücks nicht hatte stören wollen, rührte sie sehr, aber sobald das Stück zu Ende war, würde er nicht lange auf sich warten lassen.

Sie hatte Recht. Als sie die Bühne nach dem letzten Vorhang verließ, stand er bereits in den Kulissen. Es wimmelte von Schauspielern, die sich über die Vorstellung unterhielten, aber Rosalind schenkte ihnen keine Beachtung. Mit plötzlicher Befangenheit ging sie auf ihn zu. Wenn er sie nun gar nicht mehr wollte? Wenn es einfach nur eine Geste der Höflichkeit war?

Aber Griffith neigte nicht zu Gesten der Höflichkeit. Er blickte sie erwartungsvoll an; unter dem Arm trug er eine flache Ledertasche. Rosalind verspürte einen Anflug von schlechtem Gewissen, als sie die Schatten unter seinen Augen bemerkte. Er machte den Eindruck, als hätte er genauso wenig geschlafen und gegessen wie sie. Das musste doch ein Zeichen sein, dass er sie liebte, oder? Vielleicht nicht so wie sie ihn, aber …

„Du warst großartig", sagte er, als sie ihn erreicht hatte. Ein leises Lächeln spielte um seine Lippen. „Aber das hatte ich ja geahnt."

„Danke." *Ich liebe dich.*

Etwas verlegen standen sie da. So vieles war zu sagen, und beide wussten nicht recht, wie sie anfangen sollten.

Er räusperte sich. „Wie ich feststellen konnte, hast du beschlossen, mit den erotischen Passagen bei Shakespeare schon einmal ohne mich zu beginnen."

Sie kam nicht dazu, zu antworten, denn in diesem Moment drängte sich ein junger Mann zwischen sie und Griffith und drückte ihr einen Strauß Blumen in die Arme. „Miss Laplace, Sie haben alle anderen übertroffen!"

„Danke", murmelte sie etwas hilflos.

Der junge Mann musterte anzüglich ihre Brüste. „Ein paar von uns wollen noch zu einem verspäteten Dinner ins Crown and Anchor einkehren, und wir wären überglücklich, wenn Sie sich uns anschließen würden."

„Nein, ich …"

„Ein Nein akzeptieren wir nicht, nicht wahr, Darnley?" warf ein anderer junger Mann ein, der sich zu ihnen gesellte. Er zwinkerte ihr zu. „Zwei der anderen Mädchen kommen ebenfalls mit. Bitte, Sie müssen uns einfach die Freude machen!“

Sie guckte zu Griffith, aber er stand nur schweigend da. Sie durchschaute ihn nicht ganz, aber auf jeden Fall verspürte sie nicht die geringste Lust, diese beiden Stutzer zu begleiten. „Ich fürchte, ich habe bereits eine wichtigere Verabredung“, teilte sie ihnen kühl mit.

Der eine namens Darnley legte den Arm um ihre Taille. „Können wir Sie nicht vielleicht doch noch umstimmen?“

„Ich glaube, die Dame sagte bereits, dass sie kein Interesse hat, Darnley“, stieß Griffith hervor und nahm Rosalinds Arm. „Und ihre wichtigere Verabredung hat sie mit mir, also geht lieber und sucht euch jemand anderen zum Spielen!“

Darnley zuckte leicht zusammen. „Knighton! Bitte verzeih, wir hatten dich gar nicht gesehen, alter Freund!“

Griffith starrte ihn nur weiterhin böse an, bis Darnley sich unter Entschuldigungen mit seinem Freund zurückzog. „Können wir uns unter vier Augen unterhalten?“ fragte Griffith leise. „Kemble hat mir angeboten, sein Büro zu benutzen. Das heißt natürlich, nur wenn du mitkommen möchtest.“

„Natürlich komme ich mit dir.“

Seine unerwartete Zurückhaltung beunruhigte sie. Sie folgte ihm durch die Menschenmenge und die Treppe hinunter, doch sein anhaltendes Schweigen verunsicherte sie immer mehr, bis sie es nicht mehr aushalten konnte.

„Danke, dass du mir vorhin geholfen hast.“

„Du weißt, wer die beiden sind, oder?“ erkundigte er sich.

„Ich habe nicht die leiseste Ahnung.“

„Darnley ist der Marquess of Darnley. Der andere, Captain

Jenkins, ist sein Cousin und der derzeitige Favorit des Prince of Wales. Sie waren beide mit mir zusammen in Eton.“ Er blickte sie an. „Vielleicht bereust du es ja jetzt, sie abgewiesen zu haben.“

„Das ist doch lächerlich.“ Achtlos warf sie den Blumenstrauß weg. „Ich hätte es nicht einmal so weit kommen lassen, aber sie haben mich schlichtweg überrumpelt.“

„Überrumpelt?“ murmelte er. Aus schmalen Augen musterte er ihr tief ausgeschnittenes Mieder. „Damit hast du rechnen müssen. Bei diesem Kleid läuft doch der Hälfte des männlichen Publikums das Wasser im Mund zusammen!“

Seine Eifersucht tat ihr gut, und sie lächelte vorsichtig. „Mamas Freundin, Mrs. Inchbald, hat es mir geliehen.“

„Ich werde mich mit der Dame wohl einmal unterhalten müssen, falls du vorhast, weiterhin ihre Kostüme zu benutzen.“

Ihre Zuversicht schwand. Das klang nicht gerade wie eine Erneuerung seines Heiratsantrags. Andererseits ... warum wollte er sie unter vier Augen sprechen?

Sobald sie in Mr. Kembles Büro waren, ließ er ihren Arm los, was ihr Unbehagen noch verstärkte. Er ging zu Mr. Kembles Schreibtisch und stellte seine Ledertasche darauf ab. Eine Weile blieb er so stehen und kehrte Rosalind den Rücken zu. Je länger er schwieg, desto beunruhigter wurde sie.

Es war kalt im Zimmer, obwohl im Kamin ein Feuer brannte. Nervös rieb sie sich die bloßen Arme und versuchte, sich einen Reim auf Griffith’ Stimmung zu machen. Sie hatte Vorwürfe, Anklagen und auch neuerliche Verführungsversuche von ihm erwartet, aber nicht dieses unnatürliche Schweigen. Das sah ihm gar nicht ähnlich. Dann drehte er sich zu ihr um, und der Schmerz in seinen Augen verschlug ihr den Atem.

Endlich begann er zu sprechen. „Du sollst wissen, dass ich die letzten Tage damit verbracht habe, mich intensiv mit meiner rabenschwarzen Seele zu befassen. Das habe ich noch nie zuvor getan, aber nachdem mir erst dein Vater, dann du und schließlich meine Mutter einen Spiegel vorgehalten haben, konnte ich das Bild darin nicht mehr ignorieren. Ich gestehe, es war ein hässliches Bild. Ich erblickte Groll, den ich nie vorher bemerkt hatte, unerträgliche Eitelkeit ..."

„Griffith ...", fing sie an.

Er hob abwehrend die Hand. „Lass mich erst ausreden, ehe du etwas sagst, ja? Bitte."

Sie nickte, obwohl sie ihn viel lieber in die Arme genommen und geküsst hätte, um seinen Schmerz zu vertreiben.

Er richtete den Blick auf das Fenster neben ihr, als könne er sie nicht direkt anschauen. „Eins wurde mir plötzlich auf erschreckende Weise klar – dass du Recht hattest. Bezüglich allem. Bezüglich meines Ehrgeizes, meines Egoismus und so weiter. Auch was meine Gründe betraf, warum die Knighton Handelsgesellschaft so erfolgreich werden sollte. Das begriff ich an dem Morgen, an dem du mich verlassen hattest, denn da träumte ich ..." Er verzog das Gesicht und rieb sich den Nacken. „Sagen wir einfach, es war ein Traum, der mich endlich dazu brachte, mich selbst zu erkennen. Du meintest, ich wolle denen, die mich als Bastard verhöhnt haben, eins auswischen. Das stimmte, aber dahinter steckte noch etwas viel Simpleres. Es war meine Absicht, mich an denen zu rächen, die mich in meiner Kindheit gequält hatten, an Kindern, die längst keine mehr sind und die heute keine Bedeutung mehr für mich haben. Alles, was ich wollte, ließ sich auf dieses Bedürfnis reduzieren – das Bedürfnis, einer ganzen Reihe von Stutzern aus Eton wie Darnley und Jenkins zu beweisen, dass ich besser war als sie. Um das zu erreichen, war ich sogar bereit, mich selbst wie ein Kind aufzuführen – verwöhnt, egoistisch und selbstsüchtig."

Sie hatte nicht geglaubt, dass ihre Worte einen solchen Eindruck bei ihm hinterlassen hätten. In jener Nacht war er doch noch so aufgebracht darüber gewesen.

Seine Kiefermuskeln zuckten. „Schließlich begriff ich, dass ich nur an der Delegation nach China teilnehmen wollte, um andere zu beeindrucken. Im Grunde steht die Firma auch so gut da." Er guckte sie an. „Als Eigentümer – also als erwachsener Mann, nicht als Kind – hätte ich erkennen müssen, wie verachtenswert meine Pläne waren. Du *hast* es erkannt. Daniel hat es erkannt. Sogar dein Vater hat es erkannt. Der Teil von mir, der noch über einen kleinen Rest an Gewissen verfügte, erkannte es wohl auch, sonst hätte ich nie versucht, dich als Ehefrau zu gewinnen, ohne dir von der Urkunde zu erzählen. Und doch hörte ich nicht auf mein Gewissen – bis du mich verlassen hattest."

Sie hielt den Atem an. Seine Schuldgefühle berührten sie zutiefst. Wie sehr sie ihn liebte …

„Ich bin gekommen, um dir mitzuteilen, dass ich meine Taten bereue. Dass es mir Leid tut, dir mit meinen Plänen solchen Kummer bereitet zu haben. Und ich bin gekommen, um dir etwas zu geben." Er drehte sich um, zog ein paar Papiere aus seiner Ledertasche und hielt sie ihr hin.

Sie wusste nicht recht, was sie erwartete, und so nahm sie sie etwas argwöhnisch an.

„Das oberste Dokument wird dir bekannt vorgekommen", erklärte er rau. „Es ist die Heiratsurkunde. Ich habe die Erlaubnis meiner Mutter, sie dir zu überlassen." Als Rosalind ihn verwirrt ansah, fügte er trocken hinzu: „Eine Sache, die ich von dir gelernt habe, ist, dass ich *alle* betroffenen Parteien mit einbeziehen sollte, statt meine Pläne so zu verfolgen, als gingen sie nur mich allein etwas an. Da die Urkunde meiner Mutter gehört hat, ehe sie von deinem Vater entwendet wurde, hatte *sie* meiner Meinung nach das Recht zu entscheiden, was damit geschehen soll. Sie war damit einverstanden, dass ich sie dir gebe."

Glückstränen brannten in ihren Augen, als sie auf das Stück Papier blickte, das so vielen Menschen großen Kummer bereitet hatte.

„Nach dem Tod deines Vaters wirst du sie brauchen, um das zweite Dokument in deiner Hand vollstrecken zu lassen", fuhr er fort.

Neugierig blätterte sie weiter und betrachtete das nächste Dokument. Es schien irgendein Vertrag zu sein, abgefasst in typisch unverständlicher Juristensprache.

„Hiermit werdet ihr, du und deine Schwestern, Eigentümerinnen von Swan Park, nachdem euer Vater gestorben ist und ich das Erbe angetreten habe." Auf ihren fassungslosen Blick hin fügte er mit leichtem Bedauern hinzu: „Ich fürchte, das war die einzige legale Methode, es durchzusetzen. Als seine Töchter seid ihr nicht erbberechtigt, und erst nachdem ich zum rechtmäßigen Erben erklärt worden bin, kann ich euch den Besitz überschreiben. Wenn du jedoch die erste Urkunde benutzt, um zu beweisen, dass ich der Erbe bin, dann kannst du das zweite Dokument vorlegen, das euch dreien ermöglicht, Swan Park von mir als Schenkung zu erhalten."

Sie war so verdutzt, dass sie keinen Ton herausbrachte. Konnte das derselbe Mann sein, der ein so ausgefeiltes Täuschungsmanöver ausgearbeitet hatte, um sich den ihm vorenthaltenen Titel zurückzuholen? War es wirklich möglich, dass er jetzt nicht nur auf den Titel, sondern auch auf den Besitz verzichtete?

Er schien ihre Fassungslosigkeit zu spüren. „Ich versichere dir, es ist alles völlig legal." Er lächelte leicht. „Ich musste meinen Notar ziemlich unter Druck setzen, damit er das alles bis heute Abend fertig stellte, aber es ist legal. Wenn du mir nicht traust, geh damit zu einem Anwalt und …"

„Ich traue dir." Furcht schien ihr plötzlich die Kehle zuzuschnüren, und ihr Herz klopfte zum Zerspringen. „Aber heißt das … dass du mich nicht mehr heiraten willst?"

„Das ist das nächste Thema." Mit bangem Blick schaute er sie an. „Mehr denn je möchte ich dich heiraten. Aber ich wünsche mir, dass du dich für mich entscheidest, weil du mich auch willst. Doch du hast keine freie Wahl, solange die Verantwortung für deine Schwestern auf dir lastet. Die hast du nur, wenn dir Swan Park gehört. Und solltest du mich nicht heiraten wollen, kannst du dich entscheiden, ob du auf der Bühne Karriere machen oder lieber den Besitz leiten möchtest." Seine Stimme klang etwas brüchig. „In jedem Fall seid ihr drei versorgt. Das ist das Mindeste, was ich tun kann, um … mein schäbiges Verhalten wieder gutzumachen."

Sie konnte seine Selbstanklagen kaum noch mit anhören. „Bitte, Griffith …“

„Lass mich ausreden, Liebste.“ Er schloss kurz die Augen, um Kraft zu schöpfen. „Unter den vielen unangenehmen Wahrheiten, mit denen ich in den letzten Tagen konfrontiert worden bin, war die, dass ich dich und deine Familie schlecht behandelt habe, die unangenehmste. Dein Vater hatte es vielleicht verdient, ich weiß es nicht, aber nicht ihr drei anderen. Ich habe dich belogen, dich verführt, und dennoch hast du mir vergeben. Bis ich an diesem dummen Titel festhielt – einem Titel, den ich im Grunde gar nicht brauchte, von dem ich mir nur einbildete, ihn dringend zu benötigen.“ Er lehnte sich zurück an den Schreibtisch und umfasste die Kante so krampfhaft, dass seine Fingerknöchel weiß hervortraten. „Es wird dich nicht überraschen zu hören, dass ich mir tatsächlich keinerlei Schuld bewusst war – bis du Swan Park verlassen hast. Da erst wurde mir klar, dass eine Frau, die sich so von mir verletzt fühlte, dass sie Gefahren und Risiken auf sich nahm, nur um sich von mir zu befreien, in der Tat sehr verzweifelt sein musste. Und ich hatte dich in diese Verzweiflung gestürzt. Ich hatte dich vertrieben.“ Er sah an ihr vorbei und fuhr mit erstickter Stimme fort: „In dem Moment erkannte ich die Wahrheit. Du sagtest, ich könne nicht lieben. Nun, zumindest in der Hinsicht hast du dich getäuscht. Vielleicht wusste ich früher nicht, wie man liebt. Aber jetzt weiß ich es.“ Er guckte sie eindringlich an. „Ich liebe dich. Ich werde dich immer lieben. Nachdem du fort warst, begriff ich, dass meine größte Angst war, dich zu verlieren. Du bedeutest mir mehr als die Urkunde oder die Delegation nach China. Mehr sogar noch als die Knighton Handelsgesellschaft.“

Ihr Herz strömte über vor Liebe für ihn, aber er war eindeutig noch nicht fertig, und nun wollte sie unbedingt alles wissen.

Er stieß sich vom Tisch ab und kam mit ernster Entschlossenheit auf sie zu. „Du hast mir einmal vorgeworfen, eine Geliebte zu haben, mit der du nicht konkurrieren könntest. Nun, ich gebe meine Geliebte auf. Ich trete sie an dich ab.“ Er zeigte auf die Papiere in ihrer Hand. „Das letzte Dokument macht dich zur Eigentümerin der Knighton Handelsgesellschaft.“

„Wie bitte?“ stieß sie hervor. Das konnte doch nicht sein Ernst sein!

„Ich überlasse dir das einzig Wertvolle, das ich besitze. Es gehört jetzt dir. Du kannst mich als Direktor behalten oder als Angestellten. Du kannst mir aber auch kündigen. Ganz wie du willst.“

„Griffith ...“

„Wenn du mich heiratest, werde ich als dein Ehemann zwar zum Mitbesitzer des Unternehmens, aber was mich betrifft, so ist das ohne Bedeutung – du würdest dann immer noch das Sagen haben. Darum brauchst du dir nun keine Sorgen mehr zu machen, dass mir das Unternehmen wichtiger ist als du. Und wenn du mich nicht heiraten willst ...“ Er blickte zur Seite, als sei diese Möglichkeit zu schmerzhaft für ihn. „Dann spielt ohnehin nichts eine Rolle mehr. Denn in den letzten Tagen habe ich erkannt, dass mein Leben ohne dich nichts wert ist. Aber zumindest habe ich auf diese Weise das befriedigende Gefühl zu wissen, dass ich dir genug Vermögen überlassen habe, damit du ein glückliches Leben führen kannst.“

„Ein glückliches Leben?“ Sie guckte den Mann an, den

sie liebte und der ihretwegen in die Abgründe seiner Seele geschaut hatte. Jetzt war sie an der Reihe. Sie ging zum Kamin und warf die Swan-Park-Dokumente in die Glut. „Ich habe dir schon einmal gesagt, dass es mich nicht glücklich machen würde, Swan Park zu leiten." Als das Papier Feuer fing, wurde ihr das Herz ganz leicht. Die Unterlagen der Knighton Handelsgesellschaft traten denselben Weg in die Flammen an. „Und ich bin mir ganz sicher, dass es mich nicht glücklich machen würde, eine Handelsgesellschaft zu leiten – nicht einmal als deine Partnerin." Die Heiratsurkunde faltete sie sorgfältig zusammen und steckte sie in ihren Rockbund. „Diese hier will ich allerdings behalten." Sie drehte sich zu ihm um und stellte fest, dass er sie unsicher beobachtete. „Wir werden sie eines Tages für unseren Sohn benötigen, nicht wahr?"

Ein Hoffnungsschimmer erhellte seine Züge, und sie nahm sein Gesicht zärtlich zwischen ihre Hände. „Es gibt nur eins, was für mich zu einem glücklichen Leben gehört, und das ist nicht dein Vermögen. Andererseits kannst nur du mir diesen Wunsch erfüllen. Und es ist das Einzige, was ich von dir will."

„Und was ist das?" murmelte er, während er sie mit seinen blauen Augen unverwandt anguckte.

„Dich. Dein Herz. Deine Liebe. Dein …"

Er zog sie in die Arme und küsste sie voller Sehnsucht. Es war ein Kuss, der mehr Liebe versprach, als sie sich je erhofft hatte. „Du bekommst es. Alles", sagte er beinahe feierlich. „Mein Vermögen, mein Herz, meine Liebe. Heirate mich, und du kannst tun, was du dir wünschst – spiele Theater, leite Swan Park, oder liege den ganzen Tag untätig auf dem Sofa, während ich dich mit Apfeltörtchen füttere. Aber verlass mich nie wieder, mein Liebling, denn ich kann den Gedanken nicht ertragen, ohne dich leben zu müssen."

„Das kann ich auch nicht." Zärtlich bedeckte sie sein Gesicht mit Küssen. Ein überschäumendes Glücksgefühl durchströmte sie und schwemmte alle ihre Zweifel fort. Er liebte sie so sehr, dass er für ihr Glück alles zu opfern bereit war. Wie konnte eine Frau einem Mann wie ihm widerstehen?

Sie lehnte sich in seinen Armen zurück und schaute ihn strahlend an. „Du brauchtest das alles gar nicht zu tun, weißt du. In dem Augenblick, als ich dich im Theater sah, wusste ich, dass ich dich nie wieder gehen lassen würde."

Daraufhin küsste er sie erneut, und dieses Mal schien der Kuss kein Ende zu nehmen. Und wie immer blieb sie schwach und benommen zurück, als Griffith sie wieder freigab.

„Ich hoffe, dir ist klar, was eine Ehe mit mir bedeutet, mein Liebling", warnte er sie. „Da ich entschlossen bin, das Geheimnis deines Vaters zu wahren, werde ich in der Öffentlichkeit der Mann bleiben, der ich immer war. Du heiratest also einen Mann, dem man allenthalben vorwirft, von unehelicher Abstammung und herzlos zu sein. Und der in den Augen der Allgemeinheit der Tochter eines Earl nicht würdig ist."

„Legst du Wert auf das, was die Allgemeinheit denkt?"

Er musterte sie durchdringend. „Alles, worauf ich Wert lege, ist, dass du meine Frau wirst."

Sie blickte ihm ins Gesicht, fand aber nur den Ausdruck von Liebe und Sorge darauf. Ihr wurde warm ums Herz. „Dann bin ich restlos zufrieden." Sie lächelte. „Außerdem sind wir beide gute Schauspieler, also können wir auch jede beliebige Rolle spielen. Solange du im Privatleben mein Mann bist, ist es mir gleich, wer du in der Öffentlichkeit zu sein vorgibst. Wir beide kennen die Wahrheit." Sie legte ihm die Hand auf die Brust. „Und wenn dich jemand herzlos nennt, werde ich ihn persönlich zum Duell fordern! Denn endlich weiß ich, dass Daniel Recht hatte. Bis jetzt hast du auf die Stimme deines Herzens nicht gehört – aber du hast ein Herz. Oh ja, und du hattest es schon immer."

„Jetzt gehört es dir", versprach er und drückte fest ihre Hand. „Und es wird immer dein bleiben."

EPILOG

Die Mitternacht rief zwölf mit ehrner Zunge.
Zu Bett, Verliebte! Bald ist's Geisterzeit.
Wir werden, fürcht ich, in den Morgen schlafen,
Soweit wir in die Nacht hineingewacht.
Dies greiflich dumme Spiel hat doch den trägen Gang
Der Nacht getäuscht. Zu Bett, geliebte Freunde!
William Shakespeare, Ein Sommernachtstraum

Griffith stand auf der Terrasse von Swan Park und nippte an seinem Champagner, während er seine ihm frisch angetraute Ehefrau beobachtete, die die Gäste mit Geschichten aus ihrer Theaterkarriere unterhielt. Einer Karriere, die drei Wochen gedauert und nur eine kleine Nebenrolle umfasst hatte. Rosalind verstand es immer noch, ihr Publikum zu fesseln, obwohl sie beschlossen hatte, die Schauspielerei aufzugeben.

Offenbar hatte selbst sie eingesehen, dass ihre Talente auf anderen Gebieten lagen. Während der kurzen Laufzeit des Stücks hatte sie sich oft bei Griffith beschwert, dauernd herumkommandiert zu werden, und mehr als einmal hatte sie mit Kemble über die Inszenierung gestritten.

Griffith lächelte. Niemand würde je behaupten können, dass seine Frau fügsam war. Oder untätig. Schon jetzt schmiedete sie große Pläne für ihre neue, selbst gewählte Rolle als Schirmherrin des Theaters. Kemble jubelte zwar beim Gedanken an all das Geld von Knighton, das Lady Rosalind ins Theatre Royal, Covent Garden zu stecken gedachte, aber er würde schon bald die Erfahrung machen müssen, dass dieses Geld seinen Preis hatte …

Daniel trat neben Griffith und folgte dessen Blick. Er lachte. „Du denkst wohl schon an die Hochzeitsnacht, wie? Du bist ja immer noch ganz verrückt nach dem Mädchen!“

Nicht einmal Daniel konnte ihm an diesem Tag die gute Laune verderben. „Amüsier dich nur auf meine Kosten, solange du es noch kannst, mein Freund. Denn eines Tages werde ich mit ansehen, wie du selbst ganz verrückt nach einer Frau bist. Ich hoffe nur, diese Frau – wer immer das bedauernswerte Geschöpf auch sein mag – schickt dich erst durch die Hölle, ehe sie dich erhört. Dann kann ich mich wenigstens für alle deine Sticheleien revanchieren.“

„Da wirst du eventuell lange warten müssen.“

Griffith schaute ihn fragend an. „Hast du mir an dem Tag, als wir uns geschlagen haben, nicht gesagt, du hättest vor, eines Tages zu heiraten?“

„Das würde ich gern. Ein Mann braucht eine Frau, die sich um ihn kümmert, wenn er all der kleinen Liebschaften überdrüssig ist. Aber es wird nicht leicht sein, die Richtige zu finden, und meine ärmliche Abstammung wird das sogar noch erschweren.“

„Was ist mit Rosalinds Schwestern? Soweit ich mich erinnere, erwähntest du, sie seien ‚ganz reizende Frauen‘. Und sie mögen dich beide.“

Daniel schnaubte. „Lady Juliet kann mich nur leiden, wenn ich keine amourösen Absichten habe. Die Ärmste, meine Größe jagt ihr Angst ein. Und Lady Helena …“

Daniel blickte zu ihr hinüber. Sie stand etwas abseits von

den anderen und unterhielt sich angeregt mit Griffith' Mutter. Einen Moment lang flackerte ein dunkler, brennender Ausdruck in seinen Augen auf. Dann zuckte er resignierend mit den Schultern.

„Diese Frau hielt schon nicht viel von mir, als sie noch dachte, ich sei du, aber jetzt, wo sie weiß, dass ich nur wenig besser bin als mein räuberischer Vater, wird sie mich wohl erst recht nicht für eine passende Partie halten." Er lachte rau und leerte sein Champagnerglas. „Außerdem, welcher vernünftige Mann würde wohl so ein hochmütiges Geschöpf gern zur Frau haben?"

Griffith' Augen wurden ganz schmal. Er guckte zwischen Daniel und Helena hin und her und bekam gerade noch mit, wie Helena Daniel verstohlen anschaute, errötete und hastig zur Seite sah, als Daniel ihren Blick erwiderte. Ein Schmunzeln breitete sich auf Griffith' Zügen aus. Daher wehte also der Wind! Vielleicht würde er doch eher zum Sticheln kommen, als Daniel dachte!

Griffith reichte einem vorbeigehenden Lakaien sein leeres Glas. „Zumindest scheinen sich Helena und meine Mutter gut zu verstehen. Das verheißt Gutes für den Besuch meiner Mutter hier. Swanlea hat sie eingeladen, ein paar Tage mit der Familie zu verbringen, wenn Rosalind und ich auf unserer Hochzeitsreise auf dem Kontinent sind. Schließlich ist es viele Jahre her, seit Mutter zuletzt hier war, und sie hat Verwandte in Stratford."

„Es macht dir nichts aus, sie hier zu wissen? Mit *ihm?*" fragte Daniel und nickte zum Earl hinüber, der in einem eigens für ihn heruntergetragenen Sessel saß.

Griffith beobachtete den Mann, verspürte aber kaum noch etwas von dem Hass, der ihn früher verzehrt hatte. „Nein. Das ist endgültig vorbei. Es wird Zeit, die Vergangenheit zu begraben.“ Lächelnd guckte er nun zu seiner Frau, die in ihrem leuchtend blauen Kleid ganz besonders reizvoll wirkte. „Die Zukunft interessiert mich neuerdings weitaus mehr, glaub mir.“

Die Gruppe um Rosalind hatte sich aufgelöst, angelockt durch die köstlichen Speisen, die inzwischen in den Zelten auf dem Rasen aufgetragen worden waren. Als hätte sie seinen Blick gespürt, kam sie mit strahlender Miene auf ihn zu.

Sie hakte sich bei ihm unter und schaute ihn verschmitzt an. „Ich hoffe, ihr beide heckt hier nicht gerade neue Strategien für die Handelsgesellschaft aus! Mir ist klar, dass Daniel dich vertritt, während wir auf Reisen sind, aber an meinem Hochzeitstag will ich nicht, dass sich mein Mann über geschäftliche Dinge unterhält!“

„Ich würde es nicht wagen!“ erwiderte Griffith lachend. „Wie ich dich kenne, liegt hier irgendwo dein Schwert im Gebüsch versteckt und wartet nur auf mich!“ Er senkte ein wenig die Stimme: „Und mein Schwert wartet ebenfalls schon auf dich.“

Rosalind errötete, und Daniel verdrehte die Augen. „Ich merke sehr schnell, wenn ich nicht erwünscht bin!“ Er betrachtete die voll beladenen Tische. „Ich sehe da eine Lammkeule, die gern verspeist werden möchte. Ich will sie nicht warten lassen.“

Als der Hüne zu den Zelten hinüberschlenderte, drückte Rosalind fest Griffith’ Arm. „Du bist wirklich schamlos – noch dazu vor Daniel! Du hast den armen Mann in tödliche Verlegenheit gebracht!“

„In Verlegenheit? *Ihn?* Sei nicht albern.“ Er ließ den Blick über ihre verführerischen Formen schweifen. „Außerdem dachte ich, dir gefielen meine unanständigen Anwandlungen? Du möchtest doch nicht etwa, dass ich jetzt, nach unserer Hochzeit, ganz brav werde?“

„Ganz gewiss nicht!“

Als er herzhaft lachte, errötete sie abermals, schmiegte sich aber enger an ihn. Er nahm ihre Hand und strich mit dem Daumen sanft über ihre Handfläche. Obwohl er den Gästen zulächelte, war er sich doch ganz der Nähe seiner schönen Frau bewusst; der Frau, die er vergötterte und der sein Herz gehörte.

Und die er leidenschaftlich begehrte. Wegen ihres Ausflugs zur Bühne und all der vielen Hochzeitsvorbereitungen hatten sie schon seit Wochen nicht mehr das Bett geteilt, und so fieberte er wie jeder Bräutigam der Hochzeitsnacht entgegen.

Er schaute sie von der Seite an. „Du kannst ganz unbesorgt sein, Liebling, ich bin immer noch unanständig genug, um mich auf heute Nacht zu freuen.“ Er senkte die Stimme. „Und darauf, diese Variante auszuprobieren, auf die du vor ein paar Wochen im Arbeitszimmer deines Vaters so neugierig warst.“

Sie blickte sich vorsichtig um, aber niemand war in unmittelbarer Nähe. „Ach ja?“ fragte sie kokett.

„Oh ja. Auf diese und noch viele andere Varianten. Ich kenne eine Menge.“

„Griffith Knighton!" meinte sie mit gespieltem Tadel. „Schäm dich! Hast du denn gar keinen Anstand?"

„Nicht, wenn es um dich geht, Geliebte." Er drückte ihre Hand. „Wie ich dir schon sagte – wir Bastarde sind ein schamloses Volk. Und ich fürchte, mit dir im Schlafzimmer werde ich immer schamlos sein."

Sie lachte. „Dem Himmel sei Dank!"

– ENDE –

Gaelen Foley
Spion im Namen
der Liebe
Band-Nr. 25188
5,95 € (D)
ISBN: 3-89941-246-X

Gaelen Foley
Die Lady mit der Maske
Band-Nr. 25164
5,95 € (D)
ISBN: 3-89941-203-6

Gaelen Foley
Die Rache der Kurtisane
Band-Nr. 25181
5,95 € (D)
ISBN: 3-89941-239-7

Gaelen Foley
Die schöne Erbin
Band-Nr. 25199
5,95 € (D)
ISBN: 3-89941-292-3

Katy Cooper
Die Burg der flammenden Herzen
Band-Nr. 25180
5,95 € (D)
ISBN: 3-89941-238-9

Sara Bennett
Die schöne Herrin von Somerford
Band-Nr. 25173
5,95 € (D)
ISBN: 3-89941-231-1

Sara Bennett
Im Bann der Rebellin
Band-Nr. 25163
5,95 € (D)
ISBN: 3-89941-202-8

Lynsay Sands
Zärtliches Spiel mit dem Feuer
Band-Nr. 25157
5,95 € (D)
ISBN: 3-89941-196-X

Susan Wiggs
Leuchtfeuer der Liebe
Band-Nr. 25089
5,95 € (D)
ISBN: 3-89941-116-1

Susan Wiggs
Die schöne Tochter
des Senators
Band-Nr. 25110
5,95 € (D)
ISBN: 3-89941-146-3

Jo Goodman
Schätze der Leidenschaft
Band-Nr. 25111
5,95 € (D)
ISBN: 3-89941-147-1

Jo Goodman
Küsse der Leidenschaft
Band-Nr. 25156
5,95 € (D)
ISBN: 3-89941-195-1

Heather Graham
Der Mann mit der dunklen Maske
Band-Nr. 25147
5,95 € (D)
ISBN: 3-89941-186-2

Deborah Simmons
Ritter des Herzens
Band-Nr. 25127
5,95 € (D)
ISBN: 3-89941-166-8

Lauren Royal
Das geraubte Herz
Band-Nr. 25139
5,95 € (D)
ISBN: 3-89941-178-1

Kresley Cole
Die Geliebte des Captains
Band-Nr. 25198
5,95 € (D)
ISBN: 3-89941-291-5